EL COMANDO TRIBULACIÓN

EL DRAMA CONTINUO DE LOS DEJADOS ATRÁS

TIM LAHAYE
JERRY B. JENKINS

EDITORIAL UNILIT

Publicado por
Editorial **Unilit**
Miami, Fl. 33172
Derechos reservados

Primera edición 1998

© 1996 por Tim LaHaye y Jerry B. Jenkins
Originalmente publicado en inglés con el título:
Tribulation Force por Tyndale House Publishers, Inc.
Wheaton, Illinois

Traducido al español por: Nellyda Pablovsky

Citas bíblicas tomadas de la Santa Biblia, revisión 1960
© Sociedades Bíblicas Unidas
Usada con permiso.

Producto 497476
ISBN 0-7899-0374-1
Impreso en Colombia
Printed in Colombia

A los lectores de *Dejados Atrás*
que nos escribieron para contarnos su impresión.

Prólogo

Lo que pasó antes

En un instante cataclísmico desaparecieron millones de personas de todo el mundo. Simplemente se desvanecieron dejando atrás todo lo material: ropa, lentes y lentes de contacto, pelucas, audífonos, empastes dentales, joyas, zapatos, hasta marcapasos y pinzas quirúrgicas.

Millones se desvanecieron. Pero otros millones más quedaron —adultos—, pero ningún niño y solamente unos pocos adolescentes. Todos los bebés, incluyendo a los que estaban por nacer, desaparecieron; algunos desaparecieron durante el parto.

El caos mundial fue el resultado de las desapariciones. Chocaron los aviones, trenes, ómnibus y automóviles, naufragaron las embarcaciones, se incendiaron las casas y muchos sobrevivientes se suicidaron al perder seres queridos. Un embotellamiento total del transporte y las comunicaciones ocurrió, aparejada con las desapariciones de mucho personal de servicio, dejó a la mayoría de las personas arreglándoselas como pudieran hasta que volvió algo semejante al orden.

Algunos dijeron que el mundo fue invadido por extraterrestres. Otros dijeron que las desapariciones eran el resultado de un ataque enemigo. Y no obstante, cada país del globo terráqueo fue afectado por las desapariciones.

El capitán de aerolíneas Raimundo Steele y Cloé Steele, su hija de veinte años fueron dejados atrás. La esposa de Raimundo y su hijo de doce años se esfumaron. Raimundo, pilotando un 747 que volaba sobre el Atlántico rumbo a Londres, dijo a Patty Durán, la aeromoza jefe, que él no sabía que había pasado. La verdad aterradora era que él lo sabía demasiado bien. Su esposa le había advertido sobre este mismo suceso. Cristo había venido a llevarse a los suyos y los demás habían sido dejados atrás, incluyendo a Raimundo y Cloé Steele.

Raimundo se consumía por averiguar la verdad y cerciorarse de que él y Cloé no se perdieran una segunda oportunidad. Él se sentía responsable por el escepticismo de ella, por su actitud del cree-solamente-lo-que-veas-y-sientas.

Su búsqueda lo llevó a la iglesia de su esposa, donde un pequeño grupo de personas, incluso hasta uno del cuerpo pastoral, fueron dejados atrás. El pastor a cargo de la visitación Bruno Barnes, perdió a su esposa e hijos, y él más que todos los demás supo inmediatamente que su fe, débil y falsa, le había fallado en el momento más crítico de su vida. En un instante él se convirtió en el escéptico más convencido de la tierra: un entusiasta evangelista que no se disculpaba por predicar.

Bajo la tutela de Bruno Barnes y la influencia de una cinta de video que el pastor titular dejó precisamente para un momento como este, primero Raimundo y luego Cloé llegaron a creer en Cristo. Junto a su nuevo pastor formaron lo que llamaron el Comando Tribulación, un grupo básico determinado a desafiar a las fuerzas del mal durante el período de la Tribulación predicho en la Biblia.

Mientras tanto, Camilo, alias el "Macho" Williams, el cronista principal de la planta de la prestigiosa revista *Semanario Mundial*, andaba en una búsqueda propia. Camilo estaba a bordo del avión de Raimundo Steele cuando ocurrió el Arrebatamiento y lo asignaron a poner un poco de sentido en las desapariciones mundiales. Las entrevistas que hacía lo pusieron en contacto con una de las personalidades más poderosas y carismáticas jamás habidas, el misterioso líder rumano Nicolás Carpatia. A las dos semanas de las desapariciones, Carpatia fue puesto en el poder internacional como cabeza de las Naciones Unidas, prometiendo unir al planeta devastado, en un solo pueblo pacífico.

Camilo presentó a la aeromoza Patty Durán a Carpatia, éste la hizo rápidamente su asistente personal. Luego de llegar a creer en Cristo por influencia de Raimundo, Cloé y Bruno, Camilo se sintió responsable por Patty y se desesperó por alejarla de Carpatia.

Degradado de su puesto por supuestamente no haber asistido a una asignación muy importante, Camilo tuvo que trasladarse de Nueva York a Chicago, donde se unió a Raimundo, Cloé y Bruno en calidad de cuarto miembro del Comando Tribulación. Estos cuatro juntos determinaron oponerse y luchar contra todas las condiciones desfavorables sin rendirse jamás. Representando a millones que se perdieron la oportunidad de encontrarse con Cristo en el aire, resolvieron no dejar su nueva fe, sin importar qué pudiera acarrear el futuro.

Camilo Williams presencia el vil poder asesino de Nicolás Carpatia, y Bruno Barnes sabe por su estudio de las Escrituras que hay días oscuros por delante. Es posible que solamente uno de los cuatro miembros del Comando Tribulación sobreviva los próximos siete años.

Pero solamente Bruno sabe algo más que los indicios del terror por venir. Si los demás supieran, podrían no aventurarse tan valientemente hacia el futuro.

Uno

ra el momento oportuno de Raimundo Steele para descansar. Se deslizó los audífonos al cuello y buscó la Biblia de su esposa en su bolsa de vuelo, maravillándose por la rapidez con que su vida había cambiado. ¿Cuántas horas había desperdiciado en momentos de descanso como este, hojeando periódicos y revistas que nada tenían que decir? Después de todo lo que había pasado, solamente un libro podía mantener su interés.

El Boeing 747 iba en automático desde Baltimore a un aterrizaje en el aeropuerto O'Hare de Chicago a las cuatro de la tarde del viernes, pero Nico, el nuevo primer oficial de Raimundo, iba sentado mirando hacia adelante como si estuviera pilotando el avión. *No quiere hablar más conmigo* —pensó Raimundo—. *Sabía lo que venía y me anuló antes que yo pudiera abrir la boca.*

—¿Te ofenderá si me siento a leer esto por un momento? —preguntó Raimundo.

El hombre más joven se dio vuelta y levantó el audífono izquierdo de su oreja.

—¿Diga otra vez?

Raimundo repitió señalando la Biblia. La Biblia pertenecía a la esposa a quien no había visto por más de dos semanas, y probablemente a quien no vería por otros siete años.

—Siempre y cuando no espere que yo le preste atención.

—Nico, entiendo eso muy claramente. Debes comprender que no me importa lo que pienses de mí, ¿verdad?

—¿Señor?

Raimundo se acercó inclinándose y habló en voz más alta.

—Lo que tú puedas pensar de mí hubiera sido muy importante para mí hace unas pocas semanas —dijo—. Pero...

—Sí, ya sé, ¿está bien? Lo capté, Steele, ¿bueno? Usted y mucha otra gente piensa que toda la cuestión fue causada por Jesús. No me lo trago. Engáñese a usted mismo, pero déjeme fuera de esto.

Raimundo arqueó las cejas y se encogió de hombros.

—Tú no me respetarías si yo no hubiera tratado.

—No esté tan seguro.

Pero cuando Raimundo regresó a su lectura, fue el periódico *Chicago Tribune* que sobresalía de su bolsa lo que atrajo su atención.

El *Tribune*, como todo otro periódico del mundo tenía la noticia en primera página. Durante una reunión privada en las Naciones Unidas, justo antes de una conferencia de prensa de Nicolás Carpatia, había ocurrido un horrible asesinato y suicidio. El nuevo Secretario General de las Naciones Unidas, Nicolás Carpatia, acababa de nombrar a los nuevos diez miembros del Consejo de Seguridad, pero evidentemente se equivocó, al nombrar a dos hombres procedentes de los Grandes Estados de Gran Bretaña a la misma posición de embajador de las Naciones Unidas.

Conforme a los testigos, el billonario Jonatán Stonagal, amigo y respaldo financiero de Carpatia súbitamente atacó a un guardia, le quitó su revólver, y se disparó en la cabeza. La bala lo atravesó y mató a uno de los nuevos embajadores de Gran Bretaña.

Las Naciones Unidas cesaron sus operaciones por el día, y Carpatia estaba deprimido por la trágica pérdida de sus dos queridos amigos y tan confiables asesores.

Por raro que pareciera Raimundo Steele era uno de sólo cuatro personas del planeta que sabía la verdad de Nicolás Carpatia: que era un mentiroso, uno que lavaba el cerebro en forma hipnótica, el mismísimo Anticristo. Otros podrían sospechar que Carpatia fuera otra persona y no lo que parecía ser, pero únicamente Raimundo, su hija, su pastor y su nuevo amigo el periodista Camilo Williams lo sabían con certeza.

Camilo había sido uno de los diecisiete que estaban presentes en esa sala de reuniones en las Naciones Unidas. Y él había presenciado algo muy diferente: no un asesinato y suicidio, sino un doble homicidio. El mismo Carpatia, según Camilo, metódicamente había pedido prestado el revólver al guardia, obligó a su viejo amigo Jonatán Stonagal a arrodillarse, luego mató a Stonagal y al embajador británico con otro disparo.

Carpatia había planeado los asesinatos, y luego, mientras los testigos permanecían sentados horrorizados, Carpatia les dijo tranquilamente a ellos lo que habían visto: el mismo cuento que los periódicos publicaban ahora. Cada testigo en esa sala lo corroboró, todos menos uno. Lo más escalofriante era que se lo creían. Hasta Esteban Plank, el ex jefe de Camilo y ahora agente de prensa de Carpatia se lo creyó. Aun Patty Durán, la otrora aeromoza de Raimundo, que se había convertido en la asistente personal de Carpatia. Todos excepto Camilo Williams.

Raimundo había dudado cuando Camilo contó su versión en la oficina de Bruno Barnes dos noches atrás.

—¿Tú eres la única persona de la sala que lo vio a tu modo? —había preguntado desafiando al periodista.

—Capitán Steele —había dicho Camilo— todos lo vimos del mismo modo, pero entonces, Carpatia describió tranquilamente lo que él quería que nosotros pensáramos que habíamos visto, y todos, salvo yo, lo aceptaron inmediatamente como verdad. Yo quiero saber cómo explica él que ya tenía ahí al sucesor del muerto y juramentado cuando tuvo lugar el asesinato. Pero ahora no hay siquiera evidencias de que yo estuviera allí. Es como si Carpatia me hubiera lavado de la memoria de ellos. Gente que conozco jura ahora que no estuve allí, y no están haciendo chistes.

Cloé y Bruno Barnes se miraron uno a otro y luego volvieron a mirar a Camilo. Él finalmente se había convertido en creyente, justo antes de entrar a la reunión de las Naciones Unidas.

—Estoy absolutamente convencido de que si hubiera entrado a esa sala sin Dios —dijo Camilo— también yo hubiera sido reprogramado.

—Pero ahora sí contarás la verdad al mundo...

—Señor, me han asignado de nuevo a Chicago porque mi jefe cree que falté a esa reunión. Esteban Plank preguntó por qué no había aceptado su invitación. No he hablado con Patty todavía pero ustedes saben que ella no recordará que yo estuve allí.

—La pregunta del millón es —dijo Bruno Barnes— ¿qué piensa Carpatia que hay en tu cabeza? ¿Piensa que borró la verdad de *tu* mente? Si él sabe que tú sabes, corres tremendo riesgo.

Ahora, al leer Raimundo el extraño cuento en el periódico, se dio cuenta de que Nico cambió de piloto automático al mando manual. —Iniciando descenso —dijo Nico—. ¿Quiere usted bajarlo?

—Por supuesto —dijo Raimundo.

Nico podría haber aterrizado el avión pero Raimundo se sentía responsable. Él era el capitán. Él respondía por esta gente. Y aunque el avión podía aterrizar solo, él no había perdido la emoción de hacerlo aterrizar. Pocas cosas le recordaban la vida como había sido semanas antes, pero aterrizar un 747 era una de ellas.

Camilo Williams había pasado el día comprando un automóvil, algo que no había necesitado en Manhattan, y también buscando un departamento. Halló un hermoso condominio en un lugar que anunciaba teléfonos ya instalados, a medio camino entre la oficina del *Semanario Mundial* en Chicago y la Iglesia Centro de la Nueva Esperanza en Mount Prospect. Trató de convencerse que era la iglesia lo que seguía atrayéndolo al oeste de la ciudad, no Cloé, la hija de Raimundo Steele. Ella era diez años menor que él y debía evitar cualquier atracción que pudiera sentir por ella, pues estaba seguro de que ella lo consideraba como una especie de mentor pasado de tiempo.

Camilo había postergado su ida a la oficina. No lo esperaban allí de todos modos, sino hasta el próximo lunes y no le gustaba tener que vérselas con Verna Zee. Cuando su cometido fue encontrar un reemplazo para la veterana Lucinda Washington —la jefa de la oficina de Chicago que había desaparecido—, le había dicho a la militante Verna que se había apresurado demasiado al mudarse a la oficina de su ex jefa. Ahora, Camilo había sido degradado y Verna, ascendida. De pronto, ella era *su* jefe.

Pero no quería pasar todo el fin de semana temiendo la reunión ni tampoco quería parecer muy ansioso por volver a ver a Cloé Steele de inmediato, así que manejó hasta la oficina justo antes del cierre. ¿Le haría pagar Verna por sus años de celebridad como periodista premiado por crónicas de primera plana? O ¿empeoraría ella aun más la cosa matándolo con amabilidad?

Camilo sentía las miradas y sonrisas de los subordinados mientras pasaba por la oficina exterior. A esta altura, por supuesto, todos sabían lo que había pasado. Ellos sentían pena por él, estaban estupefactos por su error de juicio. ¿Cómo pudo Camilo Williams faltar a una reunión, que por cierto, sería una de las más importantes de la historia de las noticias, aun si no hubiera resultado en el doble asesinato? Pero ellos también estaban conscientes de las credenciales de Camilo. Muchos, sin duda, considerarían todavía un privilegio trabajar con él.

No fue una sorpresa que Verna ya se hubiera trasladado a la oficina grande. Camilo guiñó un ojo a Alicia, la joven secretaria de Verna, que tenía el pelo rizado como pinchos, y se asomó a la oficina. Parecía como si Verna llevara años ahí. Ya había arreglado los muebles y colgado sus propios cuadros y placas. Era claro que ella estaba bien establecida y disfrutaba cada minuto.

Una pila de papeles cubrían el escritorio de Verna y la pantalla de su computadora estaba encendida, pero parecía que ella estaba mirando ociosamente por la ventana. Camilo metió su cabeza y carraspeó. Advirtió un destello de reconocimiento, y luego una veloz recuperación de la compostura.

—Macho —dijo ella lisa y llanamente, aún sentada—. No te esperaba hasta el lunes.

—Sólo vine a presentarme —dijo él—. Puedes llamarme Camilo.

—Te diré Macho si no te importa y...

—Me importa. Por favor, dime...

—Entonces te diré Macho aunque te *importe*. ¿Le informaste a alguien más que vendrías?

—¿Cómo?

—¿Tienes una cita?

—¿Una cita?

—Conmigo. Tengo un horario programado, ya tú sabes.

—¿Y no hay espacio para mí en él?

—¿Entonces, estás pidiendo una cita?

—Si no es inconveniente me gustaría saber dónde voy a estar y qué clase de cometidos tienes en mente para mí, que clase de...

—Eso suena como asuntos que podemos hablar cuando nos reunamos —dijo Verna—. ¡Alicia, ve si tengo un espacio disponible en veinte minutos, por favor!

—Sí —dijo Alicia—. Y tendré el gusto de mostrarle al señor Williams su oficina mientras espera, si usted...

—Prefiero hacer eso yo misma, Alicia. Gracias, y ¿podrías cerrar la puerta?

Alicia pidió disculpas al levantarse y pasar por el lado de Camilo para cerrar la puerta. Él pensó que hasta viró los ojos hacia arriba.

—*Tú* puedes decirme Macho —susurró.

—Gracias —dijo tímidamente ella, señalando a una silla junto a su escritorio.

—¿Tengo que esperar aquí, como para ver al director?

Ella asintió. —Alguien te llamó aquí más temprano. Ella no dejó su nombre. Le dije que no se te esperaba hasta el lunes.

—¿Ningún mensaje?

—Lo siento.

—Así que ¿dónde *está* mi cubículo?

Alicia echó una mirada a la puerta cerrada, como si temiera que Verna pudiera verla. Se paró y señaló por encima de varios tabiques divisorios, hacia un rincón sin ventanas en la parte de atrás.

—Ahí es donde estaba la cafetera la última vez que estuve aquí —dijo Camilo.

—Todavía está allí —dijo Alicia con una risita. Su intercomunicador zumbó—. Sí, ¿señora?

—A ustedes dos les importaría susurrar si es que tienen que hablar mientras yo estoy trabajando?

—¡Lo siento! —esta vez Alicia miró para arriba.

—Voy a dar un vistazo —susurró Camilo, poniéndose de pie.

—Por favor, no —dijo ella—. Me meterá en problemas con ya sabe quién.

Camilo movió su cabeza y se volvió a sentar. Pensó en los lugares donde había estado, a quiénes había conocido, los peligros que había enfrentado en su carrera. Y ahora, estaba susurrando con una secretaria, tratando de evitar que tuviera problemas con una jefa mandona, la cual nunca había sido capaz de escribir nada que valiera la pena ni aun para salvar su propio pellejo.

Camilo suspiró. Por lo menos estaba en Chicago, donde estaban las únicas personas que realmente se interesaban por él.

A pesar de su nueva fe y la de su hija Cloé, Raimundo Steele se hallaba sujeto a profundos cambios de humor. Al ir caminando por el aeropuerto O'Hare, pasó bruscamente en silencio por el lado de Nico, y se sintió repentinamente triste. ¡Cuánto extrañaba a Irene y Raimundito! Sabía sin duda alguna que estaban en el cielo, y que debían por lo menos sentir pena por él. Pero el mundo había cambiado de forma tan espectacular desde las desapariciones, que prácticamente nadie que él conociera había recobrado algo de equilibrio. Él estaba agradecido de tener a Bruno como su maestro, a Cloé, y ahora a Camilo a su lado y juntos en una misión; pero a veces la esperanza de enfrentar el futuro era abrumadora.

Por eso fue un dulce alivio ver la sonriente cara de Cloé esperando al final del corredor. En dos décadas de vuelos él se había acostumbrado a los pasajeros que pasaban siendo saludados en la terminal del aeropuerto. La mayoría de los pilotos estaban acostumbrados a simplemente desembarcar e irse solos a casa en el automóvil.

Cloé y Raimundo se entendían mutuamente mejor que nunca. Estaban haciéndose amigos y confidentes rápidamente, y aunque no estaban de acuerdo en todo, sí estaban unidos en su pena y pérdida; ligados en su nueva fe y eran compañeros de equipos en lo que llamaban Comando Tribulación.

Raimundo abrazó a su hija. —¿Sucede algo malo?

—No, pero Bruno ha estado tratando de hablar contigo. Ha convocado una reunión de emergencia del grupo núcleo temprano esta noche. No sé de qué se trata, pero a él le gustaría que nosotros ubicáramos a Camilo.

—¿Cómo llegaste aquí?

—En taxi. Sabía que tu automóvil estaba aquí.

—¿Dónde podría estar Camilo?

—Hoy iba a buscar un automóvil y un departamento. Podría estar en cualquier parte.

—¿Llamaste a la oficina del *Semanario*?

—Hablé con Alicia la secretaria, temprano en la tarde. No lo esperan hasta el lunes, pero podemos probar de nuevo desde el automóvil. Quiero decir, tú puedes. ¿No te parece que tú debieras llamarlo en lugar de hacerlo yo?

Raimundo suprimió una sonrisa.

Alicia estaba sentada en su escritorio inclinada hacia adelante, con su cabeza vuelta mirando a Camilo y tratando de no reírse a carcajadas, mientras él la entretenía susurrándole ocurrencias graciosas. Todo mientras él se preguntaba cuánto de las cosas de su oficina palaciega de Manhattan cabría en el cubículo que tenía que compartir con la cafetera de la comunidad. Sonó el teléfono y Camilo pudo oír ambas partes de la conversación por el altoparlante del teléfono. Desde abajo del vestíbulo de entrada llegó la voz de la recepcionista.

—Alicia, ¿todavía Camilo Williams está ahí?

—Justo aquí.

—Llamada para él.

Era Raimundo Steele que lo llamaba desde el automóvil.

—¿A las siete y media esta noche? —dijo Camilo—. Seguro, estaré ahí. ¿Qué pasa? ¿Aah? Bueno, dile que la saludo también y los veré a los dos esta noche en la iglesia.

Estaba colgando el teléfono cuando Verna vino a la puerta y frunció el entrecejo al verlo.

—¿Problemas? —dijo él.

—Pronto tendrás tu propio teléfono —dijo ella—. Entra.

Tan pronto como se sentó Verna le informó dulcemente que ya no sería más el periodista que viajaba por todo el mundo, escribiendo las historias de portada, la estrella de los titulares del *Semanario Mundial*.

—Aquí en Chicago tenemos un papel importante pero limitado en la revista —dijo ella—. Interpretamos las noticias nacionales e internacionales desde una perspectiva local y regional y sometemos nuestras historias a Nueva York.

Camilo se puso tenso en su asiento.

—¿Así que voy a ser asignado a los mercados de ganado de Chicago?

—No me diviertes, Camilo. Nunca me has divertido. Serás enviado a lo que necesitemos cubrir cada semana. Tu trabajo será revisado por un editor jefe y por mí, y yo decidiré si tiene suficiente importancia y calidad para enviarlo a Nueva York.

Camilo suspiró.

—No le pregunté al gran jefe qué se suponía que hiciera con los trabajos que estaba haciendo. Supongo que tú no sabes.

—Tu contacto con Serafín Bailey se canalizará ahora a través de mí también. ¿Entendido?

—¿Estás preguntando si yo entiendo o si estoy de acuerdo?

—Ninguna de las dos cosas —dijo ella—. Pregunto si obedecerás.

—Improbable —dijo Camilo sintiendo que su cuello se enrojecía y su pulso se aceleraba. No quería una pelea a gritos con Verna. Pero tampoco iba a quedarse sentado mucho tiempo bajo el puño de alguien que no tenía nada que ver con el periodismo, menos con el viejo sillón de Lucinda Washington y menos con supervisarlo a él.

—Discutiré esto con el señor Bailey —dijo ella—. Como puedes imaginarte, yo tengo a mi disposición toda clase de recursos para los empleados insubordinados.

—Me imagino. ¿Por qué no lo llamas por teléfono ahora mismo?

—¿Para qué?

—Para averiguar qué se supone que yo haga. Acepté ser rebajado de puesto y trasladado de lugar. Tú sabes tan bien como yo que relegarme a cosas regionales es desperdiciar mis contactos y mi experiencia.

—Y tu talento, me supongo.

—Deduce lo que quieras. Pero antes que me pongas donde caen los golpes, tengo docenas de horas invertidas en mi historia de portada sobre la teoría de las desapariciones, ah, ¿por qué te estoy hablando de eso?

—Porque yo soy tu jefa y porque no es probable, que un cronista de la planta de la oficina de Chicago llegue con una historia de portada.

—¿Ni siquiera un cronista que ha escrito varias? Te desafío a que llames a Bailey. La última vez que él dijo algo sobre mi trabajo, dijo que estaba seguro de que sería todo un éxito.

—¿Sí? La última vez que yo hablé con él, me contó de la última vez que él te habló.

—Fue un malentendido.

—Fue una mentira. Tú dijiste que estabas en un sitio y todos los que estaban allí dicen que no estabas. Yo te hubiera echado.

—Si tú tuvieras el poder de despedirme, yo me hubiera ido.

—¿Quieres irte?

—Te diré lo que quiero Verna. Yo quiero...

—Espero que todos mis subordinados me digan señora Zee.

—Tú no tienes subordinados en esta oficina —dijo Camilo—. Y tú no eres...

—Estás acercándote peligrosamente al límite, Macho.

—¿No temes que *señora Zee* suena demasiado parecido a *señora sí*?

Ella se puso de pie. —Sígueme.

Pasó rápido delante de él, y salió de su oficina por el largo pasillo pisando fuerte con sus cómodos zapatos.

Camilo se detuvo en el escritorio de Alicia.

—Gracias por todo, Alicia —dijo rápidamente—. Tengo muchas cosas que me mandaron por correo para acá y que quisiera que tú enviaras a mi nuevo apartamento.

Alicia estaba asintiendo pero su sonrisa se heló cuando Verna gritó desde el fondo del pasillo.

—¡*Ahora* Macho!

Camilo se dio vuelta lentamente.

—Volveré a hablar contigo Alicia —Camilo se movió con suficiente lentitud como para enloquecer a Verna, y se dio cuenta de que los compañeros en sus cubículos fingían no darse cuenta, pero que luchaban por no sonreírse.

Verna marchó directa hacia el rincón que servía como salita de café y señaló un pequeño escritorio con un teléfono y un gabinete para archivos. Camilo resopló.

—Tendrá una computadora dentro de una semana o algo así —dijo ella.

—Haz que la manden a mi casa.

—Me temo que eso está fuera de toda consideración.

—No, Verna, lo que está fuera de toda consideración es que tú trates de ventilar todo tu enojo de quien sabe donde, en un solo soplido. Sabes tan bien como yo que nadie con un gramo de respeto propio soportaría esto. Si tengo que trabajar desde Chicago, voy a trabajar en casa, con una computadora, un *modem* y una máquina de *fax*. Y si por alguna razón esperas verme otra vez en esta oficina, vas a llamar por teléfono a Serafín Bailey ahora mismo.

Verna se veía lista para defender su terreno, así que Camilo volvió a la oficina mientras ella le seguía detrás. Pasó por el escritorio de Alicia que lucía impactada, y esperó en el escritorio de Verna hasta que ella llegó.

—¿Marcas tú o marco yo? —exigió.

Raimundo y Cloé comieron en el camino a casa y al llegar, hallaron un mensaje telefónico urgente del piloto jefe de Raimundo. —Llámame tan pronto llegues.

Con su gorra bajo el brazo y todavía con el impermeable del uniforme puesto, Raimundo marcó los números.

—¿Qué pasa Eulalio?

—Gracias por llamarme de inmediato Ray. Tú y yo tenemos una larga trayectoria juntos.

—Lo suficiente para que hables claro Eulalio. ¿Qué hice ahora?

—Esta no es una llamada oficial, ¿correcto? No es un reto ni una advertencia ni nada. Es tan sólo de amigo a amigo.

—Bueno, de amigo a amigo Eulalio, ¿tengo que sentarme?

—No, pero déjame decirte amigazo, que tienes que dejar la prédica proselitista.

—¿La...?

—Hablar de Dios en el trabajo, hombre.

—Eulalio, me callo cuando alguien dice algo y sabes que no dejo que se afecte el trabajo. De todos modos, ¿cuál es *tu* opinión de las desapariciones?

—Ya hemos hablado de todo eso Ray. Sólo te estoy diciendo que Nico Edwards va a denunciarte por escrito y quiero poder decir que tú y yo ya hablamos de esto y que has acordado callarte.

—¿Denunciarme por escrito? ¿Rompí alguna regla, violé un procedimiento, cometí algún delito?

—No sé cómo lo va a llamar pero has sido advertido ¿correcto?

—Pensé que dijiste que esto todavía no era oficial.

—No lo es Ray. ¿Quieres que sea? ¿Tengo que volver a llamarte mañana y arrastrarte para acá para una reunión y poner una nota de advertencia en tu expediente y todo eso, o puedo calmarlos a todos y decir que fue un malentendido, que ahora estás tranquilo y que no volverá a suceder?

Raimundo no respondió de inmediato.

—Vamos, Ray, esto no es para pensarlo tanto. No me gusta que tengas que pensar en esto.

—Bueno, *tendré* que pensarlo Eulalio. Aprecio que me hayas avisado pero no estoy listo para ceder en nada todavía.

—No me hagas esto Ray.

—No te lo hago a ti Eulalio. Me lo hago a mí mismo.

—Sí, y yo soy quien tiene que buscar un piloto de reemplazo certificado para el "cuarenta y siete y el cincuenta y siete".

—¡Quieres decir que es así de grave! ¿Podría perder mi trabajo por esto?

—Apuesta que sí.

—Todavía tendré que pensarlo.

—Te agarró fuerte Ray. Oye, en caso que vuelvas a tu sano juicio y podamos olvidar todo esto, pronto tienes que volver a pasar la certificación para el "cincuenta y siete". Están añadiendo media docena más dentro de un mes o algo así, y van a manejarlos desde aquí. Tú quieres estar en esa lista. Más dinero, ya tú sabes.

—Ya no es cosa tan grande para mí Eulalio.

—Lo sé.

—Pero la idea de volar el 757 *es* atractiva. Te llamaré de nuevo.

—No me hagas esperar Ray.

—Llamaré al señor Bailey si puedo —dijo Verna—. Pero date cuenta de que es tarde en Nueva York.

—Él siempre está ahí, tú lo sabes. Usa su número directo para después de horas de oficina.

—No lo tengo.

—Yo te lo apunto. Probablemente esté entrevistando a alguien que me reemplace.

—Lo llamaré, Camilo y hasta te dejaré hablar pero yo voy a hablarle primero y me reservo el derecho de decirle cuán insolente e irrespetuoso has sido. Por favor, espera afuera.

Alicia estaba juntando sus cosas como si estuviera casi lista para irse cuando Camilo apareció con una mirada traviesa. Los demás salían de la oficina en dirección al estacionamiento y al tren.

—¿Oíste todo? —susurró Camilo.

—Yo escucho todo —moduló ella con la boca—. ¿Y tú conoces esos nuevos teléfonos altoparlantes, esos no te hacen esperar hasta que la otra persona termine de hablar?

Él asintió.

—Bueno, tampoco nadie sabe que estás escuchando. Uno toca el botón de transmisión así, y luego... si algo toca el botón del altoparlante, ¡uy!, entonces puedes escuchar una conversación sin que te escuchen. ¿Es grandioso, cierto?

Desde el altoparlante del teléfono de su escritorio llegó el sonido del teléfono llamando en Nueva York.

—¿Quién es? —preguntó Serafín.

—Mmm, señor, lamento molestarlo a esta hora...

—Si me conseguiste es porque debes tener algo importante. Ahora bien, ¿quién eres?

—Verna Zee, de Chicago.

—Sí, Verna, ¿qué está pasando?

—Tengo un problema aquí. Camilo, el Macho Williams.

—Sí, te iba a decir que no te metas con él. El está trabajando en un par de artículos importantes para mí. ¿Tienes ahí un lindo lugar donde él pueda trabajar, o tenemos que dejarle trabajar en su casa?

—Tenemos un lugar aquí para él, pero señor, él se portó mal y fue insolente conmigo hoy, y...

—Escucha Verna, no quiero que tengas que preocuparte por Williams. Él ha sido puesto fuera, desplazado por algo que aún no logro entender, pero seamos sinceros, él sigue siendo nuestra estrella y va seguir haciendo exactamente lo mismo que ha estado haciendo. Recibirá menos dinero y un título menos prestigioso y no trabajará desde Nueva York, pero va a recibir sus cometidos desde aquí. Tú no te preocupes de él, ¿correcto? Efectivamente, pienso que sería mejor para ti y para él si él *no* trabajara en esa oficina.

—Pero señor...

—¿Algo más Verna?

—Bueno, desearía que usted me hubiera hecho saber esto de antemano. Necesito que me respalde en esto. Él se portó incorrectamente conmigo y..

—¿Qué quieres decir? Él se te insinuó, te hizo proposiciones deshonestas o qué?

Camilo y Alicia apretaron las manos sobre sus bocas para no reventar en carcajadas.

—No, señor, pero dijo muy claro que no va a subordinarse a mí.

—Bueno, lamento eso Verna, pero él no se someterá a ti ¿correcto? Yo no voy a desperdiciar a Camilo Williams en asuntos regionales; no se trata de que no apreciemos cada centímetro de copia que viene de tu oficina, entendido.

—Pero, señor...

—Lo siento Verna, ¿hay algo más? ¿No hablo claro o cuál es el problema? Tan sólo dile que compre su equipo, que lo ponga en la cuenta de Chicago y que trabaje directamente para nosotros aquí, ¿entendiste?

—Pero no debiera disculp...

—Verna, ¿realmente necesitas que yo me meta en un conflicto de personalidades a1600 kilómetros de distancia? Si no puedes manejar eso allá...

—Puedo, señor, y lo haré. Gracias, señor. Lamento haberlo molestado.

El intercomunicador sonó.

—Alicia, dile que entre.

—Sí, señora, y entonces puedo...

—Sí, puedes irte.

Camilo captó que Alicia se daba tiempo para juntar sus cosas quedándose, sin embargo, al alcance de oír. Él entró a la oficina como si esperara hablar por teléfono con Serafín Bailey.

—Él no tiene que hablar contigo. Me dijo claramente que no se espera que yo tolere tus engaños. Te asigno a que trabajes desde tu casa.

Camilo quiso decir que le iba a costar tragarse lo que ella tenía preparado para él pero ya se estaba sintiendo culpable por haber espiado su conversación. Esto era algo nuevo. La culpa.

—Trataré de mantenerme fuera de tu camino —dijo él.

—Apreciaría eso.

Cuando llegó al estacionamiento Alicia estaba esperando.

—Eso fue grandioso —dijo ella.

—Debieras avergonzarte —él sonrió de oreja a oreja.

—Tú también escuchaste.

—Eso mismo hice. Te veo.

—Voy a perder el tren de las seis y media —dijo ella— pero valió la pena.

—¿Qué tal si te llevo? Dime dónde es.

Alicia esperó hasta que él abrió la puerta del automóvil.

—Lindo auto!

—Es nuevo —respondió él. Y así era justamente como se sentía él, nuevo.

Raimundo y Cloé llegaron temprano a Nueva Esperanza. Bruno estaba ahí, terminando un emparedado que había pedido. Parecía mucho mayor que sus treinta años de edad. Luego de saludarlos, se puso sus lentes sobre la cabeza y se echó hacía atrás en su sillón que crujía. —¿Hallaron a Camilo? —preguntó.

—Dijo que vendría para acá —contestó Raimundo—. ¿Cuál es la emergencia?

—¿Escuchaste hoy las noticias?

—Creo que sí. ¿Algo importante?

—Creo que sí. Esperemos a Camilo.

—Entonces déjame contarte mientras tanto cómo me metí en problemas hoy —dijo Raimundo.

Cuando terminó, Bruno sonreía.

—Apuesto que eso nunca estuvo antes en tu expediente personal.

Raimundo movió la cabeza y cambió de tema.

—Parece tan raro tener a Camilo como parte del núcleo interno, especialmente por ser tan nuevo en esto.

—Todos somos nuevos en esto, ¿no? —dijo Cloé.

—Muy cierto.

Bruno alzó los ojos y sonrió. Raimundo y Cloé se dieron vuelta para ver a Camilo en la puerta.

Dos

Camilo no sabía cómo reaccionar cuando Raimundo Steele lo saludó cariñosamente. Él apreciaba el calor y la franqueza de sus tres nuevos amigos, pero algo le fastidiaba y se mantenía un poco distante. Todavía no se sentía totalmente cómodo con esta clase de expresión de afecto. ¿Y de qué se trataba esta reunión? El Comando Tribulación tenía programado reunirse con regularidad, así que una reunión especialmente convocada tenía que significar algo.

Cloé lo miraba expectante cuando lo saludó pero no lo abrazó como lo había hecho Steele y Bruno Barnes. Su actitud reservada era naturalmente, culpa de él. Apenas se conocían pero sin duda había una atracción mutua. Se habían dado señales suficientes para empezar una relación, y en una nota escrita a Cloé, Camilo había admitido que se sentía atraído por ella. Pero tenía que tener cuidado. Ambos eran muy nuevos en su fe y ahora sólo estaban aprendiendo qué traía el futuro. Únicamente un loco empezaría una relación en una época como esta.

Y ¿sin embargo, no era eso exactamente lo que él era —un loco? ¿Cómo podía haberle llevado tanto tiempo saber algo de Cristo cuando él había sido un estudiante estrella, un periodista internacional, un así llamado intelectual?

¿Y qué le estaba pasando ahora? Se sentía culpable de escuchar por el teléfono cuando sus jefes hablaban de él. Antes nunca lo hubiera pensado dos veces esto de espiar por teléfono. Los trucos, tretas y mentiras directas que había dicho sólo para conseguir una historia, llenarían un libro. ¿Sería ahora un periodista tan bueno, teniendo a Dios en su vida, evidentemente escudriñándole la conciencia aun por cosas pequeñas?

Raimundo percibió la incomodidad de Camilo y la vacilación de Cloé. Pero mayormente le impactó el cambio casi instantáneo del semblante de Bruno. Él había sonreído cuando Raimundo contó que se había metido en problemas en el trabajo y había sonreído cuando llegó Camilo. Sin embargo, repentinamente la cara de Bruno se había nublado. Su sonrisa se había desvanecido y le estaba costando mucho recobrar su compostura.

Raimundo era nuevo en esta clase de sensibilidad. Antes que su esposa e hijo desaparecieran, no había llorado por años. Siempre había considerado que la emoción era débil y poco masculina. Pero desde las desapariciones había visto llorar a muchos hombres. Estaba convencido de que las desapariciones mundiales había sido Cristo que arrebató a su iglesia pero para aquellos que fueron dejados atrás, el suceso había sido catastrófico.

Hasta para él y Cloé, que habían llegado a ser creyentes debido a eso, el horror de perder al resto de su familia era terrible. Había días en que Raimundo se sentía tan desconsolado y solo por su esposa e hijo, que se preguntaba si podría seguir adelante. ¿Cómo pudo haber estado tan ciego? ¡Qué fracaso había sido como marido y padre!

Pero Bruno había sido un consejero sabio. Él también había perdido esposa e hijos, y él, de toda la gente, tendría que haber estado preparado para la venida de Cristo. Con el apoyo de Bruno y la ayuda de los otros dos presentes en esta sala, Raimundo sabía que podía seguir adelante. Pero había algo más que la sola supervivencia en la mente de Raimundo. Estaba empezando a creer que él, y todos ellos, tendrían que hacer algo quizás a riesgo de sus vidas.

Si había habido un momento de duda o vacilación sobre aquello, se disipó cuando Bruno Barnes recuperó finalmente su voz. El joven pastor apretó sus labios para impedir que temblaran. Sus ojos estaban llorosos.

—Yo, eh... tengo que hablar con todos ustedes —empezó inclinándose hacia adelante y deteniéndose para recobrar su compostura—. Con todas las noticias que vienen desde Nueva York a cada minuto en estos días, me he dado a la tarea de tener sintonizada la CNN[1] todo el tiempo. Raimundo, dijiste que no habías oído lo último. ¿Cloé? —ella movió la cabeza.

---

1.   Telecadena de noticias internacionales.

—Camilo, supongo que tienes acceso a todo anuncio de Carpatia en cuanto es emitido.

—Hoy, no —dijo Camilo—. No fui a la oficina sino al terminar el día y no supe nada.

Bruno pareció volver a turbarse, entonces sonrió como disculpándose.

—No se trata de que la noticia sea tan devastadora —dijo—. Sólo que siento una responsabilidad tan grande por todos ustedes. Saben que trato de dirigir esta iglesia pero eso parece tan insignificante comparado con mi estudio de la profecía. Me paso la mayor parte de mis días y noches leyendo la Biblia y los comentarios, y siento la mano de Dios fuerte sobre mí.

—¿La mano de Dios? —repitió Raimundo.

Pero Bruno rompió a llorar. Cloé se estiró por encima del escritorio y le tapó una de sus manos con la suya. Raimundo y Camilo también tocaron a Bruno.

—Es tan duro —dijo Bruno, luchando por hacerse entender—. Y sé que no se trata sólo de mí. Se trata de ustedes y de todos los que vienen a esta iglesia. Todos estamos dolidos, todos perdimos gente, todos perdimos la verdad.

—Pero ahora la encontramos —dijo Cloé—, y Dios te usó para eso.

—Lo sé. Sólo me siento tan lleno de emociones contradictorias que me pregunto qué viene ahora —dijo Bruno—. Mi casa es tan grande y tan fría y tan sola sin mi familia, que a veces ni siquiera vuelvo a casa en la noche. A veces estudio hasta que me quedo dormido y voy a casa en la mañana sólo para ducharme y cambiarme de ropa y volver para acá.

Incómodo, Raimundo desvió la mirada. Si hubiese sido él quien trataba de comunicarse con sus amigos, hubiera querido que alguien cambiara el tema para devolverlo al motivo de la reunión. Pero Bruno era una clase diferente de persona. Él siempre se había comunicado en su propia forma y en su propio tiempo.

Bruno buscó un pañuelo de papel y los otros tres se volvieron a sentar. Cuando Bruno habló de nuevo, su voz seguía enronquecida.

—Siento un peso enorme sobre mí —dijo—. Una de las cosas en que nunca fui bueno fue leer la Biblia todos los días. Fingía ser un creyente, un así llamado obrero cristiano de jornada completa, pero no me interesaba la Biblia. Ahora no me canso de leerla.

Camilo podía identificarse con eso. Él quería saber todo lo que Dios había estado tratando de comunicarle por años. Aparte de Cloé, esa era una razón por la que no le importó mudarse a Chicago. Él quería ir a esta iglesia y oír a Bruno explicar la Biblia cada vez que se abrieran las puertas. Él quería sumergirse en la captación y enseñanza de Bruno como miembro de este grupito núcleo.

Todavía tenía un trabajo y estaba escribiendo cosas importantes pero aprender a conocer a Dios y escucharlo parecía ser su ocupación primordial. El resto era sólo un medio para alcanzar un fin.

Bruno alzó los ojos.

—Ahora sé lo que quería decir la gente cuando decían que se gozaban en la Palabra. A veces, me siento bebiendo de ella por horas, pierdo la noción del tiempo, me olvido de comer, lloro y oro. A veces me deslizo de la silla y caigo de rodillas, clamando a Dios para que me la aclare. Lo que más asusta es que Él está haciendo precisamente eso.

Camilo vio que Raimundo y Cloé asentían. Él era más nuevo que ellos en esto pero sentía esa misma hambre y sed de la Biblia. ¿Pero a dónde iba Bruno? ¿Estaba diciendo que Dios le había revelado algo?

Bruno respiró hondo y se puso de pie. Fue hasta la esquina del escritorio y se sentó encima, quedando más alto que los otros tres.

—Necesito sus oraciones —dijo—. Dios me está mostrando cosas, imprimiendo verdades en mí que apenas puedo contener. Pero si las digo en público, seré ridiculizado y quizá me ponga en peligro.

—Por supuesto que oraremos —dijo Raimundo—. ¿Pero qué tiene eso que ver con las noticias de hoy?

—Todo tiene que ver con las noticias, Raimundo —Bruno movió la cabeza—. ¿No ves? Sabemos que Nicolás Carpatia es el anticristo. Supongamos por un momento que la historia de Camilo sobre el poder hipnótico sobrenatural de Carpatia y el asesinato de esos dos hombres, es ridícula. Aun así, hay muchas pruebas de que Carpatia encaja perfectamente en las descripciones proféticas. Él es engañador y encantador. La gente se desborda para apoyarlo. Ha sido puesto en el poder aparentemente en contra de sus propios deseos. Está insistiendo para formar un gobierno mundial único, una moneda mundial única, un tratado con Israel, el traslado de las Naciones Unidas a Babilonia. Eso solo lo demuestra. ¿Cuáles son las probabilidades de que un hombre fomentara todas esas cosas y *no* fuera el anticristo?

—Sabíamos que esto vendría —dijo Camilo—. ¿Pero hizo público todo eso?

—Todo, hoy.

Camilo soltó un suave silbido.

—¿Qué dijo Carpatia?

—Lo anunció a través de su agente de prensa, tu ex jefe, ¿cómo se llama?

—Plank.

—Correcto. Esteban Plank. Tuvieron una conferencia de prensa para poder informar a los medios de comunicación en masa que Carpatia no estará disponible por varios días mientras realiza varias reuniones estratégicas de alto nivel.

—¿Y dijo de qué se trataban las reuniones?

—Dijo que Carpatia, aunque no procura la posición de liderazgo, sentía la obligación de moverse rápidamente para unir al mundo en un movimiento en pro de la paz. Él asignó fuerzas de tarea para que pongan en práctica el desarme de las naciones del mundo y para que confirmen que se ha hecho. Él está haciendo que diez por ciento del armamento de cada nación que no se destruye, sea enviado a Babilonia, a la cual llama Nueva Babilonia. La comunidad financiera internacional cuyos representantes ya estaban en Nueva York para reunirse, ha sido encargada de la responsabilidad de establecer una sola moneda.

—Nunca lo hubiera creído —Camilo frunció el entrecejo—. Un amigo trató de advertirme sobre esto hace tiempo.

—Eso no es todo —prosiguió Bruno—. ¿Crees que fue coincidencia que los dirigentes de las religiones principales estuvieran en Nueva York cuando llegó Carpatia la semana pasada? ¿Cómo podría esto ser otra cosa que el cumplimiento de la profecía? Carpatia les está instando a que se junten, a que se pongan de acuerdo en un esfuerzo por la tolerancia, que incluya todo, que respete sus creencias compartidas.

—¿Creencias compartidas? —dijo Cloé—. Algunas de esas religiones están tan distantes entre sí que nunca se pondrían de acuerdo.

—Pero *están* poniéndose de acuerdo —dijo Bruno—. Evidentemente Carpatia está haciendo tratos. No sé lo que ofrece pero se espera un anuncio para fines de semana de parte de los líderes religiosos. Yo supongo que veremos una religión mundial única.

—¿Quién se lo creería?

—La Escritura indica que muchos.

La mente de Raimundo era un torbellino. Le había costado mucho concentrarse en algo desde el día de las desapariciones. A veces se preguntaba si todo esto era una pesadilla local, algo de lo que se despertaría, y entonces cambiaría su vida. ¿Sería él como el personaje "Tacaño" del conocido cuento navideño, que necesitaba un sueño como este para entender cuán equivocado había estado? O ¿era un George Bailey, el personaje del actor James Stewart en la película *Es una vida maravillosa*, que obtuvo su deseo y luego deseó no haberlo conseguido?

Raimundo conocía realmente a dos personas, Camilo y Patty, que habían conocido personalmente ¡al anticristo! ¿Cuán absurdo era eso? Cuando se permitía reflexionar en eso, siempre sentía un sombrío escalofrío de terror correr por todo su cuerpo. La batalla cósmica entre Dios y Satanás había estallado en su propia vida, y en un instante él había pasado de ser un cínico escéptico, un padre negligente, un marido lujurioso propenso al engaño, a ser un creyente fanático de Cristo.

—¿Por qué las noticias de hoy te han impactado tanto Bruno? —preguntó Raimundo—. No creo que ninguno de nosotros tenga duda de la historia de Camilo, o tuviera alguna pregunta persistente sobre si Carpatia era el anticristo.

—No sé, Raimundo —Bruno volvió a su asiento—. Todo lo que sé es que mientras más me acerco a Dios, más profundo me meto en la Biblia, más pesada parece la carga sobre mis hombros. El mundo necesita saber que está siendo engañado. Siento la urgencia de predicar a Cristo en todas partes no sólo aquí. Esta iglesia está repleta de gente asustada y todos tienen hambre de Dios. Estamos tratando de satisfacer esa necesidad pero vienen más problemas por delante.

»La noticia que realmente me impresionó hoy fue el anuncio de que el próximo orden grande de negocios para Carpatia es lo que él llama *un entendimiento* entre la comunidad mundial e Israel, como asimismo lo que él llama *un arreglo especial* entre las Naciones Unidas y los Estados Unidos de Norteamérica.

Camilo se enderezó más en el asiento.

—¿Qué logras entender de todo eso?

—No sé qué cosa sea esto de los Estados Unidos de Norteamérica pues, por más que estudio, no veo que desempeñe un papel durante este período de la historia. Pero todos sabemos de qué se trata *el entendimiento* con Israel. No sé qué forma tomará o cuál será el beneficio para la Tierra Santa, pero claramente, este es el pacto de los siete años.

Cloé alzó los ojos. —Y eso señala en realidad el comienzo del período de siete años de la tribulación.

—Exactamente —Bruno miró al grupo—. Si ese anuncio dice algo sobre una promesa de parte de Carpatia de que Israel será protegido en los próximos siete años, eso introduce oficialmente la Tribulación.

Camilo estaba tomando apuntes. —¿Así que las desapariciones, el Arrebatamiento, no iniciaron el período de siete años?

—No —dijo Bruno—. Algo dentro de mí esperaba que se demorara el pacto con Israel. Nada en la Escritura dice que tiene que pasar de inmediato. Pero una vez que acontezca, el reloj empieza a moverse.

—Pero empieza a moverse hacia la instalación que hace Cristo de su reino en la Tierra, ¿correcto? —preguntó Camilo.

Raimundo estaba impresionado con que Camilo hubiera aprendido tanto tan rápidamente. Bruno asintió.

—Correcto. Y esa es la razón de esta reunión. Tengo que decirles algo a todos ustedes. Voy a hacer una reunión de dos horas, justo aquí en esta oficina cada noche de la semana, de ocho a diez. Sólo para nosotros.

—Yo estaré viajando mucho —dijo Camilo.

—Yo también —añadió Raimundo.

Bruno levantó la mano. —No puedo obligarlos a venir pero les insto a venir cada vez que estén en la ciudad. En nuestros estudios vamos a destacar lo que Dios ha revelado en las Escrituras. Algo de eso ya me lo han oído decir. Pero si el pacto con Israel sucede dentro de los próximos días, no tenemos tiempo que perder. Tenemos que empezar nuevas iglesias, nuevos grupos célula de creyentes. Quiero ir a Israel y oír a los dos testigos del Muro de los Lamentos. La Biblia habla de 144.000 judíos que surgen y viajan por todo el mundo. Tiene que haber una gran cosecha de almas, quizá un billón o más de personas que vengan a Cristo.

—Eso suena fantástico —dijo Cloé—. Debiéramos estar emocionados.

—*Estoy* emocionado —dijo Bruno—. Pero habrá poco tiempo para regocijarse o descansar. ¿Recuerdan los juicios de los siete sellos de que habla Apocalipsis? —ella asintió—. Esos empezarán inmediatamente, si estoy en lo correcto. Habrá un período de paz de dieciocho meses, pero en los tres meses siguientes a eso, el resto de los juicios de los sellos caerá sobre la tierra. Una cuarta parte de la población del mundo será eliminada. No quiero ponerme sentimental pero miren en torno a esta sala y díganme qué significa eso para ustedes?

Raimundo no tuvo que mirar alrededor de la sala. Estaba sentado ahí con las tres personas más cercanas a él en el mundo. ¿Era posible que en menos de dos años pudiera perder otro ser querido más?

———

Camilo cerró su libreta de apuntes. No iba a anotar el hecho de que alguien presente en esa sala pudiera estar muerto pronto. Él recordó que durante su primer día de universidad, le habían pedido que mirara a su derecha y a su izquierda. El profesor había dicho: "Uno de los tres no estará aquí dentro de un año". Eso era casi comparado con esto.

—No queremos sobrevivir sencillamente —dijo Camilo—. Queremos tomar acción, hacer algo.

—Lo sé —dijo Bruno—. Supongo que estoy doliéndome por anticipado. Esto va a ser un camino largo y duro. Todos vamos a estar ocupados y recargados de trabajo pero debemos planear de antemano.

—Estaba pensando en regresar a la universidad —dijo divertida Cloé—. No a Stanford, por supuesto, sino a alguna universidad por aquí. Ahora me pregunto ¿qué sentido tiene?

—Puedes ir a la universidad aquí mismo —dijo Bruno—. Todas las noches a las ocho. Y hay algo más.

—Pensé que la habría —dijo Camilo.

—Pienso que necesitamos un refugio.

—¿Un refugio? —dijo Cloé.

—Subterráneo —dijo Bruno—. Durante el período de paz lo podemos construir sin despertar sospechas. Cuando lleguen los juicios, no podremos hacer nada como eso.

—¿De qué hablas? —preguntó Camilo.

—Hablo de traer aquí una máquina para cavar un lugar al cual podamos escapar. La guerra está por llegar: hambre, plagas, y muerte.

Raimundo levantó la mano. —Pero yo creía que no íbamos a meter la cola entre las piernas y salir corriendo.

—No lo haremos —dijo Bruno—. Pero si no planeamos por anticipado, si no tenemos un lugar donde refugiarnos, reagruparnos, evadir la radiación y la enfermedad, moriremos tratando de demostrar que somos valientes.

Camilo estaba impresionado con que Bruno tuviera un plan, un plan de verdad. Bruno dijo que compraría un tanque de agua grande pidiendo que se lo entregaran ahí. Lo pondría en el borde del estacionamiento por unas semanas, y la gente supondría que era alguna clase de bodega. Entonces traería una excavadora que hiciera un hoyo suficientemente grande para meterlo.

Mientras tanto, los cuatro harían paredes, instalarían cables de electricidad y cañerías de agua en el hoyo, y lo prepararían como escondite. En algún momento Bruno haría que se llevaran el tanque de agua. La gente que lo viera supondría que no era del tamaño apropiado o que tenía algún defecto. La gente que no viera que se lo llevaban, supondría que lo habían instalado en el hoyo.

El Comando Tribulación uniría el refugio subterráneo con la iglesia por medio de un corredor secreto, pero no lo usarían si no cuando fuera necesario. Todas sus reuniones se harían en la oficina de Bruno.

La reunión de esa noche terminó con oración, donde los tres creyentes más nuevos oraron por Bruno y el peso de su liderazgo.

Camilo instó a Bruno que se fuera a casa y durmiera algo. Al salir Camilo se volvió a Cloé.

—Te mostraría mi automóvil nuevo pero ya no me parece que sea tan gran cosa.

—Entiendo lo que quieres decir —ella sonrió.

—Se ve bonito de todos modos. ¿Quieres venir a comer con nosotros?

—No tengo hambre en realidad. De todo modos tengo que empezar la mudanza a mi nueva casa.

—¿Tienes muebles ya? —preguntó ella—. Podrías quedarte con nosotros hasta que tengas algo. Tenemos mucho espacio.

Él pensó en la ironía de aquello. —Gracias —dijo—. Está amueblado.

Raimundo vino por atrás. —¿Adónde te mudaste Camilo?

Camilo describió el condominio, a medio camino entre la iglesia y el *Semanario*.

—Eso no queda lejos.

—No —dijo Camilo—. Invitaré a todos cuando me instale bien.

Raimundo había abierto la puerta de su automóvil y Cloé esperaba en la puerta del pasajero. Los tres se quedaron callados y sintiéndose raros a la luz opaca de los faroles de la calle.

—Bueno —dijo Camilo— mejor es que me marche.

Raimundo se deslizó en el automóvil. Cloé seguía todavía ahí.

—Te veo.

Cloé hizo un gesto breve de adiós con la mano y Camilo se alejó. Se sentía como un idiota. ¿Qué iba él a hacer con ella? Sabía que ella estaba aguardando esperanzada alguna señal de que él aún estaba interesado. Y él lo estaba. Sólo que tenía problemas para demostrarlo. No sabía si era porque su padre estaba ahí o porque en ese mismo momento estaban pasando demasiadas cosas en sus vidas.

Camilo pensó en el comentario de Cloé de que no tenía mucho sentido ir a la universidad. Eso se aplicaba al romance también —pensó. Seguro que él estaba solo. Seguro que ellos tenían mucho en común. Seguro que él se sentía atraído por ella y era claro que ella sentía lo mismo por él pero, ¿no era ahora un poco trivial interesarse por una mujer considerando todo lo que Bruno acababa de decir?

Camilo se había enamorado de Dios en realidad. Eso tenía que ser su pasión hasta que Cristo volviera de nuevo. ¿Sería correcto, por no decir prudente, enfocar su atención en Cloé Steele a la misma vez? Él trató de sacarla de su mente.

No hubo caso.

—¿Te gusta, no? —dijo Raimundo al sacar el automóvil del estacionamiento.

—Él está bien.

—Hablo de Camilo.

—Sé de quien hablas. Él se ve bien, pero ya casi ni sabe que yo existo.

—Tiene mucho en qué pensar.

—Consigo más atención de Bruno, y él tiene para pensar mucho más que cualquiera de nosotros.

—Deja que Camilo se establezca y vendrá a verte.

—¿Él vendrá a verme? —dijo Cloé—. Suenas como el papá de *La pequeña casa de la pradera.*[2]

—Lo siento.

—De todos modos, yo creo que Camilo Williams terminó con esto de verme.

━━━━━━

El departamento de Camilo lucía antiséptico sin sus pertenencias personales ahí. Tiró sus zapatos y llamó a su grabadora telefonica en Nueva York. Quería dejar un mensaje para Marga Potter, su ex secretaria, preguntando cuándo podía esperar que llegaran sus cajas de la oficina. Ella se le había adelantado. El primero de los tres mensajes era de Marga: "No sabía dónde enviarte las cosas, así que las mandé entrega especial a la oficina de Chicago. Debieran estar allá el lunes por la mañana".

El segundo mensaje era del gran jefe, Serafín Bailey: "Llámame en algún momento el lunes, Camilo. Quiero tener tu historia para fines de la próxima semana y tenemos que hablar".

El tercero era de su ex editor ejecutivo, Esteban Plank, ahora vocero de Nicolás Carpatia: "Macho, llámame en cuanto puedas. Carpatia quiere hablar contigo".

Camilo respiró profundamente y se rió entre dientes, y borró sus mensajes. Grabó un agradecimiento para Marga y un acuse de recibo para Bailey. Solamente anotó el número de teléfono de Esteban y decidió esperar para llamarlo. *Carpatia quiere hablar contigo.* Qué manera informal de decir *el enemigo de Dios anda detrás de ti.* Camilo sólo podía preguntarse si Carpatia sabría que a él no le había lavado el cerebro. ¿Qué haría o intentaría hacer el hombre si supiera que la memoria de Camilo no había sido alterada? ¿Si se daba cuenta de que Camilo sabía que él era un asesino, un mentiroso, una bestia?

━━━━━━

2.   El autor hace referencia a un programa de la televisión norteamericana.

Raimundo estaba mirando el noticiero de la televisión, oyendo a los comentaristas que discurrian sobre el significado de los anuncios procedentes de las Naciones Unidas. La mayoría consideraba que la mudanza programada de las Naciones Unidas a las ruinas de Babilonia, al sur de Bagdad, era algo bueno. Uno dijo:

Si Carpatia es sincero sobre el desarme del mundo y juntar el restante diez por ciento de las armas, yo preferiría almacenarlo en el Oriente Medio, a la sombra de Teherán, antes que en una isla en las afueras de la ciudad de Nueva York. Además, podemos usar como museo el edificio de las Naciones Unidas, que está por quedar abandonado, honrando así la arquitectura más atroz que este país haya producido alguna vez.

Los expertos predecían frustración y fracaso de los resultados propuestos de las reuniones entre los líderes religiosos y los expertos financieros. Uno dijo:

Ninguna religión sola, por atractivo que eso parezca, y ninguna moneda mundial única, por dinámico que fuera. Estos serán los primeros grandes fracasos de Carpatia, y quizás entonces las masas se vuelvan más realistas tocante a él. La luna de miel terminará pronto.

—¿Quieres té, papá? —dijo Cloé desde la cocina.

Él no quiso y ella salió un minuto después con su taza. Se dirigió a la otra punta del sofá, y se sentó encima de sus pies sin quitarse las zapatillas. Su pelo recién lavado estaba envuelto en una toalla.

—¿Tienes una cita este fin de semana? —preguntó Raimundo cuando las noticias fueron interrumpidas por un comercial.

—Eso no es divertido —dijo ella.

—No tiene que serlo. ¿Sería tan raro que alguien te invite a salir?

—La única persona que yo quiero me invite a salir evidentemente ha cambiado de parecer tocante a mí.

—Tonterías —dijo Raimundo—. No logro imaginar todo lo que debe estar pensando Camilo.

—Pensé que *yo* estaba en su pensamiento, papá. Ahora heme aquí como una escolar, extrañando y esperando. Todo es tan estúpido.

¿Por qué debiera interesarme? Acabo de conocerlo. Apenas lo conozco. Sólo lo admiro, eso es todo.

—¿Tú lo admiras?

—¡Seguro! ¿Quién no? Él es inteligente, habla bien, es un hombre realizado.

—Famoso.

—Sí, un poco. Pero no me voy a arrojar sobre él. Sólo pensé que él estaba interesado, eso es todo. Su nota decía que se sentía atraído hacia mí.

—¿Cómo respondiste a eso?

—¿A él, quieres decir?

Raimundo asintió.

—No respondí. ¿Qué se suponía que hiciera? También me sentí atraída por él pero no quería asustarlo.

—Quizás él piense que te asustó. Quizá él piense que fue muy rápido en mostrar sus intenciones pero, ¿tú no te sentías así?

—En cierto modo sí, pero muy dentro de mí estaba bien. Pensé que con ser honesta con él y amistosa bastaría.

El padre se encogió de hombros. —Quizás él necesite más ánimo.

—Él no va a conseguirlo de mí. No es mi estilo. Tú lo sabes.

—Lo sé, querida —dijo Raimundo—, pero hay mucho que ha cambiado recientemente en ti.

—Sí, pero no es mi estilo —eso la hizo reír incluso a ella—. Papito, ¿qué voy a hacer? No estoy lista para rendirme tocante a él pero, ¿no pudiste ver que no era lo mismo? Él debiera haberme invitado a salir... a comer algo pero ni siquiera aceptó nuestra invitación.

—¿*Nuestra* invitación? ¿*Yo* estaba metido en eso?

—Bueno, no hubiera sido apropiado que yo lo hubiera invitado a salir?

—Lo sé. Pero quizá él no quería salir estando yo también.

—Si él sintiera por mí en la manera que yo pensé que él lo sentía, hubiera aceptado. Efectivamente, si él me hubiera invitado primero y te hubiera dejado fuera de esto. Quiero decir... no quise decir eso papá.

—Sé lo que quisiste decir. Pienso que estás poniéndote muy sombría demasiado pronto por esto. Dale un día. Fíjate cuánta diferencia hace una noche de descanso.

Volvieron las noticias, y Cloé sorbió su té. Raimundo se sentía privilegiado de que ella le hubiera hablado de cosas como esta. Él no recordaba que ella siquiera hubiera hablado de muchachos con Irene. Sabía que él era el único puerto de refugio contra las tormentas que ella tenía, pero aun así disfrutaba de la confianza de ella.

—No tengo que mirar esto si quieres hablar más —le dijo—. No hay nada nuevo aquí desde lo que Bruno nos dijo.

—No —dijo ella poniéndose de pie—. Francamente, me doy asco. Sentada aquí hablando de mi vida amorosa o de la falta del mismo, parece muy infantil a estas alturas de la historia, ¿no te parece? No como que no haya nada para llenar mi tiempo aunque no regrese a estudiar. Quiero aprender de memoria Ezequiel, Daniel y Apocalipsis para empezar.

Raimundo se rió.

—¡Estás bromeando!

—¡Por supuesto! ¿Pero tú sabes lo que quiero decir, papá? Nunca hubiera soñado que la Biblia me iba a interesar pero ahora la estoy leyendo como si no hubiera mañana.

Raimundo se quedó callado y pudo decir que Cloé se impresionó con su ironía no intencionada.

—Yo también —dijo él—. Ya sé más de la profecía de los postreros tiempos de lo que nunca antes supe siquiera que existía. Lo estamos viviendo, aquí y ahora mismo. No quedan muchos mañana, ¿verdad?

—Ciertamente no los suficientes para desperdiciar meditando sobre un muchacho.

—Él es un tipo muy impresionante, Clo.

—No eres la mejor ayuda, déjame olvidarlo ¿quieres?

Raimundo sonrió.

—Si no lo menciono, ¿te olvidarás de él? ¿Debiéramos echarlo a patadas del Comando Tribulación?

Cloé movió la cabeza. —Y, de todos modos, ¿cuánto tiempo hacía que no me decías *Clo*?

—Te gustaba.

—Sí. Cuando tenía nueve años. Buenas noches, papá.

—Buenas noches, querida. Te amo.

Cloé se dirigía a la cocina pero se detuvo, se dio vuelta y se apresuró, inclinándose para abrazarlo, con cuidado para no derramar su té.

—Yo también te quiero, papá. Más que nunca y con todo mi corazón.

———

Camilo Williams estaba acostado boca abajo en su cama nueva, por primera vez. Se sentía extraño. El suyo era un lugar agradable en un buen edificio, pero los suburbios de Chicago no eran los de Nueva York. Era demasiado tranquilo. Había traído a casa una bolsa de fruta fresca, no le hizo caso, miró las noticias y puso música suave. Decidió leer el Nuevo Testamento hasta dormirse.

Camilo había estado absorbiendo lo que podía de Bruno Barnes tocante a lo que pronto sucedería, pero se halló recurriendo a los Evangelios en lugar del Antiguo Testamento o las profecías del Apocalipsis. Qué revolucionario resultó ser Jesús. Camilo estaba fascinado con el carácter, la personalidad y con la misión del hombre. El Jesús que siempre se había imaginado o pensado que conocía era un impostor. El Jesús de la Biblia era un radical, un hombre de paradojas.

Camilo puso la Biblia en la mesa de noche y se puso de espaldas, escudando sus ojos de la luz. *Si quieres ser rico, da tu dinero* —se dijo a sí mismo—. *Esa es la cuestión. Si quieres ser exaltado, humíllate. La venganza suena lógica pero está mal. Ama a tus enemigos, ora por aquellos que te desprecian. Absurdo.*

Su mente deambuló a Cloé. ¿Qué estaba haciendo él? Ella no era ciega. Ella era joven pero no estúpida. Él no podía darle señales y luego cambiar de idea, no sin ser directo. Pero, ¿él *estaba* cambiando de idea? ¿Realmente quería olvidarse de ella? Por supuesto que no. Era una persona maravillosa, con quien se podía hablar, una creyente y compatriota. Ella sería una buena amiga de todos modos.

Así que ¿hasta aquí llegó el asunto? ¿Él le iba a hablar acerca de ser buenos amigos? ¿Era eso lo que él quería?

Dios, ¿qué se supone que yo haga? —oró silenciosamente—. *Para decirte la verdad, amo estar enamorado. Me gustaría empezar una relación con Cloé pero, ¿ella es demasiado joven? ¿Es este el momento para siquiera estar pensando en algo así? Sé que tú tienes mucho para que nosotros hagamos. ¿Qué pasa si nos enamoramos? ¿Debiéramos casarnos? ¿Qué haríamos respecto de los hijos si tú estás por regresar dentro de siete años? Si alguna vez hubo un momento para preguntarse sobre esto de traer hijos al mundo, es ahora.*

Camilo quitó su brazo de encima de sus ojos y miró de reojo a la luz. ¿Ahora qué? ¿Se suponía que Dios le contestara en voz alta? Él sabía que no. Hechó sus piernas hacia un lado y se sentó en la cama, con la cabeza entre las manos.

¿Qué le había pasado? Todo lo que quería saber era si debía seguir en pos de Cloé. Empezó a orar por ello y de repente, estaba pensando en matrimonio e hijos. Locura. *Quizás así es como obra Dios* —pensó—. *Él te dirige a conclusiones lógicas o ilógicas.*

Basado en eso pensó que era mejor no alentar más a Cloé. Él podía ver que ella estaba interesada. Si él mostraba el mismo interés, eso iría solamente en una dirección. En el nuevo mundo caótico en que vivían, llegaría el momento en que ellos se desesperarían uno por otro. ¿Debía él permitir eso?

No tenía sentido. ¿Cómo podía dejar él que algo compitiera con su devoción para con Dios? Y sin embargo, no podía ignorarla y empezar a tratarla como hermana. No, él haría lo correcto. Hablaría con ella al respecto. Ella valía la pena, de eso estaba seguro. Haría una cita informal y tendrían una conversación. Él le diría francamente que si fuera por sus propios deseos, le gustaría conocerla mejor. Eso la haría sentir bien, ¿no? Pero, ¿iba a tener el valor para seguir adelante y decirle lo que realmente pensaba —que ninguno de los dos debía buscar una relación romántica por ahora?

No sabía. Pero estaba seguro de una cosa: si él no arreglaba las cosas ahora, probablemente nunca lo haría. Miró su reloj. Un poco después de las diez y media de la noche. ¿Estaría levantada todavía? Marcó el número de los Steele.

———————————

Raimundo escuchó sonar el teléfono cuando iba subiendo la escalera. Oyó que Cloé se movía pero su luz estaba apagada.

—Yo contesto, querida —dijo. Se apuró en llegar a su velador y respondió.

—Señor Steele, soy Camilo.

—Oye, Camilo, tienes que dejar de decirme *señor*. Me haces sentir viejo.

—¿No es viejo usted? —dijo Camilo.

—Simpático. Dime Ray, ¿qué puedo hacer por ti?

—Me preguntaba si Cloé estaría levantada todavía.

—Tú sabes que no creo que lo esté, pero puedo fijarme y ver si todavía está despierta.

—No, está bien —dijo Camilo—. Sólo dígale que me llame cuando le quede cómodo, ¿sí?

Le dio su nuevo número a Raimundo.

—¡Papá! —dijo Cloé pocos minutos después—. ¡Sabías que estaba despierta!

—Tú no contestaste cuando dije que yo lo haría —dijo él—. No estaba seguro. ¿No crees que así es lo mejor? ¿Dejarlo que espere hasta mañana?

—¡Oh, papá! —dijo ella—. No sé. ¿Qué crees que él quería?

—No tengo idea.

—¡Ooh, detesto esto!

—A mí me encanta.

—Sí, claro.

Tres

E l sábado por la mañana Camilo fue a la iglesia Centro de la Nueva Esperanza, esperando encontrar a Bruno Barnes en su oficina. La secretaria le dijo que Bruno estaba terminando la preparación del sermón pero que también sabía que querría ver a Camilo.

—Usted es parte del círculo íntimo de Bruno, ¿no? —dijo ella.

Camilo asintió. Pensó que lo era. ¿Debería ser eso un honor? Se sentía tan nuevo, como un bebé, siendo un seguidor de Cristo. ¿Quién hubiera predicho esto para él? Y, no obstante, ¿quién hubiera soñado que el Arrebatamiento iba a ocurrir? Movió la cabeza. *Únicamente los millones que estaban listos* —decidió.

Con el anuncio de que Camilo estaba esperando, Bruno abrió inmediatamente la puerta y le dio un abrazo. Eso era también algo nuevo para Camilo, todo esto de abrazarse, especialmente los hombres. Bruno se veía ojeroso.

—¿Otra noche larga? —preguntó Camilo.

Bruno asintió. —Pero otro banquete largo en la Palabra. Estoy recuperando tiempo perdido, sabes. He tenido estos recursos a mano durante años y nunca saqué provecho de ellos. Estoy tratando de decidir cómo voy a decirle a la congregación, probablemente en el próximo mes, que me siento llamado a viajar. La gente de aquí va a tener que dar un paso al frente y ayudar a dirigir.

—¿Temes que se sientan abandonados?

—Exactamente. Pero yo no estoy abandonando a la iglesia. Estaré aquí lo más que pueda. Como ayer dije a los Steele y a ti, este es un peso que siento que Dios me ha impuesto. Hay gozo en esto, estoy aprendiendo tanto. Pero también asusta y sé que no estoy a la altura de ellos aparte del poder del Espíritu. Pienso que es sólo otro precio que tengo que pagar por haberme perdido la verdad la primera vez. Pero tú no viniste a escuchar mis quejas.

—Tengo dos cosas rápidas y luego te dejaré que vuelvas a tu estudio. Primero, y he estado tratando de sacar esto fuera de mi mente en los últimos días, pero me siento muy mal por Patty Durán. ¿La recuerdas? La aeromoza de Raimundo...

—¿La mujer que tú presentaste a Carpatia? Seguro. Aquella con quien Raimundo casi tuvo una aventura.

—Sí, supongo que él también se siente mal por ella.

—No puedo hablar por él, Camilo, pero según recuerdo, tú trataste de advertirle sobre Carpatia.

—Le dije que podía terminar siendo su juguete sí, pero en ese momento no tenía idea de quién era él realmente.

—Ella fue a Nueva York por cuenta propia. Fue su decisión.

—Pero, Bruno, si yo no los hubiera presentado, él no hubiera pedido verla de nuevo.

Bruno se echó para atrás en el asiento y cruzó los brazos. —¿Tú quieres rescatarla de Carpatia, es así?

—Naturalmente.

—No veo cómo podrías hacerlo sin ponerte en peligro a ti mismo. Sin duda que ella ya está enamorada de su nueva vida. Ella pasó de ser una aeromoza a ser la asistente personal del hombre más poderoso del mundo.

—Asistente personal y quien sabe qué más.

Bruno asintió. —Probablemente sea así. No me imagino que él la eligió por sus habilidades de secretaria. De todos modos, ¿qué puedes hacer? ¿Llamarla y decirle que su nuevo jefe es el anticristo y que ella debe dejarlo?

—Por eso estoy aquí. No sé qué hacer —dijo Camilo.

—Y crees que yo sí sé lo que debes hacer.

—Eso esperaba.

Bruno sonrió agotado. —Ahora sé lo que Víctor Billings, mi ex pastor titular, quería decir cuando decía que la gente piensa que su pastor debe saber todo.

—¿Entonces, no tienes ningún consejo?

—Esto va a sonar trillado Camilo, pero tienes que hacer lo que tengas que hacer.

—¿Lo cual significa qué cosa?

—Lo cual significa que si has orado bastante por esto y sientes que Dios te guía realmente a conversar con Patty, entonces hazlo. Pero puedes imaginarte las consecuencias. La próxima persona que lo sepa será Carpatia. Mira lo que él ya te ha hecho.

—Esa es la cuestión —dijo Camilo—. De alguna manera tengo que averiguar cuánto sabe Carpatia. ¿Piensa él que borró de mi memoria que yo estuve en esa reunión, en la misma manera en que la borró de todos los demás? ¿O sabe él que yo sé lo que pasó y por eso me metió en problemas, me degradó, me hizo trasladar y todo eso?

—¿Y te preguntas por qué estoy cansado? —dijo Bruno—. Mi intuición dice que si Carpatia supiera que ahora eres un creyente y que fuiste protegido de su lavado de cerebro, te hubiera hecho matar. Si él piensa que todavía tiene poder sobre ti, como lo tiene sobre la gente sin Cristo en sus vidas, él tratará de usarte.

Camilo se echó para atrás en su asiento y miró al techo.

—Interesante lo que dijiste —dijo—. Eso me lleva a lo segundo que quería conversar contigo.

Raimundo se pasó la mañana en el teléfono ultimando detalles para su certificación en el Boeing 757. El lunes por la mañana iba a ir de pasajero desde O'Hare a Dallas, donde practicaría despegues y aterrizajes en pistas militares a unos pocos kilómetros del aeropuerto de Dallas-Fort Worth.

—Lo siento Cloé —dijo cuando por fin terminó con el teléfono—. Me olvidé que querías devolver la llamada a Camilo en la mañana.

—Corrección —dijo ella—. Quería llamarlo de vuelta anoche. Efectivamente quería hablar con él cuando llamó.

Raimundo alzó ambas manos rindiéndose.

—Mi error —dijo—. Culpable. El teléfono es tuyo.

—No, gracias.

Raimundo arqueó las cejas a su hija. —¿Qué? Ahora vas a castigar a Camilo por mi causa? ¡Llámalo!

—No, la verdad es que pienso que esto ha obrado para bien. Yo quería hablar con él anoche pero probablemente tenías razón. Yo hubiera parecido demasiado ansiosa, demasiado atrevida. Y él dijo que yo lo llamara cuando me quedara cómodo. Bueno, a primera hora de la mañana no sería tan cómodo. De hecho, lo veré mañana en la iglesia, ¿cierto?

Raimundo movió la cabeza. —Ahora vas jugar con él? Te preocupabas por obsesionarte con él como una escolar, y ahora estás actuando como una.

Cloé pareció herida. —Oh, gracias, papá. Sólo recuerda que hacerlo esperar fue idea tuya.

—Eso era sólo por la noche. No me metas en esto si la situación se va a convertir en algo tonto.

———

—Bueno Camilo, he aquí tu oportunidad de hablar con Patty —dijo Bruno Barnes—. ¿Qué *tú* crees que quiera Carpatia?

Camilo movió la cabeza. —No tengo idea.

—¿Confías en este Esteban Plank?

—Sí, confío en él. Trabajé años para Esteban. Lo que asusta es que él me dio la bienvenida a la reunión anterior a la conferencia de prensa, me dijo dónde sentarme, me dijo quiénes eran las diversas personas. Luego, más tarde, preguntó por qué yo no había ido. Me dijo que Carpatia estaba un poco molesto por que yo no estaba ahí.

—¿Y tú lo conoces bastante para saber si él está siendo honesto contigo?

—Francamente, Bruno, él es la razón principal por la que creo que Carpatia es el cumplimiento de estas profecías que estamos estudiando. Esteban es un periodista de olfato fino, de la vieja escuela. Que lo haya convencido de que dejara la legítima cobertura de noticias para ser vocero de un político de nivel mundial, demuestra el poder de convencimiento que tiene Carpatia. Hasta yo rechacé ese puesto. Pero sentarse en medio de aquella matanza y luego olvidar que yo estaba ahí, eso es precisamente...

—Antinatural.

—Exactamente. Te diré lo que fue raro. Algo en mí quería creer a Carpatia cuando él explicó lo que había acontecido. En mi mente se empezaron a formar imágenes de Stonagal disparándose a sí mismo y matando a Todd-Cothran en el proceso.

Bruno movió la cabeza. —Confieso que cuando nos contaste por primera vez esa historia, pensé que te habías vuelto loco.

—Yo hubiera estado de acuerdo contigo, salvo por una cosa.

—¿Qué?

—Bueno, todas esas otras personas vieron lo que pasó y lo recordaron de una manera. Yo lo recordé en forma enteramente diferente. Si Esteban me hubiera dicho que yo no lo había visto bien, quizá hubiera pensado que me estaba enloqueciendo y me hubiera comprometido. Pero, en cambio él me dijo que ¡ni siquiera estuve allí! Bruno, ¡*nadie* recuerda que yo estuve allí! Bueno, dime que estoy en un estado de negación emocional pero eso son tonterías. Yo ya estaba de regreso en mi oficina grabando todos los detalles en mi computadora para cuando los noticieros recibieron la versión de Carpatia. Si yo no estuve allí, ¿cómo supe que Stonagal y Todd-Cothran fueron sacados de ahí en bolsas para cadáveres?

—No tienes que convencerme, Camilo —dijo Bruno—. Yo estoy de tu lado. Ahora la cuestión es, ¿qué quiere Carpatia? ¿Piensas que si él habla contigo en privado revelará quién es verdaderamente o te amenazará o dejará que sepas que él sabe que tú sabes la verdad?

—¿Con qué propósito?

—Para amedrentarte. Para usarte.

—Quizá. Quizá todo lo que quiere hacer es tratar de leer mi mente; tratar de determinar si logró lavarme el cerebro también.

—Es una cuestión muy peligrosa, eso es todo lo que tengo que decir.

—Espero que eso *no* sea todo lo que tienes que decir, Bruno. Yo esperaba un poco más de consejo.

—Oraré al respecto —dijo Bruno—, pero ahora mismo no sé qué decirte.

—Bueno, por lo menos tengo que llamar a Esteban. No sé si Carpatia quiere hablar por teléfono o en persona.

—¿Puedes esperar hasta el lunes?

—Seguro. Puedo decirle que supuse que él quería que lo llamara en horas de oficina, pero no puedo garantizar que él no me llame mientras tanto.

—¿Él tiene tu nuevo número?

—No, Esteban llama a mi grabadora telefónica de Nueva York.

—Bastante fácil de pasar por alto.

Camilo se encogió de hombros y asintió.

—Si eso es lo que piensas que debo hacer.

—¿Desde cuándo me convertí en tu consejero?

—Desde que te convertiste en mi pastor.

———————

Cuando Raimundo volvió de hacer diligencias esa mañana se dio cuenta por su lenguaje corporal y sus comentarios que había ofendido a Cloé.

—Hablemos —dijo.

—¿De qué?

—De la manera que tienes de ser cortante conmigo. Nunca fui muy bueno en esto de ser padre, y ahora tengo problemas en tratarte como la persona adulta que eres. Lamento haberte dicho que eres una escolar. Tú manejas a Camilo en cualquier forma que te parezca bien y no me haces caso, ¿bueno?

Cloé sonrió. —Ya lo estaba haciendo. No necesito tu permiso para eso.

—Entonces ¿me perdonas?

—No te preocupes por mí papá. Ya no puedo seguir enojada contigo por mucho tiempo. Me parece que nos necesitamos uno a otro. A propósito, ya llamé a Camilo.

—¿Realmente?

Ella asintió. —Sin respuesta. Supongo que no estaba esperando al lado del teléfono.

—¿Dejaste mensaje?

—Todavía no tiene la máquina, supongo. Lo veré en la iglesia mañana.

—¿Le dirás que lo llamaste?

Cloé sonrió pícaramente. —Probablemente no.

Camilo se pasó el resto del día corrigiendo su historia de portada para el *Semanario Mundial* relacionada con las teorías subyacentes a las desapariciones. Se sentía bien al respecto, decidiendo que podía ser el mejor trabajo que hubiera hecho. Incluía todo desde; el ataque estilo tabloide por parte del fantasma de Hitler, los OVNIS y los extraterrestres, a la creencia de que era una especie de limpieza evolutiva cósmica: un ajuste en la población mundial resultando, en la supervivencia de los más aptos.

En medio de la crónica, Camilo había puesto lo que él creía que era verdad, por supuesto, pero no lo hizo como editorial. Como de costumbre era un artículo en tercera persona, analizando de frente las noticias. Nadie, sino sus nuevos amigos sabrían que él estaba de acuerdo con el piloto de aviones comerciales y el pastor y varios otros que había entrevistado: que las desapariciones habían sido el resultado del Arrebatamiento que Cristo hizo de su iglesia.

Lo más interesante para Camilo era la interpretación del suceso por parte de otros religiosos. Muchos católicos estaban confundidos pues aunque muchos fueron dejados atrás, algunos habían desaparecido, incluyendo al nuevo Papa, que había sido instalado hacía sólo unos pocos meses antes de las desapariciones. Él había causado gran polémica en la iglesia con una nueva doctrina que parecía coincidir más con la *herejía* de Martín Lutero, que con la ortodoxia histórica a que estaban acostumbrados. Cuando el Papa desapareció, algunos eruditos católicos habían concluido que esto era sin duda, un acto de Dios. *Aquellos que se opusieron a la enseñanza ortodoxa de la Madre Iglesia, fueron arrancados de entre nosotros* —había dicho a Camilo el importante arzobispo Pedro Mathews, cardenal de Cincinnati.

—La Escritura dice que en los postreros días sería como en los días de Noé. Y usted recordará que en los días de Noé, quedó la gente buena y los malos fueron eliminados.

—Entonces —concluyó Camilo—, ¿el hecho que aún estemos aquí prueba que somos los buenos?

—Yo no lo diría tan directamente —había dicho el arzobispo Mathews—, pero sí, esa es mi posición.

—¿Qué dice eso de toda la gente maravillosa que desapareció?

—Que quizá no eran tan maravillosos.

—¿Y los niños y los bebés?

El obispo se había movido sintiéndose incómodo.

—Eso se lo dejo a Dios —dijo—. Tengo que creer que quizá Él estaba protegiendo a los inocentes.

—¿De qué?

—No estoy seguro. No me tomo literalmente los apócrifos pero hay unas predicciones tremendas de lo que aún podría estar por venir.

—¿Así que usted no relegaría a los jóvenes desaparecidos a la idea de espigar a los malos?

—No. Muchos de los pequeñuelos que desaparecieron los bauticé yo mismo, así que sé que están en Cristo y con Dios.

—Y, sin embargo, se fueron.

—Se fueron.

—Y nosotros nos quedamos.

—Debemos hallar gran consuelo en eso.

—Pocas personas se consolarían en eso Excelencia.

—Entiendo eso. Esta es una época muy difícil. Yo mismo estoy llorando la pérdida de una hermana y una tía. Pero ellas habían dejado la iglesia.

—¿Sí?

—Se oponían a la doctrina. Mujeres maravillosas, sumamente amables. Muy fervorosas debo agregar, pero me temo que hayan sido aventadas como cizaña del trigo. Pero aquellos de nosotros que permanecimos debiéramos tener confianza en nuestra posición ante Dios, como nunca antes.

Camilo había sido lo bastante valiente para pedir al arzobispo que comentara ciertos pasajes de la Escritura, primordialmente Efesios 2:8-9: *Porque por gracia habéis sido salvados por medio de la fe, y esto no de vosotros, sino que es don de Dios; no por obras, para que nadie se gloríe.*

—Mire usted ahora —dijo el arzobispo—, este es precisamente mi argumento. La gente ha estado tomando versículos como ese fuera del contexto durante siglos y tratando de edificar doctrina sobre ellos.

—Pero hay otros pasajes como este —dijo Camilo.

—Entiendo eso pero, escuche, usted no es católico, ¿verdad?

—No señor.

—Bueno mire, usted no entiende el amplio alcance de la iglesia histórica.

—Perdóneme pero, explíqueme por qué tantos que no son católicos siguen aún aquí, si su hipótesis es correcta.

—Dios sabe —había dicho el arzobispo Mathews—. Él conoce los corazones. Él sabe más que nosotros.

—Eso es seguro —dijo Camilo.

Por supuesto, Camilo dejó sus comentarios y opiniones personales fuera del artículo, pero pudo incluir la Escritura y el intento del arzobispo por eliminar la doctrina de la gracia. Camilo planeaba enviar el lunes el artículo terminado a las oficinas del *Semanario Mundial* en Nueva York.

Mientras trabajaba, Camilo mantenía un oído alerta al teléfono. Muy pocos sabían su nuevo número. Solamente los Steele, Bruno y Alicia, la secretaria de Verna Zee. Él esperaba que su máquina de mensajes telefónicos, su computadora de escritorio, la máquina de fax y otros equipos de oficina, junto con los archivos de la oficina llegaran el lunes a la oficina de Chicago. Entonces se sentiría más cómodo y equipado para trabajar desde el segundo dormitorio.

Camilo esperaba a medias que Cloé lo llamara. Él pensaba que había quedado con Raimundo en que ella lo llamaría cuando le fuera conveniente. Quizás ella era del tipo que no llamaba a los hombres, aunque se hubiera perdido una llamada de ellos. Por otro lado, ella todavía no tenía veintiún años y él reconocía que no tenía idea de las costumbres y modales de su generación. Quizás ella lo veía como hermano mayor, o hasta como una figura paternal, y le repelía la idea de que él pudiera interesarse en ella. Eso no correspondía con su aspecto y su lenguaje corporal de la noche anterior, pero tampoco él había sido muy alentador que digamos.

Sencillamente quería hacer lo correcto, hablar con ella para aclarar que el momento era malo para ellos, y que debían hacerse amigos íntimos y compatriotas de la causa común. Pero entonces se sintió tonto. ¿Qué si ella ni siquiera hubiera considerado algo más que eso? Él estaría echando a un lado algo que ni siquiera existía.

Pero quizás ella había llamado cuando él estaba con Bruno esa mañana. Él la llamaría. La invitaría a ver su nueva casa cuando tuviera tiempo, y entonces, tendrían su conversación. Él iría improvisando para tratar de determinar cuáles habían sido sus expectativas, y luego le explicaría con suavidad o pasaría por alto un tema que no tenía ni que tratarse.

Raimundo contestó el teléfono. —¡Cloé! —gritó—, ¡Camilo Williams, para ti!

Él pudo oír su voz en el fondo: —¿Podrías decirle que lo llamaré de vuelta? Mejor aun, lo veré en la iglesia mañana.

—Oí eso —dijo Camilo—. Está bien. Los veo entonces.

Evidentemente ella no desperdicia energía en afanarse por nosotros —decidió Camilo. Marcó el número de su grabadora telefónica de Nueva York. El único mensaje era de Esteban Plank.

—Macho, ¿qué pasa? ¿Cuánto tiempo se necesita para uno instalarse? ¿Tengo que llamar a la oficina de Chicago? He dejado mensajes ahí pero el viejo Bailey me dijo que ibas a trabajar desde tu casa.

»¿Recibiste mi mensaje de que Carpatia quiere hablar contigo? La gente no acostumbra hacerlo esperar, amigo mío. Yo lo estoy entreteniendo diciéndole que estás de mudanza, volviendo a instalarte y todo eso. Pero él había esperado verte este fin de semana. Honestamente no sé qué quiere, salvo que todavía está entusiasmado contigo. No guarda rencor porque no aceptaste su invitación a esa reunión, si es que eso te tiene preocupado.

»Para decir la verdad Macho, el periodista que hay en ti debiera haber querido estar ahí y debiera haber estado. Pero te hubieras impresionado tanto como yo. Un suicidio violento delante de tus ojos no es cosa fácil de olvidar.

»Oye, llámame para poder reunirlos a los dos. Bailey me dice que estás dando los toques finales al artículo de las teorías. Si puedes reunirte bastante pronto con Carpatia, puedes incluir sus ideas. Él no las oculta, pero una o dos citas exclusivas de parte de él no vendrían mal tampoco, ¿correcto? Tú sabes donde encontrarme a cualquier hora del día o de la noche.

Camilo grabó el mensaje. ¿Qué se suponía que él hiciera? Sonaba como si Carpatia quisiera un encuentro privado cara a cara. No muchos días antes Camilo hubiera saltado ante esa posibilidad. ¿Entrevistar a la personalidad líder del mundo en vísperas de entregar tu historia de portada más importante? Pero Camilo era aún un creyente nuevo, convencido de que Carpatia era el mismísimo anticristo. Él había visto el poder del hombre. Y Camilo estaba recién empezando en su fe. No sabía mucho del anticristo. ¿Era el hombre omnisciente como Dios? ¿Podría leer la mente de Camilo?

Carpatia obviamente podía manipular a la gente y hacerles lavados de cerebro, pero, ¿significaba eso que él supiera también lo que la gente estuviera pensando? ¿Era Camilo capaz de resistir a Carpatia solamente por tener al Espíritu de Cristo dentro de sí? Él deseaba que hubiera algo en la Biblia que detallara específicamente los poderes del anticristo. Entonces sabría con qué se las estaba viendo.

Como mínimo Carpatia tenía que sentir curiosidad por Camilo. Él debe haberse preguntado cuándo Camilo se deslizó fuera de la sala de conferencias, donde se había perpetrado los asesinatos, si había habido algún fallo en sus poderes para controlar la mente. De lo contrario, ¿por qué borrar de la mente de todos no sólo los crímenes, reemplazándolos por el cuadro de un suicidio absurdo, sino también el recuerdo de que Camilo había estado ahí?

Era claro que Nicolás había tratado de cubrirse haciendo que todos olvidaran que Camilo estuvo ahí. Si esa movida estaba diseñada para que Camilo dudara de su propia cordura, no había funcionado. Dios había estado con Camilo ese día. Él vio lo que vio y nada podía cambiar eso. No había duda, nada de remordimiento al preguntarse si estaba simplemente en un proceso de negación mental. Una cosa era cierta, él no le diría a Carpatia lo que sabía. Si Carpatia estaba seguro de que Camilo no había sido engañado, no hubiera tenido otro recurso que eliminarlo. Si Camilo podía hacer que Carpatia pensara que había triunfado, le daría una pequeña ventaja en la guerra contra las fuerzas del mal. Lo que Camilo o el Comando Tribulación podían hacer con esa ventaja, era algo que él no podía imaginar.

Pero sí sabía una cosa. Él no devolvería la llamada de Esteban Plank hasta el lunes.

———————

Raimundo estaba contento de que él y Cloé hubieran decidido ir temprano a la iglesia. El lugar se llenaba en toda su capacidad cada semana. Raimundo sonrió a su hija. Cloé lucía lo mejor que él había visto desde que volvió de la universidad. Quiso hacerle bromas, preguntándole si se había vestido para Camilo Williams o para Dios, pero no lo hizo.

Se acomodó en uno de los últimos lugares del estacionamiento y vio los automóviles en fila dando vuelta a la cuadra, buscando en la calle un sitio donde estacionar. La gente estaba dolida. Estaban destruidos por el terror. Andaban buscando esperanza, respuestas, buscaban a Dios. Estaban hallándolo ahí y se corría la voz.

Pocas personas que oían la fervorosa y emotiva enseñanza de Bruno Barnes podían irse dudando de que las desapariciones habían sido obra de Dios. La iglesia había sido arrebatada y ellos habían sido dejados atrás. El mensaje de Bruno era que Jesús venía otra vez en lo que la Biblia llamaba *la manifestación gloriosa*, siete años después del comienzo de la Tribulación.

Para entonces decía, tres cuartas partes del remanente de la población mundial serían eliminados, y probablemente un porcentaje mayor de creyentes en Cristo. La exhortación de Bruno no era un llamado dirigido a los tímidos. Era un reto para los convencidos, para los que habían sido persuadidos por la invasión más espectacular en la vida humana, que hubiera hecho Dios desde la encarnación de Jesucristo como un bebé mortal.

Bruno ya había dicho a los Steele y a Camilo que una cuarta parte de la población del mundo moriría durante el segundo, tercero y cuarto juicio del Rollo de los Siete Sellos del Apocalipsis. Él citó Apocalipsis 6:8 donde el apóstol Juan había escrito: *Y miré, y he aquí, un caballo amarillento; y el que estaba montado en él se llamaba Muerte; y el Hades lo seguía. Y se les dio autoridad sobre la cuarta parte de la tierra, para matar con espada, con hambre, con pestilencia y con las fieras de la tierra.*

Pero lo que venía después de eso era aun peor.

Uno o dos minutos después de haberse instalado en sus asientos, Raimundo sintió un toque en su hombro. Se dio vuelta al mismo tiempo que Cloé. Camilo Williams estaba sentado directamente detrás de ellos en la cuarta fila y los había tocado al mismo tiempo.

—Hola, extraños —dijo.

Raimundo se paró y abrazó a Camilo. Ese solo gesto, le confirmó cuánto había cambiado él en cuestión de pocas semanas. Cloé fue amable, estrechando la mano de Camilo.

Después que se volvieron a sentar, Camilo se inclinó hacia adelante y susurró:

—Cloé, el motivo por el que te estuve llamando fue que me preguntaba...

Pero había empezado la música.

Camilo se puso de pie para cantar con los demás. Muchos parecían conocer los cantos y las letras. Él tenía que seguirlas al irse proyectando los cánticos en la pared y tratar de aprender las melodías. Los coros eran sencillos y pegajosos pero nuevos para él. Muchas de estas personas —pensó—, habían tenido mucha exposición a la iglesia, más que él. ¿Cómo se habían perdido la verdad?

Luego de un par de coros, un Bruno Barnes desarreglado se apresuró al púlpito; no al púlpito grande sobre la plataforma, sino a uno pequeño a nivel del suelo. Llevaba su Biblia, dos libros grandes y unos papeles que le costaba mantener sujetos. Sonrió tímidamente.

—Buenos días —empezó—. Me doy cuenta de que se debe una explicación. Habitualmente cantamos más pero hoy no tenemos tiempo para eso. Por lo regular mi corbata está derecha, mi camisa bien arreglada, el saco bien abotonado. Eso parece poco menos importante esta mañana. Habitualmente recogemos una ofrenda. Tengan la seguridad de que todavía la necesitamos, pero por favor, busquen las canastas donde depositar su ofrenda cuando salgan al mediodía, si es que los dejo irse tan temprano.

»Quiero usar el tiempo adicional de esta mañana porque siento una urgencia mayor, más que en las últimas semanas. No quiero que ustedes se preocupen por mí. No me he convertido en un loco de ojos desorbitados, en un sectario, o cualquier otra cosa diferente de lo que he sido desde que me di cuenta de que me perdí el Arrebatamiento.

»He hablado con mis asesores íntimos sobre el gran peso que Dios ha puesto sobre mí esta semana, y ellos están orando conmigo para que yo sea prudente y discierna; para que no empiece a disparar una doctrina nueva y rara a medio cocinar. He leído, orado y estudiado más que nunca en esta semana, y anhelo profundamente decirles lo que Dios me ha dicho.

»¿Me habla Dios en forma audible? ¡No! Pero deseo que lo haga. Deseo que lo hubiera hecho. Si lo hubiera hecho probablemente no estaría hoy aquí. Pero Él quiso que yo le aceptara por fe, no porque Él se mostrara en alguna manera más espectacular que sencillamente enviando a su Hijo a morir por mí. Él nos ha dejado Su Palabra, y ella nos da todo lo que necesitamos saber.

Camilo sintió que se le cerraba la garganta mientras observaba a su nuevo amigo que rogaba, argumentaba y convencía a quienes le oían, para que se pusieran a disposición de Dios para recibir la instrucción que Dios quería que ellos tuvieran. Bruno volvió a contar su propia historia; cómo había llevado una vida de piedad falsa y de asistencia a la iglesia durante años y cómo cuando Dios vino a llamar, él fue encontrado falto y había sido dejado atrás, sin su esposa y sus preciosos hijos. Camilo había oído la historia más de una vez pero nunca dejaba de conmoverlo. Algunos sollozaban en voz alta. Aquellos que la oían por primera vez recibieron la versión abreviada de Bruno.

—Nunca quiero dejar de contar lo que Cristo ha hecho por mí —dijo—. Cuenten sus historias. La gente puede identificarse con la pena y pérdida de ustedes, con su soledad. Nunca volveré a avergonzarme nuevamente del evangelio de Cristo. La Biblia dice que la cruz ofende. Si usted está ofendido, yo estoy haciendo mi trabajo. Si se siente atraído a Cristo, el Espíritu está haciendo su obra.

»Ya nos perdimos el Arrebatamiento, y ahora vivimos en lo que pronto será el período más peligroso de la historia. Los evangelistas acostumbraban a precaver a los feligreses de que podían ser atropellados por un automóvil o morir en un incendio y que por eso, no debían postergar el venir a Cristo. Yo les digo que si ustedes fueran atropellados por un automóvil o murieran atrapados en un incendio, podría ser la forma más misericordiosa de morir. Prepárense esta vez. Estén listos. Les diré cómo prepararse para estar listos.

EL COMANDO TRIBULACIÓN

»El título de mi sermón de hoy es *Los Cuatro Jinetes del Apocalipsis* y quiero concentrarme en el primero: el jinete del caballo blanco. Si siempre han pensado que los Cuatro Jinetes del Apocalipsis era un equipo de fútbol americano de la universidad de Nuestra Señora de Chicago, hoy Dios tiene una lección para ustedes.

Camilo nunca había visto tan ferviente ni tan inspirado a Bruno. Al ir hablando se refería a sus notas, a los libros de consulta, a la Biblia. Empezó a transpirar y se enjugaba a menudo el sudor de su frente con el pañuelo de bolsillo, tomándose el tiempo para confesar que sabía era una paz falsa. A Camilo le pareció que los presentes congregados, como un solo hombre, se rieron con él como alentándolo a seguir adelante. La mayoría tomaba apuntes. Casi todos seguían el tema en una Biblia, la propia o una provista en las bancas.

Bruno explicó que el libro del Apocalipsis, es el relato de Juan de lo que Dios le había revelado sobre los últimos días, y hablaba de lo que iba a venir después que Cristo hubiera arrebatado a su iglesia.

—¿Alguien aquí duda de que ahora estamos en los últimos días? —dijo con voz de trueno—. Desaparecen millones de personas, ¿luego qué? ¿Luego qué?

Bruno explicó que la Biblia predice primero un tratado entre un líder mundial e Israel.

—Algunos creen que ya ha empezado el período de siete años de Tribulación y que empezó con el Arrebatamiento. Nosotros sentimos las pruebas y la tribulaciones ya desde la desaparición de millones, incluyendo a nuestros amigos y seres queridos, ¿no es así? Pero eso no es nada comparado con las tribulaciones venideras.

»Durante esos siete años Dios derramará tres series consecutivas de juicios: siete sellos de un rollo, que llamamos los Juicios de los Sellos; siete trompetas y siete copas. Estos juicios, creo, son derramados con el propósito de que nos desprendamos de cualquier fragmento de seguridad que nos haya podido quedar. Si el Arrebatamiento no captó su atención, lo harán los juicios. Y si los juicios no lo logran, usted va a morir apartado de Dios. Por terrible que sean los juicios, les insto a verlos como advertencias finales de un Dios amoroso que no desea que nadie perezca.

»Al ser abierto el rollo y rotos los sellos revelando los juicios, los primeros cuatro están representados por jinetes: los Cuatro

56

Jinetes del Apocalipsis. Si alguna vez han estado expuestos a esas imágenes y lenguaje, probablemente los haya considerado como solamente simbólicos, como yo lo hice. ¿Hay alguien aquí que todavía considere que la enseñanza profética de la Escritura es un mero simbolismo?

Bruno esperó un momento dramático.

—Pensé que no. Atiendan a esta enseñanza. Los Juicios de los Sellos nos llevarán unos veintiún meses desde la firma del pacto con Israel. En las semanas siguientes les enseñaré de los catorce juicios restantes que nos llevarán al final del período de siete años, pero por ahora, concentrémonos en los primeros cuatro de los siete sellos.

Al seguir adelante Bruno, Camilo se sintió impactado de que el último orador que había escuchado tan cautivante fuera Nicolás Carpatia. Pero la impresión de Carpatia era coreografiada, manipulada. Bruno no estaba tratando de impresionar a nadie con nada sino la verdad de la Palabra de Dios. ¿Le diría a este cuerpo que él creía que sabía quién era el anticristo? En cierta forma Camilo esperaba que sí pero eso podría ser considerado calumnia al señalar públicamente con el dedo a alguien como el enemigo del Dios Todopoderoso.

¿O, Bruno simplemente diría lo que dice la Biblia y dejaría que la gente llegara a sus propias conclusiones? Las noticias ya estaban llenas de rumores de un inminente acuerdo entre Carpatia, o al menos las Naciones Unidas dirigidas por Carpatia, e Israel. Si Bruno predecía un pacto que naciera en los próximos días, ¿quién podría dudar de él?

Raimundo estaba más que fascinado. Estaba estupefacto. En muchas formas Bruno estaba leyendo su mente. No hace mucho él se hubiera burlado de tal enseñanza que tomaba tan literalmente un pasaje tan claramente poético y metafórico. Pero lo que Bruno decía era lógico. El joven no llevaba predicando más que unas pocas semanas. Esa no había sido su vocación ni su preparación. Pero esto no era tanto predicar como enseñar y la pasión de Bruno, la inmersión de su alma en el tema, hacía que todo fuera más atractivo.

—No tengo tiempo para meterme con el segundo, tercer o cuarto jinete esta mañana —dijo Bruno—, excepto para decir que el jinete del caballo rojo (bermejo) significa guerra, el negro hambre y el amarillento, muerte. Sólo un poquito de lo que está por venir —agregó secamente y algunos se rieron nerviosos—. Pero les advertí que esto no es para el débil de corazón.

Se apresuró a llegar a su punto y su conclusión leyendo de Apocalipsis 6:1-2: *Vi cuando el Cordero abrió uno de los siete sellos, y oí a uno de los cuatro seres vivientes que decía, como con voz de trueno: Ven. Miré, y he aquí, un caballo blanco; y el que estaba montado en él tenía un arco; se le dio una corona, y salió conquistando y para conquistar.*

Bruno dio un paso atrás con dramatismo, y empezó a salir detrás del púlpito pequeño.

—No se preocupen —dijo—, no he terminado.

Para sorpresa de Raimundo, la gente empezó a aplaudir. Bruno dijo:

—¿Aplauden porque quieren que termine o porque quieren que siga toda la tarde?

Y la gente aplaudió más aun. Raimundo se preguntaba qué estaba pasando. Él también aplaudió y Cloé y Camilo estaban haciendo lo mismo. Estaban bebiéndose esto y querían más y más. Claramente Bruno había estado sintonizado con lo que Dios estaba mostrándole. Él había dicho una y otra vez que esto no era verdad nueva, que los comentarios que él citaba tenían décadas de antigüedad y que la doctrina de los postreros tiempos era mucho más antigua que eso. Pero los que habían relegado esta clase de enseñanza a los literales, los fundamentalistas, los evangélicos de criterio cerrado, habían sido dejados atrás. ¡De repente estaba bien creer a la Escritura como palabra de Dios! Si nada más convencía a la gente, el haber perdido a tantos en el Arrebatamiento lo haría finalmente.

Bruno se paró ante el púlpito vacío ahora con la Biblia en la mano.

—Quiero decirles ahora lo que creo que dice la Biblia del jinete del caballo blanco, el primer jinete del Apocalipsis. No daré mi opinión, no sacaré ninguna conclusión. Simplemente le dejaré a Dios que les ayude a sacar paralelos que deben trazarse. Sólo les diré esto por anticipado: para mí, este relato de un milenio de antigüedad se lee tan fresco como el periódico de mañana.

Cuatro

Camilo estaba sentado en la banca detrás de Raimundo y Cloé Steele y dio una mirada a su reloj. Había pasado más de una hora desde la última vez que miró. Su estómago le decía que tenía hambre, o al menos que podría comer. Su mente le decía que podía estar todo el día ahí sentado escuchando a Bruno Barnes exponer de la Biblia lo que estaba pasando hoy y lo que pasaría mañana. Su corazón le decía que estaba en un precipicio. Sabía hacia donde se dirigía Bruno con esta enseñanza, con estas imágenes del libro del Apocalipsis. No sólo sabía quién era el jinete del caballo blanco, Camilo conocía personalmente al jinete. Había sentido el poder del anticristo.

Camilo había pasado suficiente tiempo con Bruno y los Steele revisando los pasajes, para saber sin duda alguna que Nicolás Carpatia personificaba al enemigo de Dios. Y sin embargo, no podía ponerse de pie y corroborar el mensaje de Camilo con su propio relato. Tampoco Bruno podía revelar que sabía precisamente quién era el anticristo o que alguien de esta misma iglesia lo había conocido.

Por años Camilo se había acostumbrado a citar nombres de manera muy habitual. Había andado en círculos elevados por tanto tiempo que no era raro que él pudiera decir "lo conocí", "lo entrevisté", "lo conozco", "estuve con ella en París", "estuve en la casa de ellos".

Pero ese egocentrismo, había sido borrado por las desapariciones y por sus experiencias en el frente de batalla, relacionadas con los sucesos sobrenaturales. El antiguo Camilo Williams hubiera acogido bien la perspectiva de dejar saber que él era conocido personalmente, no sólo por la personalidad líder del mundo sino también del mismo anticristo predicho en la Escritura. Ahora, sencillamente estaba clavado en su asiento mientras su amigo predicaba.

—Déjenme explicar —estaba diciendo Bruno—, que no creo que sea intención de Dios transmitir una personalidad individual por medio de las imágenes de estos jinetes, sino más bien la condición del mundo. Ellos no se refieren en absoluto a personas específicas porque, por ejemplo, el cuarto jinete es llamado Muerte.

»¡Ah, pero el primer jinete! Fíjense que es el Cordero quien abre el primer sello y revela a ese jinete. El Cordero es Jesucristo, el Hijo de Dios, que murió por nuestros pecados, fue resucitado y recientemente arrebató a su iglesia.

»En la Escritura siempre es importante el primero de una sucesión: el primogénito, el primer día de la semana, el primer mandamiento. El primer jinete, el primero de los cuatro caballos de los primeros siete juicios, ¡es importante! Él da el tono. Él es la clave para entender al resto de los jinetes, el resto de los Juicios de los Sellos, sin duda, el resto de todos los juicios.

»¿Quién es este primer jinete? Claramente representa al anticristo y su reino. Su propósito es *conquistando y para conquistar*. Tiene un arco en su mano, un símbolo de guerra agresivo y sin embargo, no se menciona una flecha. Así que, ¿cómo conquistará? Otros pasajes indican que él es un *rey voluntarioso* y que triunfará por medio de la diplomacia. Él traerá una paz falsa, prometiendo la unidad mundial. ¿Tendrá éxito? ¡Sí! Tiene una corona.

———————

En cierto modo esto era totalmente nuevo para Raimundo y él sabía que también lo era para Cloé. Pero ellos habían estado tan enfrascados en esta enseñanza con Bruno desde que habían llegado a creer en Cristo que Raimundo anticipaba cada detalle. Parecía que se estuviera volviendo un experto instantáneo y no recordaba que antes hubiera captado tan rápidamente un tema. Siempre había sido un buen alumno, especialmente en ciencias y matemáticas. Había sido rápido para estudiar aviación pero esto era cósmico. Esto era vida. Esto era el mundo real. Explicaba lo que había pasado con su esposa e hijo, lo que soportarían él y su hija y lo que sucedería mañana y durante los próximos años.

Raimundo admiraba a Bruno. El joven se había dado cuenta instantáneamente de que su falso cristianismo le había fallado en el momento más fundamental de la historia humana. Se había arrepentido de inmediato y se había consagrado a la tarea de rescatar a todos los que le fuera posible. Bruno Barnes se había entregado a la causa.

Bajo otras circunstancias Raimundo se hubiera preocupado por Bruno temiendo que se estaba desgastando al asumir demasiadas responsabilidades. Pero Bruno parecía lleno de vigor, satisfecho. Él necesitaría dormir más, pero por ahora rebosaba por causa de la verdad, anhelando ansiosamente compartirla. Y si los otros eran como Raimundo, no podrían pensar en nada más que en sentarse aquí a aprender estas enseñanzas.

—La próxima semana y la siguiente hablaremos de los otros tres jinetes del Apocalipsis —decía Bruno—, pero permitan que les deje con algo a lo que hay que estar atento. El jinete del caballo blanco es el anticristo que viene como un engañador prometiendo paz y unir al mundo. El libro de Daniel, en el Antiguo Testamento, capítulo 9 versículos 24 al 27 dice que firmará un tratado con Israel.

»Parecerá ser amigo y protector de ellos pero al final será su conquistador y destructor. Yo debo terminar por esta semana pero hablaremos más del por qué pasa esto y cuál será el resultado. Déjenme terminar diciéndoles cómo pueden estar seguros de que *yo* no soy el anticristo.

Eso captó la atención de la gente, incluyendo la de Raimundo. Hubo risitas avergonzadas.

—Yo no estoy insinuando que ustedes sospechen de mí —dijo Bruno ante más risas—, pero podemos llegar al punto en que todo líder sea un sospechoso. Recuerden no obstante, que nunca oirán que se prometa paz desde este púlpito. La Biblia dice claramente que tendremos quizás un año y medio de paz luego del pacto con Israel. Pero en el largo plazo, predigo lo opuesto de la paz. Los otros tres jinetes llegan y traen consigo guerra, hambre, plagas y muerte. Ese no es un mensaje popular, no es algo agradable a lo que ustedes puedan aferrarse durante esta semana. Nuestra única esperanza está en Cristo, y aún estando en él probablemente, sufriremos. Los veo la semana que viene.

Raimundo sintió la inquietud de la multitud mientras Bruno cerraba con oración, como si los demás sintieran de la misma manera que él. Él quería oír más y tenía un millón de preguntas. Habitualmente el organista empezaba a tocar hacia el final de la oración de Bruno y éste se dirigía inmediatamente hacía la parte trasera de la iglesia, donde estrechaba las manos de la gente que salía. Pero hoy, Bruno no alcanzó a llegar al pasillo cuando lo pararon personas que lo abrazaban, le agradecían y empezaban a hacer preguntas.

Raimundo y Cloé estaban en una de las filas más cercanas al frente, y aunque Raimundo se daba cuenta de que Camilo estaba hablando con Cloé, también oía lo que la gente le preguntaba a Bruno.

—¿Dice usted que Nicolás Carpatia es el anticristo? —preguntó uno.

—¿Me oyó decir eso? —dijo Bruno.

—No pero fue muy claro. Ya están hablando en las noticias de sus planes y una especie de trato con Israel.

—Siga leyendo y estudiando —dijo Bruno.

—Pero no puede ser Carpatia ¿verdad? ¿Le parece él como un mentiroso?

—¿Cómo le parece a usted? —dijo Bruno.

—Como un salvador.

—¿Casi como un mesías? —presionó Bruno.

—¡Sí!

—Hay solamente un Salvador, un Mesías.

—Lo sé, espiritualmente pero políticamente quiero decir. No me diga que Carpatia no es lo que parece ser.

—Le diré solamente lo que dice la Escritura —dijo Bruno—, y le instaré a que escuche atentamente las noticias. Debemos ser astutos como serpientes y mansos como palomas.

—Así es como yo describiría a Carpatia —dijo una mujer.

—Tenga cuidado —dijo Bruno— con adscribir atributos como los de Cristo a cualquiera que no se alinee con Cristo.

Al terminar el servicio Camilo tomó el brazo de Cloé pero ella pareció menos sensible de lo que él hubiera esperado. Ella se dio vuelta lentamente para ver qué quería él y su expresión no tenía señales de esa mirada expectante que tenía el viernes por la noche. Era claro que él la había herido de alguna manera. —Estoy seguro de que te preguntarás por qué estuve llamando —comenzó.

—Me imaginé que llegaría el momento en que me lo dirías.

—Sólo me preguntaba si querrías ver mi nueva casa.

Le dijo donde estaba.

—Quizá podrías venir mañana temprano, verla y luego podríamos almorzar algo.

—No sé —dijo Cloé—. No creo que pueda almorzar pero si ando cerca quizá pase.

—Bueno —Camilo se desinfló. Por lo visto no iba a ser difícil dejarla poco a poco. Ciertamente no le iba a romper el corazón.

Al deslizarse Cloé en la multitud Raimundo fue a saludar a Camilo, dándole la mano.

—¿Y cómo estás, amigo mío?

—Estoy muy bien —dijo Camilo—. Instalándome.

Una pregunta corroía a Raimundo. Miró al techo y de nuevo a Camilo. En su visión periférica vio a cientos de personas por todos lados esperando tener un momento personal con Bruno Barnes.

—Camilo, permite que te pregunte algo. ¿Lamentas haber presentado a Patty Durán a Carpatia?

Camilo apretó los labios y cerró los ojos, frotándose la frente con los dedos.

—Todos los días —susurró—. Justamente estaba hablando de eso con Bruno.

Raimundo asintió y se arrodilló en el asiento, mirando a Camilo, que se sentó.

—Me lo preguntaba —dijo Raimundo—. Yo tengo muchos remordimientos por ella. Éramos amigos, tú sabes. Colegas pero amigos también.

—Lo entendía así —dijo Camilo.

—Nunca tuvimos una relación o nada parecido —le aseguró Raimundo—, pero me preocupo por lo que le pasa a ella.

—Sé que pidió permiso para faltar treinta días a Pan-Con.

—Sí —dijo Raimundo—, pero es sólo adorno para el exterior. Tú sabes que Carpatia va querer tenerla a su alrededor y hallará el dinero para pagarle más de lo que gana con nosotros.

—Sin duda.

—Ella tiene que estar enamorada del trabajo, para no mencionarlo a él. ¿Y quién sabe dónde podría llegar esa relación?

—Como dice Bruno, no creo que él la contratara por su cerebro —dijo Camilo.

Raimundo asintió. Así que estaban de acuerdo. Patty Durán iba a ser una de las diversiones de Carpatia. Si hubo alguna vez esperanza para su alma, sería remota en cuanto ella estuviera cada día en la órbita de él.

—Me preocupo por ella —continuó Raimundo—, y sin embargo, debido a nuestra amistad no siento que esté en una posición de advertirle. Ella fue una de las primeras personas a quienes traté de hablar de Cristo. No fue receptiva. Antes de eso yo había dado señales de interesarme en ella más de lo que tenía derecho a interesarme, y naturalmente, ahora ella no está muy positiva respecto a mí.

Camilo se inclinó hacia adelante.

—Quizá pronto yo tenga una oportunidad de conversar con Patty en algún momento.

—Pero, ¿qué dirás? —preguntó Raimundo—. Por lo que sabemos ellos ya pueden ser íntimos. Ella le dirá todo lo que sepa. Si ella le dice que tú has llegado a ser un creyente y que estás tratando de rescatarla, él sabrá que no tuvo impacto en tu mente cuando estaba lavándoles el cerebro a los demás.

Camilo asintió.

—He pensado en eso. Pero me siento responsable porque ella esté ahí. *Soy* responsable porque ella esté ahí. Podemos orar por ella, pero voy a sentirme muy inútil si no puedo hacer algo concreto para sacarla de ahí. Tenemos que traerla de vuelta acá donde pueda aprender la verdad.

—Me pregunto si ella ya se ha trasladado a Nueva York —dijo Raimundo—. Quizás encontremos una razón para que Cloé llame a la casa de ella en Des Plaines.

Al separarse y salir de la iglesia, Raimundo empezó a preguntarse cuánto debía alentar la relación entre Cloé y Camilo. Camilo le gustaba mucho, lo poco que conocía de él. Le creía, le tenía confianza, lo consideraba un hermano. Era brillante y perspicaz para ser un joven. Pero la idea de que su hija empezara a salir con él o hasta se enamorara de un hombre que hablaba con el anticristo, era demasiado para considerar. Tendría que ser franco con ambos sobre eso si se hacía evidente que la relación de ellos iba a llegar a alguna parte.

Pero en cuanto se juntó con Cloé en el automóvil se dio cuenta de que eso no era algo por lo que tuviera que afanarse justamente ahora.

—No me digas que invitaste a Camilo a venir a almorzar con nosotros —dijo ella.

—Ni siquiera se me ocurrió. ¿Por qué?

—Él me está tratando como una hermana, y no obstante, quiere que vaya a ver su casa mañana.

Raimundo quiso decir "¿y qué?" y preguntarle si ella no creía que estaba leyendo demasiado en las palabras y acciones de un hombre que apenas conocía. Por todo lo que ella sabía, Camilo podía estar locamente enamorado de ella y no saber cómo transmitirlo. Raimundo no dijo nada.

—Tienes razón —dijo ella—. Me estoy obsesionando.

—No dije una palabra.

—Puedo leer tu mente —dijo ella—. De todos modos, estoy enojada conmigo. Salgo de oír un sermón como ese y en todo lo que puedo pensar es en un tipo que de alguna forma he dejado que se aleje. No es importante. ¿A quién le importa?

—Evidentemente a ti.

—Pero no debiera. Las cosas viejas pasaron y todo es hecho nuevo —dijo ella—. Preocuparse por muchachos debiera decididamente ser una cosa vieja. Ahora no hay tiempo para trivialidades.

—Como te parezca.

—Eso es justamente lo que no quiero hacer. Si me pareciera, vería a Camilo esta tarde y averiguaría dónde estamos parados.

—¿Pero no vas a...?

Ella movió la cabeza.

—Entonces ¿me harías un favor? ¿Tratarías de llamar a Patty Durán en mi lugar?

—¿Por qué?

—Realmente sólo tengo curiosidad de saber si ella ya se mudó a Nueva York?

—¿Por qué no debiera? Carpatia la contrató, ¿no?

—No sé. Ella está con un permiso de ausencia por treinta días. Sólo llama a su casa. Si tiene una grabadora telefónica funcionando, entonces todavía no se ha decidido.

—¿Por qué no la llamas *tú*?

—Pienso que ya me he entrometido bastante en su vida.

———————

Camilo se detuvo a comprar comida china camino a casa y se sentó a comer solo, mirando por la ventana. Encendió el televisor y puso un juego de pelota pero lo ignoró, manteniendo bajo el sonido. Su mente estaba llena de conflicto. Su historia estaba lista para ser transmitida a Nueva York y él querría saber la reacción de Serafín

Bailey. También esperaba recibir sus máquinas y archivos de oficina que deberían llegar en la mañana a la oficina de Chicago. Sería bueno recoger esas cosas y organizarse.

Tampoco podía desentenderse del mensaje de Bruno. No era tanto el contenido como la pasión de Bruno. Él tenía que conocer mejor a Bruno. Quizá eso fuera un remedio para su soledad, y la de Bruno. Si el mismo Camilo estaba así de solo, tenía que ser mucho peor para un hombre que tuvo esposa e hijos. Camilo estaba acostumbrado a la vida solitaria pero tenía una red de amigos en Nueva York. Aquí, a menos que fuera de la oficina o de alguien del Comando Tribulación, el teléfono no iba a sonar.

Ciertamente no estaba manejando bien la situación con Cloé. Cuando había sido rebajado de cargo, Camilo había considerado que el traslado de Nueva York a Chicago era un giro positivo: él la vería más, estaría en una buena iglesia, recibiría buena enseñanza, tendría un núcleo de amigos. Pero también sentía que estaba haciendo lo correcto cuando empezó a frenar su búsqueda de ella. El momento no era el mejor. ¿Quién procura formalizar una relación durante el fin del mundo?

Camilo sabía, o al menos creía saber, que Cloé no estaba jugando con él. Ella no estaba haciéndose la difícil sólo para mantenerlo interesado. Pero fuera que ella lo estuviera haciendo intencionalmente o no, funcionaba, y él se sentía tonto por continuar pensando en el asunto.

No importaba lo que hubiera ocurrido, o de qué manera ella estaba actuando, no importaba la razón, él le debía a ella el poder expresarlo. Quizás le iba a costar la rutina de "seamos amigos", pero no veía que tuviera otra opción. Él se lo debía a ella y a sí mismo, procuraría mantener la amistad y ver qué resultaba de ello. Por lo que él se imaginaba, ella no estaba interesada en nada más que una amistad.

Tomó el teléfono y cuando puso el auricular a su oído, oyó un tono raro y luego una voz grabada. "Usted tiene un mensaje. Por favor, apriete dos veces la estrella para oírlo".

¿Un mensaje? Yo nunca pedí una grabadora telefónica. Él apretó los botones. Era Esteban Plank.

Macho, ¿dónde diablos estás hombre? Si no vas a contestar tus mensajes voy a desistir en dejarte mensajes ahí. Sé que allá no estás en la guía de teléfonos pero si piensas que se puede jugar con

alguien como Nicolás Carpatia, pregúntate cómo conseguí tu número de teléfono. Desearás tener esos recursos como periodista. Ahora, Macho, de amigo a amigo, sé que a menudo revisas tus mensajes y sabes que Carpatia quiere hablar contigo. ¿Por qué no me llamaste? Estás haciéndome quedar mal. Le dije que te buscaría y que tú vendrías a verlo. Le dije que no entendía que no hayas aceptado su invitación a la reunión de instalación pero que te conozco como a un hermano y que no lo dejarás plantado nuevamente.

Él quiere verte ahora. No sé de que se trata o si debo yo estar presente. No sé si es asunto oficial, pero ciertamente puedes pedirle unas cuantas citas para tu artículo. Sólo ven para acá. Puedes entregar personalmente tu artículo al *Semanario*, saludar a tu vieja amiga la señorita Durán, y averiguar qué quiere Nicolás. Hay un pasaje de primera clase esperándote en O'Hare bajo el nombre de McGillicuddy para un vuelo a las nueve de la mañana de mañana. Una limusina te esperará y almorzarás con Carpatia. Sólo hazlo Camilo. Quizás él quiera agradecerte por haberle presentado a Patty. Ellos parecen estar entendiéndose bien. Ahora, Camilo, si no escucho de ti voy a suponer que vendrás para acá. No me desilusiones.

————

—¿Cuál es la novedad? —preguntó Raimundo.

Cloé imitó la voz grabada. "El número que ha marcado ha sido desconectado. El nuevo número es..."

—¿Es cuál?

Ella le pasó un pedazo de papel. El código de zona era de la ciudad de Nueva York. Raimundo suspiró.

—¿Tienes el nuevo número de teléfono de Camilo?

—Está en la pared, al lado del teléfono.

————

Camilo llamó a Bruno Barnes.

—Detesto pedirte esto Bruno —dijo—, pero ¿podemos reunirnos esta noche?

—Estoy por dormir una siesta —dijo Bruno.

—Sigue durmiendo. Podemos hacerlo en otro momento.

—No. No voy a dormir. ¿Quieres que nos reunamos los cuatro o sólo tú y yo?

—Sólo nosotros.

—¿Qué tal si voy a tu casa entonces? Me estoy cansando de la oficina y de la casa vacía.

Se pusieron de acuerdo para las siete de la tarde y Camilo decidió que descolgaría su teléfono después de hacer una llamada más. No quería arriesgarse a hablar con Plank, o peor, con Carpatia hasta que hubiera conversado y orado por sus planes con Bruno. Esteban había dicho que supondría que Camilo iba a ir a menos que él lo llamara, pero sería típico de Esteban volver a verificar con él. Y Carpatia era totalmente impredecible.

Camilo llamó a Alicia, la secretaria de la oficina de Chicago.

—Necesito un favor —dijo.

—Lo que sea —dijo ella.

Le dijo que tenía irse a Nueva York en la mañana pero que no quería que Verna Zee lo supiera.

—Tampoco quiero esperar más por mis cosas así que quisiera llevarte mi llave adicional antes de irme al aeropuerto. Si no te importa traer esas cosas para acá y volver a cerrar, realmente lo agradecería.

—No hay problema. Tengo que ir de todos modos por ese lado tarde por la mañana. Voy a recoger a mi novio al aeropuerto. Verna no tiene que saber que voy a llevar tus cosas de una vez.

—¿Quieres ir a Dallas conmigo mañana por la mañana, Clo? —preguntó Raimundo.

—No creo. Vas a pasarte de todos modos, todo el día en los 757 ¿verdad?

Raimundo asintió.

—Me quedaré aquí. Quizá le acepte a Camilo su oferta de ver su casa.

Raimundo movió la cabeza.

—No puedo entenderte —dijo—. Ahora tú *quieres* ir para allá y ver al tipo que te trata como a una hermana?

—Yo no estaría yendo a verlo a él —dijo ella—, estaría yendo a ver su casa.

—Ah —dijo Raimundo—, me equivoqué.

—¿Tienes hambre? —preguntó Camilo antes que Bruno hubiera siquiera llegado a la puerta ese anochecer.

—Podría comer —dijo Bruno.

—Salgamos —sugirió Camilo—. Puedes ver la casa cuando volvamos.

Se instalaron en una cabina reservada situada en un oscuro rincón de una ruidosa pizzería y Camilo informó a Bruno sobre lo último que supo de Esteban Plank.

—¿Piensas ir? —preguntó Bruno.

—No sé qué pensar, y si me conocieras mejor sabrías que eso es muy raro en mí. Mis instintos de periodista dicen que sí, por supuesto, ve, sin preguntar. ¿Quién no iría? Pero sé quién es este tipo, y la última vez que lo vi traspasó a dos hombres con una bala.

—Ciertamente me gustaría tener la opinión de Raimundo y Cloé sobre esto.

—Pensé que podrías —dijo Camilo—. Pero me gustaría pedirte que te abstengas de eso. Si voy, prefiero que no sepan.

—Camilo, si vas, necesitarás todo el apoyo en oración que puedas obtener.

—Bueno, tú puedes decirles después que me haya ido o algo así. Yo debiera estar almorzando con Carpatia alrededor del mediodía o poco después, hora de Nueva York. Puedes decirles que estoy en un viaje importante.

—Si eso es lo que quieres. Pero tienes que darte cuenta que así no es como yo veo al grupo núcleo.

—Lo sé y estoy de acuerdo. Pero ambos pueden ver esto como muy arriesgado y quizá lo sea. Si lo hago, no quiero desilusionarlos hasta haber tenido la posibilidad de informarles y poder exponer mis razones.

—¿Por qué no hacer eso por anticipado?

Camilo echó a un lado su cabeza y se encogió de hombros. —Porque todavía no estoy claro yo mismo.

—Me suena como que ya te decidiste a ir.

—Supongo que sí.

—¿Quieres que te convenza de lo contrario?

—Realmente no. ¿Quieres tú hacerlo?

—Yo estoy tan en el aire como tú Camilo. No puedo ver que nada positivo resulte de todo esto. Él es un hombre peligroso y un asesino. Él te podría matar y seguir como si nada. Lo hizo ante una sala llena de testigos. Por otro lado, ¿por cuánto tiempo más podrás esquivarlo? Él tiene acceso a tu número de teléfono que no figura en la guía, a dos días de haberte mudado. Puede encontrarte y si lo evitas ciertamente lo harás enojarse.

—Lo sé. De este modo puedo decirle justamente que estaba ocupado en mudarme e instalarme...

—En lo cual estabas ocupado.

—...En lo cual estaba, y luego estoy ahí a tiempo, donde él me quiere, preguntando qué desea.

—Él tratará de averiguar cuánto recuerdas de lo que él hizo.

—No sé que diré. Tampoco sabía qué haría en la reunión de la instalación. Capté el mal en esa sala pero también sabía que Dios estaba conmigo. No sabía qué decir ni cómo reaccionar, pero al mirar atrás, Dios me guió perfectamente a estar callado y dejar que Carpatia llegara a la conclusión que quisiera.

—Puedes depender de Dios esta vez también, Camilo. Pero debieras contar con alguna clase de plan, repasar mentalmente lo que podrías decir o no, esa clase de cosas.

—En otras palabras, ¿en lugar de dormir esta noche?

—No supongo que tengas muchas posibilidades de eso —Bruno sonrió al decirle.

—No supongo.

Para cuando Camilo terminó de darle un rápido recorrido de su casa a Bruno, Camilo había decidido ir a Nueva York en la mañana.

—¿Por qué no llamas a tu amigo... —empezó Bruno.

—¿Plank?

—Sí, Plank, y dile que vas. Entonces puedes dejar de temer su llamada y tener tu teléfono listo para mí o quienquiera que pudiera querer hablar contigo.

—Buena idea —Camilo asintió.

Pero luego de dejar un mensaje para Esteban, Camilo no recibió más llamadas esa noche. Él pensó en llamar a Cloé para decirle que no viniera a la mañana siguiente, pero no quería tener que decirle por qué o inventar algo, y de todos modos, estaba convencido de que ella no vendría. Ciertamente no había parecido estar muy interesada esa mañana.

Camilo durmió con sobresaltos. Afortunadamente a la mañana siguiente no vio a Verna hasta después de haberle dejado la llave a

Alicia y fue cuando estaba saliendo del estacionamiento. Verna iba entrando en su automóvil y ella no lo vio.

Camilo no tenía un documento de identificación con el nombre *McGillicuddy*. En el aeropuerto O'Hare recogió un sobre con ese nombre falso y se dio cuenta de que ni siquiera la joven del mostrador hubiera sabido que había un pasaje adentro.

Pasó por la puerta de embarque una media hora antes de empezar el abordaje para su vuelo.

—Señor McGillicuddy —dijo el hombre de mediana edad tras el mostrador—, puede subir a bordo si lo desea.

—Gracias —dijo Camilo.

Sabía que los pasajeros de primera clase, los pasajeros que vuelan frecuentemente, los ancianos y las personas con niños pequeños eran los primeros en subir a bordo del avión. Pero cuando Camilo se dirigió a sentarse en el área de espera, el hombre preguntó:

—¿No desea subir a bordo inmediatamente?

—¿Perdón? —dijo Camilo—. ¿Ahora?

—Sí señor.

Camilo miró alrededor preguntándose si había pasado por alto algo. Ni siquiera había pocas personas en la fila, para ni hablar de subir por anticipado al avión.

—Usted tiene el privilegio exclusivo de subir al avión cuando le parezca, pero naturalmente, no se le requiere. Es decisión suya.

Camilo se encogió de hombros. —Seguro, subiré ahora.

Sólo había una aeromoza en el avión. Aún estaban limpiando la sección turista. Sin embargo, la aeromoza le ofreció champaña, jugo o una bebida y le dejó mirar un menú para el desayuno.

Camilo nunca había sido bebedor así que rechazó la champaña y estaba demasiado agitado para comer.

La aeromoza dijo: —¿Está seguro? Hay toda una botella separada para usted. Miró a su apuntador: "Saludos de N.C."

—Gracias de todo modos.

Camilo movió la cabeza. ¿No había fin para lo que Carpatia podía o quería hacer?

—¿No quiere llevarla consigo?

—No, señorita. Gracias. ¿La quiere usted?

La aeromoza le dio una mirada atónita. —¿Está de bromas? ¡Es una *Dom Pérignon*!

—Llévela si quiere.

—¿De verdad?

—Seguro

—Bueno, ¿firmaría que usted la aceptó para que así yo no tenga problemas por llevármela?

Camilo firmó en el apuntador. ¿Qué sería lo siguiente?

—Hmm, ¿señor? —dijo la aeromoza—. ¿Cuál es su nombre?

—Lo siento —dijo Camilo—. No estaba pensando. Tomó el apuntador, borró su nombre y firmó "B. McGillicuddy".

Normalmente los pasajeros de segunda clase echaban miradas disimuladas a los de primera clase, pero ahora hasta los pasajeros de primera clase observaban a Camilo. Él había tratado de no ser llamativo, pero era claro que estaba recibiendo un privilegio. Estaba esperando a bordo cuando ellos llegaron, y durante el vuelo las aeromozas flotaban oportunamente alrededor de él, llenando su vaso de bebida constantemente y preguntando si quería algo más. ¿A quién le había pagado Carpatia por este trato tan especial y cuánto?

En el Aeropuerto Internacional de Nueva York, John F. Kennedy, Camilo no tuvo que buscar a alguien que estuviera sosteniendo un cartel con su nombre. Un chofer uniformado se dirigió directamente a él cuando salió por el pasillo desde el avión, tomó su equipaje de mano y le preguntó si llevaba equipaje en bodega.

—No.

—Muy bien señor. Sígame al automóvil por favor.

Camilo era un viajero mundial y había sido tratado lo mismo como un rey que como un menesteroso a través de los años. Pero aun él encontró inquietante este trato preferencial. Siguió al chofer mansamente por el aeropuerto hasta llegar a una limusina negra estacionada en la acera. El chofer abrió la puerta y Camilo entró al oscuro interior del auto.

No le había dicho su nombre al chofer, y él tampoco se lo había preguntado. Supuso que esto era todo parte de la hospitalidad de Carpatia pero, ¿qué pasaba si lo habían confundido con otra persona? ¿Qué sucedería si esto no era sino una equivocación colosal?

Al adaptarse sus ojos a la poca luz y a las ventanas ahumadas, Camilo vio a un hombre con ropa oscura sentado con su espalda hacia el chofer, que lo miraba fijamente.

—¿Usted es de las Naciones Unidas? —preguntó Camilo—, ¿o trabaja para el señor Carpatia?

El hombre no contestó. Ni se movió. Camilo se inclinó hacia adelante.

—¡Perdóneme! —dijo—. ¿Usted...?

El hombre llevó un dedo a sus labios. *Bueno,* pensó Camilo, *no necesito saber.* Aunque tenía curiosidad por saber si se encontraría con Carpatia en las Naciones Unidas o en un restaurante. Y hubiera sido agradable saber si Esteban Plank estaría ahí.

—¿Le importa si hablo con el chofer? —dijo Camilo. Ninguna reacción.

—Discúlpeme, ¿chofer?

Pero había "plexiglas"[1] entre el asiento delantero y el resto del "chasis". El hombre que parecía guardia personal seguía mirándolo y Camilo se preguntó si este sería su último viaje. Extrañamente no sintió el terror que lo había abrumado la última vez. No sabía si esto era de Dios o si él era ingenuo. Por lo que sabía, bien podía ir camino a su propia ejecución. El único registro de su viaje era una firma equivocada en el apuntador de una aeromoza, y él mismo la había borrado.

Raimundo Steele se sentó en la cabina de pilotaje de un Boeing 757 estacionado en la pista militar en un costado del aeropuerto de Dallas-Fort Worth. Un examinador certificado ubicado en el asiento del primer oficial ya había aclarado que estaba ahí solamente para tomar notas. Raimundo tenía que hacer las verificaciones de la lista previa al vuelo, comunicarse con la torre, esperar por la orden de proseguir, despegar, seguir las instrucciones de la torre tocante al rumbo apropiado del vuelo, entrar a un patrón de mantenimiento y aterrizar. No le iban a decir cuántas veces tendría que repetir esa secuencia completa ni si algo más le sería requerido.

—Recuerde —dijo el examinador—, no estoy aquí para enseñarle nada ni para sacarlo de apuros. No respondo preguntas y no toco controles.

Las verificaciones previas al vuelo salieron sin problemas. Carretear el 757 era diferente de hacerlo con la sensación del enorme volumen del 747 pero Raimundo se las arregló bien. Cuan-

---

1.   Ventana de plástico transparente semejante al vidrio.

do recibió la orden, dio todo el impulso y sintió el empuje extraordinariamente sensible de la maravilla aerodinámica. Al ir corriendo el avión por la pista como un caballo de carrera ansioso por correr, Raimundo dijo al examinador:

—Esto es como el "Porsche" de los aviones, no?

El examinador ni siquiera lo miró, mucho menos le contestó.

El despegue fue potente y veraz y Raimundo recordó cuando volaba los aviones de combates potentes pero más pequeños, en sus días de militar.

—¿Más como un Jaguar? —le preguntó al examinador, quien por lo menos produjo una leve sonrisa y un leve asentimiento de la cabeza.

El aterrizaje de Raimundo tuvo la perfección de una postal. El examinador esperó hasta que carreteó el avión a su posición y apagó los motores. Luego dijo:

—Hagamos eso dos veces más y puede irse.

———

La limusina de Camilo Williams se quedó detenida pronto en el tráfico. Camilo deseó haber traído algo para leer. ¿Por qué esto tenía que ser tan misterioso? No entendía el por qué del trato antes y después del vuelo. La única otra vez en que alguien sugirió que él usara un alias fue cuando una revista de la competencia estaba haciendo una oferta que esperaban que él no podría rechazar y no querían que el *Semanario Mundial* supiera siquiera que él estaba considerándola.

Camilo podía ver los cuarteles centrales de las Naciones Unidas a la distancia pero no supo si ese era su destino sino cuando el chofer no tomó la salida apropiada. Esperaba que se dirigieran a alguna parte bonita para almorzar. Además de haberse pasado por alto el desayuno, también le gustaba más la perspectiva de comer que la de morir.

———

Cuando Raimundo fue guiado al pequeño ómnibus de cortesía de la Pan-Con para que lo llevara al aeropuerto Dallas-Fort Worth, su examinador le pasó un sobre tamaño legal.

—¿Así qué aprobé? —dijo a la ligera Raimundo.

—No sabrá eso por una semana —dijo el hombre.

Entonces, ¿qué es esto? se preguntó Raimundo, entrando al "bus" y abriendo el sobre. Adentro había una sola hoja de papel con membrete de las Naciones Unidas, ya impreso con el nombre: *Patty Durán, Asistente Personal del Secretario General.* El mensaje escrito a mano decía sencillamente:

Capitán Steele:
Supongo que usted sabe que el nuevo Fuerza Aérea Uno^2 es un 757.
Su amiga
Patty Durán

---

2.   Nombre que identifica al avión exclusivo del Presidente de los Estados Unidos de Norteamérica.

Cinco

Camilo empezó a sentirse más confiado de que no estaba en peligro mortal. Demasiadas personas habían participado en llevarlo desde Chicago a Nueva York, y ahora al puerto. Por otro lado, si Nicolás Carpatia podía salirse con la suya después de asesinar en presencia de más de una docena de testigos oculares, ciertamente podía eliminar a un periodista que escribía para una revista.

Llegó el momento en que la limusina arribó a los muelles donde se detuvo en la zona circular frente al exclusivo "Club de Yates del Puerto de Manhattan". Al acercarse el portero, el chofer bajó el vidrio de la ventanilla frente al pasajero e hizo señas con un dedo, como advirtiéndole de mantenerse lejos del automóvil. Entonces bajó el guardia personal, sosteniendo la puerta del automóvil y Camilo salió al sol.

—Por aquí, por favor —dijo el guardia.

Camilo se hubiera sentido como en casa en el Club de Yates salvo que iba caminando con un hombre vestido de traje que lo guiaba evidentemente por el lado de una larga fila de clientes que esperaban mesas. El *maitre d'hotel*[1] miró y asintió en aprobación cuando Camilo siguió a su escolta al borde del comedor. Allí el hombre se detuvo y susurró:

—Usted comerá con el caballero que está en la cabina apartada, al lado de la ventana.

Camilo miró. Alguien le hacía vigorosas señas, atrayendo las miradas de los clientes. Como el sol estaba a espaldas del hombre,

---

1.   Jefe de comedor,

Camilo vio solamente la silueta de un hombre encorvado más bien bajo, con mechones de pelo despeinado.

—Volveré a buscarlo a la una y media en punto —dijo el guardia—. No salga del comedor sin mí.

—Pero...

El guardia se deslizó alejándose y Camilo echó un vistazo al *maitre d'hotel* que no le hizo caso. Todavía cohibido Camilo se abrió camino por entre las mesas hasta la cabina al lado de la ventana, donde fue saludado en forma exuberante por su viejo amigo Jaime Rosenzweig. El hombre tenía la suficiente sensatez para susurrar en público pero su entusiasmo era irrefrenable.

—¡Camilo! —gritó el israelita con su fuerte acento—. ¡Qué bueno verte! ¡Siéntate, siéntate! Este es un lugar precioso, ¿no? Solamente lo mejor para los amigos del secretario general.

—¿Vendrá él a reunirse con nosotros, señor?

Rosenzweig se vio sorprendido.

—¡No, no! Está demasiado ocupado. Apenas puede escaparse. Recibe a los jefes de estado, embajadores; todos quieren un poco de él ¡Yo mismo apenas lo veo por más de cinco minutos diarios!

—¿Cuánto tiempo estará usted en la ciudad? —preguntó Camilo, aceptando un menú y dejando que el mozo arreglara una servilleta de lino en sus rodillas.

—No por mucho tiempo. Para el fin de semana Nicolás y yo tenemos que finalizar los preparativos de su visita a Israel. ¡Qué día glorioso será!

—Cuénteme sobre eso, doctor.

—¡Lo haré, lo haré! Pero primero ¡tenemos que ponernos al día!

El viejo se puso súbitamente serio y habló con voz sombría. Se acercó por encima de la mesa y cubrió la mano de Camilo con sus dos manos.

—Camilo, yo soy tu amigo. Debes hablarme francamente. ¿Cómo pudiste perderte una reunión tan importante? Yo soy un científico, sí, pero también me considero algo de diplomático. Trabajé fuerte tras bambalinas con Nicolás y tu amigo, el señor Plank, para asegurar que fueras invitado. No entiendo.

—Yo tampoco entiendo —dijo Camilo. ¿Qué más podía decir? Rosenzweig, el creador de una fórmula que hizo florecer el desierto israelita como un invernadero, había sido su amigo desde que Camilo hizo un perfil suyo como el Hacedor de Noticias del Año del *Semanario Mundial*, más de un año atrás. Rosenzweig era el que había mencionado primero el nombre de Nicolás Carpatia a Camilo. Carpatia era un político de bajo rango en Rumania que había pedido una audiencia privada con Rosenzweig después que la fórmula se había hecho famosa.

Los jefes de estado de todo el mundo habían tratado de ganarse el favor de Israel para tener acceso a la fórmula. Muchos países enviaron diplomáticos para hablar con Rosenzweig esperando conseguir algo cuando no llegaron a ninguna parte con el primer ministro de Israel. Extrañamente Carpatia fue el que más impresionó a Rosenzweig. Él había concertado por sí mismo la visita y vino por cuenta propia, y en ese entonces no parecía tener poder para hacer tratos, aunque Rosenzweig se hubiera expuesto a uno. Todo lo que Carpatia buscaba de Rosenzweig era su buena voluntad. Y la obtuvo. Camilo se daba cuenta ahora de que le estaba dando resultados.

—¿Dónde estabas? —preguntó el doctor Rosenzweig.

—Esa es la pregunta del millón —dijo Camilo—. ¿Dónde estábamos cada uno de nosotros?

Los ojos de Rosenzweig refulgieron aunque Camilo se sintió como tonto. Estaba diciendo cosas sin sentido pero no sabía qué más decir. No podía decirle al hombre: *¡Yo estaba allá! ¡Yo vi lo mismo que tú pero Carpatia te hizo un lavado de cerebro a ti porque es el anticristo!*

Rosenzweig era un hombre rápido y brillante que amaba la intriga. —Así que no quieres decirme. Bueno. El no haber estado ahí fue pérdida tuya. Por supuesto, te ahorraste el horror en que resultó, pero de todos modos, ¡qué reunión tan histórica! Come el salmón. Te gustará.

Camilo *siempre* había tenido la costumbre de ignorar las recomendaciones en los restaurantes. Probablemente era una de las causas de su apodo. Se dio cuenta de cuán nervioso estaba cuando pidió lo que Rosenzweig sugirió. Y le gustó.

—Déjeme que le pregunte ahora algo, doctor Rosenzweig.

—¡Por favor! Por favor, *Jaime*.

—No puedo decirle Jaime, señor. ¿Un ganador del Premio Nobel?

—Por favor, me honrarás ¡Por favor!

—Muy bien. Jaime —dijo Camilo apenas capaz de articular el nombre—. ¿Por qué estoy aquí? ¿De qué se trata todo esto?

EL COMANDO TRIBULACIÓN

El viejo quitó la servilleta de sus rodillas, se secó con ella toda su barbuda cara, la hizo una bola y la tiró en su plato. Empujó a un lado el plato, se echó para atrás en la silla y cruzó las piernas. Camilo había visto antes a personas prepararse para un tema pero nunca con tanto deleite como Jaime Rosenzweig.

—Así que está brotando el periodista en ti, ¿eh? Déjame empezar diciéndote que este es tu día de suerte. Nicolás tiene pensado para ti un honor que es un privilegio tal, que no puedo decírtelo.

—¿Pero me lo dirá, no querrá, señor?

—Te diré lo que me dijeron que te diga y no más. El resto vendrá del mismo Nicolás.

Rosenzweig dio una mirada a su reloj, un juguete de plástico con pulsera de plástico que valía unos veinte dólares y que parecía incongruente con su estatus internacional.

—Bien. Tenemos tiempo. Él ha asignado treinta minutos para tu visita, así que, por favor, tenlo presente. Sé que ustedes son amigos y que tú querrás disculparte por faltar a su reunión, pero sólo recuerda que él tiene mucho que ofrecerte y no tiene mucho tiempo para hacerlo. Él vuela a Washington esta tarde para reunirse con el Presidente. A propósito, el Presidente le ofreció verlo en Nueva York, si puedes imaginarlo. Pero Nicolás, humilde como es, no quiso saber nada de eso.

—¿Encuentra humilde a Carpatia?

—Probablemente tan humilde como cualquier líder que yo haya conocido, Camilo. Por supuesto, conozco a muchos servidores públicos y personas particulares que son humildes y ¡tienen derecho a serlo! Pero la mayoría de los políticos, los jefes de estado, los dirigentes mundiales, están tan llenos de sí mismos. Muchos tienen mucho de qué enorgullecerse y en muchas formas es que sus egos les permiten realizar lo que logran. Pero nunca he visto a un hombre como este.

—Él es muy impresionante —admitió Camilo.

—Eso no es ni la mitad —insistió el doctor Rosenzweig—. Piensa Camilo que él no ha buscado estos cargos. Él surgió de un cargo bajo el gobierno rumano para llegar a ser el Presidente de esa nación, cuando ni siquiera había programada una elección. ¡Él se resistió!

Apuesto que sí —pensó Camilo.

—Y cuando lo invitaron a hablar en las Naciones Unidas, no hace un mes todavía, estaba tan intimidado y se sentía tan indigno, que casi no acepta. ¡Pero tú estabas ahí! Tú oíste el discurso. ¡Yo lo hubiera postulado a primer ministro de Israel si hubiera creído que él lo aceptaría! Casi de inmediato el Secretario General renunció e insistió que Nicolás lo reemplazara. Y fue elegido por unanimidad, con entusiasmo, y ha recibido el respaldo de casi todos los jefes de estado del mundo.

»Camilo, ¡él tiene ideas sobre ideas! Es el diplomático perfecto. Habla tantos idiomas que difícilmente necesite intérprete, ¡ni siquiera para con los jefes de unas tribus perdidas de América del Sur y África! ¡El otro día dijo una pocas frases que entendió solamente un aborigen australiano!

—Permita que lo detenga por un segundo, Jaime —dijo Camilo—. Por supuesto que usted sabe que a cambio de la renuncia del Secretariado General de las Naciones Unidas, se le prometió a Mwangati Ngumo acceso a su fórmula, para usarla en Botswana. No fue tan altruista y abnegado como pareció, y...

—Por supuesto, Nicolás me ha dicho todo eso pero no fue parte de ningún acuerdo. Fue un gesto de su gratitud personal por lo que el presidente Ngumo ha hecho por las Naciones Unidas en el curso de los años.

—Pero, ¿cómo puede él demostrar su agradecimiento personal dando *su* fórmula, señor? Nadie más en ninguna parte tiene acceso a ella, y...

—Estuve más que contento con ofrecerla.

—¿Usted? —la mente de Camilo giró como torbellino. ¿No había límite al poder de persuasión de Carpatia?

El viejo estiró sus piernas y se inclinó hacia adelante, con sus codos sobre la mesa.

—Camilo, todo esto se une. Esto es parte del porqué estás tú aquí. El acuerdo con el antiguo Secretario General fue un experimento, un modelo.

—Escucho, doctor.

—Es demasiado pronto para decirlo, pero si la fórmula funciona tan bien como en Israel, Botswana llegará a ser de inmediato uno de los países más fértiles de todo el África, si no del mundo. El presidente Ngumo ya ha visto subir su nivel en su propia nación. Todos están de acuerdo en que él se distraía de sus deberes en las

Naciones Unidas y el mundo está mejor ahora para el nuevo liderazgo.

Camilo se encogió de hombros pero evidentemente Rosenzweig no se dio cuenta.

—Así que Carpatia planea hacer más cosas así, ofreciendo su fórmula a cambio de favores?

—¡No, no! No entiendes el asunto. Sí, he convencido al gobierno israelita para que dé la licencia para usar la fórmula al Secretario General de las Naciones Unidas.

—¡Oh, Jaime! ¿A cambio de qué? ¿Billones de dólares que Israel ya no necesita? ¡No tiene sentido! ¡Tener la fórmula que les hizo la nación más rica de la tierra para su tamaño y que resolvió miles de problemas, pero era la exclusividad la que hacía que funcionara! ¿Por qué cree que los rusos los atacaron? ¡Ellos no necesitaban el territorio! ¡No hay petróleo ahí! ¡Ellos querían la fórmula! ¡Imagine si todos los rincones de esa nación fueran fértiles!

El doctor Rosenzweig alzó la mano.

—Entiendo eso, Camilo. Pero el dinero no tiene nada que ver con esto. Yo no necesito dinero. Israel no necesita dinero.

—Entonces ¿qué pudo ofrecer Carpatia que valga el intercambio?

—¿Por qué ha orado Israel desde el comienzo de su existencia, Camilo? Y no me refiero aquí a su renacer de 1948. Desde el comienzo del tiempo como pueblo escogido de Dios. ¿Por qué hemos orado?

La sangre de Camilo se le heló, y sólo pudo quedarse sentado y asentir resignado. Rosenzweig respondió su propia pregunta.

—*Shalom*. Paz. *Orad por la paz de Israel*. Somos una tierra frágil y vulnerable. Sabemos que Dios Todopoderoso nos protegió sobrenaturalmente del ataque de los rusos. ¿Sabes que hubo tanta muerte entre sus tropas que los cadáveres tuvieron que enterrarlos en una tumba común, un cráter hecho en nuestro precioso suelo por una de sus bombas que Dios convirtió en inofensiva? Tuvimos que quemar algunos cadáveres y huesos. Y los escombros de sus armas de destrucción eran tanto que lo usamos como materia prima y estamos rehaciéndolo en forma de bienes comerciables.

—Camilo —agregó ominosamente—, tantos aviones de ellos se estrellaron, bueno todos, por supuesto. Todavía tenían suficiente combustible utilizable, que calculamos que podremos usarlo por cinco a ocho años más. ¿Puedes ver por qué la paz es tan atractiva para nosotros?

—Jaime, usted mismo dijo que Dios Todopoderoso los protegió. No podría haber otra explicación de lo que pasó en la noche de aquella invasión. Con Dios del lado de ustedes, ¿por qué necesitan negociar con Carpatia para protección?

—Camilo, Camilo —dijo con pesadez Rosenzweig—, la historia ha demostrado que nuestro Dios es caprichoso cuando se trata de nuestro bienestar. Desde los hijos de Israel dando vueltas por el desierto durante cuarenta años, a la guerra de los seis días, a la invasión rusa y hasta ahora, no lo entendemos. Él nos otorga su favor cuando le acomoda a su plan eterno, cosa que no podemos comprender. Oramos, lo buscamos, tratamos de ganar su favor, pero mientras tanto, creemos que Dios ayuda a los que se ayudan a sí mismos. Tú sabes por supuesto, que esto es el motivo de que estés aquí.

—No sé nada —dijo Camilo.

—Bueno, es parte del motivo de que estés aquí. Entiendes que un acuerdo como este lleva mucho trabajo...

—¿De qué acuerdo estamos hablando?

—Lo siento Camilo, pensé que estabas siguiéndome. No pienses que fue fácil ni aun para mí, a pesar del nivel que tengo dentro de mi propio país, convencer a las autoridades que dieran la licencia de la fórmula a un hombre de tanta atracción como lo es Nicolás.

—Naturalmente que no.

—Y tienes razón. Algunas de las reuniones se alargaron hasta la madrugada y cuando yo sentía que había convencido a alguien, llegaba otro. Hubo que convencer a casi todos los miembros nuevos. Muchas veces casi me entregué a la desesperación. Pero finalmente, con muchas condiciones, me dieron poder para llegar a un arreglo con las Naciones Unidas.

—Querrá decir con Carpatia.

—Por supuesto. No te equivocas. Él es ahora las Naciones Unidas.

—Tiene la razón en eso —dijo Camilo.

—Parte del acuerdo es que yo sea parte de su planta titular, un asesor. Yo dirigiré con alguien más el comité que decide dónde se dará las licencias de la fórmula.

—¿Y el dinero no cambia de manos?

—Para nada.

—E Israel obtiene protección contra sus vecinos de parte de las Naciones Unidas?

—Oh, es mucho más complicado que eso Camilo. Verás, la fórmula está ahora atada a la política de desarme mundial de Nicolás. Cualquier nación de la cual siquiera se sospeche que se resiste a destruir noventa por ciento de su armamento y a entregar diez por ciento restante a Nicolás, o debiera decir a las Naciones Unidas, nunca obtendrá permiso para siquiera considerarse como solicitante de una licencia. Nicolás ha prometido que él..., yo, estaré ahí para asegurar esto. Por supuesto, será más que juicioso para dar licencia a nuestros vecinos más cercanos y enemigos más peligrosos.

—Tiene que haber más que eso.

—Oh, sí lo hay, pero lo esencial es esto, Camilo. Una vez que el mundo haya sido desarmado, Israel no tendrá que preocuparse más por proteger sus fronteras.

—Eso es ingenuo.

—No tan ingenuo como parece, porque hay una cosa que Nicolás Carpatia no es: ingenuo. Reconociendo muy bien que algunas naciones pueden guardar o esconder armas y producir nuevos armamentos, el acuerdo total entre el Estado soberano de Israel y el Consejo de Seguridad de las Naciones Unidas, con la firma personal de Nicolás Carpatia, hace una promesa solemne. Toda nación que amenace a Israel sufrirá la extinción inmediata usando todo el complemento de armas disponibles a las Naciones Unidas. Con cada país dando diez por ciento, puedes imaginarte el poder de destrucción disponible.

—Lo que no puedo imaginar, Jaime, es que un pacifista declarado, un paladín ferviente del desarme global durante toda su carrera política, amenace con hacer volar países de la faz de la tierra.

—Solamente es semántica, Camilo —dijo Rosenzweig—. Nicolás es un pragmático. Hay un buen trozo de idealista en él por supuesto, pero él sabe que la mejor forma de mantener la paz es tener los medios para hacerla obligatoria.

—¿Y este acuerdo dura por...?

—Por tanto tiempo como queramos. Nosotros ofrecimos diez años pero Nicolás dijo que él no pediría la libertad de dar la licencia de la fórmula por tanto tiempo. Dijo que pediría solamente siete años, y luego los derechos plenos de la fórmula vuelven a nosotros.

Sumamente generoso. Y si queremos renovar el acuerdo cada siete años, tenemos plena libertad de hacerlo también.

No tendrán ninguna necesidad de un tratado de paz dentro de siete años, pensó Camilo.

—Así pues, ¿qué tiene que ver esto conmigo? —preguntó.

—Esa es la mejor parte —dijo Rosenzweig—. Al menos lo es para mí, porque te honra. No es secreto que Nicolás tiene conciencia de tu prestigio como el periodista más competente del mundo. Y para probar que él no alberga mala voluntad por tu desprecio de su última invitación, va a pedirte que vayas a Israel para la firma del tratado.

Camilo movió la cabeza.

—Sé que es abrumador —dijo Rosenzweig.

El avión de Raimundo tocó tierra en O'Hare a la una de la tarde, hora de Chicago. Llamó a casa y le contestó la máquina.

—Sí, Cloé —dijo—, volví antes de lo que pensé. Sólo quería que supieras que estaré ahí en una hora y...

Cloé tomó el teléfono. Sonaba horrible.

—Hola, papá murmuró.

—¿Estás debajo del agua?

—No. Solamente molesta. Papá, ¿sabías tú que Camilo Williams está viviendo con alguien?

—¿Qué?

—Es verdad. ¡Y están comprometidos! La vi. Ella estaba llevando cajas a su casa. Una flaca bajita con el pelo rizado como pinchos y de falda corta.

—Quizá fuiste a un lugar equivocado.

—Era el correcto.

—Estás apresurándote a sacar conclusiones.

—Papá, escúchame. Estaba tan enojada que di unas vueltas por un rato, entonces me senté en un estacionamiento y lloré. Entonces alrededor de mediodía fui a verlo a la oficina del *Semanario Global* y ahí estaba ella, saliendo de su automóvil.

—¿Trabaja aquí? —le pregunté.

Y ella dijo: —Sí, ¿puedo servirle?

Y yo dije: —Creo que la vi hoy más temprano.

Y dijo: —Puede que sí. Estuve con mi novio. ¿Hay alguien a quien quiera ver?

—Me di vuelta y me fui, papá.

—¿No hablaste con Camilo entonces?

—¿Estás haciendo un chiste? Puede que nunca le hable otra vez. Un minuto. Alguien está en la puerta.

Un minuto después Cloé regresó.

—No puedo creerlo. Si él piensa que esto hará alguna diferencia...

—¿Qué?

—¡Flores! Y por supuesto, anónimas. Tuvo que haberme visto dando vueltas y supo cómo me sentiría. A menos que las quieras, las hallarás en la basura cuando llegues a casa.

Pocos minutos después de las dos, hora de Nueva York, Camilo con Jaime Rosenzweig esperaban en la lujosa sala de espera afuera de la oficina del Secretario General de las Naciones Unidas. Jaime estaba hablando alegremente algo y Camilo fingía estar oyéndole. Él estaba orando silenciosamente, sin saber si su presentimiento del mal era sicológico porque él sabía que Nicolás Carpatia estaba cerca, o si el hombre emitía verdaderamente alguna especie de aura demoníaca perceptible para los seguidores de Cristo. Camilo se consolaba con saber que Bruno estaba orando por él en ese mismo momento, y estaba volviendo a pensar que estuvo mal al no haber informado a Raimundo y Cloé de su viaje. Su pasaje de regreso era para el vuelo de las 5:00 de la tarde así que sabía que llegaría a tiempo para la primera de las sesiones de estudio de las 8:00 de la noche que Bruno había planeado. Camilo esperaba eso ya. Hasta podría ver si Cloé querría comer tarde con él, solos los dos, antes de la reunión. —¿Así pues qué piensas de eso? —dijo el doctor Rosenzweig.

—Lo siento doctor —dijo Camilo—, estaba pensando en otra cosa.

—Camilo, no te pongas nervioso. Nicolás estuvo enojado sí, pero tiene solamente cosas buenas para ti.

Camilo se encogió de hombros y asintió.

—De todos modos estaba diciendo que mi querido amigo el rabino Sion Ben-Judá, ha terminado sus tres años de estudios y no me sorprendería si gana un Premio Nobel por su esfuerzo.

—¿Sus tres años de estudio?

—Tú no estabas escuchando en absoluto amigo mío?

—Lo siento.

—Tienes que portarte mejor cuando estés con Nicolás, promételo.

—Lo haré. Perdóneme.

—Está bien. Pero escucha, el rabino Ben-Judá recibió el encargo de parte del Instituto Hebreo de Investigación Bíblica para hacer un estudio de tres años.

—¿Un estudio sobre qué?

—De algo sobre las profecías referidas al Mesías para que los judíos lo reconozcan cuando Él venga.

Camilo estaba estupefacto. El Mesías había venido y los judíos dejados atrás se lo perdieron. Cuando Él vino la primera vez la mayoría no lo reconoció. ¿Qué debía decir Camilo a su amigo? Si se declaraba *santo de la Tribulación* como le gustaba a Bruno nombrar a los nuevos creyentes desde el Arrebatamiento, ¿qué podría hacerse a sí mismo? Rosenzweig era confidente de Carpatia. Camilo quería decir que un estudio legítimo de las profecías mesiánicas solamente podía conducir a Jesús pero dijo solamente:

—¿Cuáles *son* las profecías mayores que apuntan al Mesías?

—Para decirte la verdad —dijo el doctor Rosenzweig—, no lo sé. No fui un judío religioso hasta que Dios destruyó la Fuerza Aérea Rusa y no puedo decir que ahora sea un devoto. Siempre tomé las profecías mesiánicas de la manera en que tomé el resto de la Torá. Simbólicas. El rabino del templo al que iba ocasionalmente en Tel Aviv, decía que no era importante si creíamos que Dios era un ser literal o solamente un concepto. Eso encaja con mi visión humanista del mundo. La gente religiosa, judía u otra cosa, raramente me ha impresionado más que el ateo de buen corazón.

»El doctor Ben-Judá fue alumno mío hace veinticinco años. Siempre fue un judío religioso sin rodeos, ortodoxo pero poco menos fundamentalista. Por supuesto llegó a ser rabino, pero por cierto, no debido a nada que yo le enseñara. Me gustaba y siempre me ha gustado. Recientemente me dijo que había terminado el estudio y que era el trabajo más satisfactorio que hubiera hecho jamás —Rosenzweig hizo una pausa—, supongo que te preguntas por qué te digo esto.

—Francamente, sí.

—Estoy haciendo gestiones para que el rabino Ben-Judá sea incluido en la planta de personal de Nicolás Carpatia.

—¿Cómo?

—Asesor espiritual.

—¿Él anda buscando uno?

—¡No que él sepa! —dijo Rosenzweig, rugiendo de risa y golpeándose la rodilla—. Pero hasta aquí él ha confiado en mi criterio. Por eso es que tú estás aquí.

Camilo arqueó una ceja. —Pensé que era porque Carpatia piensa que yo soy el mejor periodista del mundo.

El doctor Rosenzweig se inclinó hacia adelante y cuchicheó como conspirando: —¿Y porqué piensas que él cree eso?

Raimundo tuvo problemas para comunicarse con Cloé desde el teléfono de su automóvil pero finalmente lo logró.

—Me preguntaba si querrías salir con tu viejo esta noche —sugirió pensando que ella necesitaba que la alegraran.

—No sé —dijo ella—. Lo aprecio papá, pero vamos a la reunión de las ocho de la noche de Bruno, ¿no?

—Me gustaría —dijo Raimundo.

—Quedémonos en casa. Yo estoy bien. Justamente estaba hablando por teléfono con Bruno. Quería saber si él sabía si Camilo iría esta noche.

—¿Y?

—No estaba totalmente seguro. Esperaba que sí. Yo espero que no.

—¡Cloé!

—Temo lo que diría, papá. No es de asombrarse que él haya estado frío conmigo con esa... esa, como la llaman en su vida ¡pero las flores! ¿De qué se trataba todo eso?

—Ni siquiera sabes si eran de él.

—¡Oh, papá! A menos que fueran tuyas, eran de Camilo.

Raimundo se rió. —Desearía haberlo pensado.

—Yo también.

Patty Durán se acercó a Camilo y Jaime Rosenzweig y ambos se pusieron de pie.

—¡Señor Williams! —dijo ella, abrazándolo—. No le he visto desde que tomé este trabajo.

Sí, me viste, pensó Camilo. *Sólo que no te acuerdas.*

—El secretario general y el señor Plank le recibirán ahora —dijo a Camilo. Se dio vuelta al doctor Rosenzweig—. Doctor, el

Secretario General solicita que usted se prepare para entrar a la reunión en unos veinticinco minutos.

—Con mucho gusto —dijo el viejo. Le guiñó un ojo a Camilo y apretó su hombro.

Camilo siguió a Patty pasando por varios escritorios y por un pasillo forrado en caoba y se dio cuenta de que nunca la había visto sin el uniforme. Hoy ella usaba un traje hecho a la

medida, que la hacía lucir como una mujer de clase, rica y sofisticada. El aspecto solamente realzaba su asombrosa belleza. Hasta su manera de hablar parecía más educada de lo que él recordaba. Su contacto con Nicolás Carpatia parecía haber mejorado su aspecto.

Patty golpeó ligeramente la puerta de la oficina y asomó su cabeza.

—Señor Secretario General y señor Plank, Camilo Williams, del *Semanario Mundial*.

Patty abrió la puerta y se deslizó marchándose mientras Nicolás Carpatia avanzaba tomando la mano de Camilo con las dos suyas. Camilo parecía extrañamente calmado por el hombre y su sonrisa.

—¡Macho! —dijo—. ¿Puedo decirte Macho?

—Siempre lo ha hecho —dijo Camilo.

—¡Vamos! ¡Vamos! ¡Siéntate¡ Tú y Esteban se conocen por supuesto.

Camilo se impactó más con el aspecto de Esteban que con el de Carpatia. Nicolás siempre se había vestido formalmente, con accesorios perfectamente coordinados, saco abotonado, todo en su lugar. Pero Esteban, a pesar de su posición de editor ejecutivo de una de las revistas más prestigiosas del mundo, no siempre se había vestido de la manera que uno esperaría que un periodista se vistiera. Él siempre había usado los suspensores y las camisas de manga larga por supuesto, pero a menudo se le veía con su corbata suelta y las mangas enrolladas, con apariencia de un "yuppie"[2] de mediana edad o un estudiante de una Ivy League[3]

---

2. Expresión para designar al joven ejecutivo que anhela subir la pirámide social.
3. Es una fraternidad de alumnos de universidades muy prestigiosas del este de los Estados Unidos de Norteamérica.

Sin embargo, hoy Esteban parecía como una copia de Carpatia. Llevaba un portafolios delgado de cuero negro y desde la cabeza a la punta de los pies lucía como si hubiera salido de la portada de uno de esos ejemplares para gerentes generales de la revista de empresas Fortune 500. Hasta su peinado tenía un aire europeo: cortado a navaja, secado con secador, peinado y con "mousse".[4] Llevaba lentes nuevos de marca, un traje color carbón, pero un tono menos que negro total, una camisa blanca con un alfiler de cuello y corbata que probablemente costaba lo que él había acostumbrado pagar por un saco deportivo. Los zapatos eran de cuero suave y parecían ser italianos, y si Camilo no se equivocaba, había un anillo de brillantes nuevo en la mano derecha de Esteban.

Carpatia tomó una silla adicional de su mesa de conferencias, la agregó a las dos que estaban delante de su escritorio, y se sentó con Camilo y Esteban. *Sacado de un texto de administración de gerencia*, pensó Camilo. *Esa movida rompe toda barrera entre el superior y el subordinado.*

Sin embargo, a pesar del intento de establecer un campo de juego equitativo, era claro que la intención de la reunión era impresionar a Camilo. Y estaba impresionado. Patty y Esteban ya habían cambiado lo suficiente para ser casi irreconocibles. Y cada vez que Camilo miraba los rasgos angulares y fuertes de Carpatia y la rápida sonrisa aparentemente legítima que desarmaba, deseaba con todo lo que había en él, que el hombre fuera lo que parecía ser y no quien Camilo sabía que era.

Nunca olvidó ni perdió de vista el hecho de que estaba en la presencia de la personalidad más hábil, más cómplice de la historia. Sólo deseaba poder conocer a alguien tan encantador como Carpatia, que fuera real.

Camilo se lamentaba por Esteban, pero no había sido consultado antes que Esteban dejara el *Semanario Mundial* por la planta de personal de Carpatia. Ahora, por más que Camilo quisiera hablarle de su recién hallada fe, no podía confiar en nadie. A menos que Carpatia tuviera la habilidad sobrenatural de saberlo todo, Camilo esperaba y rogaba que no detectara que él era un agente enemigo dentro de su campo.

---

4. Crema para mantener el cabello en su lugar.

—Permitan que comience con un refrán humorístico —dijo Carpatia—, y entonces disculparemos a Esteban y tendremos una charla a corazón abierto sólo tú y yo, ¿mmm?

Camilo asintió.

—Algo que he oído sólo desde que vine a este país es la expresión *"el elefante en la sala"*. ¿Has oído ese dicho, Macho?

—¿Quiere decir de la gente que se junta y no hablan de lo evidente, como el hecho de que a uno de ellos le hayan diagnosticado una enfermedad terminal?

—Exactamente. Así que hablemos del elefante en la sala y acabemos con eso, y entonces podremos seguir adelante. ¿Está bien?

Camilo asintió otra vez, con su pulso acelerándose.

—Confieso que me sentí confundido y un poco herido porque no viniste a la reunión privada donde instalé a los nuevos embajadores. Sin embargo, tal y como resultó, hubiera sido tan traumático para ti como lo fue para el resto de nosotros.

Era todo lo que Camilo podía hacer para evitar ser sarcástico. Una cosa que no podía ni quería hacer era disculparse. ¿Cómo podía decir que lamentaba haberse perdido la reunión que no se había perdido?

—Quería estar allí y no la hubiera perdido por nada —dijo Camilo.

Carpatia parecía mirar derecho a través de él y estar ahí como esperando el resto del pensamiento.

—Francamente —agregó Camilo—, todo ese día me parece ahora como un borrón. Un borrón con detalles vívidos que nunca olvidaría.

Carpatia pareció soltar. Su pose formal se derritió y se inclinó hacia adelante, con los codos sobre las rodillas y miró de Camilo a Esteban y de vuelta a Camilo. Parecía irritado.

—Así pues, está bien —dijo—, evidentemente no hay excusa, no hay disculpa ni explicación.

Camilo echó una mirada a Esteban que parecía estar tratando de comunicar con la mirada y un ligero movimiento de la cabeza, como diciendo, *¡Macho, di algo! ¡Discúlpate! ¡Explica!*

—¿Qué puedo decir? —dijo Camilo—. Me siento mal por ese día.

Eso fue lo más cercano que llegaría a decir de lo que ellos querían que él dijera. Camilo sabía que Esteban era inocente.

Esteban creía verdaderamente que Camilo no había estado ahí. Carpatia, por supuesto, había dominado y coreografiado toda la charada. Actuar molesto por no recibir una disculpa o una explicación era la movida perfecta, pensó Camilo. Era claro que Carpatia estaba pescando alguna prueba de que Camilo sabía lo que había pasado. Todo lo que Camilo podía hacer era hacerse el tonto, ser evasivo y orar que Dios cegara de alguna forma a Carpatia respecto a la verdad de que Camilo era un creyente y que él había sido protegido de la susceptibilidad al poder de Carpatia.

—Muy bien —dijo Carpatia, volviéndose a sentar derecho y componiéndose—. Todos nos sentimos mal, ¿no? Yo lamento la pérdida de dos compatriotas, uno era un amigo querido de muchos años.

Camilo sintió que se le revolvía el estómago.

—Ahora, Macho, quiero hablar contigo como periodista y disculparemos a nuestro amigo, el señor Plank.

Esteban se paró y tocó a Camilo en el hombro, saliendo calladamente. Camilo se volvió dolorosamente consciente de que ahora eran sólo él y Dios, sentados rodilla con rodilla con Nicolás Carpatia.

Pero no fue rodilla con rodilla por mucho tiempo. Nicolás se paró súbitamente y volvió a meterse detrás de su escritorio en el sillón ejecutivo y justo antes de sentarse tocó el botón del intercomunicador y Camilo oyó que se abría la puerta detrás de él.

Patty Durán susurró: —Discúlpenme —tomó la silla que estaba delante del escritorio y la puso de nuevo en la mesa de conferencias. Cuando iba saliendo, arregló y enderezó la silla que Esteban había usado. Se deslizó afuera silenciosamente. Camilo pensó que eso era muy raro, este arreglo evidentemente orquestado de toda la reunión, desde el anuncio formal de su presencia hasta el arreglo previo de quién estaría ahí y dónde se sentarían. Con la oficina ahora de nuevo como estaba cuando Camilo entró y Carpatia bien instalado detrás de su enorme escritorio, toda pretensión de igualar la base de poder había desaparecido.

Pero Carpatia aún tenía el encanto puesto a todo volumen. Entrelazó sus dedos y contempló fijo a Camilo sonriendo. —Camilo, alias el Macho Williams —dijo lentamente—, ¿cómo se siente ser el periodista más reconocido de tu época?

¿Qué clase de pregunta era esa? Era precisamente porque Camilo no hacía tales preguntas, que él *era* un periodista respetado.

—En este preciso momento soy sólo un trabajador degradado —dijo.

—Y humilde además —dijo Carpatia sonriendo—. En un momento voy a expresarte claramente que aunque tus acciones puedan haber caído mal en el *Semanario Mundial* no han caído mal a los ojos del resto del mundo y ciertamente no conmigo. Debiera haberme enfadado porque faltaste a mi reunión ya que yo era más que tu editor, y sin embargo, él exageró la reacción. Podemos dejar estas cosas atrás y seguir adelante. Un error no borra toda una vida de logros.

Carpatia hizo una pausa como si esperara que Camilo contestara. Camilo se estaba volviendo más y más aficionado al silencio. Parecía ser la opción correcta con Carpatia y ciertamente era la manera en que Dios lo había dirigido durante la reunión asesina cuando Carpatia había interrogado a todos para que evaluaran lo que habían visto. Camilo creía que el silencio le había salvado la vida.

—A propósito —dijo Carpatia cuando quedó claro que Camilo no tenía nada que decir—, ¿trajiste contigo tu historia de portada sobre las teorías tras las desapariciones?

Camilo no pudo ocultar su sorpresa. —Efectivamente, sí.

Carpatia se encogió de hombros. —Esteban me lo mencionó. Me gustaría verla.

—Me temo no poder mostrarla a nadie hasta que el *Semanario* tenga la copia final.

—Pero seguramente ya vieron tu copia del trabajo.

—Por supuesto.

—Esteban dijo que podrías usar una o dos citas de parte mía.

—Francamente a menos que tenga algo nuevo, pienso que sus puntos de vista ya han sido tan ampliamente transmitidos que serían cosa vieja para nuestros lectores.

Carpatia pareció herido.

—Quiero decir —dijo Camilo—, usted todavía sostiene la idea de la reacción nuclear con las fuerzas naturales, ¿correcto? Ese rayo puede haber desencadenado una interacción espontánea entre todas las armas nucleares amontonadas, y...

—Tú sabes que tu amigo el doctor Rosenzweig, también suscribe esa teoría.

—Entiendo que sí, señor.

—¿Pero no estará representada en tu artículo?

—Seguro que sí. Pensé que la cuestión era si yo iba a necesitar una cita fresca de usted. A menos que su punto de vista haya cambiado, no.

Carpatia miró su reloj. —Como sabes, estoy con un horario apretado. ¿Fue bueno tu viaje? ¿El servicio ha sido aceptable? ¿Un buen almuerzo? ¿El doctor Rosenzweig te contó algo? Camilo asentía a cada pregunta.

—Suponiendo que ya te habló del tratado de las Naciones Unidas con Israel y que la firma será dentro de una semana a contar de hoy en Jerusalén, déjame extenderte una invitación personal para que estés ahí.

—Dudo que el *Semanario* mande a un escritor de la planta de personal de su oficina de Chicago a un evento internacional de esa magnitud.

—No te estoy pidiendo que te unas al cuerpo de miles de la prensa de todo el mundo que andarán buscando credenciales tan pronto como se haga el anuncio. Te estoy invitando a que seas parte de mi delegación, que te sientes en la mesa conmigo. Será un privilegio que nadie más de la prensa del mundo tendrá.

—El *Semanario Mundial* tiene la política de que sus periodistas no acepten ningún favor que pudiera...

—Camilo, Macho —dijo Carpatia—, lamento interrumpir pero me sorprendería mucho que siguieras siendo un empleado del *Semanario Mundial* de aquí a una semana. Muy sorprendido.

Camilo arqueó las cejas y miró escéptico a Carpatia.

—¿Sabe algo que yo no sé? Y tan pronto como eso salió de su boca, Camilo se dio cuenta de que había hecho sin intenciones la pregunta nuclear de esta reunión.

Carpatia se rió. —No sé de ningún plan para despedirte. Creo que el castigo por perderte aquella asignación ya ha sido impartido. Y aunque rechazaste una oferta de empleo que te hice antes, verdaderamente creo que tengo una oportunidad para ti que te hará cambiar de mente.

No cuentes con eso, pensó Camilo pero dijo: —Escucho.

Seis

A ntes de entrar en eso —dijo Carpatia, demorándose, una característica enloquecedora suya, que nunca dejaba de molestar a Camilo—, déjame reflexionar en algo. ¿Te acuerdas cuando te aseguré que yo podía hacer desaparecer un problema tuyo?

¿Se acordaba Camilo? Hasta el día de los asesinatos había sido su vistazo más escalofriante de Carpatia. Un informante de Camilo, un galés con quien había ido a la universidad, había aparecido muerto después de haberse aproximado demasiado a una conspiración bancaria internacional que involucraba a su propio jefe, Josué Todd-Cothran, jefe de la Bolsa de Valores de Londres.

Camilo había volado a Inglaterra para investigar con un amigo de Scotland Yard, sólo para que casi lo mataran cuando el agente del Yard murió al estallar una bomba puesta en su automóvil. Camilo decidió que lo que había sido clasificado como suicidio de su amigo galés, había sido realmente un homicidio y había tenido que escapar de Gran Bretaña con un nombre falso. Cuando regresó a Nueva York, el mismo Nicolás Carpatia le prometió que si Todd-Cothran había estado involucrado en cualquier asunto clandestino, él mismo personalmente, se encargaría de eso. Poco tiempo después, murió Todd-Cothran ante los ojos de Camilo por mano de Carpatia en un asesinato doble, que solamente Camilo parecía recordar.

—Sí lo recuerdo —dijo llanamente Camilo, con el eufemismo de su vida.

—Yo dejé establecido bien claro que no toleraré la falta de sinceridad ni tortuosidad en mi administración de las Naciones Unidas. Y la situación de Todd-Cothran se arregló solita, ¿no?

¿Se arregló solita? Camilo siguió callado.

—¿Crees en la suerte, señor Williams?

—No.

—¿No crees que la suerte llega a quienes hacen las cosas bien?

—No.

—Yo sí. Siempre lo he creído. Oh, existe el tropiezo ocasional o hasta el delincuente que tiene suerte de vez en cuando, pero habitualmente mientras mejor haga alguien su trabajo, más suerte parece tener. ¿Me sigues?

—No.

—Déjame simplificar. Tú estabas en grave peligro. Moría gente alrededor tuyo. Te dije que yo me encargaría de eso, y sin embargo, obviamente yo no podía involucrarme personalmente con el asunto. Confieso que cuando te aseguré tan atrevidamente que terminaría con tus problemas, no estaba seguro de cómo iba a hacerlo. No siendo una persona religiosa, sí tengo que decir que en este caso el buen "karma"[1] estuvo conmigo. ¿No estarías de acuerdo?

—Para ser perfectamente honesto con usted señor, no tengo idea de lo que está diciendo.

—¿Y te preguntas por qué me gustas tanto? —Carpatia sonrió ampliamente—. ¡Eres una persona a quien necesito! Lo que estaba diciendo es que tú y yo, ambos, teníamos un problema. Tú estabas en lista de alguien para ser asesinado y yo tenía dos personas de mi entera confianza que estaban metidas en delitos graves. Al suicidarse y matar a Todd-Cothran en ese proceso, mi viejo amigo Jonatán Stonagal se encargó de los problemas que teníamos los dos. Eso es buen "karma", si es que entiendo bien a mis amigos orientales.

—Así que mientras usted dice que está de duelo por las muertes de sus amigos, en realidad, está contento de que los dos estén muertos.

Carpatia se volvió a sentar, luciendo impresionado. —Precisamente. Me alegro por ti. Yo lamento la pérdida de ellos. Ellos eran viejos amigos y una vez fueron asesores de confianza, hasta mentores. Pero cuando se dañaron, yo tenía que hacer algo al respecto. Y no te equivoques, lo hubiera hecho. Pero Jonatán lo hizo por mí.

—Imagínese eso —dijo Camilo.

---

1. Filosofía oriental sobre la buena suerte.

Los ojos de Carpatia lo taladraron mientras parecía examinar la mente de Camilo.

—Nunca ceso de sorprenderme —continuó Nicolás—, con la rapidez que cambian las cosas.

—No puedo negar eso.

—No hace un mes yo servía en el senado rumano. Al minuto siguiente era el Presidente del país y una hora después llegué a ser el Secretario General de las Naciones Unidas.

Camilo sonrió ante el intento de Carpatia por hiperbolizar, y de todos modos, su ascenso al poder había parecido casi veloz. La sonrisa de Camilo se desvaneció cuando Carpatia agregó:

—Es casi suficiente para hacer que un ateo crea en Dios.

—Pero usted lo atribuye al buen "karma" —dijo Camilo.

—Francamente —dijo Carpatia—, me hace sentir humilde. En muchas formas pareciera que esto fuera mi destino pero nunca lo hubiera soñado o imaginado, mucho menos poder planearlo. No he procurado cargos desde que me postulé al senado rumano, y no obstante, esto ha sido lanzado sobre mí. No puedo hacer nada menos que desempeñar mi mejor esfuerzo y esperar que actúe en forma digna de la confianza que ha sido depositada en mí.

Un mes antes Camilo hubiera maldecido al hombre en su cara. Él se preguntó si su sentimiento se veía. Evidentemente, no.

—Camilo —siguió Carpatia—, te necesito. Y esta vez no voy a aceptar un no por respuesta.

————————

Raimundo colgó el teléfono de su automóvil luego de hablar con Bruno Barnes. Raimundo había preguntado si podía ir unos pocos minutos antes esa noche para mostrarle algo a Bruno, pero no le dijo lo que era. Sacó la nota de Patty del bolsillo de su pecho y la abrió encima del volante del automóvil. ¿Qué cosas querría decir eso y cómo supo ella, obviamente su jefe, dónde encontrarlo?

El teléfono de su automóvil sonó. Apretó un botón y habló por el micrófono empotrado en la visera frente a él.

—Ray Steele —dijo.

—Papito, ¿has estado hablando por teléfono?

—Sí, ¿por qué?

—Eulalio ha estado tratando de comunicarse contigo.

—¿Qué pasa?

—No sé. Aunque parece grave. Le dije que estabas camino a casa y se sorprendió. Dijo algo de que nadie lo mantenía informado de nada. Pensó que ibas a volver más tarde de Dallas y...

—Así lo hice.

—De todos modos, había esperado encontrarte en O'Hare antes que te fueras.

—Lo llamaré. Te veo a la noche. Voy a ir un poco más temprano para conversar con Bruno. Puedes venir conmigo y esperar en la oficina de afuera, o podemos ir en los dos automóviles.

—Sí, bueno, papá. Estoy segura de que esperaré en la oficina de afuera y tendré que enfrentar sola a Camilo. No lo pienso así. Ve adelante. Yo llegaré unos minutos después.

—Oh Cloé.

—No empieces, papá.

———————————

Camilo se sentía osado. Curioso pero osado. Ciertamente quería oír qué tenía en mente Carpatia pero parecía que el hombre se impresionó cuando Camilo le dijo lo que pensaba. Camilo no estaba preparado para decirle todo lo que él sabía y lo que realmente pensaba, y probablemente nunca lo haría, pero sentía que se debía a sí mismo hablar ahora.

—Probablemente no debiera haber venido sin saber lo que usted quería —dijo Camilo—. Casi no lo hice. Me tomé mi tiempo para llamar de vuelta a Esteban.

—Oh, seamos francos y serios —dijo Carpatia—. Yo soy un diplomático y soy sincero. Tú ya debes conocerme bastante bien a estas alturas para saberlo —hizo una pausa como esperando que Camilo le asegurara que era cierto. Camilo ni siquiera asintió con la cabeza.

—Pero, vamos, vamos. No te disculpas ni explicas por qué pasaste por alto mi última invitación, y no obstante, no abrigo resentimiento. Tú no podías haberte dado de nuevo el lujo de rechazarme.

—¿No podía? ¿Qué me hubiera pasado?

—Quizá hubiera llegado otra vez a Serafín Bailey y hubieras sido degradado aun más. O despedido. No soy ingenuo Camilo. Conozco el origen de tu apodo y es parte de lo que admiro tanto en ti. Pero no puedes seguir haciéndote el "macho" conmigo. No es que yo me considere algo especial, pero el mundo y la prensa sí. La gente se arriesga al no hacerme caso.

—¿Así que yo debiera tener temor de usted y por eso es que debiera mirar favorablemente cualquier papel que usted esté por ofrecerme?

—¡Oh, no! Temeroso de no hacerme caso sí, pero solamente por las razones obvias y prácticas que acabo de esbozar. Pero ese temor debiera motivarte solamente a venir cuando lo pido y proporciono tu viaje. Nunca debiera ser la base sobre la cual decidas trabajar conmigo. No se necesitará temor para convencerte en ese aspecto.

Camilo quiso preguntar qué se necesitaría, pero era claro que eso era lo que Nicolás quería que él preguntara, así que otra vez no dijo nada.

—¿Cuál es aquel viejo refrán de las películas a las cuales son tan aficionados ustedes los estadounidenses? *¿Una oferta que no se puede rechazar?* Eso es lo que yo tengo para ti.

—Raimundo, detesto hacerte esto pero tenemos que hablar cara a cara y esta tarde.

—Eulalio, casi estoy en casa.

—Lo siento. No te lo pediría si no fuera importante.

—¿Qué pasa?

—Si pudiera decírtelo por teléfono, no estaría disculpándome por insistir en vernos cara a cara, ¿no?

—¿Quieres que de la vuelta ahora mismo y vaya para allá?

—Sí, y lo lamento.

—Hay leyes y hay reglas —decía Carpatia—. Yo obedezco las leyes. No me importa ignorar las reglas si puedo justificarlo. Por ejemplo, en tu país no se permite llevar comida a un estadio deportivo. Algo de querer guardar todo el dinero de la concesión para la administración. Muy bien. Puedo entender por qué tienen esa regla y si yo fuera el dueño, probablemente trataría que se pusiera en vigencia. Pero no consideraría como delito contrabandear mi propio bocado. ¿Me entiendes?

—Supongo.

—Hay una regla que tiene que ver con los jefes de estado y cuerpos oficiales como las Naciones Unidas. Se entiende que solamente en una dictadura represiva el gobernante tendría derecho de propiedad o interés financiero en un medio de noticias grande.

—Absolutamente.

—¿Pero es una ley?

—Lo es en los Estados Unidos de Norteamérica.

—¿Pero internacionalmente?

—No de modo uniforme.

—Ahí tienes.

Carpatia quería claramente que Camilo preguntara dónde quería llegar pero Camilo no lo hacía.

—A ti te gusta la expresión *cuestión de fondo* —dijo Nicolás—. Te he oído usarla. Sé lo que significa. La cuestión de fondo aquí es que voy a comprar un medio de prensa grande y quiero que seas parte de eso.

—¿Parte de qué?

—Parte del equipo de gerencia. Yo llegaré a ser el único dueño de los grandes periódicos del mundo, de las redes de televisión, de los servicios de cable. Puedes administrar a mi favor cualquiera que desees.

—¿El Secretario General de las Naciones Unidas dueño de un medio de prensa grande? ¿Cómo podría usted justificar eso?

—Si se necesita cambiar las leyes, cambiarán. Si alguna vez fue el momento oportuno para tener una influencia positiva en los medios de prensa Camilo, es ahora. ¿No estás de acuerdo?

—No.

—Millones de personas han desaparecido. La gente está asustada. Están cansados de la guerra, cansados del derramamiento de sangre, cansados del caos. Necesitan saber que la paz está a nuestro alcance. La respuesta a mi plan para desarmar al mundo ha sido de aprobación casi unánime.

—No de parte del movimiento de las milicias de los Estados Unidos de Norteamérica.

—Bendito sean —dijo Carpatia sonriendo—. Si cumplimos lo que propuse, ¿realmente crees que un puñado de rebeldes que andan corriendo por los bosques, usando ropa de combate y disparando ametralladoras de juguete, serían una amenaza para la comunidad mundial? Camilo, yo estoy sencillamente respondiendo a los deseos de todo corazón de los ciudadanos decentes del mundo. Por supuesto que seguirá habiendo manzanas podridas, y nunca prohibiría a los noticieros que les dieran cobertura equitativa, pero hago esto con el más puro de los motivos. Yo no necesito dinero. Tengo un mar de dinero.

—¿Las Naciones Unidas son ese flujo?

—Camilo, permite que diga algo que muy pocos saben, y porque confío en ti sé que guardarás mi secreto. Jonatán Stonagal me nombró como el heredero único de su fortuna.

Camilo no pudo ocultar su sorpresa. Que Carpatia aparezca en el testamento del multibillonario no hubiera sorprendido a nadie pero, ¿heredero único? Eso significaba que Carpatia ahora era el dueño de los bancos e instituciones financieras más grandes del mundo.

—Pero, pero, su familia... —se las arregló para decir Camilo.

—Ya he arreglado con ellos fuera de la corte. Ellos prometieron quedarse callados y nunca impugnar el testamento y cada uno recibe 100 millones de dólares.

—Eso me mantendría callado a mí —dijo Camilo—. ¿Pero cuánto sacrificaron al no recibir su parte justa?

Carpatia sonrió. —¿Y tú te preguntas por qué te admiro? Tú sabes que Jonatán era el hombre más rico de la historia. El dinero para él sencillamente era una mercancía transable. Ni siquiera andaba con una billetera. En su propia y encantadora manera, era frugal. Dejaba a un hombre menos rico pagar la cuenta de la comida, y en el siguiente aliento, se compraba una empresa por millones de dólares. Era sólo números para él.

—¿Y qué será para usted?

—Camilo, digo esto desde el fondo de mi corazón. Lo que estos tremendos recursos me dan es la oportunidad de lograr el sueño de toda mi vida. Quiero la paz. Quiero el desarme mundial. Quiero que los pueblos del mundo vivan como uno. El mundo debió haberse considerado como una sola comunidad en cuanto el viaje en avión y las comunicaciones por satélite nos reunieron a todos hace décadas. Pero se necesitaron las desapariciones, que deben haber sido lo mejor que le haya pasado a este planeta, para unirnos por fin. Cuando hablo me escuchan y me ven en todo el mundo.

»No me interesa la riqueza personal —continuó Nicolás—. Mi historial lo demuestra. Conozco el valor del dinero. No me importa usarlo como una manera de convencer si eso es lo que motiva a una persona. Pero todo lo que me interesa es la humanidad.

Camilo tenía revuelto el estómago y su mente estaba inundada de imágenes. Carpatia escenificó el *suicidio* de Stonagal y fabricó más testigos de lo que un tribunal pediría. ¿Ahora era el hombre que trataba de impresionarlo con su altruismo, con su generosidad?

La mente de Camilo voló a Chicago y de repente echó de menos a Cloé. ¿Qué era esto? Algo en él anhelaba sencillamente hablar con ella. De todos los momentos para que se hiciera claro como un cristal que él no quería ser *solamente amigos*, este era el peor. ¿Era meramente la chocante confesión de Carpatia que lo hacía anhelar algo o alguien consolador y seguro? Había una pureza, una frescura en Cloé. ¿Cómo había podido confundir sus sentimientos por ella con una mera fascinación por una mujer más joven que él?

Carpatia lo miraba fijo. —Camilo, nunca le dirás a un alma viviente lo que yo te he dicho hoy. Nadie debe saberlo nunca. Trabajarás para mí y disfrutarás de privilegios y oportunidades más allá de tu imaginación. Lo pensarás pero dirás que sí al final.

Camilo luchó por mantener su mente en Cloé. Él admiraba a su padre y estaba desarrollando un lazo profundo con Bruno Barnes, persona con la que nunca hubiera tenido nada en común antes de llegar a ser un seguidor de Cristo. Pero Cloé era el objeto de su atención y se dio cuenta de que Dios había plantado estos pensamientos para ayudarle a resistir el poder hipnótico persuasivo de Nicolás Carpatia.

¿Amaba a Cloé Steele? No podía decirlo. Apenas la conocía. ¿Se sentía atraído a ella? Por supuesto. ¿Quería salir con ella, empezar una relación con ella? Absolutamente.

—Camilo, si pudieras vivir en cualquier parte del mundo dónde sería?

Camilo oyó la pregunta y se demoró, frunciendo sus labios para parecer que pensaba en eso. Todo lo que podía pensar era en Cloé. ¿Qué pensaría ella si supiera esto? Aquí estaba él, con el hombre del que más se hablaba en el mundo y que le ofrecía un cheque en blanco, y en todo lo que él podía pensar era en una ex universitaria de veinte años de Chicago.

—¿Dónde, Macho?

—Ahora vivo ahí —dijo Camilo.

—¿Chicago?

—Chicago.

En verdad, de repente no pudo imaginarse viviendo aparte de Cloé. Su lenguaje corporal y sus reacciones del último par de días le decían que de alguna manera, él la había alejado un poco, pero tenía que creer que no era demasiado tarde para dar retroceso. Cuando él se mostró interesado, ella también. Él tenía que expresar claramente su interés y esperar que suceda lo mejor. Aún había algunas cosas serias que considerar, pero por ahora, todo lo que él sabía era que la echaba terriblemente de menos.

—¿Por qué querría alguien vivir en Chicago? —preguntó Carpatia—. Sé que el aeropuerto es céntrico pero, ¿qué más ofrece? Te estoy pidiendo que amplíes tu horizonte Camilo. Piensa en Washington, Londres, París, Roma, Nueva Babilonia. Has vivido ahí por años y sabes que es la capital del mundo, al menos hasta que volvamos a establecer nuestras oficinas centrales.

—Usted me preguntó dónde me gustaría vivir si pudiera vivir en cualquier parte. Francamente, yo *podría* vivir en cualquier parte. Con la Internet y máquinas de fax, puedo archivar una historia desde el Polo Norte. No elegí Chicago sino que ahora no quiero irme de allí.

—¿Qué si te ofreciera millones para trasladarte otra vez?

Camilo oró rápida y silenciosamente. Dios, Cristo, salvación, la Tribulación, el amor, los amigos, las almas perdidas, la Biblia, aprender, prepararse para la Manifestación Gloriosa, la iglesia del Centro de la Nueva Esperanza, Cloé. Aquellas eran las cosas que le motivaban a él pero, ¿podía decir eso? ¿Debía? *Dios, ¡dame las palabras!*

—Me motiva la verdad y la justicia —dijo llanamente Camilo.

—Ah, ¡y el estilo norteamericano! —dijo Carpatia—. ¡Como Superman!

—Más como Clark Kent —dijo Camilo—. Yo sólo soy un periodista de un gran semanario metropolitano.

—Muy bien, quieres vivir en Chicago. ¿Qué te gustaría hacer si pudieras hacer cualquier cosa que desearas?

Repentinamente Camilo volvió a la realidad. Él deseaba poder retirarse a sus pensamientos privados de Cloé pero sentía la presión del reloj. Este viaje, por raro que hubiera sido, había valido la pena sólo por ese bocado de que Carpatia heredó todo lo de Stonagal. No le gustaba el boxeo verbal con Nicolás y se preocupaba por el campo minado que representaba esta última pregunta.

—¿Cualquier cosa que deseara? Supongo que solía verme un día en el papel de un editor, usted sabe, cuando me canso un poco de estar corriendo por todo el mundo persiguiendo historias. Sería divertido tener un gran equipo de personas talentosas y asignarles proyectos, entrenarlas y establecer una publicación que demostrara las habilidades de ellos. Extrañaría el trabajo de ir y venir, la investigación, las entrevistas, y el escribir.

—¿Qué si pudieras hacer ambas cosas? ¿Tener la autoridad y el personal, la publicación y también asignarte a ti mismo algunas de las mejores asignaciones?

—Supongo que eso sería lo máximo.

—Camilo, antes de decirte cómo puedo hacer que eso suceda, dime por qué hablas de tus sueños en tiempo verbal pasado como si ya no los tuvieras más.

Camilo no había sido cuidadoso. Cuando había confiado en Dios por la respuesta, se le había dado una. Cuando se aventuró por cuenta propia, se había resbalado. Sabía que el mundo tenía solamente siete años más, en cuanto se firmara el tratado entre Carpatia e Israel.

—Supongo que sólo me pregunto cuánto más le queda a este viejo mundo —dijo Camilo—. Todavía estamos por salir de la devastación de !as desapariciones, y...

—¡Macho! ¡Me insultas! ¡Estamos más cerca de la paz mundial ahora de lo que hemos estado en cien años! ¡Mis humildes propuestas han hallado oídos tan receptivos que creo que estamos por entrar en una sociedad mundial casi utópica! ¡Confía en mí! ¡Quédate conmigo! ¡Únete a mí! ¡Puedes realizar todos tus sueños! ¿No te motiva el dinero? ¡Bueno! Tampoco a mí. Déjame ofrecerte recursos que te permitirán no volver más a pensar o preocuparte por el dinero.

»Puedo ofrecerte un puesto, una publicación, un personal, oficinas centrales y hasta un retiro que te permitirá hacer todo lo que siempre has querido hacer y hasta vivir en Chicago.

Carpatia hizo una pausa, como siempre hacía, esperando que Camilo mordiera la carnada. Y Camilo mordió.

—Esto tengo que oírlo —dijo.

—Discúlpame un momento, Camilo —dijo Carpatia y llamó a Patty. Evidentemente la llamó en forma diferente de lo acostumbrado porque más que responder por el intercomunicador, ella apareció en la puerta detrás de Camilo. Él se dio vuelta para saludarla y ella le guiñó un ojo.

—Señorita Durán —dijo Carpatia—, ¿querrá informar al doctor Rosenzweig, al señor Plank y al Presidente Fitzhug que estoy un poco atrasado. Calculo que estaré unos diez minutos más aquí, otros diez con Jaime y Esteban, y luego estaremos en Washington a las cinco.

—Muy bien, señor.

Raimundo estacionó en O'Hare y se apresuró por la terminal hasta el centro subterráneo de control y oficina de Eulalio Halliday. Eulalio había sido su piloto jefe por años y Raimundo había pasado de ser uno de sus mejores pilotos jóvenes a ser una de sus estrellas veteranas. Raimundo se sentía afortunado de estar en un lugar ahora donde él y Eulalio pudieran hablar taquigráficamente, cortando todo el ceremonial burocrático para ir al corazón de las cosas.

Eulalio estaba esperando fuera de la puerta de su oficina y mirando su reloj, cuando Raimundo se acercó.

—Bien —dijo Eulalio—. Entra.

—Es bueno verte —dijo Raimundo, poniendo su gorra bajo el brazo al sentarse.

Eulalio se sentó en la única silla restante de su repleta oficina, la única que había detrás de su escritorio.

—Tenemos un problema —empezó.

—Gracias por tomarte el tiempo en decírmelo —dijo Raimundo—. ¿Edwards me acusó por escrito por, cómo lo llamaste, hacer proselitismo?

—Eso es sólo parte del problema. Si no fuera por eso, estaría sentado aquí dándote noticias increíbles.

—¿Tales como?

—Primero, dime si te entendí mal. Cuando te regañé por primera vez por andar hablando de Dios en el trabajo, dijiste que tenías que pensarlo. Yo dije que si tan sólo me asegurabas que te dejarías de eso, yo haría desaparecer la acusación de Edwards. ¿Correcto?

—Correcto.

—Ahora, cuando acordaste ir a Dallas hoy a volver a certificar, ¿no tendría yo que haber podido suponer que eso significaba que ibas a seguir el juego?

—No por entero. Y supongo que te preguntas cómo resultó mi nueva certificación.

—¡Ray, yo ya sé cómo fue! —replicó Eulalio.

—¡Ahora contesta mi pregunta! ¿Dices que fuiste para allá a conseguir tus certificados para el cinco siete y mientras tanto no tenías intención de terminar con eso de andar pareciendo tan religioso en el trabajo?

—No dije eso.

—¡Entonces di lo que piensas, Ray! Nunca jugaste juegos conmigo y yo ya estoy muy viejo para eso. *Me* golpeaste con todas esas cosas de la iglesia y el Arrebatamiento, y *yo* me porté educado, ¿no?

—Quizás demasiado educado.

—Pero yo lo recibí como un amigo, tal como tú me escuchas cuando fanfarroneo de mis hijos, ¿correcto?

—Yo no estaba jactándome de nada.

—No, pero estabas entusiasmado por eso. Encontraste algo que te dio consuelo y te ayudó a encontrar respuesta ante tu pérdida, y yo digo, grandioso, lo que sea que haga flotar tu bote. Empezaste a presionarme con esto de ir a la iglesia y leer la Biblia y todo eso, y te dije, amablemente espero, que consideraba que eso es asunto personal y que apreciaría que lo dejaras.

—Y lo hice. Aunque todavía oro por ti.

—Bueno, oye, gracias. También te dije que te cuidaras en el trabajo, pero no, todavía eras demasiado nuevo en eso, todavía andas muy emocionado con la novedad, entusiasmado como el tipo que acaba de hallar el último sistema para enriquecerse. Entonces, ¿qué haces? Empiezas a presionar a Nico Edwards de toda la gente que hay. Él es una futura promesa Ray, y es muy querido por los jefes de arriba.

—A mí también me gusta. Por eso me intereso por él y por su futuro.

—Sí correcto, pero él dejó muy claro que no quería oír más, tal como yo lo hice. Tú me dejaste tranquilo, entonces ¿por qué no lo dejas a él?

—Pensé que lo había hecho.

—Pensaste que lo hiciste.

Eulalio sacó una carpeta de su cajón y buscó cierta página.

—Entonces niegas haberle dicho, y citó: *No me importa lo que pienses de mí?*

—Eso está un poco fuera de contexto, pero no, no negaría el espíritu de lo que dices. Todo lo que estaba diciendo era que...

—Sé lo que estabas diciendo Ray, correcto, ¡porque me lo dijiste a mí también! Te dije que no quería verte convertido en uno de esos fanáticos de ojos enloquecidos que piensa que es mejor que todos los demás y que trata de salvarlos. Dijiste que sólo te interesabas por mí, cosa que aprecio, pero yo te dije que estabas acercándote a perder mi respeto.

—Y yo dije que no me importaba.

—Bueno, ¿no puedes ver lo ofensivo que eso es?

—Eulalio, ¿cómo podría yo insultarte cuando me interesa lo suficiente por tu alma eterna, como para arriesgar nuestra amistad? Le dije a Nico lo mismo que te dije a ti, que lo que la gente sienta por mí ya no es importante. Una parte mía todavía se interesa, seguro. Nadie quiere que lo miren como loco. Pero si no te hablo de Cristo sólo porque me preocupa lo que pienses de mí, ¿qué clase de amigo sería?

Eulalio suspiró y movió la cabeza, mirando fijo otra vez la carpeta.

—Así pues, alegas que Nico te citó fuera de contexto, pero todo lo que acabas de decir está precisamente aquí en este informe.

—¿Está?

—¡Sí, está!

Raimundo ladeo su cabeza. —¿Qué sabes de eso? Él me oyó. Él entendió lo que dije.

—Ciertamente él no debe haber estado de acuerdo con lo que dijiste. De lo contrario, ¿por qué esto?

Eulalio cerró la carpeta y la golpeó.

—Eulalio, hasta la noche anterior a las desapariciones yo estaba precisamente donde estás tú y Nico. Yo...

—He oído todo esto —dijo Eulalio.

—Sólo estoy diciendo que entiendo tu posición. Yo estaba casi separado de mi esposa porque pensé que ella se había vuelto una fanática.

—Me lo dijiste.

—Pero ahora mi argumento es que ella se *había* vuelto una fanática ¡Ella tenía razón! ¡Resultó que ella tenía razón!

—Raimundo, si quieres predicar, ¿por qué no te sales de la aviación y te metes al ministerio?

—¿Estás despidiéndome?

—Espero que no tenga que hacerlo.

—¿Quieres que me disculpe con Nico, que le diga que me di cuenta de que lo presioné demasiado pero que mis intenciones eran buenas?

—Desearía que fuera así de fácil.

—¿No es eso lo que ofreciste el otro día?

—¡Sí! Y mantengo mi parte de la oferta. No he copiado este archivo para enviarlo al departamento de Personal o a mis superiores, y le dije a Nico que no lo haría. Dije que lo guardaría, que sería parte permanente de mi archivo personal, ya que estás bajo mi jurisdicción...

—Lo cual tiene ningún significado.

—Por supuesto, tú y yo sabemos eso, y Nico tampoco es tonto. Pero pareció satisfacerlo. Supuse que tu ida a Dallas para certificar de nuevo era tu manera de decirme que habías oído lo que yo estaba diciendo y que nos estábamos ayudando uno al otro a salir de esto.

Raimundo asintió. —Yo había decidido ser más juicioso y tratar de asegurarme de no meterte en problemas por defenderme de mis acciones.

—No me importó hacer esto, Ray. Vales la pena. Pero te diste vuelta y volviste a hacer la misma locura esta mañana. ¿Qué estabas pensando?

Raimundo se encogió y se sentó de nuevo. Puso su gorra en el escritorio y estiró ambas manos, con las palmas para arriba. —¿Esta mañana? ¿De qué estás hablando? Pensé que todo se desarrolló muy bien, inclusive fue perfecto. ¿Es que no aprobé?

Eulalio se inclinó hacia adelante por encima del escritorio e hizo una mueca.

—¿Esta mañana no hablaste con tu examinador del mismo tema que has sacado a relucir conmigo y Nico y con cada primer oficial con quien has trabajado en las últimas semanas?

—¿Hablarle a él de Dios, quieres decir?

—¡Sí!

—¡No! De hecho me sentí un poco culpable por eso. Apenas le dije algo. Él fue muy severo, me dio la charla acostumbrada sobre para qué estaba y no estaba él ahí.

—¿No le predicaste?

Raimundo movió la cabeza, tratando de recordar si había hecho o dicho algo que pudiera ser mal interpretado.

—No. No escondí mi Biblia tampoco. Habitualmente está en mi bolsa de vuelo pero la tenía afuera cuando lo vi por primera vez, porque había estado leyéndola en el autobús. Oye, ¿estás seguro de que esta queja no vino del chofer del autobús? Él me vio leyendo y preguntó de eso y discutimos lo que había pasado.

—Tú como siempre.

Raimundo asintió. —Pero no obtuve ninguna reacción negativa de él.

—Tampoco yo la obtuve. Esta queja viene de tu examinador.

—No lo entiendo —dijo Raimundo—. Tú me crees, ¿no Eulalio?

—Desearía creerte —dijo Eulalio— Ahora, no me mires así. Sé que hemos sido amigos por mucho tiempo y que nunca pensé que me mintieras. ¿Recuerdas esa vez en que te quedaste voluntariamente en tierra porque no pensabas que tu vuelo fuera a salir y habías bebido un poco?

—Hasta ofrecí pagar por otro piloto.

—Lo sé. Pero, Ray, ¿qué se supone que yo piense ahora? Dices que no molestaste a este tipo. Quiero creerte pero si me lo hiciste a mí y a Nico y a otros. Tengo que pensar que lo hiciste esta mañana también.

—Bueno, voy a conversar con este tipo —dijo Raimundo.

—No, tú no.

—¿Qué, no puedo confrontar a mi acusador? Eulalio, No dije una palabra de Dios al hombre. Desearía haberlo hecho, especialmente si iba a tener que sufrir por eso. Quiero saber por qué dijo eso. Tuvo que ser un malentendido, alguna queja de segunda mano del chofer del furgón, pero como digo, no sentí ninguna resistencia de parte suya. Él debe haber dicho algo al examinador. De lo contrario de dónde iba a sacar el examinador la idea de que yo he hecho esto antes, a menos que la Biblia lo provocara?

—No puedo imaginar que el chofer del furgón haya tenido ningún contacto con el examinador. ¿Por qué? Ray.

—No entiendo nada, Eulalio. No estoy seguro de que me hubiera disculpado si estuviera legítimamente en problemas por eso, así que ciertamente no puedo disculparme por algo que no hice.

Camilo recordó a Rosenzweig diciéndole cómo el Presidente había ofrecido venir a Nueva York para encontrarse con Carpatia, pero debido a su inmensa humildad, Nicolás había insistido en ir a Washington. ¿Ahora resulta que Carpatia le pide indiferentemente a su asistente que comunique que él se atrasará? ¿Había planeado esto? ¿Estaba él haciéndole saber sistemáticamente a todos dónde se situaban con él?

Unos pocos minutos después Patty golpeó y entró.

—Señor Secretario General —dijo—, el Presidente Fitshugh está enviando el *Fuerza Aérea Uno* para usted.

—Oh, dígale que no será necesario —dijo Carpatia.

—Señor, él dijo que ya está volando y que usted debe venir cuando le quede cómodo. El piloto comunicará a la Casa Blanca cuando usted esté en viaje.

—Gracias, señorita Durán —dijo Carpatia. Y a Camilo—, ¡Qué hombre simpático! ¿Lo has conocido?

Camilo asintió. —Mi primer sujeto para el Hacedor de Noticias del Año.

—¿La primera o segunda vez que ganó?

—La segunda. Camilo se maravilló de nuevo por la memoria enciclopédica del hombre. ¿Había alguna duda de quién sería el sujeto de para El Hacedor de Noticias de este año? Era una asignación que Camilo no anhelaba.

———

Eulalio se movió nervioso.

—Bueno, déjame decirte, esto viene en el peor momento posible. El nuevo *Fuerza Aérea Uno*, que está programado para salir a servicio la semana próxima, es un siete-cinco-siete.

Raimundo estaba que no quería más. La nota de Patty Durán que decía lo mismo estaba aún en su bolsillo.

Siete

Raimundo se movió en su asiento y miró la cara de su piloto jefe. —Oí eso, sí —intimó—. ¿Hay alguien en los Estados Unidos de Norteamérica que no se haya enterado del nuevo avión? No me importaría verlo con todo lo que dicen que tiene.

—Es lo mejor de la línea, ciertamente —dijo Eulalio. —Absolutamente lo último en tecnología, comunicaciones, seguridad y capacidad.

—Eres la segunda persona que me recuerda de ese avión hoy. ¿Cuál es el punto?

—La idea es que la Casa Blanca ha contactado a nuestros superiores. Parece que piensan que ya es hora de mandar a retiro a su piloto actual. Quieren que recomendemos a uno nuevo. La gente de Dallas preparó una lista de media docena de pilotos jefes, y llegó a mí porque tu nombre está ahí.

—No me interesa.

—¡No tan rápido! ¿Cómo puedes decir eso? ¿Quién no querría volar uno de los aviones más avanzados del mundo, uno equipado como ese, para el hombre más poderoso de la tierra? ¿O adivino que debiera decir el *segundo* más poderoso ahora que tenemos a este muchacho Carpatia en las Naciones Unidas?

—Sencillo. Tendría que trasladarme a Washington.

—¿Qué te retiene aquí? ¿Cloé va a volver a estudiar?

—No.

—Entonces ella también puede trasladarse o ¿tiene un trabajo?

—Está buscando uno.

—Entonces, que encuentre uno en Washington. El puesto tiene el doble de paga de lo que recibes ahora y ya estás en cinco por ciento tope de Pan-Con.

—El dinero no significa tanto para mí —dijo Raimundo.

—¡Dale con eso! —estalló Eulalio—. ¿Quién me llama primero cuando hay nuevas cifras en el aire?

—Eso ya no va conmigo, Eulalio. Y sabes por qué.

—Sí, ahórrame el sermón. Mira Ray, debes considerar la libertad financiera, poder comprar una casa más grande, más linda, poder uno relacionarse en diferentes círculos...

—El círculo en que me muevo es lo que me retiene en Chicago. Mi iglesia.

—Ray, el sueldo....

—No me importa el dinero. Ahora somos sólo Cloé y yo, ¿te acuerdas?

—Lo siento.

—Si algo debiéramos hacer es vivir con menos. Tenemos más casa de la necesaria, y por cierto, tengo más dinero del que puedo gastar.

—Entonces, ¡hazlo por el reto! Sin rutas regulares, una planta de primeros oficiales y navegantes. Volarás por todo el mundo, a un lugar diferente cada vez. Es un logro, Ray.

—Dijiste que había otros cinco nombres.

—Los hay y todos son buenos pero si yo hago gestiones por ti, tú lo consigues. El problema es que no puedo hacer gestiones por ti con esta cosa de Nico Edwards en el expediente.

—Dijiste que estaba solamente en tu expediente.

—Lo está pero con el lío de esta mañana, no puedo arriesgarme a ocultarlo. ¿Qué pasa si te consigo el puesto para la Casa Blanca y ese examinador grita? Tan pronto como eso se haga conocido, Edwards lo ve y corrobora el cuento. Nada de asignación para ti y yo quedo como un idiota por enterrar la queja y ser tu paladín. Se acaba el cuento.

—De todo modos se acaba el cuento —dijo Raimundo—. No puedo trasladarme.

Eulalio se puso de pie. —Raimundo —dijo lentamente—, cálmate y escúchame. Abre un poquito tu mente. Déjame decirte lo que estoy oyendo, y entonces dame una oportunidad de convencerte.

Raimundo empezó a protestar pero Eulalio lo hizo callarse.

—¡Por favor! No puedo decidir por ti y no lo intentaré. Pero tienes que dejarme terminar. Aunque no estoy de acuerdo con tu postura sobre las desapariciones, estoy feliz de que hayas encontrado cierto consuelo en la religión.

—No es...

—Ray, lo sé. Lo sé. Te he oído y te he escuchado. Para ti no es religión, es Jesucristo. Te he oído, y te he escuchado. Admiro que te hayas entregado a esto. Eres devoto. No lo dudo. Pero no te vas a llevar el dedo a la nariz ante una asignación por la que miles de pilotos morirían por obtenerla. Francamente, no estoy totalmente seguro de que tengas que trasladarte. ¿Con qué frecuencia ves a un presidente de los Estados Unidos de Norteamérica viajando en día domingo? Seguro que no más de lo que vuelas ahora en domingo.

—Debido a mis años en la compañía es raro que vuele los domingos.

—Puedes nombrar a otro para que vuele los domingos. Serás el capitán, el primero, el que manda, el jefe. No tendrás que dar cuenta a nadie.

—¡Lo haré! —dijo Raimundo sonriendo . Estoy bromeando.

—Por supuesto, sería más lógico que vivieras en Washington pero te apuesto que si tu única condición es vivir en Chicago, ellos lo aceptarán.

—No es posible.

—¿Por qué?

—Porque mi iglesia no es cuestión de domingos. Nos reunimos con frecuencia. Yo soy íntimo con el pastor. Nos reunimos casi todos los días.

—Y no ves que puedas vivir sin eso.

—No puedo.

—Ray, ¿qué si esto es una fase? ¿Qué si llega el momento en que pierdas el fervor? No digo que seas un falso o que vayas a darle la espalda a lo que has hallado. Sólo digo que la novedad puede gastarse y puede que seas capaz de trabajar en otra parte si puedes volver a Chicago en los fines de semana.

—¿Por qué tiene esto tanta importancia para ti Eulalio?

—¿No lo sabes?

—No.

—Porque es algo con lo que he soñado toda mi vida —dijo Eulalio—. Me he mantenido actualizado en cuanto a todas las más recientes certificaciones durante todos los años que llevo en este puesto, y he solicitado el puesto de piloto con cada nuevo presidente.

—Nunca supe eso.

—Por supuesto que no. ¿Quién admitiría eso y dejaría que el mundo supiera que le han roto las entrañas cada cuatro u ocho años, al ver que otros tipos consiguen el puesto? Que tú lo consigas es lo mejor en segundo lugar. Yo podría disfrutarlo en forma de substituto.

—Por esa sola razón desearía tener la libertad de aceptarlo.

Eulalio se volvió a sentar derecho.

—Bueno, gracias por esa migaja de la mesa.

—No quise decirlo de esa manera, Eulalio. Hablé en serio.

—Sé que sí. La verdad es que conozco a un par de los tipos en la lista, y yo no los dejaría que manejaran ni mi automóvil.

—Pensé que dijiste que eran buenos hombres.

—Estoy tratando sólo de decirte que si tú no lo tomas, otro lo hará.

—Eulalio, realmente no pienso...

Eulalio levantó una mano. —Ray, hazme un favor, ¿quieres? No decidas ahora. Quiero decir, sé que ya estás muy decidido pero ¿querrías postergar decírmelo oficialmente hasta que lo hayas consultado con la almohada?

—Oraré por eso —concedió Raimundo.

—Pensé que podrías.

—¿Me estás prohibiendo que llame a ese examinador?

—Absolutamente. Quieres presentar una queja, hazlo por escrito, usando los canales apropiados, en la forma correcta.

—¿Estás seguro de querer recomendar a un tipo en quien no crees para un puesto como este?

—Si me dices que no presionaste al fulano, tengo que creerte.

—Ni siquiera rocé el tema, Eulalio.

—Esto es cosa de locos —Eulalio movió la cabeza.

—¿A quién llegó la queja?

—A mi secretaria.

—¿Desde dónde?

—De su secretaria, supongo.

—¿Puedo verla?

—Yo no debiera.

—Déjame verla Eulalio. ¿Qué te crees, que te voy a denunciar? Eulalio llamó a su secretaria.

—Francisca, tráigame sus notas de la queja que recibió esta mañana desde Dallas.

Ella le trajo una sola hoja impresa. Eulalio la leyó y la deslizó por el escritorio hacia Raimundo. Decía:

Recibí una llamada de una mujer que se identificó como Julia Garfield, secretaria de Jaime Long, examinador de Pan-Con para las certificaciones en Dallas. Preguntaba cómo proseguir para radicar una queja de acoso religioso contra Raimundo Steele debido a que éste presionó a Long durante su examen de certificación esta mañana. Le dije que la llamaría de vuelta. No dejó un teléfono pero dijo que llamaría más tarde.

Raimundo sostuvo el papel en alto. —Eulalio, tú eres mejor investigador que eso.

—Qué quieres decir?

—Esto hiede.

—¿No crees que sea legítima?

—Primero que nada, mi examinador tenía un apellido de dos sílabas en su credencial de identificación. ¿Y cuándo fue la última vez que tú te acuerdes de que un examinador tuviera una secretaria?

Eulalio hizo una mueca. —Buena observación.

—Hablando de llamadas —dijo Raimundo—, me gustaría saber de dónde vino esa llamada. ¿Qué tan difícil sería determinarlo?

—No mucho. ¡Francisca! Por favor, llame a Seguridad.

—¿Te importaría pedirle que verifique otra cosa más para mí? —dijo Raimundo—. Pídele que llame a Personal y vea si tenemos un Jaime Long o una Julia Garfield trabajando con Pan-Con.

———————————

—Si no te importa —dijo Carpatia—, me gustaría pedirle a tus amigos que se reúnan con nosotros.

¿Ya, tan pronto?, caviló Camilo. *¿Justo en el momento para la gran noticia, cualquiera que sea?*

—Este es su espectáculo —dijo Camilo, sorprendido por la expresión apenada de Carpatia—. Su reunión, quiero decir. Seguro, invítelos a entrar.

Camilo no sabía si era sólo su imaginación pero le pareció que ambos, Esteban Plank y Jaime Rosenzweig, se intercambiaron miradas divertidas y de complicidad cuando entraron, seguidos por Patty. Ella colocó una silla de la mesa de conferencias al otro lado de Camilo, y los hombres se sentaron. Patty salió otra vez.

—El señor Williams tiene un requisito previo —anunció Carpatia ante el murmullo sordo de Plank y Rosenzweig—. Se debe instalar su cuartel central en Chicago.

—Eso sólo sirve para enfocarse mejor —dijo el doctor Rosenzweig—. ¿No?

—Sin duda que sí —dijo Carpatia.

Camilo echó una mirada a Plank que estaba asintiendo con un gesto. El Secretario General se dio vuelta hacia Camilo.

—Esta es mi oferta: te conviertes en el presidente y editor del *Chicago Tribune* que adquiriré de la familia Wrigley dentro de los próximos dos meses. Le daré el nombre de *La Tribuna del Medio Oeste* y la publicaré bajo los auspicios de las Empresas de la Comunidad Mundial. Las oficinas centrales seguirán estando en la Torre del Tribune en Chicago. Junto con tu puesto viene una limusina con chofer, un ayudante personal, todo el personal de planta que consideres necesario, una casa en la Playa del Norte con servicio doméstico, y una casa de verano en el Lago Geneva, en el sur de Wisconsin. Fuera de darle ese nombre a la publicación y a la firma editorial, no me entremeteré en tus decisiones. Tendrás completa libertad para dirigir el periódico en la forma que desees.

Su voz tomó un matiz de sarcasmo. —Con tus torres gemelas de *verdad y justicia* respaldando cada palabra.

Camilo quiso reírse a carcajadas. No le sorprendía que Carpatia pudiera darse el lujo de efectuar esa compra, pero no había manera en que un hombre tan visible pudiera esconderse detrás del nombre de una firma editorial y romper toda regla de la ética periodística al ser dueño de un gran medio de comunicación a las masas mientras que servía como Secretario General de las Naciones Unidas.

—Nunca podrá llevar todo esto a cabo —dijo Camilo.

Se quedó callado sobre el asunto real: que Carpatia nunca daría a nadie que estuviera a su cargo, la libertad, a menos que creyera que tenía control total de su mente.

—Eso será *mi* problema —dijo Carpatia.

—Pero con libertad completa —dijo Camilo—, yo también sería problema suyo. Yo estoy consagrado al principio de que el público tiene el derecho de saber. Así que la primera pieza de investigación que asigne o que yo mismo escriba, sería sobre quién tiene la propiedad de la publicación.

—Yo acogería bien la publicidad —dijo Carpatia—. ¿Qué habría de malo en que las Naciones Unidas fueran dueña de un periódico dedicado a las noticias de la comunidad mundial?

—¿Usted no sería personalmente el propietario?

—Eso es asunto de semántica. Si es más apropiado que las Naciones Unidas sean la dueña en vez de yo, donaría el dinero o lo compraría y donaría la firma a las Naciones Unidas.

—Pero entonces el *Tribune* se convertiría en una publicación de la organización, como un diario mural que fomenta los intereses de las Naciones Unidas.

—Lo cual lo legaliza.

—Pero también lo hace impotente como vocero independiente de noticias.

—Eso sería cosa tuya.

—¿Habla en serio? ¿Usted permitiría que su propia publicación lo criticara? ¿Qué cuestionara a las Naciones Unidas?

—Acogería con beneplácito la responsabilidad de rendir cuentas. Mis motivos son puros, mis metas son pacíficas y mi público es mundial.

Camilo se dio vuelta frustrado a Esteban Plank, sabiendo muy bien que Esteban era uno que ya se había demostrado susceptible al poder de Carpatia.

—Esteban, ¡tú eres su asesor de prensa! ¡Dile que no hay credibilidad en una empresa así! No sería tomada en serio.

—No sería tomada en serio al comienzo por los otros medios de comunicación —reconoció Esteban—, pero no pasaría mucho tiempo antes que la Editorial de la Comunidad Mundial también fuera la dueña de esos servicios editoriales.

—¿Así que monopolizando la industria editorial, eliminas la competencia y el público no conoce la diferencia?

Carpatia asintió. —Esa es una manera de expresarlo. Y si mis motivos no fueran otra cosa que ideales, yo también tendría problemas con eso. Pero, ¿qué hay de malo en controlar las noticias mundiales cuando estamos dirigiéndonos hacia la paz, la armonía y la unidad?

—¿Dónde está la fuerza de pensar por uno mismo? —preguntó Camilo—. ¿Dónde está el foro para las ideas diversas? ¿Qué pasa con el tribunal de la opinión pública?

—El tribunal de la opinión pública —dijo Esteban—, está pidiendo más de lo que el Secretario General tiene para ofrecer.

Camilo estaba derrotado y lo sabía. No podía esperar que Jaime Rosenzweig entendiera la ética del periodismo pero cuando un veterano como Esteban Plank podía apoyar una plataforma falsa de un dictador benevolente, ¿qué esperanza quedaba?

—No puedo imaginarme metido en tal empresa —dijo Camilo.

—¡Me encanta este hombre! —exclamó Carpatia, y Plank y Rosenzweig sonrieron y asintieron—. Piensa en ello. Mastícalo. De alguna forma yo lo haré lo bastante legal para que sea aceptable hasta para ti, y entonces, no aceptaré un no por respuesta. Quiero el periódico y voy a tenerlo. Quiero que tú lo dirijas, y voy a tenerte. Libertad, Macho Williams, total libertad. El día que creas que me entremeto, puedes renunciar con el sueldo completo.

Habiendo agradecido a Eulalio Halliday por su confianza y prometiendo no negarse a la posición todavía, aunque Raimundo no podía imaginarse aceptando el puesto, se detuvo en la terminal en un grupo de teléfonos públicos, en otro momento desiertos. Francisca, la secretaria de Eulalio, había confirmado que no había una Julia Garfield trabajando para Pan-Con. Y aunque no había menos de seis Jaime Long, cuatro eran acarreadores de equipaje y los otros dos eran burócratas de rango medio. Ninguno trabajaba en Dallas, ninguno era examinador, y ninguno tenía secretaria.

—¿Quién anda detrás de ti? —había preguntado Eulalio.

—No me lo imagino.

Francisca informó que la llamada que recibió esa mañana había sido originada en Nueva York. —Les costará unas cuantas horas conseguir el número de teléfono exacto —dijo ella, pero Raimundo supo repentinamente quién era. No podía estar seguro del *porque* ella lo haría pero sólo Patty Durán podría armar una cosa así. Sólo ella hubiera tenido el acceso a la gente de Pan-Con que supiera dónde estaba él y qué estaba haciendo en esa mañana. ¿Y qué era ese asunto del *Fuerza Aérea Uno*?

Llamó a Informaciones y consiguió el número de las Naciones Unidas. Luego de comunicarse con la operadora y después con las oficinas administrativas, finalmente llegó a Patty, la cuarta persona que contestó.

—Raimundo Steele habla —dijo lisa y llanamente.

—Oh, hola, ¡Capitán Steele!

El brillo de su voz lo hizo encogerse.

—Me rindo —dijo Raimundo—. Ganas, sea lo que sea que estés haciendo.

—No entiendo.

—Vamos, Patty, no te hagas la tonta.

—¡Oh, mi nota! Sólo pensé que era divertido porque estaba hablando el otro día con una amiga de la sección Tráfico de Pan-Con y ella mencionó que mi viejo amigo estaba recertificándose en el 757 esta mañana en Dallas. ¿No fue divertido que yo te dejara correo esperando por ti? ¿No fue de lo más divertido?

—Sí, muy cómico. ¿Qué significa?

—¿El mensaje? Oh, nada. Seguro que sabías eso, ¿correcto? Todos saben que el nuevo *Fuerza Aérea Uno* va a ser un cincuenta y siete, ¿no?

—Sí, ¿por qué recordármelo?

—Fue un chiste Raimundo. Estaba haciendo un chiste sobre lo de recertificarte como si tú fueras a ser el nuevo piloto del Presidente. ¿No lo entiendes?

¿Era posible? ¿Podía ser tan ingenua e inocente? ¿Podía haber hecho algo tan estúpido y haber tenido tal suerte por coincidencia? Él quiso saber cómo supo ella que le ofrecerían el puesto pero si no lo sabía, ciertamente él no querría decírselo.

—Lo capto. Muy cómico. ¿Y de qué se trataba la queja falsa?

—¿La queja falsa?

—No desperdicies mi tiempo Patty. Tú eres la única persona que sabía dónde estaba y qué estaba haciendo, y ahora vuelvo, para hallarme un cargo inventado de acoso religioso.

—Oh, eso —se rió ella—. Eso fue sólo una loca suposición. Tuviste un examinador, ¿no?

—Sí, pero yo no...

—Y tú tuviste que darle el gran discurso, ¿no?

—No.

—Vamos, Raimundo. Me lo diste a mí, a tu propia hija, a Camilo Williams, a Eulalio Halliday, casi a todos los que han trabajando contigo desde entonces. ¿En realidad? No le predicaste al examinador?

—De hecho, no.

—Bueno. Está bien. Así que supuse mal. Pero sigue siendo divertido, ¿no crees? Y las probabilidades estaban a mi favor. ¿Qué habrías pensado si te *hubieras* impuesto firmemente a él y luego, al regresar encontraras una queja? Te hubieras disculpado con él y él lo hubiera negado. ¡Me encantan las bromas pesadas! Vamos, dame algo del crédito.

—Patty, si estás tratando de vengarte por la manera en que te traté, supongo que me lo merezco.

—No, Raimundo, ¡no es eso! Superé eso. Te superé a ti. Si hubiéramos tenido una relación, nunca estaría donde estoy ahora, y créeme, no quiero estar en otra parte más. Pero esto no era venganza. Se suponía sólo que fuera divertido. Lo lamento si no te resultó divertido.

—Me creó problemas.

—¡Oh, vamos! ¿Cuánto tiempo llevó verificar un cuento como aquel?

—Bueno, ganas. ¿Hay más sorpresas para mí?

—No lo creo pero manténte alerta.

Raimundo no creyó una palabra de todo eso. Carpatia tenía que saber de la oferta de la Casa Blanca. La nota de Patty y esa oferta, y lo que su chistecito casi produjo para abortar el trato, eran demasiado coincidentes para que fuera sólo el humilde intento de ella de hacer un chiste práctico. Raimundo no estaba de buen humor cuando volvió al estacionamiento. Sólo esperaba que Cloé no estuviera todavía enfadada. Si lo estaba, quizás ambos tendrían que enfriarse antes de la reunión de esa noche.

Jaime Rosenzweig puso una mano nudosa sobre la rodilla de Camilo. —Te insto a que aceptes este puesto tan prestigioso. Si no lo aceptas, otro lo aceptará y no será un periódico tan bueno.

Camilo no estaba como para discutir con Jaime.

—Gracias —dijo—. Tengo mucho que pensar. —Pero aceptar la oferta no era algo que iba a considerar. Cuánto ansiaba hablar de esto, primero con Cloé, luego con Bruno y Raimundo.

Cuando Patty Durán interrumpió disculpándose y acercándose al escritorio para hablar calladamente con Carpatia, Esteban empezó a susurrar algo a Camilo. Pero Camilo fue bendecido con la habilidad de discernir lo que valía la pena oír y que era digno de ignorarse. Justo ahora decidió que sería más provechoso espiar a Patty y Nicolás que prestar atención a Esteban. Se inclinó hacia Esteban, fingiendo escuchar.

Camilo sabía que Esteban trataría de convencerlo para que aceptara el trabajo, asegurarle que era el mismo Esteban quien había intercedido por ello, admitir que como periodista eso parecía cosa de locos primero, aunque este era un nuevo mundo, bla..., bla..., bla... Y así Camilo asentía y mantenía cierto contacto visual pero estaba escuchando a Patty Durán y Carpatia.

—Acabo de recibir una llamada del blanco —dijo ella.

—¿Sí? ¿Y?

—No le llevó mucho tiempo darse cuenta.

—¿Y el *Fuerza Aérea Uno?*

—No creo que tenga ni idea.

—Bien hecho. ¿Y el otro?

—Sin respuesta todavía.

—Gracias, querida.

El blanco. Eso no sonaba bueno. El resto, suponía, tendrá que ver con el viaje de Carpatia esa tarde en el avión del Presidente.

Carpatia volvió su atención a su invitado.

—Por lo menos, Camilo, habla esto con la gente que te quiere. Y si piensas en sueños más específicos que cumplirías si los recursos no fueran problema, recuerda que estas ahora en el asiento del conductor. Estás en el mercado de vendedores. Yo soy el comprador y conseguiré al hombre que quiero.

—Me hace querer rechazarlo sólo para demostrar que no puedo ser comprado.

—Y como he dicho tantas veces, esa es la precisa razón por la cual eres el hombre para el puesto. No cometas el error de pasarte por alto la oportunidad de tu vida sólo para demostrar un puntito.

Camilo se sintió atrapado. A un lado suyo estaba el hombre que había admirado y con quien había trabajado por años, un periodista de principios. Al otro, estaba el hombre que amaba como a un padre, un científico brillante que en muchas maneras, era lo bastante ingenuo para ser el oropel perfecto, uno de los peones de un ajedrez del fin del mundo. Afuera de la puerta estaba una "amiga" que había conocido en un avión cuando Dios había invadido el mundo. Él la había presentado a Nicolás Carpatia sólo para jactarse, y mira donde estaban ahora.

Directamente frente a él, sonriendo con esa sonrisa hermosa y desarmadora estaba el mismo Carpatia. De las cuatro personas con que Camilo estaba tratando esa tarde, Carpatia era quien el más entendía. También entendía que Carpatia era aquel a quien él menos influía. ¿Era demasiado tarde para hablar con Esteban, para advertirle en lo que se había metido? ¿Demasiado tarde para rescatar a Patty de la estupidez de su presentación? ¿Estaba Jaime demasiado enamorado de las posibilidades geopolíticas como para escuchar la razón y la verdad?

Y si él se confiaba a alguno de ellos, ¿sería eso el fin de toda esperanza de que él pudiera esconder la verdad de Carpatia: que el mismo Camilo estaba protegido por Dios contra su poder?

Camilo no hallaba las horas de llegar a Chicago. Su casa era nueva y no parecía familiar. Sus amigos eran nuevos también pero no había nadie en el mundo en quienes confiara más. Bruno oiría, estudiaría, oraría y ofrecería consejo. Raimundo, con esa mente pragmática, analítica y científica, haría sugerencias, sin forzar nunca opiniones.

Pero era Cloé a quien más echaba de menos. ¿Era esto de Dios? ¿Dios la había impreso a ella en la mente de Camilo en su momento más vulnerable con Carpatia? Camilo apenas conocía a la mujer. ¿Mujer? Apenas era más que una niña. Pero parecía... ¿qué? ¿Madura? Más que madura. Magnética. Cuando ella lo escuchaba a él, sus ojos parecían beber en él. Ella entendía, empatizaba. Ella podía dar consejo y responder sin decir una palabra.

Había alivio con ella, una sensación de seguridad. Él apenas la había tocado dos veces. Una vez para limpiar su boca de un trocito de galletita de chocolate, y la mañana anterior en la iglesia sólo para llamarle la atención. Y sin embargo, ahora, a una distancia de dos horas de avión de ella, sentía una necesidad abrumadora de abrazarla.

Él no podía hacer esto, por supuesto. Apenas la conocía y no quería asustarla alejándola. Y sin embargo, en su mente esperaba el día en que se sintieran suficientemente cómodos para tomarse las manos o acercarse más. Él se imaginaba sentado en alguna parte, tan sólo disfrutando la compañía mutua, la cabeza de ella en su pecho, su brazo alrededor de ella.

Y él se daba cuenta de cuán desesperadamente solo se había vuelto.

Raimundo halló a Cloé muy triste. Había decidido no contarle todavía los hechos de su día. Había sido demasiado raro y evidentemente ella había tenido un día espantoso. Él la abrazó y ella lloró. Raimundo se dio cuenta de que había un enorme ramo de flores sobresaliendo de un cesto de basura.

—Esas lo empeoraron todo, papá. Por lo menos mi reacción me mostró algo: cuánto me interesaba realmente por Camilo.

—Eso suena demasiado analítico para ti —dijo Raimundo, lamentándolo tan pronto como eso salió de su boca.

—No puedo ser analítica porque soy mujer, ¿es eso?

—¡Lo lamento! No debiera haberlo dicho.

—Heme aquí llorando, de modo que toda mi respuesta a esto es emocional, ¿sí? No te olvides papá, mi nombre estuvo cinco semestres en la lista de los mejores alumnos, la lista del decano. Eso no tiene nada de emocional; eso es analítico. Yo soy más como tú que como mamá, ¿te acuerdas?

—No crees que lo sé. Y por ser como somos, estamos todavía aquí.

—Bueno, me alegro de que nos tengamos uno a otro. Por lo menos, yo lo era hasta que me acusaste de ser una mujer típica.
—Nunca dije eso.

—Eso es lo que estabas pensando.

—¿Ahora lees la mente también?

—Sí, yo soy una emotiva que dice la suerte.

—Me rindo —dijo Raimundo.

—Oh, vamos, papá. No te rindas tan pronto. A nadie le gusta uno que se rinde fácil.

En el avión, siendo mimado nuevamente en la primera clase, Camilo casi no podía contenerse para no reírse a carcajadas. ¡Editor del *Tribune*! Quizá dentro de veinte años, si no era propiedad de Carpatia y Cristo no volvía antes. Camilo se sentía como si se hubiera ganado la lotería en una sociedad donde el dinero era inutilizable.

Después de la cena se había tranquilizado y miraba el sol que se ponía. Habían pasado muchos, muchos años desde que había sido atraído a una ciudad debido a una persona. ¿Llegaría a tiempo para verla antes de la reunión de esta noche? Si el tráfico no estaba muy malo, podría tener el tiempo suficiente para hablar en la forma en que él realmente quería.

Camilo no quería asustar a Cloé alejándola al ser demasiado específico, pero quería disculparse por su actitud indecisa. No quería apurar nada. ¿Quién sabe? Quizás ella no tenía interés alguno. Él estaba seguro solamente de que no quería ser el que cerrara la puerta a ninguna posibilidad. Quizás él debiera llamarla desde el avión.

—Bruno me ofreció un trabajo hoy —dijo Cloé.

—Estás bromeando —dijo Raimundo—. ¿Qué?

—Algo conveniente para mí. Estudio, investigación, preparación, enseñar.

—¿Dónde? ¿Qué?

—En la iglesia. Él quiere *multiplicar su ministerio*.

—¿Un trabajo pagado?

—Sí. Jornada completa. Yo podría trabajar en casa o en la iglesia. Él me daría cometidos, me ayudaría a organizar un currículo, todo eso. Él quiere ir despacio con la enseñanza puesto que soy tan nueva en esto. Mucha gente a la que enseñaría se ha pasado la vida en la iglesia y la escuela dominical.

—¿Qué enseñarías?

—Las mismas cosas que él está enseñando. Mi investigación le ayudaría a preparar sus lecciones también. Llegaría el momento en que yo enseñaría en cursos de la escuela dominical y pequeños grupos. Él va a pedir lo mismo a ti y a Camilo, pero por supuesto, él no sabe aún en lo que anda Camilo con su noviecita.

—Y tú fuiste lo bastante prudente para no decirle.

—Por ahora —dijo Cloé—. Si Camilo no se da cuenta de que es malo, y quizá no se da cuenta, alguien tiene que decírselo.

—Y tú solicitaste el trabajito.

—Lo haré si nadie más lo hace. Yo soy la única que lo sabe de primera mano hasta ahora.

—Pero ¿no tienes un pequeño conflicto de intereses?

—Papá, no me había imaginado realmente cuánto estaba deseando que algo sucediera entre Camilo y yo. Ahora, no lo quiero para nada, aunque se tire a mí.

Sonó el teléfono. Raimundo lo contestó, luego tapó el micrófono. —He aquí tu oportunidad para probar lo que acabas de decir —dijo—. Camilo está llamando desde un avión.

Cloé miró de reojo como tratando de decidir si estaba disponible. —Dame eso acá —dijo.

———

Camilo estaba seguro de que Raimundo Steele dijo a su hija quién llamaba. Pero su saludo sonó apático y no incluyó su nombre, así que se sintió obligado a identificarse.

—Cloé, ¡soy Camilo! ¿Cómo estás?

—He estado mejor.

—¿Qué pasa? ¿Enferma?

—Estoy bien. ¿Querías algo?

—Mmm, sí, quería algo como verte esta noche.

—¿Algo cómo?

—Bueno, sí, quiero decir que quiero. ¿Puedo?

—Te veré en la reunión de las ocho, ¿bueno? —dijo ella.

—Sí, pero me preguntaba si tendrías un poco de tiempo antes?

—No sé. ¿Qué querías?

—Sólo hablar contigo.

—Estoy escuchando.

—Cloé, ¿sucede algo malo? ¿Me estoy pasando algo por alto? Pareces molesta.

—Las flores están en la basura, si eso es un indicio —dijo ella.

Las flores están en la basura, repitió él mentalmente. Esa era una expresión que él no había escuchado antes. Debe significar algo para alguien de su generación. Él podía ser un periodista famoso pero ciertamente se había pasado por alto eso.

—Lo siento —dijo él.

—Es demasiado tarde para eso —dijo ella.

—Quiero decir, lo siento: no entendí lo que estabas diciendo.

—¿No me oíste?

—Te oí pero no capté lo que quieres decir.

—¿Qué parte es la que no entiendes de "las flores están en la basura"?

Camilo había estado un poco alejado de ella el viernes en la noche pero, ¿qué era esto? Bueno, ella valía el esfuerzo.

—Empecemos con las flores —dijo él.

—Sí, empecemos —dijo ella.

—¿De qué flores estamos hablando?

Raimundo hizo gestos con las dos manos para que Cloé se calmara. Él temía que ella iba a reventar, y cualquiera fuera el asunto, ella no estaba dándole ni un milímetro a Camilo. Si había algo de cierto en lo que Cloé alegaba, ella no iba a ayudar a restaurarlo de ese modo. Quizá Camilo *no había* roto con todas las ataduras de su vida anterior. Quizá *había* algunos aspectos que tendrían que ser tratados con mayor sinceridad. ¿Pero, no era esto cierto de cada uno de los cuatro miembros del Comando Tribulación?

—Te veré esta noche, ¿de acuerdo? —terminó Cloé—. No, no antes de la reunión. No sé si después tendré tiempo... Bueno, depende de la hora en que salgamos, supongo... Sí, él dijo de ocho a diez, pero Camilo, ¿entiendes que realmente no quiero hablar contigo ahora? Y no sé si querré hablar más tarde... Sí, te veo entonces.

Ella colgó. —Ooh, ¡qué insistente es ese hombre! Estoy viendo un lado suyo que nunca imaginé.

—¿Aún deseas que algo pase? —dijo Raimundo.

Ella movió su cabeza. —Lo que haya sido acabó de morir.

—Pero todavía duele.

—Seguro que sí. Sólo que no me di cuenta de cuánto estaba inflando mis esperanzas.

—Lo siento, tesoro.

Ella se hundió en el sillón y puso la cara entre sus manos.

—Papá, sé que no nos debemos nada uno al otro pero ¿no piensas que él y yo hablamos lo suficiente y nos conectamos bastante como para que yo hubiera sabido si había alguien en su vida?

—Parece así, sí.

—¿Lo entendí mal sencillamente? ¿Piensa él que está bien decir que está atraído a mí sin decirme que no está disponible?

—No lo imagino.

Raimundo no sabía qué más decir. Si había algo en lo que Cloé decía, también él estaba empezando a perder el respeto por Camilo. Él parecía tan buen muchacho. Raimundo sólo esperaba que ellos pudieran ayudarle.

Camilo estaba herido. Él todavía anhelaba ver a Cloé, pero definitivamente no era el sueño ideal que había imaginado. Él había hecho algo, o quizás no había hecho nada, pero iba a necesitar más que una pequeña disculpa para llegar al fondo de la cuestión.

Las flores están en la basura, pensó. Qué cosa significaba eso.

Ocho

La puerta del apartamento de Camilo tocó una pila de cajas cuando él entró. Tendría que mandar una nota de agradecimiento a Alicia. Sólo deseaba tener tiempo para empezar a arreglar la habitación que iba a usar como oficina, pero tenía que irse si esperaba encontrar a Cloé antes de la reunión.

Llegó a la Nueva Esperanza como media hora antes y vio el automóvil de Raimundo estacionado al lado del de Bruno. *Bien,* pensó, *todos están aquí.* Dio una ojeada a su reloj. ¿Se había olvidado del cambio de hora? ¿estaba atrasado? Se apresuró a la oficina y golpeó la puerta de Bruno mientras entraba. Bruno y Raimundo miraron como molestos. Estaban solamente ellos dos.

—Lo siento, supongo que estoy un poco adelantado.

—Sí, Camilo —dijo Bruno—. Nos demoraremos un momento más y te veremos a las ocho, ¿está bien?

—Seguro. Yo conversaré con Cloé. ¿Está aquí?

—Vendrá un poco más tarde —dijo Raimundo.

—Bueno, la esperaré allá afuera.

—Bueno, antes que todo —dijo Bruno a Raimundo—, felicitaciones. Independientemente de lo que decidas hacer, ese es un honor y un logro fantástico. No puedo imaginar que haya muchos pilotos que rechacen esa oferta.

Raimundo se echó hacía atrás en el asiento.

—En verdad, no he pasado mucho tiempo pensándolo de ese modo. Supongo que debiera estar agradecido.

Bruno asintió. —Supongo que debes. ¿Querías consejo o sólo que te escuche? Evidentemente oraré contigo al respecto.

—Estoy dispuesto a escuchar consejo.

—Bueno, me siento tan inadecuado Raimundo. Aprecio que tú quieras quedarte aquí en Chicago pero también tienes que considerar si esta oportunidad es de Dios. Yo quiero quedarme aquí también pero siento que él me dirige a viajar, a empezar otros pequeños grupos, a visitar Israel. Sé que no te quedas aquí sólo por mí, pero...

—Eso es una parte, Bruno.

—Y te lo agradezco pero, ¿quién sabe por cuánto tiempo más estaré aquí?

—Te necesitamos, Bruno. Pienso que es claro que Dios te tiene aquí por una razón.

—Supongo que Cloé te dijo que estoy buscando más maestros.

—Me dijo. Y está entusiasmada con eso. Y yo estoy dispuesto a aprender.

—Normalmente una iglesia no pondría creyentes nuevos en los puestos de líderes o maestros, pero ahora no hay alternativa. Yo mismo soy para los efectos, un creyente nuevo. Sé que tú serías un buen maestro Raimundo. El problema es que no puedo librarme del pensamiento de que esta oportunidad con el Presidente es única y debieras considerarla seriamente. Imagina el impacto que podrías ejercer en el Presidente de los Estados Unidos de Norteamérica.

—Oh, no creo que el Presidente y su piloto se relacionen mucho, si es que algo.

—¿Él no entrevista al nuevo piloto?

—Lo dudo.

—Uno creería que él quisiera conocer al hombre que tiene su vida en sus manos cada vez que ese avión despega del suelo.

—Estoy seguro de que él confía en la gente que toma esa decisión.

—Pero seguramente habrá ocasiones en que puedan hablar. Raimundo se encogió de hombros. —Quizá.

—El presidente Fitzhugh, fuerte e independiente como es, debe estar personalmente asustado y buscando como cualquier ciudadano particular. Piensa en el privilegio de poder hablarle al líder del mundo libre sobre Cristo.

—Y perder mi trabajo por eso —dijo Raimundo.

—Tendrías que escoger tus puntos, por supuesto. Pero el Presidente perdió a varios parientes en el Arrebatamiento. ¿Qué fue lo que dijo cuando le preguntaron cómo veía eso? Algo sobre estar seguro de que no era obra de Dios, porque él siempre había creído en Dios.

—Estás hablando de esto como si yo fuera a aceptar el puesto.

—Raimundo, yo no puedo decidir por ti pero necesito que recuerdes: Ahora tu lealtad no es para esta iglesia o para el Comando Tribulación o yo. Tu lealtad es para Cristo. Si decides no aceptar esta oportunidad, es mejor que te asegures muy bien de que no es de Dios.

Eso era típico de Bruno, pensó Raimundo, darle un giro nuevo a la situación.

—¿Piensas que debiera decir algo a Cloé o Camilo?

—Todos estamos juntos en esto —dijo Bruno.

—Mientras tanto —dijo Raimundo—, déjame consultarte otra cosa. ¿Cómo ves el romance en este momento de la historia?

Bruno se vio repentinamente incómodo.

—Buena pregunta —dijo—. Francamente, sé por qué estás preguntando.

Raimundo dudó eso.

»Sé la soledad que debes sentir. Por lo menos tienes a Cloé como compañía pero debes tener ese mismo vacío doloroso que yo siento por la pérdida de mi esposa. He pensado si tengo que seguir adelante solo, durante los próximos siete años o algo así. No me gusta la perspectiva pero sé que estaré ocupado. Para ser muy transparente contigo, supongo que abrigo alguna esperanza de que Dios pudiera traer a alguien a mi vida. Ahora en este momento, naturalmente que es demasiado pronto. Me lamentaré y sentiré dolor por mi esposa por largo tiempo, como si ella estuviera muerta. Sé que ella está en el cielo pero para mí está muerta. Hay días en que me siento tan solo que me cuesta hasta respirar.

Esto fue tan revelador de sí mismo como lo era de Bruno desde que contó su propia historia de haberse perdido el Arrebatamiento y Raimundo se quedó estupefacto por haber sido quien instigara eso. Él había hecho la pregunta por causa de Cloé. Ella se había enamorado de Camilo y si eso no iba a funcionar, ¿debía ella ponerse en una situación en que pudiera aparecer otra persona, o era esto algo fuera de toda consideración, debido a los pocos años que faltaban para que Cristo volviera otra vez?

—Sólo tenía curiosidad por la logística —explicó Raimundo—. Si dos personas se enamoran, ¿qué deben hacer al respecto? ¿Dice algo la Biblia sobre el matrimonio durante este período?

—No específicamente —dijo Bruno—. ¿Querrías otro hijo a tu edad?

—¡Bruno! *Yo* no estoy buscando casarme de nuevo. Estoy pensando en Cloé. No digo que ella tenga candidato pero si lo tuviera...

Bruno hizo crujir su asiento al echarse atrás. —Imagínate tener un bebé ahora —dijo—. No tendrías que pensar en la educación primaria, mucho menos de la secundaria o la universidad. Estarías criando ese niño, preparándolo para el regreso de Cristo en cuestión de pocos años.

—Tú también le estarías garantizando a ese niño una vida de miedo y peligro, y setenta y cinco por ciento de probabilidad de morir durante los juicios venideros.

Bruno descansó su mentón en la mano, con el codo sobre el escritorio.

—Cierto —dijo—. Te aconsejaría mucha cautela, oración y mucha meditación antes de considerar eso.

———————

Camilo nunca había sido bueno para esperar. Él revisó los estantes de la sala de espera fuera de la oficina de Bruno. Evidentemente aquí era donde el ex pastor había guardado sus obras de referencia de uso menos frecuente. Había docenas de libros sobre temas esotéricos del Antiguo Testamento. Camilo hojeó unos pocos, encontrándolos secos.

Entonces encontró un álbum de direcciones con fotos de la iglesia, fechado dos años atrás. Ahí, bajo la B, había una foto de un Bruno Barnes más joven y de pelo más largo. Lucía con su cara un poco más rellena, una sonrisa forzada y rodeándolo estaban su esposa e hijos. ¡Qué tesoro se había perdido Bruno! Su esposa era agradable y algo gruesa, con una sonrisa cansada aunque auténtica.

En la página siguiente estaba el doctor Víctor Billings, el ahora desaparecido pastor titular. Lucía por lo menos, como a mitad de los 60 años de edad, y estaba con su pequeña esposa, sus tres hijos y sus respectivos cónyuges. Bruno ya había dicho que toda la familia había sido arrebatada. El pastor Billings tenía un cierto parecido al actor Henry Fonda, con profundas patas de gallos y una sonrisa arrugada. Parecía como un hombre a quien Camilo hubiera disfrutado conocer.

Camilo hojeó al otro lado del directorio y encontró a los Steele. Ahí estaba Raimundo en su uniforme de piloto, casi igual de parecido, quizá con un poco menos de canas y su cara un poco más definida. También Irene. Era la primera fotografía de ella que él veía. Ella lucía brillante y alegre, y si uno creía el estudio de moda de la fotopsicología, ella parecía más dedicada a su esposo que éste a ella. Su cuerpo se inclinaba hacia él. Él estaba sentado tieso y derecho.

También aparecía Raimundo hijo en la foto, identificado como *Raimundito, 10 años.* Él y su madre tenían asteriscos al lado de sus nombres. Raimundo no. Tampoco Cloé, que tenía la indicación de *18 años. Alumna de primero, Universidad de Stanford, Palo Alto, California (no retratada).*

Camilo miró los significados de los asteriscos(*) que explicaba que la persona era miembro de la iglesia. El resto, supuso, eran meros asistentes.

Camilo miró su reloj. Diez para las ocho. Miró por la ventana al estacionamiento. Ahí estaba el segundo automóvil de los Steele, al lado del de Raimundo, el de Camilo y el de Bruno. Puso su mano en el vidrio para disminuir el reflejo y pudo divisar a Cloé detrás del volante. Diez minutos apenas era tiempo para hablar, pero al menos podía saludarla y entrar con ella.

Tan pronto como Camilo salió de la puerta, Cloé salió del automóvil y se apuró hacia la iglesia.

—¡Hola! —dijo él.

—Hola, Camilo —dijo ella, claramente sin entusiasmo.

—¿Las flores siguen en la basura? —probó él, esperando algún indicio de lo que pasaba con ella.

—Efectivamente, ahí están —dijo ella, rozándolo al pasar y abriendo ella misma la puerta. Él la siguió por la escalera, por el vestíbulo y a las oficinas.

—No pienso que ellos estén listos para reunirse con nosotros todavía —dijo él, al dirigirse ella directamente a la puerta de Bruno y golpear.

Evidentemente Bruno le dijo lo mismo pues ella salió disculpándose. Era obvio que Cloé prefería estar en cualquier otra parte que allí y mirando cualquier cosa menos a él. Ella había estado llorando y su cara estaba roja e hinchada. Él ansiaba volver a relacionarse con ella. Algo le dijo que esto no era solamente un estado de ánimo, una parte de su personalidad a la que él tendría que acostumbrarse. Algo específico estaba sencillamente mal y Camilo estaba en el medio de eso. Nada había que él quisiera hacer más de inmediato que ir al fondo de la cuestión, pero eso tendría que esperar.

Cloé se sentó con sus brazos y piernas cruzados, balanceando la pierna de arriba.

—Mira lo que hallé —dijo Camilo poniendo el viejo directorio de la iglesia debajo de la nariz de ella. Ella ni siquiera hizo amago de tomarlo.

—Mmm —dijo ella.

Camilo lo abrió en la B y le mostró las familias de Bruno y Billings. Súbitamente ella se ablandó, tomó el libro y lo contempló.

—La esposa de Bruno —dijo suavemente—. ¡Y mira esos niños!

—Tu familia también está ahí —dijo Camilo.

Cloé se tomó tiempo para llegar a la S, contemplando página tras página de fotografías como si buscara a alguien más que reconocer.

—Fui a la secundaria con él —decía lentamente—. Ella y yo fuimos al mismo cuarto grado. La señora Schultz era mi maestra.

Cuando llegó finalmente a su familia se sobrecogió. Su cara se contrajo y miró fijo, apareciendo las lágrimas.

—Raimundito cuando tenía diez —pudo decir. Instintivamente Camilo le puso una mano en el hombro, y ella se puso rígida.

—Por favor, no hagas eso.

—Lo siento —dijo él y se abrió la puerta de la oficina.

—Listos —dijo Raimundo. Se dio cuenta de que Camilo se veía acobardado y Cloé lucía terrible. Esperaba que ella no se las hubiera agarrado con él ya.

—Papito, mira —dijo ella, parándose y pasándole el directorio.

La garganta de Raimundo se apretó y él respiró profundo cuando vio la foto. Suspiró dolorosamente. Era casi demasiado para soportar.

Cerró el directorio y se lo dio a Camilo, pero al mismo tiempo escuchó que la silla de Bruno crujía.

—¿Qué están mirando ustedes?

—Solamente esto —dijo Camilo, mostrándole la tapa del álbum y tratando de reponerlo al estante. Pero Bruno lo tomó. —Es de un par de años atrás —agregó Bruno.

—Como un mes después que empezamos a venir acá —dijo Raimundo.

Bruno hojeó yendo derecho al retrato de su familia, se quedó contemplándolo por varios segundos y dijo: —¿Estás aquí Raimundo?

—Sí —dijo simplemente Raimundo, y Camilo se dio cuenta de que trataba de hacer que Cloé entrara a la oficina.

Bruno buscó la foto de los Steele y asintió sonriendo. Llevó consigo el directorio a la oficina, lo metió debajo de su Biblia y libreta de apuntes, e inició la reunión orando.

Bruno empezó un tanto emotivo pero pronto se entusiasmó con su tema. Saltaba de Apocalipsis a Ezequiel y Daniel, y otra vez de vuelta, comparando los pasajes proféticos con lo que estaba pasando en Nueva York y el resto del mundo.

—¿Alguno de ustedes supo la noticia de hoy sobre los dos testigos de Jerusalén?

Camilo movió su cabeza, y Raimundo hizo lo mismo. Cloé no contestó. Ella tampoco tomaba apuntes ni hacía preguntas.

—Un periodista dijo que una pandilla pequeña de una media docena de matones trataron de atacar a esos dos pero todos terminaron muriendo quemados.

—¿Quemados? —dijo Camilo.

—Nadie sabe de dónde salió el fuego —dijo Bruno—, pero nosotros sabemos, ¿no?

—¿Lo sabemos?

—Mira Apocalipsis 11. El ángel dice al apóstol Juan: *Y otorgaré autoridad a mis dos testigos, y ellos profetizarán por mil doscientos sesenta días, vestidos de cilicio. Estos son los dos olivos y los dos candeleros que están delante del Señor de la tierra. Y si alguno quiere hacerles daño, de su boca sale fuego y devora a sus enemigos; así debe morir cualquiera que quisiera hacerles daño.*

—¿Ellos les arrojaron fuego como los dragones?

—Está aquí en el libro —dijo Bruno.

—Me gustaría ver eso en la CNN —dijo Camilo.

—Sigue mirando —dijo Bruno—. Veremos más que eso.

———

Raimundo se preguntaba si alguna vez se iba a acostumbrar a las cosas que Dios le estaba revelando. Apenas podía entender lo lejos que había llegado, cuánto había aceptado en menos de un mes. Había algo sobre la espectacular invasión de la humanidad por parte de Dios, y específicamente en él mismo, que había cambiado la manera en que él pensaba. De ser un hombre que tenía que documentar todo, súbitamente se halló creyendo sin objetar los relatos más absurdos de los noticieros, siempre y cuando estuvieran corroborados por la Escritura. Y también era cierto lo contrario: él creía todo lo de la Biblia. Tarde o temprano los noticieros anunciarían la misma cosa.

Bruno se volvió a Camilo: —¿Cómo te fue hoy?

A Raimundo le pareció como una pregunta entre ambos.

—Tengo más para contar de lo que podría decir ahora aquí, —dijo Camilo.

—No embromes —atacó Cloé. Era lo primero que había dicho.

Camilo la miró y dijo: —Te informaré mañana Bruno, y entonces podemos hablar de eso aquí mañana en la noche.

—Oh, hablemos de eso ahora —dijo Cloé—. Aquí todos somos amigos.

Raimundo deseaba poder hacer callar a su hija pero ella era adulta. Si quería presionar sobre un tema, independientemente de cómo lo expresara, eso era prerrogativa de ella.

—Ni siquiera sabes dónde estuve hoy —le dijo Camilo, claramente perplejo.

—Pero yo sé con quién estuviste.

Raimundo vio la mirada que Camilo le dio a Bruno pero no la entendió. Evidentemente algo había pasado entre esos dos que aún no era de conocimiento público. ¿Podría él haberle dicho a Cloé que Camilo se reunió con Carpatia?

—¿Tú...? —Bruno movió la cabeza.

—No creo que sepas Cloé —dijo Camilo—. Déjame hablarlo mañana con Bruno, y lo pondré como motivo de oración en nuestra reunión de mañana en la noche.

—Sí, seguro —dijo Cloé—, pero yo tengo una pregunta y un pedido de oración para esta noche.

Bruno miró su reloj: —Bueno, habla.

—Me pregunto qué piensas tú sobre las relaciones de cortejo durante esta época.

—Eres la segunda persona que me pregunta eso hoy —dijo Bruno—. Debemos estar muy solos.

Cloé resopló y luego hizo una mueca a Camilo.

Ella debe suponer que fue Camilo, quien primero, le preguntó eso a Bruno, pensó Raimundo.

—Permite que haga de eso un tema para una de nuestras sesiones —dijo Bruno.

—¿Qué tal la próxima? —insistió Cloé.

—Bueno. Podemos hablarlo mañana en la noche.

—Y ¿podría agregar cuáles son la reglas de moral para los nuevos creyentes? —dijo Cloé.

—¿Discúlpame?

—Hablar de cómo se supone que vivamos, ahora que nos decimos seguidores de Cristo. Tú sabes, como la moral y el sexo y todo eso.

Camilo se encogió. Cloé no parecía ella.

—Muy bien —dijo Bruno—. Podemos cubrir eso pero no creo que sea una tremenda sorpresa para ti saber que todavía rigen las reglas que se aplicaron antes del Arrebatamiento. Quiero decir, esto podría ser una lección corta. Somos llamados a la pureza y estoy seguro de que no te sorprenderá...

—Puede que no sea tan obvio para todos nosotros —dijo Cloé.

—Trataremos eso mañana en la noche, entonces —dijo Bruno—. ¿Alguna otra cosa ahora?

Antes que nadie dijera algo o siquiera ofreciera cerrar los motivos de oración, Cloé dijo: —No. Entonces los veo mañana en la noche. Y se fue.

Los tres hombres oraron y la reunión terminó en forma rara sin que ninguno quisiera hablar del "elefante en la sala", como había dicho Nicolás Carpatia.

Camilo llegó enojado a su casa. No estaba acostumbrado a ser incapaz de arreglar algo, y lo más fastidioso era que él ni siquiera sabía qué estaba mal. Se cambió su ropa de viaje y se puso botas para caminar, pantalones deportivos, camisa de tela de vaqueros y un saco de cuero. Llamó por teléfono a los Steele. Raimundo contestó pero luego de unos minutos volvió al teléfono para decir que Cloé no estaba disponible. Camilo sólo suponía pero le sonó como si Raimundo estuviera tan enojado con ella como él.

—Raimundo, ¿está ella cerca?

—Correcto.

—¿Tienes idea qué problema tiene ella?

—No del todo.

—Quiero llegar al fondo de esto —dijo Camilo.

—Yo estoy de acuerdo.

—Quiero decir esta noche.

—Afirmativo. Absolutamente. Mañana puedes tratar otra vez de hablar con ella.

—Raimundo, ¿me dices que está bien que vaya para allá ahora mismo?

—Sí, tienes razón. No puedo prometer que ella esté aquí, pero trata mañana otra vez.

—Así que si voy ahora mismo para allá, no te estaría molestando.

—En absoluto. Esperaremos que llames mañana, entonces.

—Salgo para allá.

—Bueno, Camilo. Entonces, hablamos.

A Raimundo no le gustaba engañar a Cloé. Era casi como mentir pero había disfrutado la charla en clave con Camilo. Él recordaba una pelea que tuvo cuando cortejaba a Irene, años atrás. Ella estaba muy enojada con él por algo y le dijo que no quería que la llamara hasta que ella lo llamara a él y se fue indignada.

Él no había sabido qué hacer pero su madre le aconsejó: —Ahora mismo vas a verla, búscala y tira la pelota a su lado de la cancha. Ella puede irse de ti una vez pero si te manda irte cuando tú vas tras ella, entonces sabrás que habla en serio. Puede que ella no lo reconozca, pero en lo profundo, si es que conozco a las mujeres, sé que preferiría que tú la buscaras en lugar de dejarla ir.

Y así, en cierta manera, él había alentado el instinto de Camilo para hacer lo mismo con Cloé. Él sabía que aún no eran pareja pero pensaba que ambos lo querían así. Él no tenía idea de qué era ese asunto de otra mujer en la vida de Camilo, pero estaba seguro de que si Camilo apuraba las cosas, Cloé lo confrontaría tocante a ella y sabría. Si Camilo estaba viviendo con alguien, eso era un problema para Raimundo y Bruno como para Cloé. Pero la prueba que tenía Cloé parecía débil, en el mejor de los casos.

—Así que él va a tratar de llamarme mañana —dijo Cloé.

—Eso es lo que le dije.

—¿Cómo reaccionó?

—Él sólo estaba aclarando.

—Tú hablaste bien claro.

—Traté.

—Me voy a acostar —dijo ella.

—¿Por qué no hablamos un poco primero?

—Estoy cansada papá. Y no tengo nada que decir. —Ella se dirigió a la escalera.

Raimundo la detuvo. —¿Y crees que recibirás su llamada de mañana?

—Lo dudo. Quiero ver cómo reacciona a lo que Bruno enseñe mañana en la noche.

—¿Cómo crees que reaccionará?

—¡Papá! ¿Cómo podría saber? Todo lo que sé es lo que vi esta mañana. Ahora, déjame ir a la cama.

—Sólo quiero escucharte hablar de esto, querida. Cuéntame.

—Te hablaré mañana.

—Bueno, ¿querrías quedarte levantada y hablar conmigo si yo hablara de mí y mi situación de trabajo en vez de hablar de ti y Camilo?

—No me pongas a mí y a Camilo en la misma frase, papá. Y no, a menos que te despidan o cambies de trabajo o algo, realmente preferiría hacerlo en otro momento.

Raimundo sabía que podía captar su atención con lo que le había pasado ese día, desde la nota de Patty, a la falsa acusación de acoso, a la reunión con Eulalio Halliday. Pero él estaba más animado para hablar de todo eso que ella.

—¿Quieres que ayude a ordenar la cocina?

—Papito, la cocina está inmaculada. Cualquier cosa que quieras se haga aquí, yo lo haré mañana, ¿está bien?

—¿El reloj automático de la cafetera está puesto para la mañana?

—Programado desde el comienzo del tiempo papá. ¿Qué te pasa?

—Me siento un poco solo. Todavía no estoy listo para acostarme.

—Si necesitas que me quede levantada contigo, lo haré papá, pero ¿por qué no miras un poco de televisión y te relajas?

Raimundo no podía demorarla más.

—Haré eso —dijo—. Estaré aquí abajo, en la sala con el televisor encendido, ¿bueno?

Ella le dio una mirada divertida y habló con el mismo tono de él.

—Y yo estaré arriba en mi dormitorio, donde termina la escalera, con la luz apagada, ¿correcto?

Él asintió.

Ella movió la cabeza. —Ahora que ambos nos hemos informado y sabemos dónde estará el otro y qué estaremos haciendo, ¿puedo irme?

—Puedes irte.

Raimundo esperó hasta que Cloé empezó a subir la escalera para encender la luz del porche delantero. Camilo sabía la dirección y la zona en general, pero no había estado antes ahí. El noticiero estaba terminando y solamente habría programas de conversación, pero a Raimundo no le importaba. Estaba ahí de todos modos, solamente para aparentar. Él miró afuera apartando un poco la cortina, buscando el automóvil de Camilo.

—¿Papá? —llamó Cloé—, podrías bajar un poco el volumen o mirar televisión en tu dormitorio?

—Lo bajaré —dijo él, cuando las luces delanteras del automóvil inundaron brevemente la sala y llegaron a la entrada de automóviles. Antes de ajustar el volumen del televisor, corrió a la puerta e interceptó a Camilo antes que él tocara el timbre.

—Me voy a acostar —susurró—. Dame un segundo y entonces, toca el timbre. Yo estaré en la ducha y ella tendrá que contestar.

Raimundo cerró y puso el pestillo a la puerta. Apagó el televisor y subió.

Al pasar por el dormitorio de Cloé escuchó: —Papito, no tenías que apagarlo. Sólo bajar el volumen.

—Está bien —dijo él—, me voy a duchar y me acostaré.

—Buenas noches, papá.

—Buenas noches, Clo.

Raimundo se quedó en la ducha sin poner el agua y con la puerta del baño abierta. Tan pronto como oyó el timbre, abrió la llave del agua. Escuchó que Cloé gritaba:

—¡Papá! ¡Hay alguien en la puerta!

—¡Yo estoy en la ducha!

—¡Oh, papá!

_____

¡Fue una gran idea!, pensó Camilo, impresionado con que Raimundo Steele confiara en él lo suficiente como para dejarlo hablar con su hija cuando era evidente que ella tenía algo en contra suya.

Esperó un momento y tocó el timbre de nuevo. Desde adentro oyó: —¡Un momento, ya voy!

La cara de Cloé apareció en la ventanita al centro de la ornamentada puerta. Ella hizo rodar sus ojos.

—¡Camilo! —dijo a través de la puerta cerrada—. Llámame mañana, ¿quieres? ¡Yo ya estaba acostada!

—¡Tengo que hablar contigo! —dijo Camilo.

—No esta noche.

—Sí, esta noche —dijo él—. No me iré hasta que hables conmigo.

—¿No te irás? —dijo ella.

—No, no me iré.

Cloé lo retó. Apagó la luz del porche, y él la oyó subir trotando las escaleras. No lo podía creer. Era más dura de lo que él pensaba. Pero había dicho que no se iría, así que no podía irse. Si no otra cosa, Camilo era hombre de palabra. Porfiado era más adecuado, pero eso lo había convertido en el periodista que era.

Aún no se había quitado el anhelo de Cloé que le había sobrevenido esa tarde en Nueva York. La esperaría, decidió. Estaría en el porche en la mañana, cuando ella se levantara, si eso era lo que se necesitaba.

Camilo bajó al escalón del borde del porche y se sentó con su espalda a la puerta principal, apoyado en uno de los majestuosos pilares. Él sabía que podría verlo si volvía a mirar. Probablemente estuviera ahora esperando escuchar el ruido de su automóvil y no oiría nada.

—¡Papito! —gritó Cloé desde la puerta del dormitorio de Raimundo—. ¿Terminaste?

—¡No, en realidad! ¿Qué pasa?

—¡Camilo Williams está en la puerta y no se irá¡

—¿Qué quieres que yo haga al respecto?

—¡Que te lo saques de encima!

—¡Tú te libras de él! ¡Él es problema tuyo!

—¡Tú eres mi papá! ¡Es tu deber!

—¿Te hizo daño? ¿Te ha amenazado?

—¡No! ¡Por favor, papá!

—¡*Yo* no quiero que él se vaya, Cloé¡ Si *tú* lo quieres, *tú* lo echas.

—¡Yo me voy a acostar! —dijo ella.

—¡Yo también!

Raimundo cortó el agua de la ducha y oyó que Cloé daba un portazo a la puerta del dormitorio. Luego, la de ella. ¿Se acostaría realmente y dejaría a Camilo en el porche? ¿Se quedaría Camilo? Raimundo fue en punta de pie a su puerta y la abrió lo suficiente para poder ver qué haría Cloé. La puerta de ella seguía cerrada. Raimundo se deslizó en su cama y no se movió, escuchando. Era todo lo que podía hacer para no reírse a carcajadas. Él había sido puesto en la corta lista de candidatos para piloto del presidente de los Estados Unidos de Norteamérica, y ahí estaba, espiando a su propia hija. Era la mayor diversión que había tenido en semanas.

Camilo no se había dado cuenta de lo fría que estaba la noche hasta que pasó unos cuantos minutos sentado al lado de aquel helado pilar. Su saco crujió cuando él se movió y levantó el cuello forrado en piel, cerrándolo en torno a su cuello. El olor le recordó muchos lugares del mundo por donde había arrastrado este viejo saco de bombardero. Más de una vez había pensado que moriría metido en esta cosa.

Camilo estiró sus piernas y las cruzó por los tobillos, dándose cuenta de repente cuán cansado estaba. Si tenía que dormir en este porche, lo haría.

Entonces, en el silencio, oyó el débil crujido de pasos desde adentro. Cloé estaba bajando muy callada para ver si él seguía ahí. Si hubiera sido Raimundo los pasos hubieran sido más fuertes y seguros. Probablemente Raimundo le hubiera dicho que dejara eso y se fuera a casa, que ellos tratarían de arreglar el problema después. Camilo oyó crujir el suelo cerca de la puerta. Sólo para crear efecto, dobló su cabeza hacia el pilar y arregló su postura como si estuviera listo para echar un sueñito.

Los pasos que subieron la escalera repentinamente, no fueron tan ahogados. ¿Ahora qué?

Raimundo había oído que Cloé abría la puerta y bajaba la escalera a oscuras. Ahora ella estaba subiendo de vuelta. Abrió su puerta fuertemente y encendió la luz. Raimundo se inclinó para poder verla salir, cosa que hizo un momento después, justo antes de apagar la luz. Su pelo estaba recogido en la parte de arriba de su cabeza y ella tenía puesta su gruesa bata larga. Encendió la luz de la parte de arriba de la escalera y bajó decidida. Si Raimundo hubiera tenido que apostar, no creía que ella iba a echar al hombre.

―――――――

Camilo vio su sombra en el césped y supo que había una luz detrás suyo pero no quiso parecer muy confiado ni demasiado ansioso. Se quedó justo donde estaba, como si ya estuviera dormido. El seguro de la puerta fue sacado y se abrió, pero él no oyó nada más. Con disimulo dio una mirada rápida. Evidentemente, esa era la invitación de ella para que él entrara. *He llegado hasta aquí,* pensó Camilo. *Eso no es suficiente. Volvió a tomar su posición, con la espalda hacia la puerta.*

Medio minuto después oyó que Cloé caminaba pisando fuerte otra vez hacia la puerta. Ella abrió de par en par la puerta de protección contra tormentas y dijo:

—¿Qué quieres, una invitación impresa?

—¿Qué...? —dijo Camilo, fingiendo sobresalto y dándose vuelta—. ¿Ya es de mañana?

—Muy divertido. Entra. Tienes diez minutos.

Él se paró para entrar pero Cloé dejó que la puerta contra tormentas se cerrara bruscamente, y fue a sentarse en una punta del sofá de la sala. Camilo la abrió y entró.

—Está bien —dijo—, me dejaré puesto el saco.

—Esta visita fue idea tuya, no mía —dijo ella—. Perdóname si no te trato como si hubieras sido invitado.

Cloé se sentaba con los pies metidos debajo de ella, los brazos cruzados, como dándole una audiencia muy reacia. Camilo dobló su saco sobre un sillón y deslizó la banqueta para poner los pies frente a Cloé. Se sentó ahí mirándola fijo, como si tratara de pensar por dónde empezar.

—No estoy vestida para visitas —dijo ella.

—Te ves bien sin que importe lo que uses.

—Evítame eso —dijo ella—. ¿Qué quieres?

—En realidad, quería traerte flores —dijo él—, pero viendo como pones las tuyas en la basura.

—¿Pensaste qué yo estaba haciendo chistes? —dijo ella, señalando más allá de él. Él se dio vuelta y miró. Cierto, un enorme ramo de flores estaba metido en un cesto de basura.

—No pensé que estuvieras haciendo chistes —dijo Camilo—, sólo pensé que hablabas en forma figurada y yo no conozco la expresión.

—¿De qué estás hablando?

—Cuando dijiste que las flores estaban en la basura, yo pensé que eso era una especie de dicho que yo nunca había oído. Tenía el sabor de *se descubrió el pastel* o *cuando el río suena, piedras trae*.

—Yo dije que las flores estaban en la basura y eso es lo que quise decir. *Yo digo* lo que pienso, Camilo.

Camilo estaba perdido. Parecía que ellos estaban hablando de cosas diferentes con las mismas palabras y él ni siquiera tenía la seguridad de que el libreto fuera el mismo.

—Mmm, ¿puedes decirme por qué las flores están en la basura? Quizás eso ayude a aclararme las cosas.

—Porque no las quería.

—Oh, que tonto soy. Tiene sentido. Y tú no las querías porque...

Él se detuvo y movió la cabeza, como si ella tuviera que terminar la frase.

—Ellas son un insulto para mí por el lugar de donde vinieron.

—Y ¿de dónde vinieron?

—Bueno, entonces debido a *quien* las mandó.

—¿Y quién las mandó?

—¡Oh, Camilo! realmente, no tengo tiempo para esto y no estoy de humor.

Cloé se movió para pararse, y repentinamente Camilo se enojó. —Cloé espera un momento.

Ella se volvió a sentar y se cerró otra vez, luciendo fastidiada.

—Me debes una explicación.

—No, tú *me* debes una explicación.

Camilo suspiró. —Te explicaré lo que quieras Cloé, pero basta de juegos. Era claro que nos atraíamos uno al otro y sé que yo di algo menos que señales de interés el viernes por la noche pero hoy me di cuenta...

—Esta mañana —interrumpió ella, luchando obviamente por no llorar—, descubrí por qué parecías haber perdido interés tan repentinamente. Te estabas sintiendo culpable por no decirme todo y si crees que esas flores arreglan algo...

—¡Cloé! ¡Hablemos de problemas reales! Yo no tuve nada que ver con esas flores.

Por una vez Cloé se quedó callada.

Nueve

Cloé se sentó mirando escéptica a Camilo. —¿Tú no fuiste? —se las arregló para decir finalmente.

Él movió la cabeza. —Evidentemente tienes otro admirador.

—Sí, claro —dijo ella—. ¿Otro? ¿Como si eso sumara dos?

Camilo abrió sus manos delante de él. —Cloé, obviamente aquí ha habido una falta de comunicación.

—Obviamente.

—Trátame de presuntuoso pero yo tenía la impresión de que nos gustamos desde el momento en que nos conocimos —hizo una pausa y esperó respuesta.

Ella asintió. —Nada serio —dijo—, pero sí pensé que nos gustábamos mutuamente.

—Y yo estuve contigo en el avión cuando oraste con tu papá —dijo él. Ella asintió ligeramente.

—Aquel fue un momento especial —continuó él.

—Sí —estuvo de acuerdo ella.

—Entonces yo pasé por mi prueba y se hacía largo el tiempo para regresar aquí y decírtelo todo.

El labio de Cloé tembló. —Esa es la historia más increíble que haya oído jamás Camilo, y no dudé de ti ni por un segundo. Supe que estabas pasando por mucho pero pensé que nos habíamos entendido.

—No sabía cómo llamarlo —dijo Camilo—. Pero como te dije en mi nota ese domingo, estaba atraído a ti.

—No sólo a mí, evidentemente.

Camilo se quedo sin habla. —¿No solamente a ti? —repitió.

—Continúa con tu discurso.

¿Discurso? ¿Ella piensa que esto es un discurso? ¿Y ella piensa que hay alguien más? ¡No ha habido nadie más en años! Camilo se sintió aplastado y pensó en rendirse pero decidió que ella

valía la pena. Mal guiada, saltando a sacar conclusiones raras por alguna razón, pero valiendo la pena.

—Entre el domingo y la noche del viernes pensé mucho en nosotros.

—Aquí viene —dijo ella, interrumpiendo de nuevo.

¿Qué pensaba ella? ¿Qué él estaba preparado para dormir en el porche para echarla por otra persona cuando ella finalmente lo dejara entrar?

—Me doy cuenta de que el viernes por la noche yo te estuve dando señales mixtas —dijo él—. Bueno, quizá no tan mezcladas. Yo me estaba distanciando.

—No había mucho de qué distanciarse.

—Pero estábamos llegando allí ¿no? —dijo Camilo—. ¿No pensaste que estábamos progresando?

—Seguro. Hasta la noche del viernes.

—Me avergüenza un poco admitir esto... —dijo él titubeando.

—Debieras —dijo ella.

—...pero me di cuenta de que estaba siendo muy prematuro, dado lo reciente de nuestro encuentro y tu edad, y...

—Así que eso es. El problema no es tu edad, ¿verdad? Es mi edad.

—Cloé, lo siento. El asunto no es tu edad o la mía. El asunto era la *diferencia* de nuestras edades. Entonces me di cuenta de que solamente con siete años más por delante de nosotros, eso pierde todo sentido. Pero estaba todo confundido. Estaba pensando en nuestro futuro sabes, lo que pudiera resultar de nuestra relación y ni siquiera tenemos una relación todavía.

—Y no vamos a tenerla Camilo. Yo no voy a compartirte. Si hubiera un futuro para nosotros, tendría que ser una relación de exclusividad, y... oh, no importa. Heme aquí hablando de cosas que ninguno de nosotros siquiera consideró antes.

—Evidentemente lo hicimos —dijo Camilo—. Yo sólo dije que lo hice y suena como que tú también hubieras estado mirando hacia adelante.

—Ya no más, no desde esta mañana.

—Cloé, voy a tener que pedirte algo y no quiero que lo tomes mal. Esto puede sonar un poco condescendiente, hasta paternal, y no quiero que se interprete así. —Ella se sentó tiesa, como esperando una reprimenda—. Voy a pedirte que no digas nada por un minuto, ¿bueno?

—¿Discúlpame? —dijo ella—. ¿No se me permite hablar?

—Eso no es lo que estoy diciendo.

—Es lo que acabas de decir.

Camilo casi elevó la voz. Él sabía que su mirada y su tono eran severos pero tenía que hacer algo. —Cloé, no me estás escuchando. No me estás dejando terminar una idea. Aquí hay un texto oculto del cual yo nada sé y no puedo defenderme contra misterios y fantasías. Tú sigues hablando de no compartirme: ¿hay algo que tengas que preguntarme o acusarme antes de que yo pueda seguir?

———————

Raimundo, que había estado acostado quieto y casi conteniendo su respiración, tratando de escuchar, había oído muy poco de la conversación hasta que Camilo alzó la voz. Raimundo escuchó eso y dio vivas silenciosamente. Cloé también elevó su volumen. — Quiero saber de todas las demás en tu vida antes de que yo siquiera piense, oh Camilo ¿qué estamos diciendo? ¿No hay un montón de cosas más importantes en qué pensar ahora?

Raimundo no pudo oír la respuesta susurrada de Camilo y estaba cansado de tratar. Se fue al umbral y les dijo:

—¿Ustedes dos podrían hablar más alto o sólo susurrar ¡Si no puedo oír, me voy a dormir!

—¡Vete a dormir papá! —dijo Cloé.

———————

Camilo sonrió. Cloé suprimió también una sonrisa.

—Cloé, todo el fin de semana he estado pensando en todas las cosas más importantes que tenemos para pensar. Casi me convencía en darte el sermón del seamos amigos hasta que estuve sentado en aquella oficina esta tarde y tú viniste a mí.

—¿Yo fui a ti? ¿Me viste en la oficina del Semanario Mundial?

—¿La oficina del Semanario Mundial? ¿De qué estás hablando?

Cloé vaciló. —Bueno, ¿de cuál oficina estás hablando tú?

Camilo sonrió. Él no había planeado hablar de su reunión con Carpatia.

—¿Podemos dejar eso hasta que nos pongamos en terreno nivelado aquí? Estaba diciendo que súbitamente me sobrecogió la necesidad de verte, de hablar contigo, de volver a ti.

—¿Volver desde dónde? O de quién, debiera preguntar.

—Bueno, preferiría no entrar en eso hasta que piense que estás lista para oírlo.

—Estoy lista Camilo, porque ya lo sé.

—¿Cómo lo sabes?

—¡Porque estuve allí!

—Cloé, si fuiste a la oficina de Chicago, entonces sabes que no estuve ahí hoy, quiero decir, salvo temprano esta mañana.

—Así que estuviste *ahí*

—Sólo fui a dejarle unas llaves a Alicia.

—¿Alicia? ¿Así se llama?

Camilo asintió, perdido.

—¿Cuál es su apellido Camilo?

—¿Su apellido? No lo sé. Siempre le he dicho Alicia. Ella es nueva. Reemplazó a la secretaria de Lucinda, que desapareció.

—¿Tú quieres que yo crea que realmente no sabes el apellido de ella?

—¿Por qué debiera mentir sobre eso? ¿La conoces?

Los ojos de Cloé lo perforaron. Camilo supo que finalmente estaban llegando a alguna parte. Sólo que no sabía dónde.

—No puedo decir exactamente que la conozco —dijo Cloé—. Sólo hablé con ella, eso es todo.

—¿Tú hablaste con Alicia? —repitió él tratando de comprenderlo.

—Ella me dijo que tú y ella estaban comprometidos.

—¡Oh, ella, no! —gritó Camilo, luego se calló mirando las estrellas—. ¿De qué estás hablando?

—Estamos hablando de la misma Alicia, ¿no? —dijo Cloé—. ¿Flaca, pelo oscuro rizado en pinchos, falda corta, trabaja en el *Semanario Mundial*?

—Esa es ella —asintió Camilo—. Pero ¿no crees que yo sabría su apellido si estuviéramos comprometidos? Más, eso sería tremenda novedad para el novio de ella.

—¿Así que ella está comprometida pero no contigo? —dijo Cloé, con voz dudosa.

—Ella me dijo algo de ir a buscar hoy a su novio —dijo él. Cloé lució impactada—. ¿Te importa si te pregunto cómo pasó que fuiste al *Semanario* y hablaste con ella? ¿Andabas buscándome?

—Efectivamente, en eso andaba —dijo Cloé—. Ya la había visto antes a ella y me sorprendió verla allá.

—Como dije Cloé, yo no estuve ahí hoy.

—¿Dónde estabas?

—Te pregunté primero. ¿Dónde habías visto a Alicia?

Cloé habló tan despacio que Camilo tuvo que inclinarse adelante para oír.

—En tu casa.

Camilo se echó para atrás en el asiento, aclarándose todo por fin. Quería reírse pero, ¡pobre Cloé! Luchó por seguir serio.

—Es mi culpa —dijo—. Te invité, cambiaron mis planes, y no te dije nada.

—Ella tenía tus llaves —susurró Cloé.

Camilo movió la cabeza, mostrando comprensión. —Se las di para que llevara un equipo que estaba esperando llegara a la oficina. Hoy tuve que estar en Nueva York.

El enojo de Camilo con Cloé se derritió convirtiéndose en simpatía. Ella no pudo seguir mirándolo a los ojos y estaba claramente al borde del llanto.

—Así que realmente tú no mandaste las flores —susurró ella.

—Si hubiera sabido que tenía que hacerlo, lo hubiera hecho.

Cloé abrió los brazos y enterró su cara en las manos. —Camilo, estoy tan avergonzada —gimió y llegaron las lágrimas—. No tengo disculpa. Me quedé preocupada la noche del viernes y luego hice una montaña de nada.

—No sabía que te importara tanto —dijo Camilo.

—Por supuesto, que me importaba. Pero no puedo esperar que me entiendas o que me perdones después que yo he sido tan, tan... oh, si ni siquiera quieres verme otra vez, yo lo comprenderé.

Ella seguía escondiendo su cara.

—Mejor es que te vayas —agregó ella—. No estaba presentable cuando llegaste aquí y ciertamente no lo estoy ahora.

—¿Está bien si duermo en tu porche? Porque me gustaría estar aquí cuando estés presentable.

Ella lo miró por entre sus manos y sonrió a través de sus lágrimas. —No tienes que hacer esto, Camilo.

—Cloé, sólo lamento que contribuí a esto al no decirte de mi viaje.

—No, Camilo. Todo es culpa mía y lo lamento tanto.

—Bueno —dijo él—. Tú lo lamentas y yo te perdono. ¿Puede eso ponerle fin?

—Eso es precisamente lo que me hará llorar más.

—¿Qué hice ahora?

—¡Estás siendo tan dulce con todo esto!

—¡No puedo ganar!

—Dame un minuto, ¿quieres? —Cloé saltó del sofá y subió apurada la escalera.

———————

Desde que les pidió hablar en voz alta o callarse, Raimundo había estado sentado arriba en la escalera, fuera de la vista. Trató de pararse y volver rápido al dormitorio pero estaba levantándose cuando Cloé casi lo atropella.

—¡Papá! —susurró ella—. ¡¿Qué estás haciendo?!

—Espiando. ¿Cómo va la cosa?

—¡Eres espantoso!

—¿*Yo soy espantoso*? ¡Mira lo que le hiciste a Camilo! Que forma de ahorcar a un tipo antes de llevarlo a juicio.

—Papá fui tan necia.

—Fue sólo una comedia de errores querida, y como dijo Camilo, sólo demuestra cuánto te importaba.

—Papá, ¿tú sabías que él vendría?

Raimundo asintió.

—¿Esta noche? ¿Tú sabías que él venía esta noche?

—Me declaro culpable.

—¿Y tú hiciste que yo abriera la puerta?

—Así que dispara.

—Debiera.

—No, debieras agradecerme.

—Tenlo por seguro. Ahora puedes ir a acostarte. Voy a cambiarme y ver si Camilo quiere dar un paseo.

—¿Así que dices que yo no puedo ir? ¿ni siquiera seguir desde lejos?

———————

Camilo escuchó susurros arriba, luego el agua que corría y cajones abriéndose y cerrándose. Cloé bajó vestida con pantalones vaqueros, un suéter grueso, una chaqueta, una gorra y zapatillas.

—¿Tienes que irte? —dijo ella—. ¿O quieres dar un paseo?

—¿Después de todo no me echas fuera?

—Tenemos que hablar en otra parte para que papá pueda dormirse.

—¿Lo estamos manteniendo levantado?

—Algo así.

———————

Raimundo escuchó cerrarse la puerta principal, entonces se arrodilló al lado de su cama. Oró pidiendo que Cloé y Camilo fueran buenos uno para con el otro, independientemente de lo que el futuro tuviera para ellos. Aunque sólo se hicieran buenos amigos, él estaría agradecido por eso. Se metió en la cama, cayendo en un sueño liviano y sobresaltado, escuchando si volvía Cloé y orando por la oportunidad que se le había presentado ese día.

La noche estaba fresca pero clara al acercarse la medianoche.

—Camilo —dijo Cloé cuando doblaban una esquina para encaminarse hacia el elegante barrio de los Altos de Arlington—, sólo quiero volver a decir cuanto...

Camilo se detuvo y tomó la manga de la chaqueta de Cloé.
—No, Cloé. Tenemos solamente siete años. No podemos vivir en el pasado. Ambos tropezamos este fin de semana y nos hemos disculpado, así que démoslo por terminado.

—¿En verdad?

—Absolutamente. Siguieron caminando.

—Por supuesto, voy a tener que averiguar quién te está mandando flores.

—He estado pensando en eso y tengo una sospecha.

—¿Quién?

—Es algo embarazoso porque eso podría haber sido también culpa mía.

—¿Tu antiguo novio?

—¡No! Te dije cuando nos conocimos, que salíamos cuando yo estaba en el primer año de la universidad y él estaba en el último. Él se tituló y nunca más supe de él. Se casó.

—Entonces mejor que no sea él. ¿Hay otros fulanos en Stanford que desean que tú regreses?

—Nadie con el estilo de enviar flores.

—¿Tu papá?

—Él ya lo negó.

—¿Eso deja a quién?

—Piensa —dijo Cloé.

Camilo entrecerró los ojos y pensó. —¡¿Bruno?! ¿Oh, no, tú no crees...?

—¿Quién más hay?

—¿Cómo le hubieras dado ánimo?

—No sé. Él me gusta mucho. Lo admiro. Su honestidad me conmueve y él es tan amoroso y sincero.

—Lo sé, y tiene que estar tan solo. Pero sólo han pasado unas pocas semanas desde que perdió a su familia. No puedo imaginar que fuera él.

—Le he dicho que disfruto sus sermones —dijo Cloé—. Quizá yo esté siendo más amistosa de lo necesario. Es sólo que nunca pensé en él de esa manera, ¿sabes?

—¿Podrías? Él es un tipo joven inteligente.

—¡Camilo, Él es mayor que tú!

—No mucho.

—Sí, pero tú estás en el extremo final del espectro de la edad que yo siquiera consideraría.

—Bueno, ¡muchas gracias! ¿Cuánto falta para que tengas que llevarme al asilo de ancianos?

—¡Oh, Camilo, es tan embarazoso; yo necesito a Bruno como amigo y profesor!

—¿Estás segura de que no considerarías algo más?

Ella movió la cabeza. —No puedo verlo así. No se trata de que no sea atractivo pero no puedo imaginar siquiera pensar en él de esa forma. Sabes, él me pidió que trabajara para él a jornada completa. Nunca pensé siquiera que pudiera haber un motivo oculto.

—Cloé, no saltes a sacar conclusiones ahora.

—Soy buena para eso, ¿verdad?

—Le preguntas a la persona equivocada.

—¿Qué voy a hacer, Camilo? No quiero herirlo. No puedo decirle que no pienso en él de esa manera. Tú sabes que esto tiene que ser una reacción a su pérdida. Como que está en pleno choque emocional.

—No puedo imaginar lo que debe ser perder a una esposa —dijo Camilo.

—Y los niños.

—Sí.

—Me dijiste una vez que nunca tuviste nada serio con nadie.

—Correcto. Bueno, un par de veces pensé que era en serio pero me había apurado. Una muchacha, un año por delante de mí en la escuela primaria me botó porque yo era muy lento para hacerle avances.

—¡No!

—Supongo que soy un poco anticuado en eso.

—Eso da ánimos.

—Perdí muy rápido todo sentimiento que hubiera tenido por ella.

—Puedo imaginarlo. ¿Así que tú no eres el típico muchacho universitario?

—¿Quieres la verdad?

—No sé, ¿quiero?

—Depende. ¿Preferirías oír que he tenido toda clase de experiencias porque soy un tipo tan vivo o que soy virgen?

—¿Vas a decirme lo que yo quiera escuchar?

—Voy a decirte la verdad. Sólo que no me importaría saber por adelantado qué quisieras oír tú.

—Experto o virgen —repitió Cloé—. Eso no requiere inteligencia. Definitivamente lo último.

—¡Bingo! —dijo suavemente Camilo, más por vergüenza que por jactancia.

—Vaya —dijo Cloé—. Eso es algo de lo cual enorgullecerse en esta época.

—Tengo que decir que estoy más agradecido que orgulloso. Mis razones no eran tan puras como hubieran sido hoy. Quiero decir, sé que hubiera sido malo andar acostándome por todas partes pero no me abstuve por ningún sentido de moral. No me interesé cuando tuve oportunidades. Y estaba tan concentrado en mis estudios y mi futuro que no tuve tantas oportunidades. La verdad es que la gente siempre supuso que yo era así porque andaba en círculos muy veloces, pero yo era anticuado cuando se trataba de cosas como esa. Una especie de conservador.

—¿Te estás disculpando?

—Quizá. No quiero parecer eso. Como que da vergüenza tener mi edad y ser totalmente inexperto. Siempre he estado adelantado a mi generación en otras cosas.

—Eso es subestimarse —dijo Cloé—. ¿Crees que Dios te estaba protegiendo aun antes que tú tomaras conciencia de él?

—Nunca lo pensé así pero muy bien podría ser. Nunca tuve que preocuparme de enfermedades y toda la cuestión emocional que se asocia con las relaciones íntimas.

Camilo se sobó tímidamente la parte de atrás del cuello.

—Esto te da vergüenza, ¿verdad? —dijo Cloé.

—Sí, un poco.

—Así que supongo que preferirías no saber de mi experiencia sexual o de la ausencia de la misma.

Camilo sonrió. —Si no te importa. Mira, yo sólo tengo treinta y me siento como un pasado de moda hasta cuando tú usas la palabra... *sexo*. Así que, quizás, debieras ahorrármelo.

—Pero Camilo, ¿qué pasa si algo resulta de nuestra relación? ¿No vas a tener curiosidad?

—Quizá te pregunte entonces.

—Pero ¿qué pasa si para ese entonces, tú ya estás locamente enamorado de mí, y averiguas algo que no puedes soportar?

Camilo estaba avergonzado de sí mismo. Una cosa era admitirle a una mujer que uno es virgen cuando eso parecía catalogarlo a uno en una de las minorías más pequeñas del mundo. Pero ella era tan franca, tan directa. Él no quería hablar de esto, oír de eso, saber especialmente si ella era más *experta* que él. Y no obstante, ella tenía razón en eso. Ella parecía más cómoda que él hablando del futuro de ellos pero él era quien había decidido procurar una relación. Más que responder a su pregunta, él se encogió de hombros.

—Te evitaré el misterio —dijo Cloé—. Mis amigos de la secundaria y mi amigo en mi primer año en Stanford y yo, no fuimos modelos de, ¿cómo lo diría mi mamá?, *decoro* pero me alegra decir que nunca tuvimos relaciones sexuales. Probablemente esa sea la razón por la que nunca duré con ninguno.

—Mmm, Cloé, eso es una buena noticia pero ¿podríamos hablar de alguna otra cosa?

—Tú *eres* un viejo chapado a la antigua, ¿no?

—Supongo —Camilo se ruborizó—. Puedo entrevistar a jefes de estado pero esta clase de franqueza es nueva para mí.

—Vamos, Camilo, oyes esto y cosas mucho peores en los programas de entrevistas de cada día.

—Pero no te pongo en la categoría de una invitada a un programa de entrevistas.

—¿Soy demasiado franca?

—Yo no estoy acostumbrado y no soy bueno para eso.

Cloé se rió entre dientes. —¿Cuáles son las probabilidades de que dos personas solteras estén dando un paseo a medianoche, en los Estados Unidos de Norteamérica y que ambos sean vírgenes?

—Especialmente después que todos los cristianos fueron llevados?

—Asombroso —dijo ella—, pero tú quieres hablar de otra cosa.

—¡Que si quiero!

—Dime por qué tuviste que ir a Nueva York.

Era pasado la una de la madrugada cuando Raimundo se dio vueltas al oír el ruido de la puerta principal. Se abrió pero no se cerró. Él escuchó a Cloé y Camilo charlando justo en la puerta.

—Realmente tengo que irme —dijo Camilo—. Esta mañana espero una respuesta de Nueva York sobre mi artículo y quiero estar suficientemente despierto para poder conversar.

Después que Camilo se fue, Raimundo oyó que Cloé cerraba la puerta. Sus pasos en la escalera parecieron más ligeros de lo que fueran en la noche. Oyó que iba de puntillas a su puerta y miró.

—Estoy despierto, querida —dijo—. ¿Todo bien?

—Mejor que bien —dijo ella, entrando a sentarse en el borde de la cama—. Gracias, papá —dijo en la oscuridad.

—¿Tuvieron una buena charla?

—Sí. Camilo es increíble.

—¿Te besó?

—¡No, papá!

—¿Se tomaron de la mano?

—¡No, ahora, basta! Sólo hablamos. Tú no creerías la oferta que recibió hoy.

—¿Oferta?

—No tengo tiempo de hablar de eso esta noche. ¿Vuelas mañana?

—No.

—Hablaremos de eso en la mañana.

—Quiero contarte también de una oferta que yo recibí hoy —dijo Raimundo.

—¿Qué fue?

—Demasiado complicado para esta noche. De todos modos, no voy a aceptarla. Podemos hablar de eso en la mañana.

—Papá, dime una vez más que tú no mandaste esas flores sólo para alegrarme. Me sentiré muy mal si las enviaste y yo las tiré a la basura.

—Yo no fui, Clo.

—Eso basta, supongo. Pero tampoco fue Camilo.

—¿Estás segura?

—Esta vez, afirmativo.

—Oh, oh.

—¿Estás pensando lo que yo estoy pensando, papá?

—Yo me he estado preguntando sobre Bruno desde que supe que Camilo te dijo que él no fue.

—¿Qué voy a hacer papá?

—Si vas a trabajar con el hombre, tendrás que hablar con él.

—¿Por qué es mi responsabilidad? ¡Yo no empecé esto! No lo animé, por lo menos, no tuve la intención.

—Bueno, podrías ignorarlo. Quiero decir, él las envió en forma anónima. ¿Cómo se supone que tú supieras de quién eran?

—¡Sí! Realmente no sé, ¿verdad?

—Por supuesto que no.

—Se supone que lo vea mañana en la tarde —dijo ella—, para hablar de este trabajo.

—Entonces habla del trabajo.

—¿Y no digo nada de las flores?

—Como que ya hiciste eso, ¿no? —Cloé se rió—. Si él va a tener el valor de admitir que las envió, entonces podemos hablar de lo que todo eso significa.

—Me parece bien.

—Pero papá, si Camilo y yo seguimos viéndonos, se hará evidente.

—¿Ustedes no quieren que la gente sepa?

—No quiero tirárselo a la cara a Bruno, sabiendo cómo siente hacia mí.

—Pero tú *no* sabes.

—Eso es correcto, ¿no? Si él no me lo dice, yo no lo sé.

—Buenas noches, Cloé.

—Pero va a ser raro trabajar para él o con él, ¿no, papá?

—Buenas noches, Cloé.

—Yo sólo quiero...

—¡Cloé! ¡Ya es mañana!

—Buenas noches, papá.

Camilo fue despertado a media mañana del martes por una llamada telefónica de Serafín Bailey.

—¡Camilo! —gritó—, ¿estás despierto?

—Sí, señor.

—¡No lo pareces!

—Totalmente despierto, señor.

—¿Una noche larga?

—Sí, pero ahora estoy despierto, señor...

—Siempre fuiste honesto para admitir faltas, Camilo. Por eso aún no logro entender por qué insistes en que estuviste en aquella reunión cuando... ah, eso quedó atrás. Estás exilado; yo deseo que estuvieras aquí reemplazando a Plank, pero oye, lo hecho, hecho está, ¿sí?

—Sí, señor.

—Bueno, todavía lo tienes.

—¿Señor?

—Todavía tienes el toque. ¿Cómo se siente escribir otro artículo premiado?

—Bueno, me alegro que le guste señor Bailey, pero no lo escribí para un premio.

—Nosotros nunca lo hacemos ¿verdad? ¿Alguna vez formulaste por lo menos uno para que pudiera encajar dentro de una categoría de un concurso? Yo tampoco. Aunque he visto tipos que lo intentan. Nunca funciona. Ellos podrían aprender una lección de ti. Completo, largo pero ajustado, todas las citas, todos los ángulos, equitativo para cada opinión. Pensé que fue muy bueno de tu parte no hacer que los fanáticos de los extraterrestres y los chiflados religiosos parezcan estúpidos. Cada cual tiene derecho a su propia opinión, ¿correcto? Y estas personas representan el corazón de los Estados Unidos de Norteamérica, sea que crean en gente verde de Marte o en Jesús a caballo.

—¿Señor?

—O cualesquiera sean las imágenes. Tú sabes lo que quiero decir. De todos modos, esta cosa es una obra maestra y aprecio tu grandioso trabajo de costumbre y de no dejar que este otro asunto te deprima. Mantienes el buen trabajo, sigue en Chicago por un tiempo apropiado de modo que aún parezca como que yo tengo cierto dominio de mis estrellas, y regresarás a Nueva York antes que te des cuenta. ¿Cuándo vence tu contrato de alquiler?

—En un año, pero realmente me gusta aquí, y...

—Que divertido. Sólo háblame cuando empiecen a presionarte con ese contrato de alquiler Camilo, y te traeremos de vuelta para acá. No sé si de editor ejecutivo, porque tenemos que llenar el cargo antes de entonces y probablemente no tendría mucho sentido que tú pasaras desde el desierto al sillón. Pero por lo menos devolveremos tu salario donde corresponde, y estarás de regreso aquí haciendo lo que haces en forma óptima.

—Bueno, gracias.

—Oye, ¡tómate el día libre! Esta cosa va a impactar los puestos de venta en una semana a contar de ayer y estarás en boca de la gente por unos días.

—Puede que le tome la palabra sobre el día libre.

—Y oye, Camilo, permanece fuera del alcance de esa niña, ¿cómo se llama?

—¿Verna Zee?

—Sí, Verna. Ella se portará bien pero déjala tranquila. Ni siquiera tienes que ir por allá a menos que necesites hacerlo por alguna razón. ¿Qué es lo próximo para ti?

—Esteban está tratando de hacer que yo vaya a Israel en la próxima semana para la firma del tratado entre Israel y las Naciones Unidas.

—Tenemos un montón de gente asistiendo, Camilo. Yo iba a poner al editor de religión para el artículo de portada.

—¿Jaime Borland?

—¿Problema?

—Bueno, primero, no lo veo como un artículo de religión especialmente con la reunión sobre una sola religión mundial que hay en Nueva York al mismo tiempo; los judíos hablando de reedificar el templo y los católicos que votan por un Papa nuevo. Y esto va a sonar como envidia de mi parte, pero ¿realmente piensa que Jaime puede manejar un artículo de fondo?

—Probablemente no pueda. Sólo parecía una buena idea. Él ha estado allá tantas veces y todo lo referido a Israel puede ser considerado religioso, ¿correcto?

—No necesariamente.

—Siempre me ha gustado que me hables francamente, Camilo. Por aquí hay demasiada gente que siempre dice sí. Así que tú no piensas que esto sea algo religioso sólo porque suceda en la así llamada Tierra Santa.

—Cualquier cosa en que esté metido Carpatia es geopolítica aunque tenga algunas ramificaciones religiosas. Un gran ángulo religioso allá, fuera de la cuestión del templo, son esos dos predicadores del Muro de los Lamentos.

—Sí, ¿qué pasa con estos locos? Aquellos dos dijeron que no iba a llover en Israel por tres años y medio, ¡y hasta ahora no ha llovido! Esa es una tierra seca de todos modos, pero si continúan tanto tiempo sin lluvia, todo se va a secar y perder. ¿Cuán confiable es la fórmula de este muchacho, el científico, ah... de Rosenzweig, respecto de la lluvia?

—No estoy seguro, señor. Sé que requiere menos lluvia que si uno trata de cultivar sin ella, pero pienso que de todos modos tiene que haber agua de alguna parte para que funcione.

—Me gustaría ver que Jaime logre conseguir una entrevista exclusiva con esos dos —dijo Bailey—, pero son peligrosos, ¿no?

—¿Señor?

—Bueno, dos tipos trataron de matarlos y terminaron cayendo muertos en el acto, y ¿qué fue eso que pasó el otro día? Un grupo de muchachos fueron quemados. ¡La gente dijo que esos dos pidieron que cayera fuego desde el cielo!

—Otros dijeron que ellos soplaron fuego sobre aquellos.

—¡Supe eso también! —dijo Bailey—. Eso si es tener un problema con el mal aliento, ¿ah?

Bailey se reía pero Camilo no pudo fingir. Él creía la historia tocante a soplar fuego porque salía justo de la Escritura y tampoco ponía a la gente que creía en el Arrebatamiento en la misma categoría de los chiflados de los OVNIS.

—De todos modos —siguió Bailey—, no le he dicho a Borland que él tiene la portada, pero pienso que corre el rumor que está en la fila. Yo podría ponerte ahí y lo preferiría pero alguien más tendría que ser sacado del viaje, porque hemos aumentado al máximo nuestro presupuesto. Quizá pudiera mandar a un fotógrafo menos.

Camilo ansiaba que un fotógrafo captara alguna prueba sobrenatural en la película.

—No, no haga eso —dijo—. Plank ofrece dejarme volar para allá como parte del contingente de las Naciones Unidas —hubo un largo silencio—. ¿Señor?

—No sé de eso, Camilo. Me impresiona que evidentemente te hayan perdonado por despreciarlos la última vez, pero ¿cómo conservas la objetividad cuando ellos son los que te pagan?

—Tiene que confiar en mí, señor. Yo nunca he comercializado con los favores.

—Sé que no lo has hecho y Plank sabe que tú no lo haces pero, ¿Carpatia entiende el periodismo?

—No estoy seguro de que lo entienda.

—Yo tampoco. Tú sabes lo que temo.

—¿Qué es?

—Que él intente robarte en alguna forma.

—No hay muchas posibilidades de que yo me vaya a otra parte —dijo Camilo.

—De todos modos, yo pensaría que él se enfadó contigo mucho más que yo, ¿y ahora quiere que viajes para ese asunto de firmar el trato?

—Realmente quiere que yo esté en la firma como parte de su delegación.

—Eso sería totalmente inapropiado.

—Lo sé.

—A menos que tú pudieras aclarar muy bien que no eres parte de la delegación, ¡qué estupendo lugar! ¡La única persona de la prensa en la mesa!

—Sí, ¿pero cómo podría hacer eso?

—Tendría que ser algo sencillo. Quizá si usas una credencial en tu chaqueta que demuestre que eres del *Semanario*.

—Podría hacer eso.

—Podrías llevarlo contigo y pegártelo una vez que todos estén en sus sitios.

—Eso suena como un poco sucio.

—Oh, no te embromes a ti mismo. Carpatia es un político de políticos, y él tiene toda clase de motivos para querer que tú estés allí con él. No sería el motivo menor que él pudiera ir preparando el camino para que tú te vayas del *Semanario Global*.

—No tengo esos planes, señor.

—Bueno, sé que no. Escucha, ¿crees que podrías ir a la firma, quiero decir, estar justo ahí cuando se firme, junto con las partes involucradas en lugar del cuerpo de la prensa, aunque no viajaras con la delegación de las Naciones Unidas?

—No sé. Podría preguntar.

—Bueno, pregunta. Porque yo compraría un pasaje adicional en un vuelo comercial antes que verte salir para allá a expensas de las Naciones Unidas. No quiero que le debas ningún favor a Carpatia pero no hay mucho que no hiciera por verte mirando por encima de su hombro cuando él firme este pacto.

Diez

A Camilo le gustó la idea de tomar el día libre, no porque tuviera algo ambicioso ya planeado. Él estuvo dando vueltas por el dormitorio adicional para organizar su oficina. Una vez que todo estuvo enchufado y probado, revisó su grabadora telefónica y halló un mensaje largo de Jaime Borland, el editor de religión del *Semanario Mundial*.

Oh, oh, pensó él .

Preferiría hablar directamente contigo por teléfono pero pienso mejor escribiendo y quiero calmarme un poco aquí antes de recibir tus disculpas de costumbre. Sabías muy bien que yo estaba en la fila para hacer la historia de tapa sobre la firma del tratado. La cosa está por darse en la capital religiosa del mundo, Camilo. ¿Quién te crees que lo manejaría?

Sólo porque yo no soy el cronista típico de los artículos de fondo, y por no haber hecho uno antes, no significa que no pueda encargarme. Puede que de todos modos, hubiera tenido que recurrir a ti por consejo, pero probablemente tú hubieras querido compartir la linea del nombre, con tu nombre primero.

El viejo me dice que fue idea suya que lo escribas tú, pero no creas que yo no pueda vislumbrar que tú lo convenciste de esto y me sacaste. Bueno, también voy a estar en Israel. Me quedaré lejos de ti si tú permaneces lejos de mí.

Camilo llamó a Jaime Borland de inmediato.

—Jaime —dijo—, es Camilo.

—¿Recibiste mi mensaje?

—Sí.

—No tengo nada más que decir.

—Me imagino que no —dijo Camilo—. Fuiste muy claro.

—¿Entonces, qué quieres?

—Sólo poner las cosas claras.

—Sí, vas a convencerme de que tu historia concuerda con la de Bailey, que ni siquiera pediste el cometido.

—Para decirte la verdad Jaime, le dije a Bailey que lo veía más como artículo político que religioso, y hasta me interrogué en voz alta si tú estarías en ello.

—¿Y no piensas que eso es sacarme de la historia para poder escribirla tú?

—Puede que lo haya hecho Jaime, pero sin la intención. Lo siento, y si significa tanto para ti, insistiré en que la escribas tú.

—Correcto. ¿Cuál es el precio?

—Que me entregues las historias en las que estás trabajando, más otra nueva.

—¿Quieres mi trabajo?

—Sólo por unas semanas. En mi opinión, tú tienes el trabajo más envidiable del *Semanario*.

—¿Por qué no confío en ti, Camilo? Suenas como Tom Sawyer tratando de que yo pinte tu reja.

—Hablo muy en serio Jaime. Déjame cubrir la historia sobre la única religión mundial, la reedificación del templo, los dos predicadores del Muro de los Lamentos, la votación por el nuevo Papa, y otra de tu territorio de la cual no he hablado a nadie todavía, y yo veré que tú hagas el artículo de fondo sobre el tratado.

—Voy a morder la carnada. ¿Cuál es la gran cosa en mi jurisdicción que yo me he pasado por alto?

—No te la pasaste por alto. Resulta que tengo un amigo que estuvo en el lugar correcto en el momento correcto.

—¿Quién? ¿Qué?

—No te revelaré mi secreto pero resulta que conozco a ese rabino Sión Ben-Judá...

—Yo lo conozco.

—¿Lo conoces?

—Bueno, sé de él. Todos saben. Un tipo muy impresionante.

—¿Has oído en qué está metido?

—Un proyecto de investigación, ¿no? ¿Algo típicamente mohoso?

—Así que esa es otra que tú no quieres. Suena como que yo estoy pidiendo el Báltico y el Mediterráneo y a la vez sólo ofrezco dos lugares corrientes.

—Eso es exactamente lo que parece Camilo. ¿Crees que soy tonto?

—Estoy seguro de que no, Jaime. Eso es algo que no entiendes. Yo no soy tu enemigo.

—Sólo eres mi rival, que se quiere quedar con los artículos importantes.

—¡Acabo de ofrecerte uno!

—Algo no cuaja, Camilo. La reunión de la única religión mundial es tan seca como el polvo, y de todos modos nunca funcionará. Nada va interponerse en el camino de los judíos para reedificar su templo, porque eso no le interesa a nadie salvo a los judíos. Te concedo que esos dos tipos del Muro de los Lamentos sean un gran artículo, pero hay más de media docena de personas que han tratado de acercarse a ellos y han terminado muertos. Tengo que pensar que todo periodista del mundo ha pedido una exclusiva pero nadie ha tenido el valor de ir a ellos. Todos saben quién va a ser el nuevo Papa. ¿Y a quién de todo el mundo le interesa la investigación del rabino?

—Vaya, deténte un momento ahí, Jaime —dijo Camilo—. Ahora bien, mira, tienes ventaja sobre mí en esto del nuevo Papa porque yo no tengo idea quién será.

—Oh, vamos, Camilo. ¿Dónde has estado? Todas las apuestas están a favor del Arzobispo Mathews de...

—¿Cincinnati? ¿De verdad? Lo entrevisté para el...

—Lo sé, Camilo. Lo vi. Todos los de aquí han visto tu próximo premio Pulitzer.

Camilo se quedó callado. ¿Las profundidades de los celos no tenían límites?

Borland debe haber percibido que había llegado demasiado lejos. —En verdad, Camilo, tengo que darte el crédito. Eso va a ser una buena lectura. Pero ¿tú no tenías indicios de que él va por la pista de adentro hacia el papado?

—Ninguna.

—Él es un tipo muy astuto. Está hasta la orejas de apoyo y yo pienso que es candidato seguro. Igual que mucha gente.

—Así que, como lo conozco y pienso que él confía en mí, ¿te importaría que esa historia fuera parte del intercambio?

—Oh, tú asumes que estamos negociando ahora, ¿sí? —dijo Jaime.

—¿Por qué no? ¿Cuánto deseas la portada?

—Camilo, ¿crees que no sé que vas a ser parte del contingente de las Naciones Unidas en la firma y que vas a usar una chaqueta o sombrero o algo que diga *Semanario Mundial* para darnos un poco de juego?

—Así, pues, hazlo parte de tu historia de portada, *El reemplazante del editor de religión consigue estar cerca del Secretario General.*

—No tiene nada de cómico. No hay forma en que Plank te dé ese bocado y luego se conforme con que otra persona escriba el artículo.

—Te estoy diciendo Jaime, que yo insistiré en eso.

—No se supone que tú tuvieras más poder de negociación después de pasarte por alto esa reunión anterior de Carpatia.

—¿Qué te hace pensar que Bailey te escuchará? Ahora eres solamente un periodista de la oficina de Chicago.

Camilo sintió que su viejo yo pataleaba y se le salieron las palabras antes que pudiera medirlas.

—Sí, sólo un escritor de la oficina de Chicago que escribió el artículo de fondo de la próxima semana y que ha sido asignado también para la siguiente.

—¡Tocado!

—Lo siento, Jaime. Eso estuvo fuera de orden. Pero yo hablo en serio de esto. No estoy mintiendo para hacerte pensar que tu sección es algo mayor que una historia de portada. Estoy convencido de que las cosas que están surgiendo en lo religioso constituyen historias mucho más interesantes que la firma del tratado.

—Un momento, Camilo. Tú no eres uno de los tarados que se creen las teorías proféticas, apocalípticas, del todo-esto-fue-predicho-en-la-Biblia, ¿no?

Eso es exactamente lo que soy, pensó Camilo, pero no, todavía no podía tener el lujo de darse a conocer públicamente. —¿Cuán difundido está ese enfoque? —preguntó Camilo.

—Debieras saber. Tú escribiste el artículo de fondo.

—Mi artículo da voz a todas las opiniones.

—Sí, pero te tocaste con los locos del Rapto. A ellos les encantaría ver algo de impulso en todas esas historias que tú quieres hacer que los calza en el plan de Dios.

—Tú eres el editor de religión, Jaime. ¿Tienen un argumento ellos?

—No me parece como algo que Dios hubiera hecho.

—Admites que hay un Dios.

—En cierta forma de hablar.

—¿Qué forma?

—Dios está en todos nosotros, Camilo. Tú conoces mi punto de vista.

—¿Tu punto de vista no ha cambiado desde las desapariciones?

—No.

—¿Estaba Dios en la gente que desapareció?

—Seguro.

—¿Así que ahora, una parte de Dios se fue?

—Eres demasiado literal para mí Camilo. Lo próximo que me dirás es que el tratado demuestra que Carpatia es el anticristo.

Cómo me gustaría convencerte, pensó Camilo. *Algún día lo intentaré.*

—Sé que el tratado es algo grande —dijo—. Probablemente más grande de lo que la mayoría se da cuenta pero la firma es sólo el espectáculo. Él hecho de que haya un pacto, esa era la historia, y esa historia ya ha sido contada.

—Puede que la firma sea sólo el espectáculo, pero vale la pena informar, Camilo. ¿Por qué no crees que yo puedo manejarlo?

—Dime que puedo hacer lo otro y veré que lo obtengas.

—Trato hecho.

—¿En serio?

—Por supuesto que hablo en serio. Estoy seguro de que pensaste que me convenciste con esa pero ya no soy un niño, Camilo. No me importa dónde se clasifique este reportaje con todos los que has hecho tú. Me gustaría tenerlo para mi libro de recortes, mis nietos, todo eso.

—Comprendo.

—Sí, comprendes. Tienes toda la vida por delante y harás el doble de reportajes que ya hayas hecho.

———

—¡Cloé, baja!

Raimundo estaba en la sala, demasiado estupefacto para siquiera sentarse. Acababa de encender el televisor y oyó el boletín especial de noticias.

Cloé bajó corriendo la escalera. —Tengo que ir a la iglesia —dijo—, ¿qué pasa?

Raimundo la hizo callar y miraron y escucharon. Un corresponsal de la CNN[1] en la Casa Blanca hablaba.

Evidentemente, este gesto desacostumbrado fue resultado de una reunión efectuada más temprano en esta misma tarde, entre el Secretario General de las Naciones Unidas, Nicolás Carpatia, y el Presidente Gerald Fitzhugh. Este último ya encabeza el grupo de los jefes de estado que dan su apoyo invariable a la administración del nuevo Secretario General, pero, que se preste el nuevo avión presidencial es algo que establece un estándar totalmente nuevo.

La Casa Blanca envió el actual *Fuerza Aérea Uno* a Nueva York ayer por la tarde para buscar a Carpatia, y hoy llega este anuncio de que el viaje inaugural del nuevo *Fuerza Aérea Uno*, llevará a Carpatia y no al Presidente.

—¿Qué? —preguntó Cloé.

—La firma del tratado en Israel —dijo Raimundo.

—Pero el Presidente va, ¿no?

—Sí, pero en el avión viejo.

—No lo entiendo.

—Tampoco yo.

El reportero de la CNN seguía:

Los escépticos sospechan que hay un acuerdo tras bambalinas pero el mismo Presidente hizo esta declaración desde la Casa Blanca hace unos momentos.

CNN pasó una grabación. El presidente Fitzhugh parecía perturbado.

Los opositores y los animales completamente politizados pueden darse un banquete con este gesto —dijo el Presidente—, pero los ciudadanos amantes de la paz y todos los cansados de la política habitual lo celebrarán. El nuevo avión es bello. Lo he visto. Estoy orgulloso de tenerlo. Hay mucho lugar para las delegaciones completas de los Estados Unidos de Norteamérica y de las Naciones Unidas, pero decidí que es correcto que el contingente de las Naciones Unidas tenga el avión para su uso en este viaje inaugural.

---

1.   Telecadena de noticias internacionales.

Hasta que nuestro actual *Fuerza Aérea Uno* se convierta en el *Fuerza Aérea Dos* bautizaremos al nuevo 757 como *Comunidad Mundial Uno* y se lo ofreceremos al Secretario General Carpatia con nuestros mejores deseos. Es hora de que el mundo se una en torno de este amante de la paz y yo me enorgullezco al encabezar el camino con este pequeño gesto.

También hago un llamado a mis colegas de todo el mundo a que estudien seriamente la propuesta del desarme presentada por Carpatia. La defensa fuerte ha sido una vaca sagrada en nuestro país durante generaciones, pero estoy seguro de que todos estamos de acuerdo en que hace mucho que debiera haber llegado el tiempo de una paz verdadera sin armas. Espero tener pronto un anuncio sobre nuestra decisiones en este aspecto.

—Papá, ¿esto significa que tú?...

Pero Raimundo hizo callar otra vez a Cloé, con un gesto, al cortar CNN con Nueva York para ofrecer una respuesta en directo de Carpatia.

Nicolás miraba directamente a la cámara, pareciendo mirar directo a los ojos de cada espectador. Su voz era tranquila y emotiva.

Me gustaría agradecer al Presidente Fitzhugh por este gesto sumamente generoso. Nosotros, los de las Naciones Unidas, estamos profundamente conmovidos, agradecidos y humildes. Esperamos una ceremonia maravillosa en Jerusalén para el próximo lunes.

—Hombre, será pícaro —Raimundo movió su cabeza.

—Ese es el trabajo del que me hablaste. ¿Volarías ese avión?

—No sé. Supongo. No me di cuenta de que el viejo *Fuerza Aérea Uno* iba a convertirse en el *Fuerza Aérea Dos*, el avión del vicepresidente. Me pregunto si realmente van a jubilar al piloto actual. Esto es como una comedia. Si el piloto actual se queda con el 747 cuando se convierta en *Fuerza Aérea Dos*, ¿qué pasa con el actual piloto del *FA2*?

Cloé se encogió de hombros. —¿Estás seguro de que no quieres el trabajo de hacer volar el avión nuevo?

—Más seguro que nunca. No quiero tener nada que ver con Carpatia.

Camilo recibió una llamada de Alicia en la oficina de Chicago.

—Mejor que conectes dos líneas ahí —dijo—, si vas a seguir trabajando desde casa.

—Tengo dos líneas —dijo Camilo—, pero una es para mi computadora.

—Bueno, el señor Bailey ha estado tratando de comunicarse contigo y obtiene señal de ocupado.

—¿Para qué llamó acá? Él tiene que saber que estoy aquí.

—Él no llamó aquí. Marga Potter estuvo hablando con Verna de alguna otra cosa y se lo dijo.

—Apuesto que le encantó a Verna.

—Seguro y sólo le faltó bailar. Piensa que otra vez tienes problemas con el gran jefe.

—Lo dudo.

—¿Sabes lo que ella está suponiendo?

—No me hagas esperar.

—Que a Bailey no le gustó tu artículo de fondo y que te va a despedir.

Camilo se rió.

—¿No es verdad? —dijo Alicia.

—Completamente al contrario —dijo Camilo—. Pero hazme un favor y no se lo digas a Verna.

Camilo le agradeció por las cosas que le llevó el día anterior, le ahorró el cuento de que Cloé pensó que Alicia era su novia, y cortó para poder llamar a Bailey. Primero se comunicó con Marga Potter.

—Camilo, ya te hecho de menos —dijo ella—. ¿Qué cosa ha pasado?

—Algún día te lo contaré todo —dijo él—. Supe que el jefe había tratado de hablar conmigo.

—Bueno, yo he estado llamando por cuenta de él. Ahora él está adentro con Jaime Borland y escucho voces fuertes. No creas que antes he oído que Jaime levantara su voz.

—¿Has oído que Bailey levante la suya?

Marga se rió. —No más de dos veces al día —dijo—. De todos modos, le diré que te llame.

—Puede que sea mejor que lo interrumpas, Marga. La reunión de ellos puede ser la razón de que él tratara de hablar conmigo.

Casi inmediatamente Serafín Bailey estuvo en la línea.

—Williams, debes tener mucho valor para actuar como el editor ejecutivo que no eres.

—¿Señor?

—No te corresponde asignar historias de portada, decirle a Borland que originalmente lo tuve en mente para el artículo sobre el pacto, luego hacerle cariño ofreciéndole ocuparte de sus historias buenas para la basura y dejando que él tenga tu artículo de fondo.

—¡Yo no hice eso!

—Él no hizo eso! —gritó Borland.

—No puedo con ustedes dos —dijo Bailey—. Ahora, ¿cuál es el trato?

Con Cloé en camino a ver su nuevo trabajo en la iglesia, Raimundo pensó en llamar a su piloto jefe, Eulalio Halliday que quería hablar con él lo más pronto posible y que probablemente lo llamaría si Raimundo no lo llamaba pronto.

La noticia de hoy era la misma clase de acontecimiento que sellaría la decisión de Raimundo. Él no podía negar el prestigio asociado con ser el piloto del Presidente. Y ser el de Carpatia sería aun más ostensible. Pero los motivos y los sueños de Raimundo habían girado 180 grados. Ser conocido como el piloto del *Fuerza Aérea Uno*, o aun del *Comunidad Mundial Uno* durante siete años no figuraba sencillamente en su lista de deseos.

El tamaño de su casa le había avergonzado a veces, aun cuando vivían ahí cuatro personas. En otras ocasiones, él hubiera estado orgulloso. Demostraba su estado, su posición en la vida, el nivel de sus logros. Ahora era un lugar solitario. Estaba tan agradecido por tener a Cloé en casa. Aunque no hubiera dicho una palabra si ella hubiese vuelto a la universidad, él no sabía qué hubiera hecho consigo mismo durante sus horas libres. Una cosa era ocupar la mente con todo lo necesario para transportar a salvo a cientos de personas por el aire, pero no tener virtualmente nada que hacer en casa sino comer y dormir, hubiera hecho insoportable el lugar.

Cada pieza, cada adornito, cada toque femenino, le recordaba a Irene. Ocasionalmente, algo surgía e inundaba su mente con Raimundito, también. Encontró un pedazo del dulce favorito del niño debajo de un cojín del sofá. Un par de sus libros. Un juguete oculto detrás de una planta.

Raimundo estaba poniéndose emotivo pero ya no le importaba tanto. Su pena era más melancólica que dolorosa ahora. Mientras más se acercaba a Dios, más esperaba estar con él y con Irene y Raimundito después de la Manifestación Gloriosa.

Él permitió que sus recuerdos acercaran a estos seres queridos más a su mente y corazón. Ahora que compartía la fe de ellos, los entendía y amaba mucho más. Cuando se infiltraba el remordimiento, cuando se sentía avergonzado por el marido y padre que había sido, sencillamente oraba pidiendo perdón por haber sido tan ciego.

Raimundo decidió cocinar para Cloé esa noche. Le prepararía uno de sus platos favoritos: camarones salteados con pastas y todos los agregados. Sonrió. A pesar de él y de todos los rasgos negativos que ella había heredado, ella se había convertido en una persona maravillosa. Si había un ejemplo claro de cómo Cristo podía cambiar a una persona, ella lo era. Él quería decirle todo eso y la cena sería una manera de expresarlo. Era fácil comprarle cosas y sacarla a pasear. Pero, él quería hacer algo por sí mismo.

Raimundo se pasó una hora en el supermercado y otra hora y media en la cocina antes de tener todo cocinándose a la espera de su llegada. Se halló identificándose con Irene, recordando la esperanzada expresión de su cara casi todas las noches. Él suponía que le había agradecido y felicitado lo suficiente. Pero no fue sino hasta ahora que se daba cuenta de que ella debió haber estado haciendo ese trabajo para él por el mismo amor y devoción que él sentía por Cloé.

Nunca había captado eso y sus mezquinos intentos de felicitarla deben haberse visto tan superficiales como eran. Ahora no había forma de compensar a Irene, excepto aparecerse en el mismo reino con Cloé a su lado.

Camilo terminó la llamada con Serafín Bailey y Jaime Borland preguntándose por qué no aceptaba la oferta de Carpatia para administrar el *Chicago Tribune* y terminaba con todo eso. Él convenció a ambos de que él había sido sincero, y por fin, logró la aprobación reacia del viejo, pero se preguntaba si valía la pena estar de nuevo en la perrera. Su meta era unir las historias religiosas tan limpiamente que Borland se diera cuenta de cómo debía hacerse el trabajo, y Bailey se hiciera una idea de lo que necesitaba en un editor ejecutivo.

Camilo no deseaba ese trabajo más de lo que quería cuando se fue Esteban Plank y le habían hablado. Pero ciertamente esperaba que Bailey encontrara a otra persona que le hiciera ser divertido trabajar otra vez allá.

Él esbozó algunas notas en su computadora, armando esencialmente los cometidos que había adquirido en la negociación con Jaime Borland. Había hecho las mismas conjeturas iniciales que Borland hacía sobre todas las historias que irrumpían. Pero eso era antes que estudiara profecía, antes que supiera dónde entraba Nicolás Carpatia en el transcurso de la historia.

Ahora esperaba que todas estas cosas se presentaran esencialmente al mismo tiempo. Era posible que él estuviera viviendo el cumplimiento directo de las profecías de siglos de antigüedad. Artículos de fondo o no, ninguno de estos acontecimientos tendrían tanto impacto en lo poco que quedaba de la historia de la humanidad como el tratado con Israel.

Camilo llamó a Esteban Plank.

—¿Algo que decir? —dijo Esteban—. ¿Algo que pueda decir al Secretario General?

—¿Así es cómo le dices? —dijo Camilo, atónito—. Ni siquiera tú lo llamas por su nombre?

—Opté por no hacerlo. Es cuestión de respeto, Macho. Hasta Patty le dice *señor Secretario General*, y si no me equivoco, ellos pasan juntos casi tanto tiempo fuera del trabajo como en el trabajo.

—No me lo restriegues en la cara. Sé muy bien que yo los presenté.

—¿Lo lamentas? Le diste a un líder mundial alguien a quien él adora, y cambiaste la vida de Patty para siempre.

—Eso es lo que me temo —dijo Camilo dándose cuenta de que estaba peligrosamente cerca de mostrar sus verdaderos colores a un confidente de Carpatia.

—Ella era una doña nadie de ninguna parte Camilo, y ahora está en la primera plana de la historia.

Eso no era lo que Camilo quería oír pero tampoco pensaba decirle a Esteban lo que deseaba oír.

—Así, pues, ¿qué pasa Macho?

—Hoy no estoy más cercano a decidir —dijo Camilo—. Tú sabes cuál es mi posición.

—No te entiendo, Macho. ¿Dónde está el problema? ¿Qué es lo que hará que esto no funcione? Esta posición es todo lo que siempre quisiste.

—Soy un periodista Esteban, no un hombre de relaciones públicas.

—¿Así es cómo me calificas?

—Eso es lo que eres, Esteban. No te culpo por eso pero no pretendas ser algo que no eres.

Era claro que Camilo había ofendido a su viejo amigo.

—Sí, bueno, lo que sea —dijo Esteban—. Tú me llamaste, así pues, ¿qué querías?

Camilo le habló del trato que había hecho con Borland.

—Craso error —dijo Esteban, todavía claramente enojado—. Recordarás que yo nunca le asigné una historia de tapa.

—Esto no debiera ser una historia de tapa. Las otras piezas, las que él me deja manejar, esas son las historias grandes.

La voz de Esteban subió. —¡Esta hubiera sido la historia de tapa más grande que hubieras podido nunca tener! Este será el evento de mayor cobertura periodística de la historia.

—¿Hablas así y me dices que ahora no eres un hombre de relaciones públicas?

—¿Por qué? ¿Qué?

—Las Naciones Unidas firman un pacto de paz con Israel, y ¿tú piensas que es mayor que las desapariciones de billones de personas de todo el planeta?

—Bueno, sí, eso. Naturalmente.

—Bueno, sí, eso. Naturalmente —imitó Camilo—. Por favor Esteban, el tratado es la historia, no la ceremonia. Tú sabes eso.

—¿Así que no vienes?

—Por supuesto que voy pero no viajo con ustedes, muchachos.

—¿No quieres ir en el nuevo *Fuerza Aérea Uno*?

—¿Qué?

—Vamos, señor Periodista Internacional. Manténgase sintonizado con las noticias, hombre.

Raimundo esperaba que Cloé llegara pero también esperaba la reunión del grupo nuclear de esa noche. Cloé le había dicho que Camilo estaba tan en contra de aceptar un trabajo con Carpatia como Raimundo estaba en contra de aceptar el trabajo con la Casa

Blanca. Pero uno nunca sabía qué diría Bruno. A veces, él tenía un punto de vista diferente de las cosas, y a menudo era muy sensato. Raimundo no podía imaginarse cómo esos cambios podrían resultar en sus nuevas vidas, pero estaba ansioso por consultarlo y orar al respecto. Miró su reloj. Su cena estaría lista dentro de media hora. Y esa era la hora que Cloé había dicho que estaría en casa.

———

—No —dijo Camilo—, no quiero ir para allá en el *Fuerza Aérea Uno* nuevo ni en el viejo. Agradezco la invitación a integrar parte de la delegación y te tomaré la palabra de estar en la mesa para la firma, pero hasta Bailey está de acuerdo en que el *Semanario Mundial* debe mandarme.

—¿Le *contaste* a Bailey de nuestra oferta?

—No de la oferta de trabajo, naturalmente pero seguro que sí de la de viajar juntos.

—¿Por qué piensas que el viaje a Nueva York fue tan clandestino, Camilo? ¿Piensas que queríamos que el *Semanario* supiera de esto?

—Pensé que no querías que supieran que me ofrecían un trabajo, cosa que ellos no saben. Pero cómo iba a esperar que yo explicara aparecerme en Israel y estar en la firma?

—Pensamos que para entonces, no significaría nada para tu antiguo empleador.

—No hagas suposiciones, Esteban —dijo Camilo.

—Tampoco tú.

—¿Qué quieres decir?

—No esperes que una oferta como esta que se presenta una sola vez en la vida, siga sobre la mesa por mucho tiempo, mientras juegas con tu propia nariz, como hiciste la última vez.

—Así que el trabajo va ligado al jueguito de las relaciones públicas.

—Si quieres decirlo de esa manera.

—No me haces sentir nada mejor respecto de la idea, Esteban.

—Tú sabes, Camilo, no estoy seguro de que estés hecho para la política y el periodismo a este nivel.

—Estoy de acuerdo en que se ha bajado muy profundo a un nuevo nivel.

—No es eso lo que quiero decir. De todos modos, ¿recuerdas tus grandes predicciones sobre una nueva moneda mundial? ¿Que nunca sucedería? Mira las noticias mañana, amigazo. Y recuerda que todo fue hechura de Nicolás Carpatia, diplomacia tras bambalinas.

Camilo había visto la así llamada diplomacia de Carpatia. Era probable que hubiera logrado de la misma manera, que el presidente de los Estados Unidos de Norteamérica le diera un 757 totalmente nuevo, para no mencionar cómo había hecho que los testigos oculares de un asesinato creyeran que habían visto un suicidio.

Era hora de contarle a Bruno de su viaje.

—Raimundo, ¿puedes venir?

—¿Cuándo, Eulalio?

—Ahora mismo. Grandes cosas con el nuevo *Fuerza Aérea Uno* ¿has oído?

—Sí, está en todas las noticias.

—Dices la palabra y estarás haciendo volar ese avión a Israel con Nicolás Carpatia a bordo.

—No estoy listo todavía para decidir.

—Ray, te necesito aquí. ¿Puedes venir, sí o no?

—Hoy no, Eulalio. Estoy en medio de algo aquí, y tendré que verte mañana.

—¿Qué es tan importante?

—Es personal.

—Qué, ¿tienes otro trato cocinándose?

—Estoy cocinando pero no otro trato. Pasa que estoy preparando la cena para mi hija.

Raimundo no escuchó nada por un momento. Por fin: —Raimundo, estoy totalmente de acuerdo con las prioridades familiares. El cielo sabe que tenemos suficientes pilotos con malos matrimonios e hijos con problemas. Pero tu hija...

—Cloé.

—Correcto, ella está en edad universitaria, ¿cierto? Ella entendería, ¿no? ¿No podría postergar la cena con papá por un par de horas, sabiendo que él podría conseguir el mejor trabajo del mundo como piloto?

—Te veré mañana, Eulalio. Tengo ese vuelo a Baltimore tarde en la mañana, y estaré de vuelta tarde en la tarde. Puedo verte antes de eso.

—¿A las nueve de la mañana?

—Estupendo.

—Raimundo, déjame advertirte: Si los otros tipos de la lista corta quisieran este trabajo, va a correrles la saliva por esto ahora. Puedes apostar que están llamando a todos sus contactos de alto nivel, alineando sus respaldos, tratando de averiguar quién conoce a quién, todo eso.

—Bueno. Quizás uno de ellos lo obtenga y yo no tendré que preocuparme más por eso.

Eulalio Halliday sonó agitado, —Ahora, Raimundo... —empezó, pero Raimundo le cortó.

—Eulalio, después de mañana en la mañana, pongámonos de acuerdo en no desperdiciar más el tiempo de cada uno. Conoces mi respuesta, y la única razón por la que no la he hecho definitiva es debido a que me pediste que no lo hiciera por causa de nuestra amistad. Estoy pensándolo, estoy orando por eso y voy a hablar de eso con gente que me quiere. No me importunarán ni acosarán. Si rechazo un trabajo que todos los demás desean, y después lo lamento, eso será problema mío.

Camilo estaba entrando al estacionamiento de la iglesia del Centro de la Nueva Esperanza justo cuando Cloé iba saliendo. Ellos se pusieron a la altura uno del otro y bajaron los vidrios de sus ventanillas.

—Oye, niñita —dijo Camilo—, ¿conoces algo sobre esta iglesia?

Cloé sonrió. —Sólo que se llena todos los domingos.

—Bueno, la probaré. Así que, ¿aceptas el trabajo?

—¿Podría preguntarte lo mismo?

—Yo ya tengo un trabajo.

—Parece como que yo también tengo uno —dijo ella—. Hoy aprendí más que todo el año pasado en la universidad.

—¿Cómo fue la cosa con Bruno? Quiero decir, ¿le dijiste que sabías que él mandó las flores?

Cloé miró por encima de su hombro, como si temiera que Bruno oyese.

—Tengo que contarte todo al respecto —dijo—, cuando tengamos tiempo.

—¿Después de la reunión de esta noche?

Ella movió su cabeza. —Estuve levantada hasta muy tarde anoche. Un muchacho, ya tú sabes.

—¿En realidad?

—Sí. No pude librarme de él. Me pasa todo el tiempo.

—Nos vemos después, Cloé.

Camilo no podía culpar a Bruno por cualquier nivel de interés que tuviera por Cloé. Sólo que se sentía raro compitiendo por una mujer con su nuevo amigo y pastor.

———————

—¿Qué es eso que huele? —exclamó Cloé al entrar a la casa desde el garaje—. ¿Camarones salteados? —Entró a la cocina y le dio un beso a su papá—. ¡Mi comida predilecta! ¿Quién viene?

—La invitada de honor acaba de llegar —dijo él. —¿Preferirías comer en el comedor? Podemos trasladarnos fácilmente.

—No, esto será perfecto. ¿Qué se celebra?

—Tu nuevo trabajo. Cuéntame todo al respecto.

—¡Papá! ¿Qué te poseyó!

—Sólo que me puse en contacto con mi lado femenino —dijo él.

—¡Oh, por favor! —gimió ella—. ¡Cualquier cosa menos eso!

Durante la cena ella le contó de los cometidos de Bruno y de toda la investigación y estudio que ya había hecho.

—¿Así que vas a hacerlo?

—¿Aprender y estudiar y que me paguen? Pienso que es cosa fácil, papá.

—¿Y qué de Bruno?

Ella asintió: —¿Qué *de* Bruno?

Once

Mientras Raimundo y Cloé lavaban los platos, Raimundo escuchó todo lo relacionado con su raro encuentro con Bruno.

—¿Así que él nunca admitió haber enviado las flores? —dijo Raimundo.

—Fue tan raro, papá —dijo ella—. Yo estuve tratando de centrar el tema en la soledad y en lo mucho que significamos unos para otros, nosotros cuatro, y él parecía no enganchar. Estaba de acuerdo en que todos teníamos necesidades, y entonces volvía al tema del estudio o alguna otra cosa que él quería que yo viera. Finalmente dije que sólo tenía curiosidad por las relaciones románticas durante este período de la historia y él dijo que podría hablar de eso esta noche. Dijo que otras personas le habían preguntado lo mismo recientemente y que él tenía también algunas preguntas, así lo había estado estudiando.

—Quizás esta noche lo confiese todo.

—Papá, no es cuestión de confesarlo todo simplemente. No espero que él me diga frente a ti y Camilo que él me envió las flores. Pero quizá todos podamos leer entre líneas y averiguar por qué lo hizo.

Camilo todavía estaba en la oficina de Bruno cuando llegaron Raimundo y Cloé. Bruno empezó la reunión nocturna del Comando Tribulación pidiendo el permiso de cada uno para tratar todo lo que estaba pasando en la vida de cada cual. Todos asintieron.

Luego de esbozar las ofertas que Camilo y Raimundo habían recibido, Bruno dijo que se sentía en la necesidad de confesar su propia sensación de insuficiencia para el desempeño del papel de pastor de una iglesia de creyentes nuevos.

—Todavía me las veo a diario con la vergüenza. Sé que he sido perdonado y restaurado, pero vivir una mentira por más de treinta años desgasta a las personas y aunque Dios dice que nuestros pecados son alejados tanto como el este dista del oeste, me cuesta olvidar.

También admitió su soledad y fatiga.

—Especialmente —dijo—, cuando pienso en esta atracción por viajar y tratar de unir a los pequeños grupos de lo que la Biblia llama *los santos de la tribulación.*

Camilo quería ir derecho al grano y preguntar por qué no había sencillamente firmado una tarjeta para las flores de Cloé, pero sabía que no era el lugar. Bruno siguió hablando de las nuevas oportunidades de trabajo de Raimundo y Camilo.

—Esto puede impactar a todos porque no he expresado todavía una opinión, pero Camilo y Raimundo, pienso que ustedes dos debieran considerar seriamente aceptar esos trabajos.

Eso hizo que la reunión se convirtiera en un remolino. Era la primera vez que los cuatro habían hablado con tanta fuerza sobre cosas personales. Camilo sostuvo que nunca sería capaz de vivir consigo mismo si vendiera sus principios de periodista y se permitiera manipular las noticias y ser manipulado por Nicolás Carpatia. Le impresionaba que Raimundo no se mareara con tal oferta especial de trabajo pero se halló concordando con Bruno en que Raimundo debía considerarla.

—Señor —dijo Camilo—, el mismo hecho que no te inclines por el trabajo es buena señal. Si lo quisieras, sabiendo lo que ahora sabes, todos nos preocuparíamos por ti. Pero piensa en la oportunidad de estar cerca de las avenidas del poder.

—¿Cuál es la ventaja? —dijo Raimundo.

—Quizás escasa para ti personalmente —dijo Camilo—, salvo por el sueldo. Pero, ¿no piensas que será de mucho beneficio para nosotros tener esa clase de acceso al Presidente?

Raimundo le dijo a Camilo que él pensaba que todos tenían una noción errónea de que el piloto del avión presidencial tuviera más conocimiento real que cualquiera que leyera a diario el periódico.

—Eso puede ser cierto ahora —dijo Camilo—. Pero si Carpatia compra en realidad todos los canales grandes de la prensa, alguien cercano al Presidente sería uno de los pocos que supiera lo que realmente está pasando.

—Mayor razón para que *tú* trabajes para Carpatia— dijo Raimundo.

—Quizá yo deba aceptar tu trabajo, y tú el mío —dijo Camilo, y por fin pudieron reírse.

—Miren lo que está pasando aquí —dijo Bruno—, todos vemos las situaciones de los demás con mayor claridad y mejor nivel de ideas que la propia.

Raimundo se rió entre dientes. —Así que dices que ambos estamos en estado de negación.

Bruno sonrió. —Quizá. Puede que Dios haya enviado estas cosas a ustedes sólo para examinar sus motivos y lealtad pero parecen demasiado grandes para pasarlas por alto.

Camilo se preguntó si ahora Raimundo estaría titubeando tanto como él. Camilo había estado totalmente seguro de que nunca consideraría una oferta de Carpatia. Ahora, no sabía qué pensar. Cloé rompió el atascamiento.

—Pienso que ustedes dos deben aceptar los trabajos.

Camilo halló raro que Cloé esperara hasta una reunión de los cuatro para hacer tal anuncio y era claro que su padre sentía lo mismo.

—Dijiste que por lo menos yo debía mantener abierta la mente, Clo —dijo Raimundo—, ¿pero en serio piensas que debo aceptar esto?

Cloé asintió. —Esto no tiene que ver con el Presidente. Es con Carpatia. Si él es quien pensamos que es, y todos sabemos que lo es, rápidamente llegará a ser más poderoso que el presidente de los Estados Unidos de Norteamérica. Uno o los dos debiera estar lo más cerca de él que se pueda.

—Yo *estuve* cerca de él una vez —dijo Camilo—, y eso es más que suficiente.

—Si todo lo que te importa es tu propia cordura y seguridad —presionó Cloé—. No dejo de lado todo el horror por el que pasaste, Camilo. Pero sin la presencia de alguien en su organización, Carpatia va a engañar a todos.

—Pero en cuanto yo diga lo que está pasando realmente —dijo Camilo—, él me eliminaría.

—Puede ser. Pero quizá Dios te proteja también. Y todo lo que ustedes puedan hacer sea decirnos qué está pasando para que nosotros podamos contarlo a los creyentes.

—Yo tendría que vender cada principio periodístico que tengo.

—¿Y esos son más sagrados que tus responsabilidades para con tus hermanos y hermanas en Cristo?

Camilo no sabía cómo responder. Esta era una de las cosas que tanto le gustaba de Cloé. Pero, la independencia y la integridad estaban tan grabadas en él desde el comienzo de su carrera de periodista, que le costaba mucho tener dominio mental para pretender ser alguien que no era. La idea de posar como editor estando realmente a sueldo de Carpatia, era demasiado para siquiera imaginarla.

Bruno intervino y se concentró en Raimundo. Camilo estaba contento de que le quitaran la atención de encima, pero pudo entender cómo debía sentirse Raimundo.

—Pienso que la tuya es realmente la decisión más fácil, Raimundo —dijo Bruno—. Tú pones algunas condiciones grandes para eso, como que te permitan vivir aquí si eso es tan importante para ti, y ve cuán serios son.

———————

Raimundo estaba asombrado. Miró a Camilo.

—Si estuviéramos votando, ¿lo harías tres a uno?

—Yo podría preguntar lo mismo —dijo Camilo. —Evidentemente nosotros somos los únicos que no pensamos que debiéramos aceptar esos trabajos.

—Quizá tú debas —dijo Raimundo, bromeando a medias.

Camilo se rió. —Estoy dispuesto a considerar que he estado ciego, o al menos miope.

Raimundo no sabía qué estaba dispuesto a considerar y lo dijo. Bruno sugirió que oraran de rodillas, algo que cada uno hacía privadamente pero no como grupo. Bruno llevó su silla al otro lado del escritorio, y los cuatro se dieron vuelta y se arrodillaron. Oír orar a los otros siempre conmovía profundamente a Raimundo. Deseaba que Dios sólo le dijera en forma audible qué hacer pero cuando oró, sencillamente pidió a Dios que lo manifestara claro a todos ellos.

Estando arrodillado allí, Raimundo se dio cuenta de que necesitaba rendir su voluntad a Dios, otra vez. Evidentemente esto iba a ser cosa de todos los días, rendir la lógica, lo personal, las cosas a las que se aferraban a puño cerrado.

Raimundo se sentía tan pequeño, tan inadecuado ante Dios, que no lograba agacharse lo suficiente. Se agachó se acurrucó, metió su mentón en el pecho, y aún se sentía lleno de orgullo, y expuesto ante Dios. Bruno había estado orando en voz alta, pero súbitamente se detuvo, y Raimundo lo oyó llorando calladamente. Se le formó un nudo en la garganta. Echaba de menos a su familia pero estaba hondamente agradecido por Cloé, por su salvación, por estos amigos.

Raimundo se arrodilló frente a su silla, cubriendo su rostro con las manos, orando en silencio. Fuera lo que fuera que Dios quisiera, eso era lo que él quería, aunque no tuviera sentido desde el punto de vista humano. El abrumador sentido de indignidad parecía aplastarlo, se deslizó al suelo y se echó, postrado en la alfombra. Le asaltó un leve pensamiento de cuán ridículo debía verse, pero rápidamente lo desechó. Nadie estaba mirando, a nadie le importaba. Y cualquiera que pensara que el sofisticado piloto de aviones había dado vacaciones a sus sentidos, hubiera tenido razón.

Raimundo estiró su largo cuerpo contra el suelo, con el dorso de las manos sobre la alfombra áspera, y su rostro enterrado en las palmas. Ocasionalmente, uno de los demás oraba en voz alta brevemente, y Raimundo se dio cuenta de que todos estaban ahora postrados de cara al suelo.

Raimundo perdió la noción del tiempo, ligeramente consciente que pasaban los minutos sin que nadie dijera nada. Nunca había sentido tan vívidamente la presencia de Dios. Así que esta era la sensación de estar en terreno santo, lo que Moisés debió haber sentido cuando Dios le dijo que se quitara el calzado. Raimundo deseaba poder hundirse más en la alfombra, poder hacer un hoyo en el suelo y esconderse de la pureza y del poder infinito de Dios.

No estaba seguro de cuánto tiempo estuvo echado ahí, orando, escuchando. Después de un rato, oyó que Bruno se paraba, y se sentaba mientras entonaba un himno. Pronto todos estuvieron cantando tranquilamente y volvieron a sus sillas. Todos tenían los ojos llorosos. Finalmente, Bruno habló.

—Hemos experimentado algo poco usual —dijo—. Pienso que tenemos que sellar esta experiencia volviendo a comprometernos con Dios y unos con otros. Si hay algo entre cualquiera de nosotros que deba confesarse o ser perdonado, no nos vayamos de aquí sin hacerlo. Cloé, anoche te fuiste con ciertas sugerencias implícitas que fueron fuertes, pero poco claras.

Raimundo echó una mirada a Cloé.

—Me disculpo —dijo ella—. Fue un malentendido. Ya todo ha sido aclarado.

—¿No necesitamos una sesión sobre la pureza sexual durante la Tribulación?

Ella sonrió. —No, pienso que todos estamos muy claros sobre ese tema. Aunque hay algo que quisiera aclarar y lamento preguntarte esto frente a los demás...

—Eso está bien —dijo Bruno—. Cualquier cosa.

—Bueno, yo recibí unas flores en forma anónima, y quiero saber si alguien presente aquí las envió.

Bruno desvió la mirada. —¿Camilo?

—Yo, no —sonrió Camilo—. Ya sufrí por ser sospechoso.

Cuando Bruno lo miró, Raimundo sólo sonrió y movió la cabeza.

—Eso me deja a mí entonces —dijo Bruno.

—¿Tú? —dijo Cloé.

—Bueno, ¿no? ¿No limitaste tus sospechas a los presentes en esta sala? Cloé asintió.

—Supongo que tendrás que ampliar tu búsqueda —dijo Bruno, sonrojándose—. No fui yo, pero me halaga ser un sospechoso. Sólo deseo haberlo pensado.

La sorpresa de Raimundo y de Cloé debe haberse visto pues Bruno se lanzó inmediatamente a una explicación.

—Oh, no quise decir lo que piensas que quiero decir —dijo Bruno—. Es sólo que... bueno, creo que las flores son un gesto maravilloso y espero que te hayan dado ánimo, sean de quien sean.

Bruno pareció aliviado de cambiar el tema y volver a su enseñanza. Dejó que Cloé dijera algo de lo que había investigado ese día. A las diez de la noche, cuando estaban alistándose para irse, Camilo se volvió a Raimundo.

—Por maravilloso que haya sido ese tiempo de oración, yo no recibí ninguna guía directa sobre lo que debo hacer.

—Yo tampoco.

—Deben haber sido los únicos dos —Bruno miró a Cloé y ella asintió—. Para nosotros quedó muy claro lo que ustedes deben hacer. Es claro para cada uno de ustedes lo que el otro debe hacer. Pero nadie puede tomar estas decisiones por ustedes.

———————

Camilo escoltó a Cloé saliendo de la iglesia.

—Eso fue asombroso —dijo ella.

Él asintió. —No sé dónde estaría sin ustedes, gente.

—¿Nosotros, gente? —ella sonrió—. ¿No podrías haber omitido la última palabra de esa frase?

—¿Cómo podría decir eso a alguien que tiene un admirador secreto?

Ella le guiñó. —Quizás es mejor que tú te calles.

—En serio, ¿quién piensas que sea?

—Ni siquiera sé por dónde empezar.

—¿Tantas posibilidades?

—Tan pocas. De hecho, ninguna.

Raimundo empezaba a preguntarse si Patty Durán tendría algo que ver con el asunto de las flores para Cloé pero no iba a sugerir eso a su hija. ¿Qué clase de idea loca habría pasado por la mente de Patty para hacer algo así? ¿Otro ejemplo de su idea de un chiste práctico?

El miércoles por la mañana en la oficina de Eulalio Halliday, en el aeropuerto de O'Hare, Raimundo se sorprendió al hallar ahí al mismo presidente de Pan-Con, Leonardo Gustafson. Él lo había visto dos veces antes. Raimundo debiera haber sabido que algo estaba pasando cuando salió del ascensor en el nivel inferior. El lugar lucía diferente. Los escritorios estaban más ordenados, los cuellos de las camisas estaban abotonados, la gente se veía ocupada, el desorden y el amontonamiento habían sido sacados de la vista. La gente arqueaba sus cejas en reconocimiento, al ir Raimundo pasando hacia la oficina de Eulalio.

Gustafson, ex militar, era más bajo que Raimundo y más delgado que Eulalio, pero su sola presencia era demasiado grande para la diminuta oficina de Eulalio. Otra silla había sido traída, pero al entrar Raimundo, Gustafson se puso en pie, con su impermeable todavía doblado en el brazo y estrechó la mano de Raimundo.

—Steele, hombre, ¿cómo estás? —dijo señalando una silla como si esta fuera su oficina—. Tuve que pasar hoy por Chicago por otro asunto, y cuando supe que venías a ver a Eulalio, bueno, sólo quise estar aquí para felicitarte y dejarte ir y desearte lo mejor.

—¿Dejarme ir?

—Bueno, no despedirte, por supuesto, pero para tranquilizar tu mente. Puedes tener toda la seguridad de que no habrá malos sentimientos aquí. Tuviste una carrera notable, no, ¡estelar!, con Pan-Con y te echaremos de menos pero nos enorgullecemos de ti.

—¿El comunicado de prensa ya está escrito? —dijo Raimundo. Gustafson se rió un poco, demasiado fuerte.

—Eso puede hacerse ahora mismo, y por supuesto, queremos ser nosotros quienes lo anunciemos. Esto será una condecoración más a tu favor, justamente como al nuestro. Tú eres nuestro hombre, y ahora, serás su hombre. No puedes superar eso, eeh?

—¿Los otros candidatos abandonaron?

—No, pero baste decir que tenemos información interna de que el trabajo es tuyo, si lo quieres.

—¿Cómo funciona eso? ¿Alguien debía algunos favores?

—No, Raimundo eso es la locura de todo esto. Debes tener amigos en lugares altos.

—Realmente no. No he tenido contacto con el Presidente y no conozco a nadie de su personal.

—Evidentemente fuiste recomendado por la administración Carpatia. ¿Lo conoces?

—Nunca lo he conocido.

—¿Conoces a alguien que lo conozca?

—Por cierto que sí —murmuró Raimundo.

—Muy bien, jugaste esa carta en el momento justo —dijo Gustafson. Palmeó a Raimundo en el hombro—. Eres perfecto para el puesto, Steele. Estaremos deseando lo mejor para ti.

—¿Así que no puedo rechazar esto aunque quisiera?

Gustafson se sentó, se inclinó hacia adelante con los codos sobre sus rodillas.

—Eulalio me dijo que tenías algunas reservas. No cometas el mayor error de tu vida, Raimundo. Tú quieres esto. Sabes que lo quieres. Aquí está para tomarlo. Tómalo. Yo lo tomaría. Eulalio lo tomaría. Cualquiera de la lista moriría por esto.

—Es demasiado tarde para cometer el mayor error de mi vida —dijo Raimundo.

—¿Qué es eso? —dijo Gustafson, pero Raimundo vio que Eulalio tocaba su brazo, como recordándole que lidiaba con un fanático religioso que creía que se había perdido la oportunidad de estar en el cielo—. Oh, sí, eso. Bueno, quiero decir desde entonces —agregó Gustafson.

—Señor Gustafson, ¿cómo es que Nicolás Carpatia le dice al presidente de los Estados Unidos de Norteamérica quién debe pilotar su avión?

—¡No sé! ¿A quién le importa? La política, sean los demócratas o los republicanos en este país o el partido laborista y los bolcheviques en alguna otra parte.

Raimundo pensó que la analogía era un poco floja pero no podía discutir la lógica.

—Así, que alguien está negociando algo por algo y yo soy la mano de obra contratada.

—¿No es esa la verdad respecto a todos nosotros? —dijo Gustafson—. Pero a todos les encanta Carpatia. Él parece estar por encima de toda política. Si yo tuviera que suponer diría que el Presidente le está dejando usar el nuevo siete-cinco-siete sólo porque a él le gusta.

Sí, pensó Raimundo, *y yo soy el conejo de la suerte.*

—¿Así qué aceptarás el puesto?

—Nunca antes he sido sacado a empujones de un trabajo.

—No te están sacando a empujones Raimundo. Aquí te queremos. Se trata, de que no podríamos justificar el no lograr que uno de nuestros mejores hombres pueda obtener el mejor trabajo del mundo en su profesión.

—¿Qué pasa con mi expediente? Hay una queja en mi contra que ha sido presentada.

Gustafson sonrió a sabiendas. —¿Una queja? No sé nada de una queja. ¿Y tú, Eulalio?

—Nada ha cruzado por mi escritorio, señor —dijo él—. Y si hubiera pasado, estoy seguro de que hubiera podido ser manejada más allá de todo riesgo en un tiempo muy corto.

—A propósito, Raimundo —dijo Gustafson—, conoces a Nicolás Edwards? Raimundo asintió.

—¿Amigo tuyo?

—Primer oficial un par de veces. Me gustaría pensar que somos amigos, sí.

—¿Supiste que fue ascendido a capitán?

Raimundo sacudió la cabeza. *Política,* pensó sombríamente.

—Simpático, ¿eeh? —dijo Gustafson.

—Muy simpático —dijo Raimundo, con su cabeza dando vueltas de incredulidad.

—¿Algún otro obstáculo en tu camino? —dijo Gustafson.

Raimundo podía ver que sus opciones desaparecían. —Por lo menos, y no digo aún que lo aceptaré, tendría que estar establecido en Chicago.

Gustafson sonrió y movió la cabeza. —Eulalio me dijo eso. No lo entiendo. Yo pensaba que querrías irte de aquí, lejos de los recuerdos de tu esposa y de tu otra hija.

—Hijo.

—Sí, el universitario.

Raimundo no lo corrigió pero vio que Eulalio hacía una mueca de dolor.

—De todos modos —dijo Gustafson—, podrías alejar a tu hija de quien la haya estado acechando, y...

—¿Señor?

—...y podrías conseguirte un lindo lugar en las afueras del Distrito de Columbia.

—¿Acechándola?

—Bueno, quizá eso no sea tan obvio aún Raimundo, pero estoy sumamente seguro de que yo no quisiera que mi hija anduviera recibiendo nada de alguien anónimo. No me importa lo que estuvieran enviando.

—¿Pero cómo usted...?

—Quiero decir, Raimundo, que nunca te perdonarías si le pasara algo a esa niñita y hubieras tenido la oportunidad de llevarla lejos de quien sea que esté amenazándola.

—¡A mi hija nadie la está acechando ni amenazando! ¿De qué está hablando usted?

—Estoy hablando de las rosas o lo que haya sido el ramo de flores. ¿Qué pasó con eso?

—Eso es lo que me gustaría saber. Por lo que yo sé solamente tres personas, además de quien las haya enviado, saben que las recibió. ¿Cómo supo *usted*?

—No me acuerdo. Alguien mencionó que a veces una persona tiene un motivo para irse en tanto tenga una razón para que le guste la nueva oportunidad.

—Pero si no me están empujando para que me vaya, no veo razón para irme.

—¿Ni siquiera si tu hija estuviera siendo acechada por alguien?

—Cualquiera que quisiera molestarla podría hallarla en Washington tan fácilmente como aquí —dijo Raimundo.

—Pero aún...

—No me gusta la idea de que usted sepa todo esto.

—Bueno, no rechaces el mejor trabajo de toda una vida por un misterio insignificante.

—Para mí no es insignificante.

Gustafson se puso en pie. —No estoy acostumbrado a rogarle a la gente que haga lo que pido.

—Entonces, si no acepto esto, ¿paso a la historia con Pan-Con?

—Debiera ser así, pero supongo que pasaríamos un mal rato con una demanda tuya, después que te alentamos para que aceptaras el trabajo de pilotar al Presidente.

Raimundo no tenía intenciones de presentar una demanda judicial pero no dijo nada.

Gustafson se sentó otra vez. —Hazme un favor —dijo—. Anda a Washington. Habla con la gente, probablemente el jefe de personal. Diles que harás el vuelo a Israel para la firma del tratado de paz. Luego, decide qué quieres hacer. ¿Harías eso por mí?

Raimundo sabía que Gustafson nunca le diría dónde había sabido eso de las flores para Cloé, y concluyó que su mejor opción era sacarle la información a Patty.

—Sí —dijo Raimundo por fin—. Haré eso.

—¡Bueno! —dijo Gustafson, estrechando las manos de Eulalio y Raimundo—. Pienso que ya estamos a medio camino. Eulalio, procura que este vuelo de hoy a Baltimore sea el último que haga Raimundo antes del viaje a Israel. Y como va a estar tan cerca de Washington, haz que alguien traiga ese avión de vuelta para que él pueda reunirse con la gente de la Casa Blanca hoy mismo. ¿Podemos arreglar eso?

—Ya está hecho, señor.

—Eulalio —dijo Gustafson—, si tuvieras diez años menos, tú serías el hombre para el puesto.

Raimundo advirtió la pena en el rostro de Eulalio. Gustafson no podía saber cuánto había deseado Halliday ese mismo trabajo. Camino a su avión, Raimundo verificó su correo. Ahí, entre los paquetes y anuncios de las oficinas, había una nota. Decía sencillamente: "Gracias por su respaldo para mi precoz ascenso. Realmente lo aprecio. Y buena suerte a usted. Firmado, Capitán Nicolás Edwards".

Varias horas más tarde, Raimundo salió de la cabina de mando del 747 en Baltimore, y un funcionario de Pan-Con le salió al encuentro con credenciales que lo harían entrar a la Casa Blanca. A su llegada, le dejaron pasar rápidamente por la puerta de entrada. Un guardia le dio la bienvenida por su nombre y le deseó suerte. Cuando llegó por fin, a la oficina de un asistente del jefe de personal, Raimundo aclaró bien que solamente acordaba ir de piloto al viaje a Israel del próximo lunes.

—Muy bien —le dijeron—. Ya hemos empezado la verificación de carácter y de las referencias personales, la investigación del FBI[1], y las entrevistas con el Servicio Secreto. Tomará un poco más de tiempo completarlo de todos modos, así que podrá impresionarnos a nosotros y al Presidente sin ser responsable por él hasta que haya pasado todos los puntos de prueba.

—¿Usted puede autorizarme para llevar en el avión al Secretario General de las Naciones Unidas con menos investigaciones sobre mi persona de las que necesitaría para el Presidente?

—Precisamente. De todos modos usted ya ha sido aprobado por las Naciones Unidas.

—¿Sí?

—Sí.

—¿Por quién?

—Por el mismo Secretario General.

Camilo estaba hablando por teléfono con Marga Potter en las oficinas centrales en Nueva York del *Semanario Mundial* cuando oyó la noticia. Dentro de un año todo el mundo usaría los dólares como moneda, plan que iniciaría y dirigiría las Naciones Unidas, con fondos reunidos por las Naciones Unidas con un impuesto de una décima parte de un uno por ciento por cada dólar.

—Eso no suena tan irracional, ¿verdad? —preguntó Marga.

—Pregúntale al editor de finanzas Marga —dijo Camilo—. Eso representa una "billonada" inmensa al año.

—Y precisamente cuánto es una "billonada"?

—Más de lo que ninguno de nosotros podría contar —suspiró Camilo—. Marga, ibas a hacer ciertas averiguaciones para encontrar a alguien que pueda ayudar a arreglar estas entrevistas de religión.

Él pudo oír los papeles que ella hojeaba. —Puedes conseguir a los tipos de la religión mundial única, aquí en Nueva York —dijo ella—. Ellos se van el viernes, pero muy pocos estarán en Israel. Los tipos del templo estarán en Jerusalén en la semana próxima.

---

1.   Buró Federal de Investigaciones.

Trataremos de ponernos en contacto con esos dos chiflados del Muro de los Lamentos que quieres entrevistar, pero el del dinero aquí dice, que no cuentes con ello.

—Correré el riesgo.

—¿Y dónde te gustaría que enviemos tus restos?

—Sobreviviré.

—Nadie más ha podido.

—Pero yo no los amenazaré, Marga. Les estaré ayudando a transmitir su mensaje.

—Sea lo que sea.

—¿Entiendes por qué necesitamos un artículo sobre ellos?

—Camilo, es tu vida.

—Gracias.

—Y mejor es que llegues a este cardenal Mathews, cuando vengas de camino para acá. Él está yendo y viniendo entre las reuniones de la única religión y la arquidiócesis de Cincinnati, y se dirige hacia el Vaticano para la votación papal, justo después que se firme el pacto el próximo lunes.

—¿Pero él *estará* en Jerusalén?

—Oh, sí. Hay un rumor flotando por aquí que dice que en el caso que él sea el próximo Papa, está haciendo contactos en Jerusalén para un santuario grande o algo así. Pero los católicos nunca dejan el Vaticano, ¿o sí lo dejarían?

—Uno nunca sabe, Marga.

—Bueno, eso es cierto. Apenas tengo tiempo para pensar esas cosas, siendo tu mensajera y de todos los de aquí que no pueden hacer sus propias diligencias.

—Eres la mejor Marga.

—El halago siempre lo conseguirá Camilo.

—¿Me conseguirá qué?

—Sólo te lo conseguirá.

—¿Qué pasa con el rabino?

—El rabino dice que rehúsa todo contacto con las agencias de noticias, hasta después que presente sus hallazgos.

—¿Y cuándo será eso?

—Se decía hoy que la telecadena CNN le está dando una hora sin interrupciones en su satélite internacional. Los judíos podrán verlo al mismo tiempo en todo el mundo, pero por supuesto, será medianoche para algunos de ellos.

—¿Y cuándo es esto?

—El lunes por la tarde, después que se firme el pacto. La firma es a las 10:00 de la mañana, hora de Jerusalén. El rabino Ben-Judá sale al aire por una hora a las dos de la tarde.

—Muy hábil, salir mientras la élite de la prensa mundial está aún agolpada en Jerusalén.

—Todos estos tipos religiosos son astutos, Camilo. Probablemente el hombre que sea el próximo Papa estará en la firma del tratado, molestando a los israelitas. Este rabino piensa que él es tan sumamente importante que la firma del tratado quedará superada por la lectura de su trabajo de investigación. Asegúrate allá de que mi horario de la TV esté correcto, Camilo. Quiero tener la certeza absoluta de pasarme por alto a ése.

—Oh, vamos Marga. Él va a decirte cómo reconocer al Mesías.

—Ni siquiera soy judía.

—Tampoco yo, pero ciertamente quiero poder reconocer al Mesías. ¿Tú no querrías?

—¿Camilo, quieres que me ponga seria y te diga la verdad de una sola vez aquí? Pienso que he visto al Mesías. Creo que lo reconozco. Si realmente se supone que sea alguien enviado por Dios para salvar al mundo, pienso que él es el nuevo Secretario General de las Naciones Unidas.

Camilo se estremeció.

Raimundo estaba en la lista de prioridades en cuanto pasajero de primera clase para el próximo vuelo a Chicago desde Baltimore. Llamó a Cloé desde el aeropuerto para informarle por qué llegaría más tarde de lo esperado.

—Patty Durán ha estado tratando de comunicarse contigo.

—¿Qué quiere?

—Ella está tratando de organizar una reunión contigo y Carpatia antes que te conviertas en su piloto.

—Voy a llevarlo en viaje de ida y vuelta a Tel Aviv. ¿Por qué tengo que conocerlo?

—Es más probable que él sienta que tiene que conocerte. Patty le dijo que eres cristiano.

—¡Oh, grandioso! Nunca me tendrá confianza.

—Probablemente quiera tenerte a la vista.

—Quiero conversar personalmente con Patty de todos modos. ¿Cuándo quiere verme él?

—Mañana.

—Mi vida se está volviendo muy atareada de repente. ¿Qué hay de nuevo contigo?

—Algo más de mi admirador secreto llegó hoy —dijo ella—. Esta vez son caramelos.

—¡Caramelos! —dijo Raimundo, asustado por los temores que Leonardo Gustafson le había implantado—. Comiste alguno?

—Todavía no, ¿por qué?

—Sólo que no toques eso hasta que sepas de quién vienen.

—¡Oh, papá!

—Nunca se sabe querida. Por favor, no corras ningún riesgo.

—Bueno, ¡pero estos son mis favoritos! Y se ven tan ricos.

—Ni siquiera los abras hasta que sepamos, ¿bueno?

—Bueno, pero vas a querer algunos también. Son los mismos que siempre me traes de Nueva York, de esa pequeña cadena de tiendas por departamentos.

—¿Mentas del Molino de Viento, de *Holman Meadows?*

—Los mismos.

Eso era el colmo del insulto. Cuántas veces Raimundo le mencionó a Patty que tenía que comprar esas mentas de esa tienda cuando se quedaban en Nueva York. Ella hasta lo había acompañado más de una vez. Así que Patty ni siquiera trataba de ocultar que ella estaba enviando los misteriosos regalos. ¿Cuál era el sentido? No parecía encajar con la venganza por la manera arrogante con que él la había tratado. ¿Qué tenía que ver con Cloé? ¿Y sabía eso Carpatia, o estaba detrás, de algo tan vulgar?

Raimundo lo averiguaría, eso era seguro.

Camilo volvió a sentir alivio. Su vida había estado en tal torbellino desde las desapariciones que se había preguntado si alguna vez se estabilizaría otra vez en la norma frenética que él tanto disfrutaba. Su jornada espiritual había sido una cosa, su rebaja y reubicación, otra. Pero ahora parecía de vuelta al favor de la jerarquía mayor del *Semanario Mundial* y había usado su instinto para negociar lo que consideraba eran las historias principales que irrumpían en el mundo.

Se sentó en su oficina de la casa, mandando "faxes",[2] correo electrónico, telefoneando, trabajando con Marga y con los reporteros del *Mundial y asimismo haciendo contactos para él. Tenía que entrevistar a mucha gente en poco tiempo y todos los acontecimientos parecían precipitarse al mismo tiempo.*

Aunque una parte suya estaba horrorizada por lo que había pasado, Camilo disfrutaba la presión del asunto. Quería desesperadamente convencer a su propia familia de la verdad. Sin embargo, su padre y su hermano no querían saber de eso y si él no hubiera estado tan ocupado con el trabajo desafiante y excitante, ese solo hecho lo hubiera enloquecido.

Camilo tenía sólo unos pocos días para hacer su trabajo antes y después de la firma del pacto. Parecía que toda su vida estaba ahora moviéndose rápido hacía adelante, tratando de hacer lo más posible en siete años. No sabía cómo sería el cielo en la tierra, aunque Bruno estaba tratando de enseñarles a él, Raimundo y Cloé. Anhelaba la Manifestación Gloriosa y el reinado de Cristo en la tierra por mil años. Pero en su mente, hasta que aprendiera y supiera más, todo lo normal que él deseaba cumplir; como el reportaje y las crónicas investigativas, enamorarse, casarse, quizá tener un hijo, todo tenía que hacerse pronto.

Cloé era la mejor parte de su nueva vida. Pero, ¿tenía tiempo para hacer justicia a una relación que prometía ser más que todo lo que él hubiera vivido? Ella era diferente de toda mujer que él hubiera conocido, y no obstante, no lograba puntualizar esa diferencia. Su fe la había enriquecido y hecho una persona nueva, y sin embargo, él se había sentido atraído por ella antes de que cada uno de ellos hubiera recibido a Cristo.

La idea de que su reunión pudiera haber sido parte de un plan divino le confundía la mente. ¡Cuánto deseaba que se hubieran conocido años antes y que juntos hubieran estado listos para el Arrebatamiento! Si él iba a pasar algo de tiempo con ella antes de empezar su viaje a Israel, tendría que ser ese mismo día.

---

2.   Mensajes impresos vía teléfono.

Camilo miró su reloj. Tenía tiempo para una llamada más, luego llamaría a Cloé.

———————

Raimundo dormitó en primera clase con los audífonos puestos. Las imágenes de las noticias llenaban la pantalla frente a él, pero había perdido interés en los reportajes de las olas de crímenes que sentaban récords en todos los Estados Unidos de Norteamérica. El nombre Carpatia lo despertó finalmente. El Consejo de Seguridad de las Naciones Unidas se había estado reuniendo durante varias horas a diario, finalizando los planes para la moneda mundial única y el plan de desarme masivo que el Secretario General había instituido. Originalmente la idea era destruir noventa por ciento de las armas y donar el restante diez por ciento a las Naciones Unidas. Ahora, cada país contribuyente también incorporaría a sus propios soldados en las tropas de preservación de la paz de las Naciones Unidas.

Carpatia había pedido al presidente de los Estados Unidos de Norteamérica que encabezara el comité de verificación, una movida sumamente polémica. Los enemigos de los Estados Unidos de Norteamérica reclamaban que Fitzhugh sería parcial y no confiable, asegurándose de que ellos destruyeran sus armas mientras que los Estados Unidos de Norteamérica acumulaban las propias.

El mismo Carpatia trataba estos asuntos en su acostumbrado estilo directo y simpático. Raimundo temblaba mientras escuchaba. Indudablemente, él hubiera confiado y apoyado a este hombre si Raimundo no hubiera sido cristiano.

Los Estados Unidos de Norteamérica ha sido por mucho tiempo un guardián de la paz —decía Carpatia—. Ellos guiarán por el camino, destruyendo sus armas de destrucción y despachando a Nueva Babilonia el restante diez por ciento. Los pueblos del mundo tendrán la libertad de venir e inspeccionar la obra de los Estados Unidos, cerciorándose por sí mismos del cumplimiento pleno, y luego, seguir de igual manera.

Permitan que sólo agregue esto —dijo el Secretario General—. Esta es una enorme empresa masiva que puede durar años. Cada país podría justificar mes tras mes de procedimiento conforme al protocolo pero no debemos dejar que esto ocurra. Los Estados Unidos de Norteamérica sentarán el ejemplo y ningún otro país se demorará más que ellos para destruir sus armas y donar el resto.

Cuando llegue el tiempo en que esté terminada la nueva sede central de las Naciones Unidas en la Nueva Babilonia, las armas estarán en el lugar debido.

La era de paz está a la mano, y el mundo está finalmente, en el umbral de convertirse en una sola comunidad mundial.

El pronunciamiento de Carpatia fue saludado con aplausos atronadores, aun de parte de la prensa.

Después, en el mismo noticiero, Raimundo vio un corto especial sobre el nuevo *Fuerza Aérea Uno*, un 757 que sería entregado en el Aeropuerto Dulles de Washington D.C., y luego, llevado a Nueva York para esperar allí su viaje inaugural oficial bajo el mando de "un capitán nuevo que será anunciado prontamente. El nuevo hombre ha sido elegido de una lista de los mejores pilotos de las aerolíneas más grandes".

En otras noticias se citaba a Carpatia diciendo que él y el concilio ecuménico de la reunión de los dirigentes religiosos de todo el mundo tendrían un anuncio excitante para la siguiente tarde.

Camilo se comunicó con el asistente del cardenal arzobispo Pedro Mathews en Cincinnati.

—Sí, él está aquí pero está descansando. Se va mañana en la mañana a Nueva York para la reunión final del concilio ecuménico, y luego estará en Israel y el Vaticano.

—Yo iría a cualquier parte a cualquier hora, como le quede cómodo —dijo Camilo.

—Lo llamaré dentro de treinta minutos para darle una respuesta de una u otra forma.

Camilo llamó a Cloé. —Tengo sólo unos pocos minutos ahora —dijo—, ¿pero podemos juntarnos, sólo los dos, antes de la reunión de esta noche?

—Seguro, ¿qué está pasando?

—Nada específico —dijo él—. Sólo que me gustaría pasar un rato contigo, ahora que tú sabes que estoy disponible.

—¿Disponible? ¿Estás así?

—¡Sí, señorita! ¿Y tú?

—Supongo que también estoy disponible. Eso significa que tenemos algo en común.

—¿Tenías planes para esta noche?

—No. Papá se va a retrasar un poco. Hoy fue entrevistado en la Casa Blanca.

—¿Entonces, va a aceptar el trabajo?

—Hará el viaje inaugural y decidirá después.

—Yo podría haber estado en ese vuelo.

—Lo sé.

—¿Te recojo a las seis? —dijo Camilo.

—Me encantaría.

Doce

Conforme a lo prometido, el asistente del cardenal Mathews llamó otra vez a Camilo, y la noticia era buena. El cardenal había quedado tan impresionado con la entrevista que le hizo Camilo para el artículo de fondo, de pronta publicación, que estuvo de acuerdo en que Camilo viajara con él a Nueva York en la mañana siguiente.

Camilo reservó asiento en el último vuelo de esa noche desde O'Hare a Cincinnati. Sorprendió a Cloé apareciendo a las seis con comida china. Le contó sus planes del viaje de la noche y agregó:

—No quiero perder tiempo de hablar tratando de encontrar un lugar donde comer.

—Mi papá va a ponerse celoso cuando llegue —dijo ella—. Le encanta la comida china.

Camilo metió la mano en la gran bolsa y sacó una comida adicional y sonrió. —Hay que tener contento al papá.

Camilo y Cloé se sentaron en la cocina, comiendo y hablando por más de una hora. Hablaron de todo: sus respectivas infancias, familias, mayores acontecimientos de sus vidas, esperanzas, temores y sueños. A Camilo le deleitaba oír hablar a Cloé, no sólo por lo que decía, sino hasta por su voz. No sabía si ella era la mejor conversadora que hubiera conocido o si sencillamente se estaba enamorando de ella. *Probablemente las dos cosas* —decidió.

Raimundo llegó encontrando a Camilo y Cloé trabajando con el computador de Raimundito, que no había sido encendido desde la semana de las desapariciones. En pocos minutos Camilo había conectado a Cloé con la "Internet" y establecido una dirección para correo electrónico.

—Ahora puedes comunicarte conmigo en cualquier parte del mundo —dijo él.

Raimundo dejó a Camilo y Cloé en la computadora y examinó las mentas de Praderas Holman. Los caramelos estaban todavía envueltos y habían sido entregados por una empresa de buena reputación. Estaban dirigidos a Cloé pero sin mensaje. Raimundo decidió que no estaban envenenados, y aunque procedieran de Patty Durán por alguna razón inexplicable, no era lógico no disfrutarlos.

—Quienquiera que esté enamorado de tu hija tiene buen gusto ciertamente —dijo Camilo.

—Gracias —dijo Cloé.

—Quiero decir buen gusto para los chocolates de menta.

Cloé se ruborizó. —Sé lo que quieres decir —dijo ella.

Camilo tuvo que aceptar dejar su automóvil en el garaje de los Steele durante su viaje, ante la insistencia de Raimundo. Camilo y Cloé se fueron temprano de la reunión del Comando Tribulación para llegar al aeropuerto. El tráfico era menos de lo esperado y llegaron más de una hora antes del vuelo.

—Podríamos habernos quedado más tiempo en la iglesia —dijo él.

—Aunque es mejor estar seguros, ¿no lo crees? —dijo ella—. Detesto estar siempre corriendo al borde del atraso.

—Yo también —dijo él—, pero habitualmente lo hago. Puedes dejarme justo en la acera.

—No me importa esperar contigo si no te importa pagar el estacionamiento.

—¿Vas a estar segura al regresar al automóvil a esta hora de la noche?

—Lo he hecho muchas veces —dijo ella—. Hay muchos guardias de seguridad.

Ella estacionó y fueron paseando por la enorme terminal del aeropuerto. Él llevaba su bolsa de cuero, de las que se cuelgan del hombro, con todo su mundo adentro. Cloé parecía incómoda pero Camilo no tenía nada que ella llevara, y aún no estaban en la etapa de tomarse de la mano, así que seguían caminando. Cada vez que él se daba vuelta para hablarle de modo que ella pudiera oírle, su bolsa se movía y la correa se caía de su hombro así que optaron por caminar en silencio hasta la puerta de acceso al avión.

Camilo entró y supo que iba a ser un vuelo casi vacío.

—Desearía que pudieras venir conmigo —dijo a la ligera.

—Yo deseo... —empezó ella pero evidentemente lo pensó mejor y se calló.

—¿Qué?

Ella movió la cabeza.

—¿Tú deseas poder venir conmigo también?

Ella asintió. —Pero no puedo y no lo haré así que no empecemos con eso.

—¿Qué haría contigo? —dijo él—, ¿meterte en mi bolsa?

Ella se rió.

Se quedaron de pie en las ventanas, mirando a los maleteros y los controladores del tráfico terrestre nocturno. Camilo fingía mirar por la ventana mientras contemplaba el reflejo de Cloé a pocos centímetros del suyo. Un par de veces sintió que, asimismo, el enfoque de ella cambiaba desde la pista al vidrio e imaginó que él sostenía su mirada. *Expresión de deseos*, decidió.

—Vamos a demorarnos veinte minutos —anunció la mujer del mostrador.

—No te sientas obligada a quedarte, Cloé —dijo Camilo—. ¿Quieres que te acompañe al automóvil?

Ella se rió otra vez. —Realmente estás paranoico con ese viejo parque de estacionamiento, ¿no? No, mira, el trato es que yo te traiga aquí, espere contigo en la puerta de tu vuelo para que no te sientas solo, y luego me quede hasta que estés seguro a bordo del avión. Yo haré señas con la mano, pretendiendo estar clavada en el sitio y solamente cuando el avión se pierda de vista, me aventuraré a ir al automóvil.

—¿Qué, vas inventando esto mientras vas hablando?

—Por supuesto. Ahora, siéntate y relájate y finge que eres un viajero mundial frecuente.

—Por una vez deseo poder fingir que no lo soy.

—¿Y entonces, estarías nervioso por el vuelo y me necesitarías aquí?

—De todos modos te necesito aquí.

Ella desvió la mirada. *No tan rápido,* se dijo para sí mismo. Esto era lo divertido, la etapa de la esgrima, pero también era enloquecedoramente incierto. Él no quería decirle cosas a ella tan sólo porque se iría por unos días, y que de otro modo, no le diría.

—Te necesito aquí también —dijo ella ligeramente—, pero tú me dejas.

—Eso es algo que nunca haría.

—¿Qué, dejarme?

—Absolutamente. —Él mantenía un tono humorístico, esforzándose por no asustarla y alejarla.

—Bueno, eso da ánimos. No me gusta ese asunto de dejar atrás.

Raimundo mantuvo oído atento a Cloé mientras empacaba para su rápido viaje a Nueva York en la tarde siguiente. Eulalio había llamado pues quería saber si la oficina de Carpatia se había comunicado con él.

—¿Y ésta es la misma Patty Durán que trabajaba con nosotros? —preguntó Eulalio.

—La misma que viste y calza.

—¿Ella es la secretaria de Carpatia?

—Algo así.

—Que mundo tan chico.

—Supongo que sería tonto decirte que tengas cuidado en Cincinnati y Nueva York e Israel, considerando todo lo que has pasado —dijo Cloé.

Camilo sonrió. —No empieces con tus adioses hasta que estés lista para irte.

—No me iré hasta que tu avión se pierda de vista —dijo ella—. Ya te lo dije.

—Tenemos tiempo para una galletita —dijo él, señalando a un vendedor en el pasillo.

—Ya comimos postre —dijo ella—. Chocolates y una galletita.

—Las galletitas de la suerte no cuentan —dijo él. —Vamos. ¿No te acuerdas de nuestra primera galletita?

El día que se conocieron, Cloé se había comido una galletita y él había quitado una migaja de chocolate de la comisura de su boca con su pulgar. Sin saber qué hacer con el chocolate, la había lamido.

—Recuerdo que fui una palurda —dijo ella—. Y probaste un chiste muy viejo.

—¿Te sientes como una galletita? —dijo él, haciendo una broma en la forma en que ella lo había hecho en Nueva York ese primer día.

—Vaya, ¿parezco una?

Camilo se rió no porque el chiste fuera más cómico que la primera vez, decidió, sino porque era de ellos y era tonto.

—Realmente no tengo hambre —dijo ella mientras miraban a través del vidrio a un aburrido adolescente que esperaba por su pedido.

—Yo tampoco —dijo Camilo—. Estas son para más tarde.

—¿Más tarde esta noche o más tarde mañana? —preguntó ella.

—Donde sea que sincronicemos nuestros relojes.

—¿Vamos a comerlas juntos; quiero decir, al mismo tiempo?

—¿No parece excitante?

—Tu creatividad es incesante.

Camilo pidió dos galletitas en dos bolsas.

—No puedo hacer eso —dijo el adolescente.

—Entonces quiero una galletita —dijo él, pasando el dinero y dándole algo a Cloé.

—Y yo quiero una galletita —dijo ella, con el dinero en la mano.

El adolescente hizo una mueca, puso en bolsas las galletitas para cada uno, y dio el cambio.

—Hay más de una forma de depellejar al gato —dijo Camilo.

Ellos se alejaron regresando a la puerta del vuelo. Se habían juntado unos pocos pasajeros más y la mujer del mostrador anunció que, por fin, había llegado el avión. Camilo y Cloé se sentaron mirando mientras los pasajeros que llegaban iban desfilando, luciendo cansados.

Camilo dobló cuidadosamente su bolsita con la galletita y la puso en su bolsa de mano.

—Estaré en un avión a Nueva York mañana a las ocho de la mañana —dijo—. Me la comeré con el café y pensaré en ti.

—Eso será a las siete de la mañana, de mi hora —dijo Cloé—, todavía estaré acostada, disfrutando mi galletita y soñando contigo.

Todavía estamos andando por las ramas, pensó Camilo. *Ninguno de nosotros dirá nada serio.*

—Yo esperaré entonces hasta que estés levantada —dijo él—. Dime cuándo vas a comerte tu galletita.

Cloé miró el cielo raso. —Mmmm —musitó— ¿Cuándo vas a estar en tu reunión más importante y más formal?

—Probablemente en algún momento tarde en la mañana en un hotel grande de Nueva York. Carpatia viene para un anuncio conjunto con el cardenal Mathews y otros líderes religiosos.

—Yo me comeré la galletita cuando eso sea —dijo Cloé—. Y te reto a que te comas también la tuya entonces.

—Aprenderás a no desafiarme —sonrió Camilo pero estaba sólo bromeando a medias—. No conozco el miedo.

—¡Ja! —dijo ella—. ¡Temes el garaje del estacionamiento de aquí y ni siquiera eres tú el que va a caminar por ahí solo!

Camilo tomó la bolsa de la galletita de ella.

—¿Qué haces? —dijo ella— No tenemos hambre, ¿recuerdas?

—Sólo huele esto —dijo él—. La fragancia es tan buena para realzar el recuerdo.

Él abrió la bolsa de la galletita de ella y la sostuvo contra su cara. —Mmmm. —dijo él— Masa de galletita, chocolate, nueces, mantequilla, lo que quieras.

La inclinó hacia ella y ella se inclinó para olerla. —Me encanta ese olor —dijo ella.

Camilo estiró su otra mano y tomó la mejilla de ella en su palma. Ella no se retiró sino que sostuvo la mirada de él. —Recuerda este momento —dijo él—, estaré pensando en ti mientras no esté aquí.

—Yo también —dijo ella—. Ahora, cierra esa bolsa. Esa galletita tiene que seguir fresca para que el olor me haga recordar.

Raimundo despertó más temprano que Cloé y bajó silencioso a la cocina. Levantó del mostrador la bolsita de la galletita. *Queda una* pensó y se sintió tentado. En cambio, escribió una nota a Cloé. *Espero que no te importe. No pude resistir.* En el dorso del papel, puso: *Sólo una broma.* Y puso la nota sobre la bolsita. Tomó café y jugo, luego se vistió con su ropa de ejercicio y se fue a hacer gimnasia.

Camilo estaba con el cardenal Mathews en primera clase del vuelo matutino de Cincinnati a Nueva York. A Mathews le faltaba poco para los sesenta, y era un hombre fornido con papada, el pelo muy corto de color negro que parecía ser su color natural. Solamente el cuello de su camisa denotaba su cargo. Llevaba un caro maletín y una computadora portátil, y Camilo se fijó que llevaba cuatro maletas como equipaje por los recibos que tenía asegurados a su pasaje.

Mathews viajaba con un asistente que meramente desviaba a otras personas y hablaba poco. El ayudante se instaló en un asiento frente a ellos para que Camilo pudiera sentarse al lado del arzobispo.

—¿Por qué no me dijo que era un candidato para el papado? —empezó Camilo.

—Así que vamos a meternos derecho en eso, ¿no? —dijo Mathews—. ¿No le gusta un poco de champaña en la mañana?

—No, gracias.

—Bueno, no le importará si yo tomo un poquito.

—Como guste. Dígame cuando esté listo para conversar.

El ayudante de Mathews oyó la conversación e hizo señas a una aeromoza que trajo inmediatamente un vaso de champaña para el cardenal, y preguntó: —¿Lo de siempre?

—Gracias, Caryn —dijo él, como a una vieja amiga. Evidentemente ella lo era. Cuando ella se fue, él susurró—. La familia Litewski, de mi primera parroquia. Yo mismo la bauticé. Ella ha trabajado durante años en este vuelo. ¿Ahora, dónde estábamos?

Camilo no contestó. Sabía que el cardenal había oído la pregunta y que la recordaba. Si quería repetirla por causa de su propio ego, él mismo podía repetirla.

—Oh, sí, usted se estaba preguntando por qué no mencioné el papado. Supongo que pensé que todos sabían. Carpatia sabía.

Apuesto que sí, pensó Camilo. *Probablemente lo organizó.*

—¿Carpatia espera que lo obtenga?

—En calidad oficial —susurró Mathews—, ya no se trata de esperar. Ya nosotros tenemos los votos.

—¿Nosotros?

—Ese es el *nosotros* para la publicidad. Nosotros, mí, yo, tengo los votos, ¿entiende?

—¿Cómo puede estar tan seguro?

—He sido miembro del colegio de cardenales por más de diez años. Nunca he sido sorprendido aún por una votación papal. ¿Sabe cómo me llama Nicolás? Me llama P.M.

Camilo se encogió de hombros. —¿Él le nombra por sus iniciales? ¿Eso significa algo?

El ayudante de Mathews miró entre los asientos y sacudió la cabeza.

Así que yo debiera saber, supuso Camilo. Pero nunca había temido hacer una pregunta tonta.

—Pontífex Maximus[1], —dijo Mathews irradiante.

—Felicitaciones —dijo Camilo.

—Gracias, pero confío que sepas que Nicolás tiene mucho más en mente para mi papado que el mero liderazgo de la Santa Madre Iglesia Católica Romana.

—Cuénteme.

—Será anunciado más tarde en esta mañana y si no me citas directamente, te daré la primicia de eso.

—¿Por qué haría eso?

—Porque me gustas.

—Apenas me conoce.

—Pero conozco a Nicolás.

Camilo se hundió en su asiento. —Y yo le gusto a Nicolás.

—Exactamente.

—Así que este viajecito juntos no fue en realidad, el resultado completo de mi trabajo.

—Ah, no —dijo Mathews—. Carpatia te respaldó. Él quiere que yo te cuente todo. Sólo que no me hagas quedar mal o parecer interesado con lo que te diga.

—¿El anuncio lo haría parecer así?

—No, porque el mismo Carpatia hará ese anuncio.

—Estoy escuchando.

———

—Oficina del Secretario General Carpatia, habla la señora Durán.

—Aquí, Raimundo Steele.

—¡Raimundo! ¿Cómo está...

—Vamos directo al grano Patty. Quiero ir allá temprano esta tarde para poder hablar contigo en forma privada por unos pocos minutos.

—Eso será maravilloso, capitán Steele. Sin embargo, debo advertirte por anticipado que me estoy viendo con alguien.

—Eso no es divertido.

—No pretendo que lo sea.

—¿Tendrás tiempo?

---

1.   Pontífice Supremo.

—Por cierto. El secretario general Carpatia puede recibirte a las cuatro. ¿Te busco a las tres y media?

Raimundo colgó el teléfono cuando Cloé entraba a la cocina, vestida para ir al trabajo en la iglesia. Ella vio su nota.

—¡Oh, papá! ¡No te la comiste! —dijo, y él pensó que estaba al borde de las lágrimas. Tomó la bolsita y la sacudió. Una mirada de alivio surgió en ella al dar vuelta a la nota y reírse.

—Crece papá. Por una vez en tu vida, actúa conforme a tu edad.

Él estaba preparándose para ir al aeropuerto, y ella al trabajo, cuando la CNN transmitió una conferencia de prensa en directo desde la reunión de dirigentes religiosos internacionales en Nueva York.

—Mira esto, papá —dijo ella—. Camilo está ahí.

Raimundo puso su bolso de mano en el suelo y fue a pararse al lado de Cloé, que sostenía un tazón de café con ambas manos. El corresponsal de la CNN recitaba una explicación de lo que vendría.

Esperamos una declaración conjunta de la coalición de líderes religiosos y las Naciones Unidas, representada por el nuevo secretario general Nicolás Carpatia. Él parece ser el hombre de la hora aquí, habiendo ayudado a pulir propuestas y unir a los representantes de sistemas de creencias ampliamente variados. Desde que él ha estado en el cargo no ha pasado un día sin algún acontecimiento importante.

Aquí se especula que las religiones del mundo van a realizar un nuevo intento por tratar los asuntos mundiales de una manera más cohesiva y tolerante que nunca antes. El ecumenismo ha fracasado en el pasado pero pronto veremos si esta vez hay por aquí alguna idea nueva que pueda hacerlo funcionar definitivamente. Subiendo al podio está el cardenal Pedro Mathews, arzobispo prelado de la arquidiócesis de Cincinnati de la iglesia católica romana y ampliamente visto como el posible sucesor del papa Juan XXIV, que sirvió solamente por cinco polémicos meses antes de ser contado en la lista de los que faltaban por causa de las desapariciones acaecidas sólo hace pocas semanas.

La cámara enfocó a la plataforma de la conferencia de prensa donde había más de dos docenas de dirigentes religiosos de todo el mundo, todos vestidos con su vestimenta nacional, en posición para el cargo. Al abrirse camino el arzobispo Mathews hasta la zona de los micrófonos, Raimundo oyó que Cloé chillaba.

—¡Papá, allá está Camilo! ¡Mira! ¡Justo ahí!

Ella señalaba a un reportero que no estaba en la muchedumbre con el resto de los periodistas sino que parecía balancearse en el borde trasero de la elevada plataforma. Camilo parecía estar tratando de mantener su equilibrio. Dos veces se bajó sólo para volver a subirse.

Mientras Mathews hablaba de la cooperación internacional, Raimundo y Cloé miraban fijo a Camilo en el rincón de atrás. Nadie más lo hubiera notado siquiera.

—¿Qué tiene? —dijo Raimundo—. ¿Es una especie de libreta de apuntes o una grabadora?

Cloé miró de cerca y se quedó boquiabierta. Corrió a la cocina y volvió con la bolsa de su galletita.

—¡Es su galletita! —dijo—. ¡Vamos a comer nuestras galletitas al mismo tiempo!

Raimundo estaba perdido pero ciertamente contento de no haberse comido esa galletita. —¿Qué...? —empezó a decir pero Cloé lo hizo callar.

—Huele igual que anoche —dijo ella.

Raimundo resopló. —¿Qué olía igual que anoche? —dijo.

—¡Shhh!

Y ciertamente, mientras ellos miraban, Camilo metió rápida y calladamente su mano en la bolsita, sacó de manera oculta y casi invisiblemente la galletita, se la llevó a la boca y le dio un mordisco. Cloé lo fue imitando gesto por gesto y Raimundo se dio cuenta de que estaba sonriendo y llorando al mismo tiempo.

—Te agarró fuerte —dijo y se fue para el aeropuerto.

Camilo no tenía idea si su travesura había sido vista por alguien, menos por Cloé Steele. ¿Qué le estaba haciendo esa muchacha? De alguna forma había pasado de ser un periodista estrella internacional a un romántico muy enamorado que hacía cosas tontas para captar la atención. Pero, esperaba, no demasiada atención. Pocos siquiera vieron a alguien en el borde del ángulo de la TV. En cuanto a él se refería, Cloé podía haber estado mirando y no haberlo visto en absoluto.

Más importante que sus esfuerzos era la gran historia que irrumpía de lo que hubiera podido rotularse de otro modo, como una típica confabulación internacional. De alguna manera Nicolás

Carpatia, fuera prometiendo apoyo al papado de Mathews o por su extraña habilidad para encantar a cualquiera, había logrado que estos dirigentes religiosos confeccionaran una propuesta de significado increíble.

Estaban anunciando no tan sólo un esfuerzo para cooperar y ser más tolerantes unos con otros, sino también la formación de una religión enteramente nueva, una que incorporaría los principios de todas.

Y para que no parezca imposible para los devotos miembros de cada una de nuestras sectas —dijo Mathews—, todos estamos, cada uno de nosotros, en total unanimidad. Nuestras mismas religiones han causado mucha división y derramamiento de sangre en todo el mundo como cualquier gobierno, ejército o arma. Desde este día en adelante nos uniremos bajo la bandera de la Comunidad Mundial de la Fe. Nuestro emblema incluirá símbolos sagrados de las religiones que todos representan y desde aquí en adelante, abarcará todo. Sea que creamos que Dios es una persona real o meramente un concepto, Dios está en todo y por encima de todo y alrededor de todo. Dios está en nosotros. Nosotros somos Dios.

Cuando se ofreció la oportunidad para hacer preguntas, muchos astutos editores de religión se enfocaron rápidamente.

¿Qué pasa con el liderazgo de, digamos el catolicismo romano? ¿Será necesario tener un papa?

Elegiremos un papa —dijo Mathews—, y esperamos que las otras grandes religiones sigan nombrando líderes en sus ciclos habituales. Pero estos líderes servirán a la Comunidad Mundial de la Fe, y se espera que mantengan la lealtad y devoción de sus feligreses a la causa mayor.

¿Hay un principio mayor con el cual todos estén de acuerdo?

Esto fue recibido con risa por parte de los participantes. Mathews llamó a un rastafari para que contestara. Este dijo por medio de un intérprete:

Creemos concretamente en dos cosas. Primero, en la bondad básica de la humanidad. Segundo, que las desapariciones fueron una limpieza religiosa. Algunas religiones tuvieron muchos desaparecidos. Otras, muy pocos. Muchas, ninguno. Pero el hecho de que muchos de cada una fueran dejados atrás, demuestra que ninguna era mejor que la otra. Toleraremos a todos, creyendo que quedó lo mejor de nosotros.

Camilo se movió para pasar al frente y levantó su mano.

Camilo Williams, del *Semanario Mundial* —dijo—. Una pregunta de continuidad para el señor que está en el micrófono o para el cardenal Mathews o quien sea. ¿Cómo concuerda este principio de la bondad básica de la humanidad con la idea de que la gente mala fue aventada? ¿Cómo es que pasaron por alto la posesión de esta bondad básica?

Nadie se movió para contestar. El rastafari miró a Mathews que contemplaba fijamente a Camilo, no deseando claramente mostrarse molesto pero queriendo también comunicar que él se sentía emboscado.

Finalmente Mathews tomó el micrófono.

No estamos aquí para discutir teología —dijo—. Sucede que yo soy uno de los que cree que las desapariciones constituyeron una limpieza y que la bondad básica de la humanidad es el común denominador de todos los que quedan. Y esta bondad básica se halla en mayor medida en nadie más que Nicolás Carpatia, el secretario general de las Naciones Unidas. ¡Por favor, démosle la bienvenida!

La plataforma estalló con los vivas que daban los dirigentes religiosos. Algunos de la prensa aplaudían, y por primera vez, Camilo se dio cuenta de un enorme contingente de público tras la prensa. Debido a los focos de luz, no los había visto desde la plataforma y no los había oído hasta que apareció Carpatia.

Carpatia era su típico yo magistral, que atribuía todo el mérito a los dirigentes del cuerpo ecuménico y que respaldaba esta "idea histórica perfecta cuya hora debiera haber sonado hace mucho".

Aceptó unas cuantas preguntas, incluso qué pasaría con la reconstrucción del templo judío en Jerusalén.

Eso, me alegra poder decirlo, seguirá adelante. Como muchos de ustedes saben, se ha donado mucho dinero para esta causa durante décadas, y hace años que se emprendió la prefabricación del templo en otros sitios. Una vez que empiece la reconstrucción, no se demorará en completarse.

Pero ¿qué pasa con la mezquita islámica el Domo de la Roca? Me alegro tanto que haya preguntado eso —dijo Carpatia, y Camilo se preguntó si no la habría plantado él mismo—. Nuestros hermanos musulmanes han acordado trasladar a Nueva Babilonia no sólo el santuario sino también la sección sagrada de la roca, liberando de esta manera a los judíos para reedificar su templo donde ellos creen que está el sitio original.

Y ahora, si me permiten un momento más, quisiera decir que claramente estamos en la coyuntura más importante de la historia mundial. Con la consolidación de una forma de divisa única, con la cooperación y tolerancia de muchas religiones en una sola, con el desarme y compromiso mundial por la paz, el mundo está verdaderamente haciéndose uno.

Muchos de ustedes me han oído usar la expresión *Comunidad Mundial*. Este es un nombre digno para nuestra nueva causa. Podemos comunicarnos unos con otros, adorar unos con otros, comerciar unos con otros. Con los avances de las comunicaciones y de los viajes, ya no somos más un conglomerado de países y naciones, sino una comunidad mundial completa, un pueblo compuesto de ciudadanos iguales. Agradezco a los líderes aquí presentes que han armado esta pieza de bello mosaico y quisiera hacer un anuncio en honor de ellos.

Con el traslado de las oficinas centrales de las Naciones Unidas a Nueva Babilonia, habrá un nuevo nombre para nuestra gran organización. ¡Seremos conocidos como la Comunidad Mundial!

Cuando se calmó finalmente el aplauso, Carpatia concluyó.

Por consiguiente el nombre de la nueva religión mundial, Comunidad Mundial de la Fe, es precisamente adecuado.

Carpatia fue escoltado fuera del edificio a toda velocidad mientras la gente de cámaras y sonido empezaba a desarmar el sitio de la conferencia de prensa. Nicolás vio a Camilo y rompió el ritmo. Diciendo a sus guardias personales que quería hablar con alguien. Ellos formaron una pared humana alrededor de él mientras Carpatia abrazaba a Camilo. Todo lo que Camilo pudo hacer fue no retroceder.

—Tenga cuidado con lo que hace con mi independencia periodística —susurró en el oído de Carpatia.

—¿Alguna buena noticia para mí? —preguntó Carpatia, sosteniendo a Camilo a la distancia de su brazo y mirando directo a sus ojos.

—Todavía no, señor.

—¿Te veré en Jerusalén?

—Por supuesto.

—¿Te mantendrás en contacto con Esteban?

—Sí.

—Dile lo que sea necesario y lo haremos. Eso es una promesa.

Camilo se deslizó hacia un grupo pequeño donde Pedro Mathews daba audiencia. Camilo esperó hasta que el arzobispo lo vio; entonces se inclinó hacia adelante y susurró: —¿Qué me perdí?

—¿Qué quieres decir? Estuviste ahí.

—Usted dijo que Carpatia haría un anuncio relacionado con ampliar el papel del próximo papa, algo más grande e importante aun que la iglesia católica.

Mathews siguió sacudiendo la cabeza. —Quizá te sobreestimé amigo. Todavía no soy el papa pero no podría decirte, a partir de la declaración del Secretario General que habrá necesidad para un jefe de la nueva religión. ¿Qué mejor lugar para instalarlo que el Vaticano? ¿Y quién mejor para dirigirla que el nuevo papa?

—Así que usted será el papa de los papas.

Mathews sonrió y asintió. —P.M. —dijo.

Dos horas después Raimundo Steele llegó a las Naciones Unidas. Había estado orando en silencio desde que habló por teléfono con Bruno Barnes, justo antes de abordar su vuelo.

—Siento como que voy a encontrarme con el diablo —dijo Raimundo—. No hay mucho en esta vida que me asuste, Bruno. Siempre me he enorgullecido de eso pero tengo que decirte, esto es espantoso.

—Primeramente Raimundo, sólo si estuvieras encontrándote con el anticristo en la segunda mitad de la Tribulación, estarías entonces realmente tratando con la persona poseída por el mismo Satanás.

—¿Y entonces qué cosa es Carpatia? ¿Algún demonio de segunda clase?

—No, necesitas apoyo de oración. Sabes lo que pasó en presencia de Camilo.

—Camilo tiene diez años menos que yo y está en mejor forma —dijo Raimundo—. Siento como que me voy a desarmar ahí dentro.

—No. Debes mantenerte firme. Dios sabe dónde estás y tiene el tiempo perfecto. Yo estaré orando y tú sabes que Cloé y Camilo también.

Eso fue de gran consuelo para Raimundo y fue particularmente alentador saber que Camilo estaba en la ciudad. Sólo saber que él estaba cerca hacía que Raimundo se sintiera menos solo. Pero en su ansiedad por verse cara a cara con Carpatia, no quería descartar la tragedia de confrontar a Patty Durán.

Patty estaba esperando cuando él salió del ascensor. Él había esperado tener un momento para observar el panorama, para refrescarse, para respirar hondo. Pero ahí estaba ella en toda su belleza juvenil, más impresionante que nunca debido al bronceado y la ropa cara hecha a medida en un marco que no necesitaba ayuda. No esperaba lo que estaba viendo y percibió la maldad en el lugar cuando un relámpago de anhelo por ella invadió brevemente su mente.

La vieja naturaleza de Raimundo le recordó inmediatamente por qué ella lo había distraído durante una temporada tormentosa de su matrimonio. Oró en silencio, agradeciendo a Dios por impedirle haber hecho algo que hubiera lamentado para siempre. Y tan pronto como Patty abrió su boca, él regresó a la realidad. Su dicción y modo de expresarse eran más refinados pero seguía siendo una mujer sin dirección y él podía oírlo en su tono.

—Capitán Steele —dijo—, ¡qué maravilla verte de nuevo! ¿Cómo están todos?

—¿Todos?

—Sabes, Cloé y Camilo y todos.

Cloé y Camilo son todos pensó pero no lo dijo.

—Todos están bien.

—Oh, eso es maravilloso.

—¿Hay un lugar privado donde podamos hablar?

Ella lo condujo a su área de trabajo que era desconcertante por lo abierta. Nadie estaba cerca para escucharlos pero el cielo raso estaba por lo menos, a seis metros de altura. Su escritorio, mesas y archivos estaban puestos en una zona cavernosa, muy parecida a una estación de trenes sin paredes limitantes. Los pasos hacían eco y Raimundo tuvo la clara impresión de que estaban muy lejos de las oficinas del Secretario General.

—Así pues qué hay de nuevo contigo desde que te vi por ultima vez, capitán Steele?

—Patty, no quiero ser desatento pero puedes dejar el *capitán Steele* y de fingir que no sabes lo que pasa. Lo que pasa es que tú y tu nuevo jefe han invadido mi trabajo y mi familia y yo parezco impotente para hacer algo al respecto.

Trece

Serafín Bailey apretó fuerte los brazos de su gran sillón y se meció hacia atrás, estudiando a Camilo Williams.

—Camilo —dijo—, nunca he podido entenderte. ¿De qué se trataba todo eso de la bolsita de almuerzo?

—Era sólo una galletita. Tenía hambre.

—Yo siempre tengo hambre —rugió Bailey—, ¡pero no como en la TV!

—No estaba seguro de que me vieran.

—Bueno, ahora ya sabes. Y si Carpatia y Plank todavía te dejan estar presente en la mesa de la firma en Jerusalén, nada de bolsitas de almuerzo.

—Era solo una galletita.

—¡Tampoco galletitas!

Luego de años de capitán de Patty Durán, ahora Raimundo se sentía como subordinado de ella, sentado al frente del impresionante escritorio. Evidentemente que él fuera directo al grano la había puesto seria.

—Raimundo, escucha —dijo—. Todavía me gustas a pesar de cómo me botaste, ¿bien? Nunca haría nada que te hiriera.

—¿Tratar de que una queja contra mí quede asentada en mi expediente personal no va a herirme?

—Eso fue solamente un chiste. Lo captaste de inmediato.

—Me causó mucha molestia. Y la nota que me esperaba en Dallas diciendo que el nuevo *Fuerza Aérea Uno* era un 757.

—Lo mismo, te dije. Un chiste.

—Nada cómico. Demasiado coincidente.

—Bueno, Raimundo, si no puedes aceptar un poco de bromas, entonces, estupendo, no molestaré. Sólo pensé, de amiga a amigo, que un poco de diversión no duele.

—Vamos, Patty, ¿crees que yo me creo esto? Esto no es tu estilo. Tú no haces bromas pesadas a tus amigos. Esta no eres tú.

—Bueno, lo siento.

—Eso no es suficientemente bueno.

—Bueno, discúlpame pero yo ya no estoy más bajo tu mando.

De alguna forma Patty Durán tenía la capacidad de enfadar a Raimundo más de lo que cualquiera podía. Él respiró profundo y luchó por recobrar la compostura.

—Patty, quiero que me digas de las flores y los caramelos.

Patty era la peor tramposa del mundo. —¿Flores y caramelos? —repitió luego de una pausa culpable.

—Para ya con los juegos —dijo Raimundo—. Sólo acepta que yo sé que fuiste tú y dime por qué.

—Yo sólo hago lo que me dicen, Raimundo.

—¿Ves? Esto está más allá de mí. ¿Debiera ir a preguntarle al hombre más poderoso del mundo por qué le mandó flores y caramelos a mi hija, a alguien que nunca ha visto? ¿Está cortejándola? Si lo está haciendo ¿por qué no firma con su nombre?

—¡Raimundo, él no la está cortejando! ¡Él está viendo a alguien!

—¿Qué significa eso?

—Él tiene una relación.

—¿Alguien que nosotros conozcamos? —Raimundo le echó una mirada de disgusto.

Patty pareció luchar por sofocar una sonrisa. —Es seguro decir que somos un artículo para las noticias, pero la prensa no sabe, así que nosotros apreciaríamos...

—Haré un trato contigo. Terminas con los regalos anónimos para Cloé, me dices cuál era el motivo y yo guardaré tu secretito, ¿qué te parece?

Patty se inclinó hacia adelante como conspirando. —Bueno está bien —dijo ella—, esto es lo que yo creo ¿correcto? Quiero decir, no sé. Como dije, yo sólo hago lo que me dicen. Pero aquella de allá adentro es una mente brillante.

Raimundo no dudaba eso. Sólo se preguntaba por qué Nicolás Carpatia desperdiciaba el tiempo en tales trivialidades.

—Sigue.

—Realmente él te quiere a ti como piloto suyo.

—Bien —dijo Raimundo tentativamente.

—¿Lo harás?

—¿Hacer qué? Estoy diciendo que te entiendo aunque no estoy seguro de hacerlo realmente. Él me quiere como piloto suyo, y qué...?

—Pero él sabe que estás feliz donde estás.

—Todavía estoy contigo, creo.

—Él quiere que haya no sólo un trabajo que pudiera seducirte a venir, sino también algo de tu lado que pudiera empujarte para que salgas de donde estás.

—¿Que mi hija sea cortejada por él me empujaría hacia él?

—No, tonto. ¡No se suponía que averiguaras quién era!

—Entiendo. Me preocuparía que fuera alguien de Chicago, así me inclinaría a trasladarme y aceptar otro trabajo.

—Ahí captaste.

—Tengo muchas preguntas, Patty.

—Di.

—¿Por qué me haría querer huir el hecho de que alguien corteje a mi hija? Ella tiene casi veintiuno. Es hora de que sea cortejada.

—Pero lo hicimos en forma anónima. Eso debiera haber parecido un poco peligroso, un poco inquietante.

—Lo fue.

—Entonces hicimos nuestro trabajo.

—Patty, ¿pensaste que yo no iba a sumar dos más dos cuando enviaste las mentas preferidas de Cloé, que sólo se pueden conseguir en *Holman Meadows* de Nueva York?

—Mmm. —dijo ella—, quizás eso no fue muy astuto.

—Bueno, digamos que funcionó. Pienso que mi hija está siendo acosada o perseguida por alguien que parece siniestro. Estando tan cerca del Presidente como lo está Carpatia, ¿no sabe que andan tras de mí para pilotar el *Fuerza Aérea Uno*?

—¡Raimundo! ¡Tonto! *Ese es* el trabajo que él quiere que aceptes.

Raimundo se desplomó y suspiró. —Patty, por el amor de todas las cosas sagradas, sólo dime qué está pasando. Yo recibo señales de la Casa Blanca y Pan-Con de que es Carpatia quien me quiere ahí. Estoy aprobado sin haber sido visto, para llevar a la delegación de las Naciones Unidas a Israel. Carpatia me quiere como piloto suyo pero primero quiere que yo sea el capitán del *Fuerza Aérea Uno?*

Patty le dio una sonrisa tolerante y condescendiente.

—Raimundo Steele —dijo en un tono como de maestra de escuela primaria—, sencillamente no lo captas, ¿cierto? Realmente no sabes quién es Nicolás Carpatia.

Raimundo se quedó atónito por un segundo. Él sabía mejor que ella quién era realmente Nicolás Carpatia. La pregunta era si *ella* tenía realmente algún indicio.

—Dime —dijo él—. Ayúdame a entender.

Patty miró detrás de ella como esperando a Carpatia en cualquier momento. Raimundo sabía que nadie podía espiarlos en este edificio de pisos de mármol, lleno de ecos.

—Nicolás no va a devolver el avión.

—¿Perdóname?

—Me oíste. Ya fue llevado a Nueva York. Vas a verlo hoy. Lo están pintando.

—¿Pintando?

—Verás.

La mente de Raimundo daba vueltas. El avión tenía que haber sido pintado en Seattle antes de hacerlo volar a Washington D.C. ¿Por qué lo volverían a pintar?

—¿Cómo va a salirse con la suya al no devolverlo?

—Va a agradecer al Presidente por el regalo y...

—Él ya hizo eso el otro día. Lo escuché.

—Pero en esta ocasión hará evidente que está agradeciendo al Presidente por un *regalo* no por un *préstamo*. Tú eres contratado primero por la Casa Blanca y vienes con el avión, en el presupuesto del salario presidencial. ¿Qué puede hacer el Presidente, parecer traicionado? ¿Decir que Nicolás miente? Tendrá que hallar una manera de lucir tan generoso como Nicolás lo hace ver. ¿Es brillante eso?

—Es tosco. Es robo. ¿Por qué yo querría trabajar para un hombre como ese? ¿Por qué *tú*?

—Yo trabajaré con y por Nicolás mientras él me permita, Raimundo. Nunca he aprendido tanto en tan corto tiempo. Esto no es en absoluto robo. Nicolás dice que los Estados Unidos de Norteamérica ahora anda buscando formas de apoyar a las Naciones Unidas y he aquí una manera de hacerlo. Tú sabes que el mundo se está uniendo, y alguien va a dirigir el nuevo gobierno mundial único. Obtener este avión es una manera de mostrar que el presidente Fitzhugh se inclina ante el secretario general Carpatia.

Patty sonaba como una cotorra. Carpatia la había adiestrado bien, si no para entender, por lo menos para creer.

—Bueno —resumió Raimundo—, de alguna manera Carpatia hace que Pan-Con y la Casa Blanca me pongan en el tope de la lista de los pilotos candidatos para el *Fuerza Aérea Uno*.

—Él hace que tú me agites en casa para que yo quiera mudarme. Acepto el trabajo, él consigue el avión y nunca lo devuelve. Yo soy el piloto, pero me paga el gobierno de los Estados Unidos de Norteamérica. Y todo esto se enlaza con que vendrá el momento en que Carpatia llegará a ser el líder del mundo.

Patty descansaba su mentón en sus dedos entrelazados, los codos sobre el escritorio. Ella ladeó la cabeza. —Eso no fue complicado, ¿verdad?

—No entiendo por qué yo soy tan importante para él.

—Él preguntó quién era el mejor piloto con que yo hubiera trabajado y por qué.

—Y yo gané —dijo Raimundo.

—Tú ganaste.

—¿Le dijiste que casi tuvimos un romance?

—¿Tuvimos?

—No importa.

—Por supuesto que no le dije eso y tampoco lo harás tú si quieres conservar un buen trabajo.

—Pero le dijiste que yo era cristiano.

—Seguro, ¿por qué no? Tú lo dices a todos los demás. Pienso que, de todos modos, *él es* cristiano.

—¿Nicolás Carpatia?

—¡Por supuesto! Por lo menos vive conforme a principios cristianos. Siempre está preocupado por el bien común. Esa es una de sus frases favoritas. Como este asunto del avión. Él sabe que los Estados Unidos de Norteamérica quieren hacer esto, aunque no se les haya ocurrido. Puede que se sientan un poco mal por un rato, pero como es para el bien común del mundo, llegará el momento en que lo entenderán y se alegrarán de haberlo hecho. Ellos quedarán como héroes generosos y él está haciendo eso por ellos. Eso es ser cristiano ¿verdad que lo es?

———————

Camilo estaba escribiendo furiosamente. Había dejado en el hotel la grabadora en su bolso, esperando tomarlo cuando volviera de la oficina del *Semanario Mundial* para entrevistar al rabino Marc Feinberg, uno de los principales propulsores de la reconstrucción del templo judío. Pero cuando Camilo entraba al vestíbulo del hotel, casi se había tropezado con Feinberg que iba tirando una gran valija con ruedas.

—Lo siento amigo mío, pude conseguir un vuelo más temprano, y ahora me voy. Camine conmigo.

Camilo había sacado su libreta de un bolsillo y una pluma del otro.

—¿Cómo se siente respecto a las declaraciones? —preguntó Camilo.

—Permita que diga esto: Hoy me he vuelto un poco político ¿Creo que Dios es un concepto? ¡No! ¡Yo creo que Dios es una persona! ¿Creo que todas las religiones del mundo pueden funcionar juntas y llegar a ser una? No, probablemente no. Mi Dios es un Dios celoso y no compartirá su gloria con nadie. Sin embargo, ¿podemos tolerarnos unos a otros? Por cierto.

»Pero, usted puede preguntar, ¿por qué digo que me he vuelto político? Porque transaré por causa de la reconstrucción del templo. En la medida en que no tenga que sacrificar mi creencia en el único verdadero Dios de Abraham, Isaac y Jacob, toleraré y cooperaré con cualquiera que tenga un buen corazón. No estoy de acuerdo con ellos ni con sus métodos, muchos de ellos, pero si quieren llevarse bien, yo quiero llevarme bien. Por sobre todo, quiero el templo reconstruido en su sitio original. Esto está virtualmente hecho a la fecha. Predigo que el templo será construido dentro del año.

El rabino salió por la puerta principal y pidió al portero que le hiciera señas a un taxi.

—Pero, señor —dijo Camilo—, si el jefe de la nueva religión mundial única se considera cristiano...

Feinberg le hizo señas de descarte a Camilo. —¡Ay, todos sabemos que será Mathews y que probablemente él sea el próximo papa también! ¿*Se considera a sí mismo* cristiano? ¡Él *es* cristiano de pies a cabeza! Él cree que Jesús era el Mesías. Yo preferiría creer que Carpatia es el Mesías.

—¿Habla en serio?

—Créame, lo he considerado. El Mesías tiene que traer justicia y paz duradera. ¡Mire lo que Carpatia ha hecho en sólo semanas! ¿Cumple todos los criterios? Lo sabremos el lunes. ¿Usted sabe que mi colega, el rabino Sión Ben-Judá es..?

—Sí, estaré alerta.

Había muchas otras fuentes con quienes Camilo podría hablar sobre Carpatia y quería hablar personalmente con Ben-Judá. Lo que quería de Feinberg era la historia del templo. Volvió a enfocar el tema.

—¿Qué tiene de tanta importancia esto de la reconstrucción del templo?

El rabino Feinberg dio un paso y giró, vigilando la fila de los taxis, evidentemente preocupado por el tiempo, pero aunque no se mantuvo mirando directo a los ojos de Camilo, siguió exponiendo. Dio a Camilo una clase corta, como si estuviera enseñando a un curso de gentiles interesados en la historia judía.

—El rey David quería construir un templo para el Señor —dijo—, pero Dios pensó que David había derramado demasiada sangre como guerrero, así que permitió que Salomón, el hijo de David, lo construyera. Era magnífico. Jerusalén era la ciudad donde Dios pondría su nombre y donde su pueblo iría a adorar. La gloria de Dios aparecía en el templo y se convirtió en un símbolo de la mano de Dios protegiendo a la nación. La gente se sentía tan segura que aunque se alejaron de Dios, creyeron que Jerusalén era inquebrantable mientras el templo estuviera en pie.

Un taxi se acercó y el portero cargó la enorme valija en el baúl.

—Paga al hombre y ven conmigo —dijo Feinberg.

Camilo tuvo que sonreír mientras sacaba un billete de su bolsillo y lo ponía en la mano del portero. Aunque tuviera que pagar el viaje en taxi, sería una entrevista barata.

—Aeropuerto Kennedy —dijo Feinberg al chofer.

—¿Tiene un teléfono? —preguntó Camilo al chofer.

El chofer le pasó un teléfono celular. —Solamente llamadas con tarjeta de crédito.

Camilo le pidió a Feinberg que le dejara ver su cuenta del hotel para saber el número. Llamó al conserje y le dijo que tendría que dejar guardado su bolso por más tiempo de lo que había supuesto.

—Señor, alguien vino en su nombre a buscar ese bolso.

—¿Alguien qué?

—Se llevó ese bolso. Dijo que era amigo suyo y que se ocuparía de que usted lo reciba.

Camilo estaba estupefacto. —¿Usted dejó que un extraño que decía ser amigo mío se llevara mi bolso?

—Señor, no es tan dudoso como parece. Creo que se puede localizar fácilmente al señor, si es necesario. Está en las noticias todas las noches.

—¿El señor Carpatia?

—Sí, señor. Uno de los suyos, un señor Plank, prometió que él se lo entregaría a usted.

Feinberg pareció contento cuando Camilo colgó, por fin, el teléfono.

—¡De vuelta al templo! —gritó y el chofer sacó su pie del acelerador—. ¡Usted no! —dijo Feinberg— ¡Nosotros!

Camilo se preguntó qué hubiera hecho en otra profesión un hombre con tanta energía y entusiasmo desatados.

—Usted hubiera sido un jugador de *racquetball* invencible —dijo.

—¡*Soy* un jugador de racquetball invencible! —dijo Feinberg—. Soy un "A" menos. ¿Qué eres tú?

—Retirado.

—¡Y tan joven!

—Demasiado ocupado.

—Nunca se está demasiado ocupado para hacer ejercicio físico —dijo el rabino, golpeándose su estómago liso y duro—. Ah, el templo...

Pronto el taxi se estancó en el tráfico y Camilo seguía anotando.

———————

Cuando Patty se disculpó para responder el teléfono de su escritorio, Raimundo sacó cuidadosamente su Nuevo Testamento y Salmos de su bolsillo. Había estado aprendiendo de memoria unos versículos de los Salmos y al aumentar su ansiedad debido a la reunión con Carpatia, recurrió a los favoritos y los repasó mentalmente.

Encontró el Salmo 91 y leyó los versículos que había subrayado: *El que habita al abrigo del Altísimo morará a la sombra del Omnipotente. Diré yo al Señor: Refugio mío y fortaleza mía, mi Dios, en quien confío. Aunque caigan mil a tu lado y diez mil a tu diestra, a ti no se acercará. No te sucederá ningún mal, ni plaga se acercará a tu morada. Pues Él dará órdenes a sus ángeles acerca de ti, para que te guarden en todos tus caminos.*

Cuando alzó los ojos, Patty no estaba hablando por teléfono y lo miraba expectante.

—Lo siento —dijo, cerrando la Biblia.

—Está bien —dijo ella—, el Secretario General está listo para recibirte.

Con la seguridad dada por el taxista de que el rabino no perdería su avión, Feinberg se dedicó a su tema.

—El templo y la ciudad de Jerusalén fueron destruidos por el rey Nabucodonosor. Setenta años después, se emitió un decreto para reconstruir la ciudad y oportunamente, el templo. El nuevo templo, bajo el mando de Zorobabel y el sumo sacerdote Josué, era tan inferior al templo de Salomón que algunos de los ancianos lloraron cuando vieron la fundación.

»Aún así, ese templo le sirvió a Israel hasta que fue profanado por Antíoco Epífanes, un gobernante grecorromano. Alrededor del año 40 a.C., Herodes el Grande hizo demoler ese templo, pieza por pieza, y lo reconstruyó. Ese templo llegó a conocerse como el templo de Herodes. Y tú sabes lo que le pasó a ese.

—Lo siento, no lo sé.

—¿Tú eres un periodista que escribe sobre religión y no sabes qué le pasó al templo de Herodes?

—En realidad, soy un reemplazante del bateador titular, del cronista de religión para este artículo.

—¿Un reemplazante del bateador titular?

Camilo sonrió. —¿Usted es un jugador de racquetball "A" menos y no sabe lo que es un reemplazante del bateador titular?

—Esa no es expresión del racquetball, eso lo sé —dijo el rabino Feinberg—. Y fuera del fútbol, el que llaman *soccer*, no me interesan otros deportes. Permite que te cuente qué le pasó al templo de Herodes. Tito, un general romano, puso sitio a Jerusalén y aunque mandó que no se destruyera el templo, los judíos no le tuvieron confianza. Lo quemaron antes de permitir que cayera en manos paganas. Hoy, el Templo del Monte, el sitio del viejo templo judío, está ocupado por los mahometanos y alberga la mezquita musulmana llamada el Domo de la Roca.

Camilo sintió curiosidad. —¿Cómo se convenció a los musulmanes para que trasladen el Domo de la Roca?

—Eso demuestra la magnificencia de Carpatia —dijo Feinberg—. ¿Quién sino el Mesías podría pedir a los fieles musulmanes que trasladen el santuario, que en su religión tiene la segunda importancia después de La Meca, la cuna de Mahoma? Pero, ves, el Templo del Monte, el Domo de la Roca, está edificado justo en el Monte Moriah, donde creemos que Abraham expresó a Dios su voluntad de sacrificar a su hijo Isaac. Por supuesto, no creemos que Mahoma sea divino de modo que mientras una mezquita musulmana ocupe el lugar del Templo del Monte, creemos que nuestro lugar santo está siendo profanado.

—Así que este es un día grandioso para Israel.

—¡Un día grandioso! Desde el nacimiento de nuestra nación, hemos reunido millones de todo el mundo para la reconstrucción del templo. La obra ha comenzado. Están terminadas muchas paredes prefabricadas y serán enviadas. Yo estaré vivo para ver la reconstrucción del templo ¡y será aun más espectacular que en los días de Salomón!

———

—Por fin nos conocemos —dijo Nicolás Carpatia—, poniéndose de pie y dando la vuelta a su escritorio para estrechar la mano de Raimundo Steele—. Gracias, señorita Durán. Nos sentaremos precisamente aquí.

Patty salió y cerró la puerta. Nicolás señaló una silla y se sentó frente a Raimundo. —Y así nuestro pequeño círculo queda conectado.

Raimundo se sentía extrañamente tranquilo. Estaban orando por él y su mente estaba llena de las promesas de los Salmos —¿Señor?

—Me resulta interesante ver cuán pequeño es el mundo. Quizás por eso creo con tanta fuerza que nos estamos convirtiendo verdaderamente en una comunidad mundial. ¿Creería usted que lo conocí por intermedio de un botánico israelita llamado Jaime Rosenzweig?

—Conozco el nombre, naturalmente, pero nunca nos hemos presentado.

—Sin duda que no. Pero se conocerán. Si no es mientras usted esté aquí, entonces el sábado en el avión a Israel. Él me presentó a un joven periodista que había escrito de él. Ese periodista conoció a su aeromoza, la señorita Durán, cuando voló en su avión, y llegó el momento en que me la presentó a ella. Ella es ahora mi asistente y ella me lo presentó a usted. Un mundo pequeño.

Eulalio Halliday había dicho lo mismo cuando supo que Patty Durán, una ex empleada de Pan-Con, estaba trabajando para el hombre que quería a Raimundo como piloto del *Fuerza Aérea Uno*. Raimundo no contestó a Carpatia. Él no creía que se hubieran conocido por coincidencia. No era un mundo tan pequeño. Era posible que todo hubiera estado donde Dios quiso que estuvieran, para que Raimundo pudiera estar sentado donde estaba hoy. Esto no era algo que él deseara o que lo hubiera procurado pero, por fin, estaba dispuesto.

—Así que usted quiere ser el piloto del *Fuerza Aérea Uno*.

—No señor, no era mi deseo. Estoy dispuesto a llevar el avión a Jerusalén con su delegación, a pedido de la Casa Blanca, y luego, decidir sobre el pedido de convertirme en el piloto.

—¿Usted no buscó el puesto?

—No señor.

—Pero está dispuesto.

—A probar.

—Señor Steele, quiero hacer una predicción. Quiero suponer que usted verá este avión, experimentará la última tecnología y nunca querrá hacer volar algo menos.

—Puede ser. *Pero no por esa razón,* pensó Raimundo. *Únicamente si es lo que Dios quiere.*

—Yo también quiero que sepa un secretito, algo que aún no se anuncia. La señorita Durán me ha asegurado que usted es un hombre confiable, hombre de palabra, y recientemente, también hombre religioso.

Raimundo asintió, no queriendo decir nada.

—Entonces confiaré que usted guarde mi confidencia hasta que esto se anuncie. El *Fuerza Aérea Uno* es prestado a las Naciones Unidas como gesto de apoyo del presidente de los Estados Unidos de Norteamérica.

—Eso ha estado en las noticias, señor.

—Por supuesto, pero lo que no se ha anunciado es que el avión será luego dado a nosotros, junto con la tripulación, para nuestro uso exclusivo.

—Qué amable el presidente Fitzhugh ofrecer eso.

—Sin duda, qué amable —dijo Carpatia—. Y cuán generoso.

Raimundo entendió cómo la gente podía encantarse con Carpatia, pero sentado frente a él y sabiendo que estaba mintiendo, facilitaba resistir su encanto.

—¿Cuándo vuela de regreso? —dijo Carpatia.

—Lo dejé abierto. Estoy a sus órdenes. Sin embargo, debo estar en casa antes que salgamos el sábado.

—Me gusta su estilo —dijo Carpatia—. Usted está a mis órdenes. Eso es lindo. Naturalmente usted se da cuenta de que si obtiene este trabajo, y lo obtendrá, que esta no es una plataforma para hacer proselitismo.

—¿Eso significa?

—Eso significa que las Naciones Unidas, que serán conocidas como Comunidad Mundial, y yo en particular, no somos sectarios.

—Yo soy un creyente en Cristo —dijo Raimundo—. Voy a la iglesia. Leo la Biblia. Le digo a la gente lo que yo creo.

—Pero no en el trabajo.

—Si usted llega a ser mi jefe y eso se convierte en una orden, me veré obligado a obedecer.

—Yo lo seré y eso será y usted lo hará —dijo Carpatia—. Sólo para que nos entendamos uno al otro.

—Claramente.

—Usted me gusta y creo que podemos trabajar juntos.

—No lo conozco señor pero creo que puedo trabajar con cualquiera —¿De dónde había venido eso? Raimundo casi sonrió. Si él podía trabajar con el anticristo, ¿con quién no podría trabajar?

Al detenerse el taxi en la acera del aeropuerto internacional John F. Kennedy, el rabino Marc Feinberg dijo:

—Estoy seguro de que no le importará incluir mi tarifa por el viaje en tu total, pues como me entrevistaste.

—Por cierto —dijo Camilo—, el *Semanario Mundial* se complace en proveerle un viaje al aeropuerto, siempre y cuando no tengamos que pagarle el vuelo a Israel.

—Ahora que lo mencionas... —dijo el rabino con un guiño, pero no terminó la idea. Meramente se despidió con una seña, sacó la valija del taxi y se apresuró a entrar a la terminal.

Nicolás Carpatia apretó el botón del intercomunicador. —Señorita Durán, ¿dispuso un automóvil para ir al hangar?

—Sí, señor. Por la entrada del fondo.

—Estamos listos.

—Le avisaré cuando lleguen los guardias de seguridad.

—Gracias —Nicolás se volvió a Raimundo—. Quiero que vea el avión.

—Con mucho gusto —dijo Raimundo aunque hubiera preferido regresar a casa. ¿Por qué había dicho que estaba a las órdenes de Carpatia?

———————

—¿De vuelta al hotel, señor?

—No —dijo Camilo—. Al edificio de las Naciones Unidas, por favor. Y déjeme usar su celular otra vez, quiere?

—Tarjetas...

—Únicamente llamadas con tarjetas de crédito, lo sé. Llamó a Esteban Plank, en las Naciones Unidas.

—¿Cuál es la idea de huir con mi bolso?

—Solamente tratar de hacerte un favor, viejo. ¿Estás en el Plaza? Te lo llevaré.

—Ahí es donde estoy parando, pero permite que yo vaya a ti . De todos modos, eso es lo que buscabas, ¿verdad?

—Sí.

—Estaré ahí en una hora.

—Puede que Carpatia no esté aquí.

—No voy a verlo a él. Voy a verte a ti.

———————

Cuando Patty avisó, Carpatia se paró y se abrió su puerta. Dos guardias de seguridad se pusieron al lado de Nicolás y Raimundo mientras ellos caminaban por los corredores a un ascensor de carga, bajaban al primer subterráneo y se dirigían a un sitio de estacionamiento, donde esperaba una limusina. El chofer saltó para abrir la puerta para Carpatia. A Raimundo lo guiaron al otro lado donde estaba abierta la puerta.

A Raimundo le pareció raro que no le hubieran ofrecido refrescos en la oficina y que ahora Carpatia insistiera en mostrarle todo lo disponible en la limusina, desde *whisky* a vino, a cerveza y bebidas sin alcohol. Raimundo aceptó una Coca Cola.

—¿No bebe?

—No más.

—¿Lo era?

—Nunca fui un bebedor empedernido pero ocasionalmente imprudente. No he tocado una gota desde que perdí a mi familia.

—Lamenté saber eso.

—Gracias, pero he llegado a entenderlo. Los echo de menos terriblemente...

—Naturalmente.

—Pero tengo paz al respecto.

—Su religión cree que Jesucristo se llevó los suyos al cielo, ¿es eso cierto?

—Así es.

—No simularé que comparto su creencia pero respeto todo consuelo que la idea pueda darle.

Raimundo quiso discutir pero se preguntó si era aconsejable hacer lo que Bruno Barnes llamaría *dar testimonio* al anticristo.

—Tampoco yo soy un bebedor —dijo Carpatia, sorbiendo agua carbonatada.

———

—Así que ¿por qué no me dejaste ir a ti? —dijo Esteban Plank—. Lo hubiera hecho.

—Necesito un favor.

—Podemos intercambiar favores. Dile que sí a la oferta de Carpatia y nunca más tendrás que pedir nada mientras vivas.

—A decir verdad, Esteban, ahora tengo demasiadas historias buenas en el horno como para siquiera pensar en irme.

—Escríbelas para nosotros.

—De ninguna manera. Pero ayúdame si puedes. Quiero llegar a ver a esos dos tipos del Muro de los Lamentos.

—Nicolás odia a esos dos. Piensa que están locos. Evidentemente lo están.

—Entonces no debiera tener problemas con que yo trate de entrevistarlos.

—Veré qué puedo hacer. Hoy está con un candidato a piloto.

—No digas.

———

Carpatia y Raimundo se bajaron de la limusina frente a un enorme hangar del aeropuerto Kennedy. Carpatia dijo al chofer:

—Dígale a Federico que nos gustaría el espectáculo de costumbre.

Cuando se abrieron las puertas del hangar, el avión estaba iluminado con focos brillantes. En el lado frente a Raimundo decía *Fuerza Aérea Uno* y estaba el sello del presidente de los Estados Unidos de Norteamérica. No obstante, al dar la vuelta al otro lado, Raimundo vio al equipo de pintores arriba de un andamio. Se había borrado el sello y el nombre. En su lugar estaba el viejo emblema de las Naciones Unidas pero con las palabras *Comunidad Mundial* en lugar del nombre actual. Y en lugar del nombre del avión, los pintores estaban dando los toques finales a *Comunidad Mundial Uno*.

—¿Cuánto tiempo más para que ambos lados estén terminados? —preguntó Carpatia a un capataz.

—¡Estará seco a ambos lados para la medianoche! —fue la respuesta—. Este lado llevó unas seis horas. El otro lado será más rápido. ¡Estará en el aire fácilmente para el sábado!

Carpatia hizo la señal del pulgar para arriba y los trabajadores del hangar aplaudieron.

—Nos gustaría subir a bordo —susurró Carpatia y en minutos, se había adosado un elevador que les permitió entrar por la cola del resplandeciente avión nuevo.

Raimundo había visto incontables aviones nuevos, cosa que habitualmente impresionaba, pero nunca había visto nada como este.

Cada detalle estaba ricamente cuidado, caro, funcional, y hermoso. En la cola estaban los baños completos con duchas. Luego estaba la sección de la prensa, suficientemente grande para grupos. Cada asiento tenía su propio teléfono, enchufe para el modem, VCR[1] y TV. Había un restaurante en la mitad de la nave, totalmente abastecido y con suficiente espacio para moverse y respirar.

Cerca de la nariz del avión estaba la sección del presidente y la sala de conferencias. Una sala contenía equipos de seguridad y vigilancia de alta tecnología, equipo de respaldo de las comunicaciones y tecnología que permitía que el avión se comunicara con cualquiera en cualquier parte del mundo.

---

1.   Máquina de vídeo.

Directamente debajo de la cabina de pilotaje estaban los compartimientos de la tripulación, incluyendo un departamento privado para el piloto.

—Usted no querrá quedarse en el avión cuando aterricemos en alguna parte por unos pocos días —dijo Nicolás—, pero le costará mucho encontrar mejores comodidades en alguna parte.

Camilo estaba en la oficina de Esteban cuando Patty Durán entró para informar a Esteban que Nicolás estaría afuera por un rato.

—¡Oh, señor Williams! —dijo ella—: No puedo agradecerle lo suficiente por haberme presentado al señor Carpatia.

Camilo no supo qué decir. No quiso decirle que no tenía nada que agradecer. Él se sentía verdaderamente mal por eso. Sólo asintió con la cabeza.

—¿Sabe quién estuvo aquí hoy? —dijo ella.

Él sabía pero no lo demostró. —¿Quién?

Camilo se dio cuenta de que tendría que estar siempre alerta con ella y Esteban, especialmente con Carpatia. Ellos no debían saber lo cercano que él estaba de Raimundo, y si podía impedir que ellos supieran algo de su relación con Cloé, tanto mejor.

—Raimundo Steele. Él era el piloto el día que le conocí en el avión.

—Recuerdo —dijo él.

—¿Sabía que él está de candidato para piloto del *Fuerza Aérea Uno*?

—Eso sería todo un honor, ¿no?

—Él se lo merece. Él es el mejor piloto con quien yo haya trabajado.

Camilo se sentía raro hablando de su nuevo amigo y hermano en Cristo como si apenas lo conociera. —¿Qué constituye a un buen piloto? —preguntó Camilo.

—Un despegue y un aterrizaje suaves. Mucha comunicación con los pasajeros. Y tratar a la tripulación como iguales más que como esclavos.

—Impresionante —dijo Camilo.

—¿Quieres ver el avión? —dijo Esteban.

—¿Puedo?

—Está en un hangar auxiliar del Kennedy.

—Acabo de estar ahí.

—¿Quieres volver?

Camilo se encogió de hombros. —Otra persona fue asignada a la historia del avión y piloto nuevos y todo eso, pero por cierto, me encantaría verlo.

—Todavía puedes volar en él a Israel.

—No, no puedo —dijo Camilo—. Mi jefe fue claro como el cristal respecto a eso.

———

Cuando Raimundo llegó a su casa esa tarde, supo que Cloé podría decir que estaba pensativo.

—Bruno canceló la reunión de esta noche —dijo ella.

—Qué bueno —dijo Raimundo—, estoy exhausto.

—Bueno, cuéntame de Carpatia.

Raimundo trató. ¿Qué había que decir? Él hombre era amistoso, encantador, suave y salvo por la mentira, podría haber hecho que hasta Raimundo se preguntara si lo habían juzgado mal. —Pero ya no hay más dudas de su identidad, ¿cierto? —concluyó.

—No para mí —dijo Cloé—, pero yo no lo conozco.

—Conociéndote, él no te engañaría ni por un segundo.

—Así lo espero —dijo ella—, pero Camilo admite que es asombroso.

—¿Has sabido de Camilo?

—Se supone que me llame a medianoche, en su hora.

—¿Tengo que quedarme levantado para asegurarme de que tú estés despierta?

—No. Él ni siquiera sabe que nos comimos las galletitas al mismo tiempo. No me perdería por nada del mundo contarle eso.

Catorce

amilo Williams estaba usando todos sus contactos periodísticos. Luego de que el sábado tratara de dormir para superar la diferencia de horario debida al viaje en avión, estando ya en el Hotel Rey David, había dejado recados para Jaime Rosenzweig, Marc Feinberg y hasta Pedro Mathews. Según Esteban Plank, Nicolás Carpatia había rechazado tajantemente el pedido de Camilo para que le ayudara a acercarse a los dos predicadores del Muro de los Lamentos.

—Te lo dije —dijo Esteban—. Él piensa que esos tipos están locos y le causó gran decepción que tú pienses que vale la pena escribir un artículo sobre ellos.

—¿Así que él no conoce a nadie que pueda acercarme al lugar?

—Es zona restringida.

—Precisamente, ese es mi argumento. ¿Finalmente hallamos algo que Nicolás el Grande no puede hacer?

Esteban se había enojado. —Tú sabes tan bien como yo que él se podría comprar el Muro de los Lamentos —rugió—. Pero no te vas a acercar a ese lugar con ayuda suya. Él no te quiere ahí, Macho. Por una vez en tu vida, entiende una clave y permanece alejado.

—Sí, así soy yo.

—Macho, déjame preguntarte algo. Si desafías a Carpatia, y luego, rechazas su oferta o lo haces enojar tanto que él la retire, ¿dónde vas a trabajar?

—Trabajaré.

—¿Dónde? ¿No entiendes que su influencia llega a todas partes? ¡La gente lo ama! Ellos harían cualquier cosa por él. La gente sale de las reuniones con él haciendo cosas que nunca hubieran soñado que harían.

Cuéntame eso a mí, pensó Camilo.

—Tengo cosas que hacer —dijo Camilo—. Gracias de todos modos.

—*En este momento* tienes cosas que hacer pero nada es permanente.

Esteban nunca había dicho palabras más ciertas aunque no lo sabía. El segundo golpe de Camilo fue con Pedro Mathews. Él estaba acomodado en la habitación principal de un hotel de cinco estrellas de Tel Aviv y aunque recibió la llamada de Camilo, se portó evasivo. —Te admiro Williams —dijo—, pero creo que te he dado lo mejor que sé, oficial y extraoficialmente. No tengo ninguna relación con los tipos del Muro pero te citaré algo, si eso es lo que quieres.

—Lo que yo quiero es encontrar a alguien que pueda lograr que me acerque lo suficiente a esos dos hombres. Si ellos quieren matarme o quemarme o no hacerme caso, eso será privilegio de ellos.

—A mí me dejan acercarme al Muro de los Lamentos debido a mi rango pero no me interesa ayudarte a llegar allí. Lo siento. Oficialmente pienso que estos son dos viejos estudiantes de la Torá, que fingen ser Moisés y Elías reencarnados. Sus ropajes son de mala calidad, su prédica es peor. No tengo idea de por qué ha muerto gente que ha tratado de dañarlos. Quizá estos dos viejos tienen compatriotas escondidos entre las masas que escogen a la gente que luce amenazadora. Ahora, tengo cosas que hacer. ¿Estarás el lunes en la firma?

—Por eso estoy aquí, señor.

—Te veré allá. Hazte un favor y no manches tu reputación haciendo un artículo de esos dos. Si quieres una historia, debes andar conmigo esta tarde mientras visito posibles sitios para una participación del Vaticano en Jerusalén.

—Pero, señor, ¿cómo entiende que no haya llovido en Jerusalén desde que esos dos empezaron a predicar?

—No le atribuyo nada a eso, salvo que quizá ni las nubes quieran oír lo que ellos tienen para decir. De todos modos, aquí apenas llueve.

Raimundo había conocido a la tripulación del *Comunidad Mundial Uno* justo un par de horas antes del despegue. Ninguno había

trabajado nunca para Pan-Continental. En una corta pero sustancio-
sa charla, él había destacado que la seguridad era lo principal.

—Por eso cada uno de nosotros está aquí. Luego vienen el
procedimiento apropiado y el protocolo. Hacemos todo conforme
al libro, y mantenemos nuestras bitácoras y listas de verificación a
medida que procedemos. Lucimos a punto, permanecemos en segundo plano, servimos a nuestros anfitriones y pasajeros. Aunque
somos respetuosos con los dignatarios y los servimos, la seguridad
de ellos es nuestra preocupación primordial. La tripulación óptima
de un avión es invisible. La gente se siente cómoda y segura cuando
ven uniformes y servicio, no a individuos.

El primer oficial de Raimundo era mayor que él, y probablemente
había querido el puesto de piloto. Pero era amistoso y eficiente. El
navegante era un joven que Raimundo no hubiera elegido pero hacía
su trabajo. La tripulación de cabina había trabajado junta en el *Fuerza
Aérea Uno* y parecía sumamente impresionada con el avión nuevo,
pero Raimundo no pudo culparlos por eso. El avión era una maravilla
tecnológica pero pronto se acostumbrarían a eso y lo tomarían como
algo normal.

Hacer volar el 757 era, como Raimundo había comentado al
examinador de Dallas que lo certificó, como sentarse detrás del
volante de un Jaguar. Pero la emoción se desvaneció a medida que
el vuelo se alargó. Luego de un rato dejó el avión bajo el mando de
su primer oficial y se deslizó en su camarote. Se estiró en la cama
y repentinamente fue golpeado por la total soledad en que estaba.
Cuán orgullosa hubiera estado Irene de este momento, cuando él
tenía el mejor puesto del mundo de la aviación. Pero para él
significaba poco, aunque sentía en su espíritu que estaba haciendo
lo que Dios le había guiado a hacer. No tenía idea de por qué, pero
por dentro, Raimundo se sentía seguro que había volado su última
ruta para Pan-Con.

Llamó a Cloé por teléfono y la despertó. —Lo siento Clo
—dijo.

—No te preocupes papá, ¿es excitante?

—Oh, sí, eso no lo puedo negar.

Habían hablado de que era muy probable que las comunicaciones desde el avión a tierra estuvieran vigiladas, así que no habría
conversación denigrante sobre Carpatia u otra persona de su órbita.
Y no mencionarían a Camilo por su nombre.

—¿A quién conoces ahí?

—En realidad, sólo a Patty. Me siento un poco solo.

—Yo también. No he sabido de nadie más todavía. Se supone que me llamen temprano el lunes por la mañana, en tu hora. ¿Cuándo estarás en Jerusalén?

—En unas tres horas más aterrizamos en Tel Aviv y nos llevan en ómnibus de lujo a Jerusalén.

—¿No llegas volando a Jerusalén?

—No. Un 757 no puede aterrizar cerca de ahí. Tel Aviv está solamente a cincuenta y cinco kilómetros de Jerusalén.

—¿Cuándo volverás a casa?

—Bueno, tenemos programado salir de Tel Aviv el martes por la mañana, pero ahora nos dicen que iremos volando a Bagdad el lunes por la tarde, y saldremos desde ahí el martes por la mañana. Eso agrega novecientos sesenta kilómetros aéreos, como una hora más, al viaje total.

—¿Qué hay en Bagdad?

—El único aeropuerto que admite un avión de este tamaño está cerca de Babilonia. Carpatia quiere visitar Babilonia y mostrar los planos a su gente.

—¿Irás con ellos?

—Imagino que sí. Es a unos ochenta kilómetros al sur de Bagdad, en ómnibus. Si acepto este trabajo me imagino que veré mucho del Medio Oriente en los próximos años.

—Yo ya te echo de menos. Deseo poder estar ahí.

—Sé a quién extrañas, Cloé.

—También te extraño a ti, papá.

—Ah, y dentro de un mes yo seré carne podrida para ti. Puedo ver hacia dónde van tú y el como se llama...

—Bruno llamó. Dijo que recibió una llamada rara de una señora de nombre Amanda Blanco, que dice que conoció a mamá. Ella le dijo a Bruno que conoció a mamá en uno de los grupos de estudio de la Biblia en casas y que sólo recientemente recordó su nombre.

—Mm —dijo Raimundo— Irene Steele.[1] Supongo que no es tan difícil recordar su nombre. ¿Qué quería?

---

1. En inglés suena como "hierro con hierro".

—Dijo que finalmente llegó a ser cristiana mayormente por recordar cosas que mamá decía en ese estudio de la Biblia, y ahora, está buscando una iglesia. Ella se preguntaba si la iglesia la Nueva Esperanza estaba todavía en pie y funcionando.

—¿Dónde ha estado ella?

—Lamentando a su esposo y dos hijas mayores. Ella los perdió en el Arrebatamiento.

—Tu mamá fue un instrumento tan importante en la vida de ella y aun así ¿no se acordaba de su nombre?

—Ve a averiguarlo —dijo Cloé.

Camilo durmió por una hora y media antes de recibir una llamada de Jaime Rosenzweig, que acababa de llegar.

—Hasta yo necesito ajustar la diferencia de hora, Camilo —dijo el doctor Rosenzweig—. No importa cuántas veces haga el viaje, la diferencia de hora por viajar en jet, ataca igual. ¿Cuánto hace que estás en el país?

—Llegué ayer en la mañana. Necesito su ayuda —Camilo dijo a Rosenzweig que tenía que acercarse al Muro de los Lamentos—. Yo traté —dijo—, pero no me acerqué probablemente ni a cien yardas. Los dos hombres estaban predicando y la muchedumbre era mucho más grande de lo que haya visto en la CNN.

—Oh, ahora hay multitudes más grandes a medida que nos aproximamos a la firma del pacto. Quizá a la luz de la firma, la pareja ha aumentado sus actividades. Hay más y más gente viniendo a oírlos, y aparentemente se han observado hasta judíos ortodoxos que se convierten al cristianismo. Muy raro. Nicolás me preguntó de ellos en viaje aquí y miró algo del reportaje en televisión. Estaba tan enojado como nunca lo había visto.

—¿Qué dijo?

—Eso fue precisamente la cosa, no dijo nada. Pensé que lucía enfurecido y su mandíbula estaba apretada. Lo conozco sólo un poco, tú sabes, pero puedo decir cuando está agitado.

—Jaime, necesito su ayuda.

—Camilo, yo no soy ortodoxo. No voy al Muro, y aunque pudiera, probablemente no correría el riesgo. Tampoco te recomiendo que lo hagas. La historia más grande que hay aquí es la firma del pacto el lunes por la mañana. Nicolás y la delegación israelita y yo finalizamos todo el viernes en Nueva York. Nicolás estuvo brillante. Él es asombroso, Camilo. Anhelo el día en que ambos estemos trabajando para él.

—Jaime, por favor. Yo sé que todo periodista del mundo quisiera tener una exclusiva con los dos predicadores pero yo soy el único que no se rendirá hasta que la consiga o muera en el intento.

—Eso justamente es lo que pudiera suceder.

—Doctor, nunca le he pedido nada sino su tiempo, y usted siempre ha sido sumamente generoso.

—No sé qué puedo hacer por ti, Camilo. Yo mismo te llevaría hasta allá si creyera que puedo entrar. Pero, de todos modos, no podrás entrar.

—Pero usted debe conocer a alguien con acceso al lugar.

—¡Por supuesto que sí! Conozco muchos judíos ortodoxos, muchos rabinos, pero...

—¿Qué tal Ben-Judá?

—¡Oh Camilo!, él está tan ocupado. Su reportaje en vivo sobre el proyecto de investigación será transmitido el lunes por la tarde. Él debe estar llenándose de información como cualquier otro estudiante antes de un examen final.

—Pero quizá no, Jaime. Quizá él haya investigado tanto que pueda hablar de esto durante una hora sin apuntes. Quizá esté listo ahora y ande buscando algo en qué ocuparse para que no se prepare en exceso o se ponga tenso esperando su gran momento.

Hubo silencio al otro lado de la línea, y Camilo oró que Rosenzweig no se hubiera ido.

—Yo no sé, Camilo. No quisiera molestarlo tan cercano a su gran momento.

—¿Jaime, usted haría esto: sólo llamarlo y desearle lo mejor y tantear su horario para este fin de semana? Yo iría a cualquier parte a cualquier hora si él pudiera acercarme al Muro.

—Sólo si él está buscando divertirse —dijo Rosenzweig—. Si capto que está inmerso en su trabajo, ni siquiera rozaré el tema.

—¡Gracias, señor! ¿Me volverá a llamar?

—De cualquier forma, y Camilo, por favor, no te hagas muchas ilusiones y no me culpes a mí si él no está disponible.

—Nunca haría eso.

—Lo sé pero también percibo cuán importante es esto para ti.

Camilo estaba muerto para el mundo y no tenía idea cuánto tiempo había sonado su teléfono. Se sentó derecho en la cama y se dio cuenta de que el sol de la tarde dominical se estaba tornando anaranjado, y el torrente de luz dibujaba un raro patrón sobre la cama. Camilo captó un vistazo de sí mismo en el espejo al tomar el teléfono. Su mejilla estaba roja y arrugada, sus ojos hinchados y a medio abrir, su pelo se disparaba en todas direcciones. Su boca tenía un sabor horrible y se había dormido vestido.

—¿Hola?

—¿Es Camilo Williams? —llegó el fuerte acento hebreo.

—Sí, señor.

—Habla el doctor Sión Ben-Judá.

Camilo se puso de pie de un salto como si el respetado sabio estuviera en el cuarto.

—Sí, doctor Ben-Judá. ¡Un privilegio escucharlo, doctor!

—Gracias —pudo decir el doctor—. Lo estoy llamando desde el frente de su hotel.

Camilo luchó por entenderlo. —¿Sí?

—Tengo un automóvil con chofer.

—¿Un automóvil con chofer, sí, señor?

—¿Está listo para ir?

—¿Ir?

—Al Muro.

—Oh, sí señor, quiero decir no, señor. Voy a necesitar diez minutos. ¿Puede esperar diez minutos?

—Debiera haber llamado antes de llegar. Tenía la impresión, por nuestro mutuo amigo, de que esto era de cierta urgencia para usted.

Camilo volvió a pasar por su mente el inglés que sonaba raro. —¡Asunto urgente, sí! ¡Sólo permítame diez minutos! ¡Gracias señor!

Camilo se sacó a tirones su ropa y saltó a la ducha. No dio tiempo para que se calentara el agua. Se enjabonó y se enjuagó; luego, arrastró la afeitadora por su cara.

No se tomó el tiempo de buscar el adaptador eléctrico para su secador de pelo sino que agarró una toalla del estante, y atacó su largo pelo, sintiendo como si estuviera arrancándolo de su cuero cabelludo.

Pasó el peine por su pelo y se cepilló los dientes. ¿Qué se pondría para ir al Muro de los Lamentos? Sabía que no entraría pero, ¿ofendería a su anfitrión si no usara saco y corbata? No había traído una. No había planeado vestirse bien ni siquiera para la firma del tratado en la siguiente mañana.

Camilo eligió su habitual camisa de tela de vaqueros, pantalones vaquero de marca cara, botas altas hasta el tobillo y saco de cuero. Echó su grabadora y su cámara en su saco de cuero más pequeño y bajó corriendo por la escalera los tres pisos. Cuando salió irrumpiendo por la puerta, se paró. No tenía idea de cómo era el rabino. ¿Luciría como Rosenzweig o Feinberg o como ninguno de ésos?

Resultó que como ninguno de ésos. Sión Ben-Judá, en traje negro y sombrero de fieltro negro, salió del asiento delantero de pasajero de un Mercedes de color blanco e hizo señas tímidamente. Camilo corrió hacia él.

—¿Doctor Ben-Judá? —dijo, estrechándole la mano.

El hombre era de edad mediana, esbelto y juvenil con fuertes rasgos angulosos y apenas un indicio de canas en su pelo color marrón oscuro.

En su laborioso inglés el rabino dijo: —En su dialecto, mi nombre de pila suena como la ciudad Sion. Puede llamarme así.

—¿Sion? ¿Está seguro?

—¿Seguro de mi propio nombre? —El rabino sonrió—. Estoy seguro.

—No, quise decir si está seguro de que yo puedo decirle...

—Sé lo que quiere decir, señor Williams. Puede decirme Sion.

Para Camilo, *Sion* no sonaba muy diferente de *Zión* en el acento del doctor Ben-Judá. —Por favor, dígame Macho.

—¿Macho?

El rabino sostuvo abierta la puerta delantera mientras Camilo se deslizaba al lado del chofer.

—Es un apodo.

—Bueno, Macho. El chofer no entiende inglés.

Camilo se dio vuelta para mirar al chofer, con su mano extendida. Camilo la estrechó y el hombre dijo algo totalmente incomprensible. Camilo se limitó a sonreír y asentir. El doctor Ben-Judá habló en hebreo al chofer y se fueron.

—Bien, Macho —dijo el rabino mientras Camilo se daba vuelta en su asiento para quedar frente a él—. El doctor Rosenzweig dijo que usted quería acceso al Muro de los Lamentos, cosa que usted entiende es imposible. Yo puedo acercarlo lo suficiente a los dos testigos para que usted pueda captar la atención de ellos, si se atreve.

—¿Los dos testigos? ¿Les dice los dos testigos? Eso es lo que mis amigos y yo...

El doctor Ben-Judá levantó ambas manos y miró para el otro lado, como para indicar que esa era una pregunta que él no respondería ni comentaría.

—La pregunta es ¿se atreve?

—Me atrevo.

—Y no me considerará personalmente responsable por lo que le pudiera pasar a usted.

—Por supuesto que no pero me gustaría entrevistarlo a usted también.

Las manos volvieron a levantarse otra vez. —Dije muy claro a la prensa y al doctor Rosenzweig que no doy entrevistas.

—Sólo algo de información personal, entonces. No preguntaré de su investigación porque estoy seguro de que luego de concentrar tres años en una presentación de una hora, explicará sus conclusiones plenamente mañana por la tarde.

—Precisamente. En cuanto a la información personal, tengo cuarenta y cuatro años de edad. Me criaron en Haifa, siendo hijo de un rabino ortodoxo. Tengo dos doctorados, uno en historia judía y uno en lenguajes antiguos. He estudiado y enseñado toda mi vida y puede considerarme más un erudito académico e historiador que un educador, aunque mis estudiantes han sido muy bondadosos en sus evaluaciones. Pienso, oro y leo principalmente en hebreo y me avergüenza hablar inglés tan mal, especialmente en un país igualitario como este. Sé gramática y sintaxis inglesa, mejor que la mayoría de los ingleses, y por cierto más que la mayoría de los estadounidenses, exceptuando a la presente compañía, estoy seguro, pero nunca he tenido tiempo para practicar, mucho menos perfeccionar mi dicción. Me casé hace tan sólo seis años y tengo dos hijos pequeños, un niño y una niña.

»Hace poco más de tres años, una agencia del gobierno me encargó que realizara un estudio exhaustivo de los pasajes mesiánicos para que los judíos reconozcan al Mesías cuando llegue. Esto ha sido el trabajo más gratificante de mi vida. En el proceso agregué griego y arameo a la lista de los lenguajes que domino, que ahora llegan a veintidós. Estoy emocionado por haber completado la obra y ansioso por compartir mis hallazgos con el mundo a través de la televisión. No pretendo que el programa compita con nada que contengan sexo, violencia o humor, pero espero que sea, no obstante, polémico.

—No sé qué más preguntar —admitió Camilo.

—Entonces podemos terminar la entrevista y seguir con el asunto que tenemos entre manos.

—Tengo curiosidad de que usted se dé el tiempo para hacer esto.

—El doctor Rosenzweig es un mentor, uno de mis más queridos colegas. Un amigo suyo es un amigo mío.

—Gracias.

—Yo admiro su trabajo. Leí los artículos que usted escribió sobre el doctor Rosenzweig y también muchos otros. Además, los hombres del Muro también me intrigan. Quizá con mi dominio de idiomas podamos comunicarnos con ellos. Hasta ahora, todo lo que les he visto hacer es comunicarse con las masas que se reúnen. Ellos le hablan a la gente que los amenaza pero, de otro modo, no sé que una persona individual haya hablado con ellos.

El Mercedes se estacionó cerca de unos ómnibus de turismo, y el chofer esperó mientras el doctor Ben-Judá y Camilo subían una escalera para tomar la vista del Muro de los Lamentos, el Templo del Monte y todo lo que hay entremedio.

—Estas son las multitudes más grandes que he visto —dijo el rabino.

—Pero están tan callados —susurró Camilo.

—Los dos predicadores no usan micrófonos —explicó el doctor Ben-Judá—. La gente hace ruido a riesgo propio. Son tantos los que quieren oír lo que dicen los hombres que los demás amenazan a los que causan cualquier distracción.

—¿Esos dos se toman algún descanso?

—Sí, lo hacen. Ocasionalmente, uno se va al lado de ese pequeño edificio allá y se echa en el suelo, cerca de la reja. A menudo, intercambian el descanso y la prédica. Los hombres que fueron consumidos por el fuego recientemente, trataron en realidad de atacarlos donde descansaban, desde afuera de la reja. Por eso nadie se acerca a ellos desde ahí.

—Esa pudiera ser mi mejor oportunidad —dijo Camilo.

—Esa era mi idea.

—¿Irá conmigo?

—Solamente si aclaramos bien que no tenemos intenciones de hacerles daño. Ellos han matado por lo menos a seis y han amenazado a muchos más. Un amigo mío estuvo en este mismo lugar el día en que se quemaron cuatro atacantes, y jura que el fuego salió de sus bocas.

—¿Usted cree eso?

—No tengo razón para dudar de mi amigo aunque distamos varios cientos de pies.

—¿Hay un momento mejor que otro para acercarse o debemos improvisar?

—Propongo que primero nos unamos a la multitud.

Bajaron las escaleras y se movieron hacia el Muro. Camilo estaba impresionado con que la multitud pareciera tan reverente. A unos cuarenta o cincuenta pies de los predicadores había rabinos ortodoxos, inclinados, orando, metiendo oraciones escritas en las fisuras entre las piedras del Muro. Ocasionalmente, uno de los rabinos se daba vuelta hacia los testigos y blandía el puño, gritando en hebreo, solamente para que la multitud lo hiciera callar. A veces uno de los predicadores contestaba directamente.

Al llegar Camilo y el doctor Ben-Judá al borde de la multitud, un rabino del Muro cayó de rodillas, con sus ojos hacia el cielo, y gritó una oración con angustia.

—¡Silencio! —gritó uno de los predicadores y el rabino lloró amargamente. El predicador se volvió a la multitud.

—Él ruega a Dios Todopoderoso que nos haga caer muertos por blasfemar Su nombre ¡Pero él es como los antiguos fariseos! ¡No reconoce al que era Dios y es Dios y será Dios ahora y por siempre! ¡Nosotros venimos a dar testimonio de la Deidad de Jesucristo de Nazaret!

Con eso, el rabino que lloraba se postró y ocultó su rostro, meciéndose de humillación por la maldad que había oído.

El doctor Ben-Judá susurró a Camilo: —¿Quisiera que yo le traduzca?

—¿Traducir qué? ¿La oración del rabino?

—Y la respuesta del predicador.

—Yo entendí al predicador.

El doctor Ben-Judá pareció perplejo. —Si yo hubiera sabido que usted dominaba el hebreo, hubiera sido mucho más fácil para mí comunicarme con usted.

—Yo, no. No entendía la oración, pero el predicador le habló en inglés a la gente.

Ben-Judá sacudió la cabeza. —Me equivoqué —dijo—, a veces olvido en qué idioma estoy ¡pero mire! Ahora mismo! Él está hablando otra vez en hebreo. Está diciendo...

—Señor, lamento interrumpir pero él está hablando en inglés. Tiene acento hebreo pero está diciendo, *y ahora al que es capaz de impedirte caer...*

—¡¿Usted entiende eso?!

—Por supuesto.

El rabino parecía conmovido. —Camilo —susurró ominoso—, él está hablando en hebreo.

Camilo se dio vuelta y miró a los dos testigos. Ellos se turnaban para hablar, frase por frase. Camilo entendió cada palabra en inglés. Ben-Judá lo tocó suavemente y siguió al rabino más adentro de la muchedumbre.

—¿Inglés? —preguntó Ben-Judá a un hombre de aspecto hispánico, que estaba ahí con una mujer y unos niños.

—Español —respondió el hombre como disculpándose.

El doctor Ben-Judá empezó a conversar inmediatamente con el hombre en español. El hombre seguía asintiendo y respondiendo en forma afirmativa. El rabino le agradeció y siguió adelante. Encontró a un noruego y le habló en su lengua nativa, luego a unos asiáticos. Apretó mucho el brazo de Camilo y lo tiró apartándolo de la multitud y acercándolo a los predicadores. Ellos se detuvieron a unos treinta pies de los dos hombres, separados por una reja de barrotes de hierro forjado.

—¡Estas personas están oyendo a los predicadores en sus propios idiomas! —Ben-Judá se estremeció—. ¡Verdaderamente esto es de Dios!

—¿Está seguro?

—No hay duda. Yo los oigo en hebreo. Usted en inglés. La familia de México sabe sólo un poco de inglés pero nada de hebreo. El hombre de Noruega sabe algo de alemán y algo de inglés pero nada de hebreo. Él los oye en noruego. Oh Dios. Oh Dios —agregó el rabino—, y Camilo supo que era de reverencia. Él temía que Ben-Judá se desmayara.

—¡Ayeee! —Un joven con botas, pantalones kaki y una camiseta blanca, pasó gritando por entremedio de la multitud. La gente se tiraba al suelo cuando vieron su arma automática. Él llevaba un collar de oro y su pelo y barba negros estaban descuidados. Sus ojos negros ardían de ira cuando disparó unos pocos tiros al aire, cosa que le abrió una senda directamente hacia los predicadores.

Él gritó algo en un dialecto oriental que Camilo no entendió pero, mientras yacía tirado sobre el pavimento mirando desde abajo de sus brazos, el rabino Ben-Judá susurró: —Él dice que está en una misión de parte de Alá.

Camilo buscó en su bolso y echó a andar la grabadora mientras el hombre corría hacia el frente de la multitud. Los dos testigos dejaron de predicar y se quedaron de pie hombro con hombro, fulminando con los ojos al pistolero que se aproximaba. Él iba corriendo a toda velocidad disparando mientras corría, pero los predicadores siguieron firmes como una roca, sin hablar, sin moverse, con los brazos cruzados sobre sus harapientas ropas. Cuando el joven llegó a cinco pies de ellos, pareció estrellarse contra una pared invisible. Él retrocedió y se lanzó de espaldas, con el arma disparando. Su cabeza chocó primero contra el suelo y quedó postrado gimiendo.

Repentinamente uno de los predicadores gritó: —¡Se te prohíbe acercarte a los siervos del Dios Altísimo! Estamos bajo Su protección hasta el tiempo preciso y ay de quien se acerque sin la protección del mismo Jehová.

Y al terminar, el otro sopló de su boca una columna de fuego que incineró las ropas del muchacho, consumió su carne y sus órganos, en cosa de segundos dejó un esqueleto calcinado humeando sobre el suelo. El arma se derritió y se fundió con el cemento, y el collar derretido del hombre chorreaba oro por entremedio de la cavidad de su pecho.

Camilo yacía sobre su estómago, con su boca abierta, su mano en la espalda del rabino, que temblaba incontrolablemente. En la distancia las familias corrían gritando hacia sus automóviles y ómnibus mientras soldados israelitas se acercaban al Muro lentamente, con las armas listas.

Uno de los predicadores habló: —¡Nadie tiene que temernos si viene a escuchar nuestro testimonio del Dios vivo! Muchos han creído y recibido nuestro testimonio. ¡Solamente aquellos que procuran dañarnos morirán! ¡No teman!

Camilo le creyó. Él no estaba seguro de que el rabino creyera. Ellos se pararon y empezaron a alejarse pero los ojos de los testigos estaban en ellos. Los soldados israelitas les gritaban desde el borde de la plaza.

—Los soldados nos dicen que nos alejemos despacio —tradujo el doctor Ben-Judá.

—Quiero quedarme —dijo Camilo—. Quiero hablar a estos hombres.

—¿No vio lo que acaba de pasar?

—Por supuesto, pero también les oí decir que no dañan a los que escuchan sinceramente.

—¿Pero *es* usted uno que escucha sinceramente o sólo es un periodista en busca de un bocado?

—Ambos —admitió Camilo.

—Dios le bendiga —dijo el rabino—. Se volvió y habló en hebreo a los dos testigos mientras los soldados israelitas les gritaban más a él y a Camilo. Camilo y Ben-Judá se alejaron de los predicadores que ahora estaban callados.

—Les dije que los encontraremos a las diez de la noche detrás del edificio donde descansan ocasionalmente. ¿Podrá reunirse conmigo?

—Como si fuera a dejar pasar esa oportunidad —dijo Camilo.

Raimundo regresó de una cena tranquila con algunos de su nueva tripulación y encontró un mensaje urgente de Cloé. Le costó unos minutos comunicarse, deseaba que ella le diera alguna indicación de qué andaba mal. No era típico de ella decir que algo era urgente a menos que realmente lo fuera. Ella tomó el teléfono en el primer timbrazo.

—¿Hola? —dijo— ¿Camilo? ¿Papá?

—Sí, ¿qué pasa?

—¿Cómo está Camilo?

—No sé. Todavía no lo he visto.

—¿Vas a verlo?

—Bueno, seguro, supongo.

—¿Sabes en qué hospital está?

—¿Qué?

—¿No lo viste?

—¿Vi qué?

—Papá, estuvo precisamente en las noticias matutinas de acá. Los dos testigos del Muro de los Lamentos quemaron a un muchacho matándolo, y todos los que estaban alrededor cayeron al suelo. Uno de los últimos dos yaciendo ahí era Camilo.

—¿Estás segura?

—Sin duda.

—¿Sabes con seguridad que él fue herido?

—¡No! Sólo lo supuse. Él estaba allí, tirado cerca de un hombre con un traje negro cuyo sombrero se había caído.

—¿Dónde está alojado?

—En el hotel Rey David. Le dejé un mensaje. Dijeron que tenían su llave, así que él andaba afuera. ¿Qué significa eso?

—Algunas personas dejan sus llaves en el mostrador cada vez que salen. No significa nada especial. Estoy seguro de que te llamará.

—¿No hay forma que tú puedas averiguar si fue herido?

—Trataré. Quedemos de esta manera: Si averiguo algo, cualquier cosa, te llamaré. Si no doy noticias significará que hay buenas noticias, al menos.

Las rodillas de Camilo se sentían como de gelatina.

—¿Está bien rabino?

—Estoy estupendo —dijo el doctor Ben-Judá—, pero estoy casi sobrecogido.

—Conozco ese sentimiento.

—Quiero creer que esos hombres son de Dios.

—Yo creo que lo son —dijo Camilo.

—¿Usted? ¿Es usted un estudiante de las Escrituras?

—Sólo recientemente.

—Vamos. Quiero mostrarle algo.

Cuando regresaron al automóvil, el chofer del rabino estaba ahí con la puerta abierta, con su rostro de color ceniza. Sión Ben-Judá le habló en hebreo tranquilizándolo y el hombre siguió mirando más allá de él, a Camilo. Camilo trató de sonreír.

Camilo se sentó en el asiento delantero y Ben-Judá guió calladamente al chofer a que estacionara lo más cerca posible de la Puerta Dorada al este del Templo del Monte. Invitó a Camilo a caminar con él a la puerta para poder interpretar los grabados hebreos.

—Mire aquí —dijo—. Dice: *Ven Mesías.* Y aquí *Líbranos,* y ahí *Ven triunfante.*

—Mi pueblo ha anhelado, orado, vigilado y esperado a nuestro Mesías por siglos. Pero gran parte del judaísmo, hasta en la Tierra Santa, se ha vuelto secular y menos orientado bíblicamente. Mi proyecto de investigación me fue asignado casi como algo inevitable. La gente ha perdido de vista exactamente qué o a quién esperan y muchos se rindieron.

»Y para demostrarle cuán profundo corre la animosidad entre los musulmanes y los judíos, mire este cementerio que hicieron los musulmanes justamente por fuera de la reja, ahí.

—¿Cuál es el significado?

—La tradición judía dice que en los postreros tiempos el Mesías y Elías guiarán a los judíos al templo en triunfo a través de la puerta del Este. Pero Elías es un sacerdote y pasar por un cementerio lo haría inmundo, así que los musulmanes pusieron uno aquí para hacer que sea imposible la entrada triunfal.

Camilo sacó su grabadora e iba a pedirle al rabino que repitiera ese trocito de historia pero se dio cuenta de que estaba aún funcionando.

—Mire esto —dijo Camilo—, tengo grabado el ataque.

Rebobinó la máquina hasta donde oyeron ruido de balas y gritos. Entonces cayó el hombre y el arma sonó estrepitosamente. En su mente Camilo recordó el estallido de fuego saliendo de la boca del testigo. En la cinta sonó como una fuerte ráfaga de viento. Más gritos. Luego los predicadores gritaron fuerte en un lenguaje que Camilo no pudo entender.

—¡Eso es hebreo! —dijo el rabino Ben-Judá—. ¡Seguramente que usted oyó eso!

—Ellos hablaron en hebreo —reconoció Camilo—, y la grabadora lo tomó en hebreo pero yo lo oí en inglés con tanta seguridad como que estoy aquí de pie.

—Usted dijo que les oyó prometer que no dañan a nadie que fuera solamente a escuchar el testimonio de ellos.

—Entendí cada palabra.

El rabino cerró sus ojos. —El momento preciso de este acontecimiento es muy importante para mi presentación.

Camilo caminó de regreso al automóvil con él. —Tengo que decirle algo —dijo—. Yo creo que su Mesías ya ha venido.

—Lo sé joven. Me interesará oír qué dicen los dos predicadores cuando les diga eso.

Raimundo consultó a Esteban Plank para ver si su gente había sabido algo más sobre otra muerte en el Muro de los Lamentos. No preguntó específicamente por Camilo, no quería que todavía supieran de la amistad de ellos.

—Supimos todo al respecto —dijo enojado Plank—. El Secretario General cree que esos dos debieran ser arrestados y juzgados por asesinato. Él no entiende por qué los militares israelitas parecen tan impotentes.

—Quizá teman ser incinerados.

—¿Qué posibilidad tendrían esos dos contra un francotirador con un arma de alto poder? Usted cierra el lugar, saca a los espectadores inocentes, y mata a esos dos. Usa una granada o hasta un misil si tiene que hacerlo.

—Esa es la idea de Carpatia.

—Directo de la boca del caballo —dijo Plank.

—Dicho como de un pacifista verdadero.

Quince

Raimundo miraba las noticias y tuvo la certeza de que Cloé tenía la razón. Sin duda que era Camilo Williams a no más de treinta pies de los testigos, y aun más cerca del pistolero, el cual ahora era poco más que huesos calcinados en el pavimento. La televisión israelita se quedó fija en las imágenes por más tiempo, y luego de mirar el drama unas cuantas veces, Raimundo pudo despegar sus ojos de los testigos que echaban fuego por sus bocas para mirar al borde de la pantalla. Camilo se levantó rápidamente y ayudó al hombre del traje oscuro que estaba al lado suyo. Ninguno parecía herido.

Raimundo llamó al Hotel Rey David. Camilo seguía fuera, así que Raimundo tomó un taxi rumbo al hotel y se sentó a esperar en el vestíbulo. Sabiendo que era mejor no ser visto con Camilo, planeó deslizarse en una caseta telefónica en cuanto lo viera.

———

—En la larga historia del judaísmo —estaba diciendo el rabino Ben-Judá—, ha habido muchas evidencias de la mano de Dios obrando. Por supuesto, hubo más en los tiempos bíblicos, pero la protección que ha recibido Israel cuando todo ha estado en su contra durante las guerras modernas es otro ejemplo. La destrucción de la Fuerza Aérea Rusa, dejando intacta a la Tierra Santa, fue simple y llanamente un acto de Dios.

Camilo se dio vuelta en el asiento del automóvil. —Yo estaba allá cuando eso pasó.

—Leí su relato —dijo Ben-Judá—. Pero, a la misma vez, los judíos han aprendido a ser escépticos de lo que parece ser intervención divina en sus vidas. Aquellos que conocen las Escrituras saben que aunque Moisés tenía el poder de convertir un palo en una serpiente, así también lo hicieron los magos del faraón. Ellos también podían imitar la transformación del agua en sangre que hizo Moisés. Daniel no era el único intérprete de sueños que había en la corte real. Le digo que esto solamente explica por qué esos dos predicadores están siendo considerados con tanta sospecha. Sus actos son poderosos y terribles, pero su mensaje es un anatema para la mente judía.

—¡Pero ellos hablan del Mesías! —dijo Camilo.

—Y ellos parecen tener poder para respaldar sus declaraciones —dijo Ben-Judá—, pero la idea de que Jesús sea el Mesías judío tiene miles de años de antigüedad. Su mismo nombre es tan profano para el judío como los insultos raciales lo son para otras minorías.

—Algunos han llegado a ser creyentes aquí —dijo Camilo—. Lo he visto en las noticias; la gente postrándose y orando ante la reja, convirtiéndose en seguidores de Cristo.

—A gran costo —dijo el rabino—. Y en realidad son una cantidad insignificante. No importa cuán impresionantes sean esos testigos de Cristo, usted no verá grandes cantidades de judíos convertidos al cristianismo.

—Esa es la segunda vez que usted se refiere a ellos como testigos —dijo Camilo—. Usted sabe que esto es lo que la Biblia...

—Señor Williams —interrumpió el rabino Ben-Judá—, no me confunda con un estudioso del Torá solamente. Debe darse cuenta de que mi estudio ha abarcado las obras sagradas de todas las principales religiones del mundo.

—¿Pero cómo lo interpreta entonces, si es que conoce el Nuevo Testamento?

—Bueno, primeramente, usted puede estar exagerando al decir que yo *conozco* el Nuevo Testamento. No puedo decir que lo conozco en la manera en que conozco mi Biblia, ya que me he metido de lleno en el Nuevo Testamento, sólo en los últimos tres años. Pero, segundo, usted ahora ha cruzado la frontera periodística.

—¡No estoy preguntando como periodista! —dijo Camilo— ¡Estoy preguntando como cristiano!

—No confunda ser gentil con ser cristiano —dijo el rabino—. Mucha, mucha gente se considera cristiana porque no son judíos.

—Conozco la diferencia —dijo Camilo—. De amigo a amigo, o por lo menos de conocido a conocido, con todos sus estudios, usted debe haber llegado a algunas conclusiones sobre Jesús como el Mesías.

El rabino habló cuidadosamente. —Joven, no he dicho ni una coma de mis hallazgos a nadie en tres años. Aun aquellos que encargaron y respaldaron mi estudio no conocen cuáles son las conclusiones que he extraído. Le respeto. Admiro su valor. Le llevaré de vuelta a los dos testigos esta noche como prometí. Pero no revelaré a usted nada de lo que diré mañana en la televisión.

—Entiendo —dijo Camilo—. Puede que más gente de lo que piensa esté mirando.

—Puede ser. Y quizá fui falsamente modesto cuando dije que el programa no compite probablemente con los habituales. La CNN y la agencia estatal que encargaron mi estudio han cooperado en un esfuerzo internacional para informar a los judíos de cada continente sobre el programa venidero. Me dicen que la audiencia en Israel será solamente una fracción de los espectadores judíos en todo el mundo.

Raimundo leía la *Tribuna Internacional* cuando Camilo pasó de prisa por su lado hacia el conserje, donde le dieron la llave y un mensaje. Raimundo hizo ruido con el periódico al bajarlo, y cuando Camilo miró, Raimundo le hizo señas que lo llamaría. Camilo asintió y subió.

—Mejor que llames a Cloé —dijo Raimundo cuando se comunicó con Camilo desde la caseta de teléfonos, un par de minutos después—. ¿Estás bien?

—¡Estoy muy bien Raimundo, estuve precisamente ahí!

—Te vi.

—El rabino con que estaba es un amigo de Rosenzweig. Él es quien aparecerá en TV mañana en la tarde. Haz que todos los que puedan miren eso. Él es un tipo realmente interesante.

—Lo haré. Le prometí a Cloé que uno de nosotros la llamaría tan pronto supiera algo.

—¿Lo vio ella?

—Sí, en las noticias de la mañana.

—La llamaré ahora mismo.

Camilo hizo la llamada por medio de la operadora del hotel y colgó, esperando que ella le dijera que su comunicación estaba lista. Mientras tanto se tiró al borde de la cama y bajó la cabeza. Se estremeció por lo que había visto. ¿Cómo podía el rabino haber visto lo mismo, oído lo mismo, y luego inferir que estos hombres podían ser fácilmente magos o visionarios de Dios?

El teléfono sonó. —¡Sí!

—¡Camilo!

—Estoy aquí Cloé, y estoy bien.

—Oh, gracias a Dios.

—Bueno, ¡gracias a ti!

Cloé estaba emotiva. —Camilo esos testigos saben la diferencia entre creyentes y sus enemigos, ¿no?

—Ciertamente espero eso. Lo sabré esta noche. El rabino me llevará de vuelta a verlos.

—¿Quién es el rabino?

Camilo le dijo.

—¿Estás seguro que es prudente?

—Cloé, ¡esta es la oportunidad única en la vida! Nadie ha hablado individualmente con ellos.

—¿Cuál es la posición del rabino?

—Él es ortodoxo pero conoce el Nuevo Testamento también, al menos intelectualmente. Cerciórate de que tú y Bruno miren televisión mañana en la tarde, bueno, para ustedes serán seis horas menos, por supuesto. Dile a todos los de la iglesia que lo miren. Será interesante. Si quieres mirar primero la firma del pacto, vas a tener que levantarte temprano.

—Camilo, te echo de menos.

—También yo te extraño. Más de lo que puedas imaginar.

———

Raimundo volvió a su hotel donde halló un sobre de Patty Durán. La nota decía:

Capitán Steele, esto no es un una broma. El Secretario General quería que usted tuviera el boleto adjunto para los festejos de mañana en la mañana y expresarle cuán impresionado quedó con el servicio en el *Comunidad Mundial Uno.* Aunque es posible que no pueda hablar personalmente con usted hasta mañana en la tarde camino a Bagdad, le agradece sus servicios. Y yo también. Patty D.

Raimundo puso el boleto en la funda de su pasaporte y echó la nota a la basura.

Camilo, aún fuera de forma por causa del cambio de hora y el trauma de la mañana, trató de dormir unas horas antes de comer. Cenó solo, comiendo algo liviano y preguntándose si alguna vez había habido algo así como un protocolo para reunirse con dos hombres enviados de Dios. ¿Eran humanos? ¿Eran espíritu? ¿Eran, como creía Camilo, Elías y Moisés? Se decían uno al otro Elí y Moishé. ¿Podían tener miles de años? Camilo estaba más ansioso por conversar con ellos de lo que jamás había estado por entrevistar a un jefe de estado o hasta a Nicolás Carpatia.

La noche estaría fresca. Camilo se puso un saco deportivo de lana con un forro grueso y bolsillos suficientemente grandes para no necesitar andar con la bolsa. Llevó solamente pluma y papel y la grabadora, recordándose de verificar con Jaime Borland y otros del *Semanario* para estar seguro de que los fotógrafos estuvieran, por lo menos, tomando fotos a distancia de los dos cuando predicaban.

A las 9:45 Raimundo se sentó en su cama. Se había quedado dormido con el zumbido del televisor, pero algo le había llamado la atención. Escuchó la palabra *Chicago*, quizá *Chicago Tribune* y eso lo despertó. Empezó a cambiarse el pijama mientras escuchaba. El locutor del noticiero estaba resumiendo una historia importante procedente de los Estados Unidos de Norteamérica.

El Secretario General está fuera del país este fin de semana y no está disponible para hacer comentarios pero los principales medios de comunicación masivo de todo el mundo corroboran este informe. La sorprendente legislación permite que un funcionario no elegido y una organización internacional sin fines de lucro sean propietarios sin restricción de todos los canales de los medios de comunicación masivo, y le abre la puerta a las Naciones Unidas, que pronto serán conocidas como la Comunidad Mundial, para que adquiera y controle periódicos, revistas, emisoras de radio, televisión, cable y satélites de comunicación.

El único límite será el monto de capital disponible que tenga la Comunidad Mundial pero se especula que los siguientes medios, entre otros más, pueden estar a consideración de un equipo de compras de la Comunidad Mundial: *New York Times, Long Island News Day, USA Today, Boston Globe, Baltimore Sun, Washington*

Post, Atlanta Journal and Constitution, Tampa Tribune, Orlando Sentinel, Houston..."

Raimundo se sentó al borde de la cama y escuchó con incredulidad. Nicolás Carpatia lo había hecho: se puso en posición de controlar las noticias y, de este modo controlar las mentes de la mayoría de la gente dentro de su esfera de influencia.

El locutor siguió con la lista:

Turner Networks Cable, Cable News Network, Entertainment and Sports Network, Columbia Broadcast System, American Broadcasting Corporation, Fox Television Network, National Broadcasting Corporation, Christian Broadcasting Network, Family Radio Network, US News and World Report, Global Weekly, Newsweek, Reader's Digest, y una serie de otros sindicatos de noticias y acontecimientos y de grupos de revistas.

Lo más chocante es la reacción inicial de los propietarios actuales, cuya gran mayoría parece acoger con beneplácito al nuevo capital y dice que le toman la palabra a Nicolás Carpatia, el líder de la Comunidad Mundial, cuando este promete ninguna interferencia.

Raimundo pensó en llamar a Camilo. Pero seguramente él habría oído la noticia antes que llegara a la televisión. Alguien del personal del *Semanario Mundial* tendría que haberlo informado, o al menos, lo hubiera sabido de uno de los cientos de otros empleados de los medios de comunicación que había en Israel para la firma. Pero quizá todos pensaron que otro habría llamado a Camilo. Raimundo no quería ser el último en averiguarlo.

Tomó el teléfono pero no hubo respuesta del cuarto de Camilo.

———

Una multitud indecisa se apiñaba en la oscuridad, a unas cincuenta yardas del Muro de los Lamentos. Se había removido los restos del potencial asesino y el comandante militar del área dijo a los representantes de los noticieros que él y sus tropas fueron incapaces de actuar *contra dos personas que no tienen armas, que no han tocado a nadie y que han sido atacadas.*

Nadie de la multitud parecía dispuesto a acercarse más, aunque los dos predicadores podían verse en la débil luz, de pie cerca de una punta del Muro. Ellos no avanzaban ni hablaban.

Al detenerse el chofer del rabino Sión Ben-Judá en un estacionamiento casi vacío, Camilo se sintió tentado de preguntar si el rabino creía en la oración. Camilo sabía que el rabino diría que sí, pero Camilo quería orar en voz alta pidiendo la protección de Cristo y eso era, sencillamente, algo por lo que nadie pediría a un rabino ortodoxo que orara. Camilo oró en silencio.

Él y Sión salieron del automóvil y caminaron lenta y cuidadosamente, lejos de la multitud. El rabino caminaba con sus manos unidas al frente y Camilo no pudo evitar sorprenderse cuando lo vio. Parecía un inusual gesto piadoso y casi ostentoso, particularmente porque Ben-Judá parecía desarmado por la humildad, siendo alguien con tan elevado rango en la academia religiosa.

—Camino en una posición tradicional de respeto y conciliación —explicó el rabino—. No quiero errores, ni malentendidos. Para nuestra seguridad es importante que estos hombres sepan que venimos con humildad y curiosidad. Que no tenemos intenciones de causarles daño.

Camilo miró a los ojos del rabino. —La verdad es que estamos asustados en extremo y no queremos darles ninguna razón para matarnos.

Camilo creyó haber visto una sonrisa.

—Usted tiene una forma de cortar yendo directo a la verdad —dijo Ben-Judá—. Yo ruego que ambos estemos sanos en el camino de regreso y capaces de discutir nuestra experiencia compartida.

Yo también, pensó Camilo, pero no dijo nada.

Tres soldados israelitas salieron al frente de Camilo y el rabino y uno de ellos habló cortante en hebreo. Camilo empezó a buscar su pase de prensa, y entonces se dio cuenta de que no le serviría para nada. Sión Ben-Judá siguió adelante hablando con fervor y calma con el jefe, en hebreo. El soldado hizo unas pocas preguntas, sonando menos hostil y más curioso que al comienzo. Finalmente asintió y ellos pudieron pasar.

Camilo echó una mirada hacía atrás. Los soldados no se habían movido.

—¿De qué se trataba todo eso? —preguntó.

—Ellos dijeron que solamente se permite pasar a los ortodoxos hasta cierto punto. Les aseguré que usted viene conmigo. Siempre me divierte cuando los militares seculares tratan de hacer regir las leyes religiosas. Él me advirtió de lo que había pasado antes, pero le dije que teníamos una cita y que estábamos dispuestos a correr el riesgo.

—¿Lo estamos? —preguntó suavemente Camilo.

Él rabino se encogió de hombros. —Quizá no. Pero vamos a proceder de todos modos, ¿no? Pues dijimos que lo haríamos y ninguno de nosotros se va a perder la oportunidad.

Mientras ellos continuaban, los dos testigos los miraban fijo desde el extremo del Muro de los Lamentos, a unos cincuenta pies de distancia.

—Nos dirigimos a la reja por allá —dijo Ben-Judá, señalando al otro lado del pequeño edificio—. Si ellos aún desean reunirse con nosotros, irán ahí y tendremos la reja interpuesta.

—Después de lo que pasó con el asesino de hoy, eso no será gran ayuda.

—No estamos armados.

—¿Cómo lo saben ellos?

—No lo saben.

Cuando Camilo y Ben-Judá estuvieron a unos quince pies de la reja, uno de los testigos levantó una mano y ellos se detuvieron. Él habló, no con voz fuerte como Camilo lo había escuchado antes, pero aún con tono sonoro.

—Nos acercaremos y nos presentaremos —dijo él.

Los dos hombres caminaron lentamente y se detuvieron justo por dentro de los barrotes de hierro.

—Puede llamarme Elí —dijo él—. Y este es Moishé.

—¿Inglés? —susurró Camilo.

—Hebreo —respondió Ben-Judá.

—¡Silencio! —dijo él con un susurro áspero.

Camilo saltó. Él recordó a uno de ellos gritándole a un rabino que se callara, más temprano ese día. Pocos minutos después otro hombre yacía muerto y calcinado.

Elí hizo un gesto de que Camilo y Sión podían acercarse. Ellos avanzaron a un par de pies de la reja. Camilo se impresionó por sus ropas andrajosas. El olor de cenizas, como de un fuego reciente, colgaba alrededor de ellos. En la débil luz de una lámpara distante, sus brazos largos parecían musculosos y curtidos. Tenían manos largas y huesudas y estaban descalzos.

Elí dijo: —No contestaremos preguntas sobre nuestra identidad y origen. Dios revelará esto al mundo en su propio tiempo.

—Sión Ben-Judá asintió y se inclinó levemente desde la cintura.

Camilo metió la mano en su bolsillo y echó a andar la grabadora. De súbito Moishé se acercó más y metió su barbuda cara entre los barrotes. Contempló al rabino con ojos encapotados y una cara surcada de sudor.

Habló muy bajito con voz profunda pero cada palabra era clara para Camilo. Él no podía esperar para preguntarle a Sión si había escuchado a Moisés en inglés o hebreo.

Moishé habló como si acabara de pensar en algo muy interesante pero las palabras eran familiares para Camilo.

—Hace muchos año hubo un hombre de los fariseos que se llamaba Nicodemo, un dirigente judío. Como tú, este hombre fue a Jesús de noche.

El rabino Ben-Judá susurró: —Elí y Moishé sabemos que ustedes vienen de Dios pues nadie puede hacer las señales que ustedes hacen a menos que Dios esté con él.

Elí habló: *En verdad, en verdad te digo que el que no nace de nuevo no puede ver el reino de Dios*

—*¿Cómo puede un hombre nacer siendo ya viejo?* —dijo el rabino Ben-Judá y Camilo se dio cuenta de que estaba citando pasajes del Nuevo Testamento—. *¿Acaso puede entrar por segunda vez en el vientre de su madre y nacer?*

Moishé respondió: —*En verdad, en verdad te digo que el que no nace de agua y del Espíritu no puede entrar en el reino de Dios. Lo que es nacido de la carne, carne es, y lo que es nacido del Espíritu, espíritu es. No te asombres de que te haya dicho: "Os es necesario nacer de nuevo".*

Elí habló otra vez: —*El viento sopla donde quiere y oyes su sonido, pero no sabes de dónde viene, ni adónde va; así es todo aquel que es nacido del Espíritu.*

—Exacto en la cita —el rabino dijo—. ¿Cómo puede ser esto?

Moishé levantó la cabeza: —*Tú eres maestro de Israel ¿y no entiendes estas cosas? En verdad, en verdad te digo que hablamos lo que sabemos y damos testimonio de lo que hemos visto, pero vosotros no recibís nuestro testimonio. Si os he hablado de las cosas terrenales, y no creéis, ¿cómo creeréis si os hablo de las celestiales?*

Elí asintió: —*Nadie ha subido al cielo, sino el que bajó del cielo, es decir el Hijo de Hombre que está en el cielo. Y como*

Moisés levantó la serpiente en el desierto, así es necesario que sea levantado el Hijo del Hombre, para que todo aquel que cree, tenga en Él vida eterna. Porque de tal manera amó Dios al mundo, que dio a su Hijo unigénito, para que todo aquel que cree en Él, no se pierda, mas tenga vida eterna.

Camilo estaba mareado de emoción. Se sentía como si lo hubieran tirado de vuelta a la historia antigua y estuviera presenciando una de las más famosas conversaciones nocturnas que haya habido. Ni por un instante olvidó que su compañero no era el Nicodemo de antes o que los otros dos hombres no eran Jesús. Él era nuevo en esta verdad, nuevo en esta Escritura pero sabía lo que venía cuando Moishé concluyó:

—*Porque Dios no envió a su Hijo al mundo para juzgar al mundo, sino para que el mundo sea salvo por Él. El que cree en Él no es condenado; pero el que no cree, ya ha sido condenado, porque no ha creído en el nombre del unigénito Hijo de Dios.*

Súbitamente el rabino se animó. Hizo gestos ampliamente, elevando sus manos y abriéndolas mucho. Como si estuviera en una obra o recital, dio pie a los testigos para su respuesta siguiente.

—¿Y cuál —dijo—, es la condenación?

Los dos respondieron al unísono: —*Que la luz vino al mundo.*

—¿Y cómo se la pasaron por alto los hombres?

—*Los hombres amaron más las tinieblas que la luz.*

—¿Por qué?

—*Pues sus acciones eran malas.*

—Dios nos perdone —dijo el rabino.

Y los dos testigos dijeron: —Dios te perdona. Así termina nuestro mensaje.

—¿No hablarán más con nosotros? —preguntó Ben-Judá.

—No más —dijo Elí, pero Camilo no vio que su boca se moviera. Pensó que se había equivocado, que quizá lo había dicho Moishé. Pero Elí continuó hablando claramente pero no en voz alta:

—Moishé y yo no volveremos hablar otra vez sino hasta el amanecer cuando seguiremos testificando de la venida del Señor.

—Pero yo tengo tantas preguntas —dijo Camilo.

—No más —dijeron al unísono, sin que ninguno abriera la boca—. Les deseamos la bendición de Dios, la paz de Jesucristo y la presencia del Espíritu Santo. Amén.

Las rodillas de Camilo se aflojaron al alejarse los hombres. Mientras él y el rabino miraban fijo, Elí y Moishé meramente se movieron contra el edificio y se sentaron, apoyados contra la pared.

—Adiós y gracias —dijo Camilo sintiéndose tonto.

El rabino Ben-Judá entonó un bello cántico, una bendición de alguna especie que Camilo no entendió. Elí y Moishé parecían orar y luego pareció que se durmieron donde estaban sentados.

Camilo estaba sin habla. Siguió a Ben-Judá que había dado la vuelta y caminaron a una rejas de cadenas baja. Pasó por encima y se alejó del Templo del Monte yendo al otro lado del camino a una pequeña arboleda. Camilo se preguntó si quizá el rabino deseara estar solo pero su lenguaje corporal indicaba que quería que Camilo se quedara con él.

Cuando llegaron al borde de los árboles, el rabino simplemente se quedó de pie contemplando el cielo. Cubrió su cara con las manos y lloró, volviéndose su llanto en grandes sollozos. Camilo también estaba sobrecogido y no pudo detener las lágrimas. Él sabía que habían estado en suelo santo. Lo que no sabía era cómo interpretaba todo esto el rabino. ¿Se habría pasado por alto el mensaje de la conversación de Nicodemo y Jesús cuando la leía en las Escrituras y otra vez ahora cuando había sido parte de su recreación?

Camilo no se lo había perdido por cierto. El Comando Tribulación no podría creer su privilegio. Él no se lo guardaría, no lo celaría. Efectivamente deseaba que todos hubieran podido estar ahí con él.

Como si percibiera que Camilo deseaba hablar, Ben-Judá le advirtió.

—No debemos rebajar la experiencia reduciéndola a palabras —dijo—. Hasta mañana, amigo mío.

El rabino se dio vuelta, y allí, a un costado del camino estaba su automóvil y el chofer. Este fue a la puerta delantera del lado del pasajero y se la abrió a Camilo. Este entró y susurró sus gracias. El rabino dio la vuelta por delante del automóvil y susurró al chofer, que se alejó, dejando a Ben-Judá al lado del camino.

—¿Qué pasa? —dijo Camilo, estirando el cuello para mirar al traje negro que desaparecía en la noche—. ¿Va a volver solo?

El chofer no dijo nada.

—Espero no haberlo ofendido.

El chofer miró a Camilo disculpándose y se encogió de hombros. —No *englees* —dijo—, y llevó a Camilo de regreso al Hotel Rey David.

El hombre que estaba en conserjería le pasó a Camilo un mensaje de Raimundo pero como no decía urgente, decidió no llamarlo hasta la mañana. Si no se comunicaba con Raimundo lo buscaría en la firma del pacto.

Camilo dejó apagada la luz de su cuarto y salió por la puerta de vidrio a la pequeña terraza que había entre los árboles. Por entre las ramas vio la luna llena en un cielo sin nubes. El viento estaba quieto pero la noche se había enfriado. Se levantó el cuello de la chaqueta y contempló la belleza de la noche. Se sentía tan privilegiado como nadie en la tierra. Además de su encantada vida profesional y el regalo que había afilado, había sido testigo presencial de algunas de las obras más asombrosas de Dios en la historia del mundo.

Había estado en Israel cuando atacaron los rusos, hacía menos de año y medio. Dios claramente había destruido la amenaza contra su pueblo elegido. Camilo había estado volando cuando ocurrió el Arrebatamiento, en un avión comandado por un hombre a quien no conocía, atendido por una aeromoza jefe cuyo futuro parecía ahora responsabilidad suya. ¿Y la hija de aquel piloto? Él creía que estaba enamorado de ella, si es que sabía lo que era el amor.

Camilo encorvó sus hombros y dejó que las mangas cubrieran sus manos, luego cruzó los brazos. Él había sido salvado de un automóvil bomba en Londres, había recibido a Cristo en la cumbre del fin del mundo, y había sido protegido sobrenaturalmente mientras presenciaba dos homicidios cometidos por el mismo anticristo. Este mismo día había visto cumplirse la Escritura cuando un asesino en potencia fue destruido por el fuego salido de la garganta de uno de los dos testigos.

¡Y luego, haber oído a esos dos recitar las palabras de Jesús a Nicodemo! Camilo quería humillarse, comunicar a su Creador y Salvador cuán indigno se sentía, cuán agradecido estaba.

—Todo lo que puedo hacer —susurró roncamente en el aire nocturno—, es darte todo lo que soy por todo el tiempo que me quede. Haré lo que tú quieras, iré donde me mandes, te obedeceré de todos modos.

Sacó de su bolsillo la grabadora y la rebobinó. Cuando pasó la conversación que había presenciado esa noche, se asombró de no oír nada de inglés. Se dio cuenta de que esto no debiera ser una sorpresa. Había sido típico del día. Pero escuchó por lo menos tres idiomas. Reconoció el hebreo, aunque no lo entendió. Reconoció el griego pero tampoco entendió. El otro idioma, que estaba seguro que nunca antes había oído, era usado cuando los testigos citaban directamente a Jesús. Tenía que ser arameo.

Al final de la cinta, Camilo escuchó al doctor Ben-Judá preguntando algo en hebreo, cosa que él recordaba haber oído en inglés como *¿no hablarán más con nosotros?*, pero no oyó la respuesta.

Luego se escuchó a sí mismo decir: *pero yo tengo tantas preguntas.* Y luego, después de una pausa, *adiós y gracias.* Lo que los hombres hablaron a su corazón no había sido grabado.

Camilo tomó una pluma y pinchó los rótulos haciendo imposible que se grabara sobre su inapreciable casete.

Lo único que hubiera hecho aun más perfecto esto hubiera sido poder compartirlo con Cloé. Miró su reloj. Era justo después de la medianoche en Israel, siendo alrededor de las seis en Chicago. Pero cuando Camilo se comunicó con Cloé, apenas podía hablar. Se las compuso para contar la historia de la noche entre lágrimas, y Cloé lloró con él.

—Camilo —concluyó ella—, desperdiciamos tantos años sin Cristo. Oraré por el rabino.

———

Pocos minutos después, Raimundo fue despertado por su teléfono. Estaba seguro de que sería Camilo y esperaba que no hubiera oído la noticia de los planes de Carpatia para los medios de comunicación de parte de otra persona.

—Papá, es Cloé —dijo ella—. Acabo de hablar con Camilo pero no tuve corazón para decirle eso de los medios de comunicación. ¿Lo escuchaste?

Raimundo le dijo que sí y preguntó si estaba segura de que Camilo no sabía. Ella relató todo lo que Camilo le contó de su noche.

—Trataré de comunicarme con él en la mañana —dijo Raimundo—. Seguro que lo sabrá por otra persona si yo no hablo con él primero.

—Estaba tan sobrecogido, papá. No era el momento de darle la noticia. No sabía como reaccionaría. ¿Qué crees que le va a pasar a él?

—Camilo sobrevivirá. Tendrá que tragarse mucho orgullo al tener que trabajar para Carpatia donde quiera que vaya. Pero estará bien. Le conozco, y sé que encontrará alguna manera de decir la verdad a las masas, sea camuflándola en las propias publicaciones de Carpatia u operando alguna clase de producción de contrabando que se venda clandestinamente.

—Suena como que Carpatia va a controlar todo.

—Seguro que sí.

Raimundo trató de hablar con Camilo a las seis y media de la mañana siguiente pero él ya se había ido del hotel.

Había pasado mucho tiempo desde que Camilo había visto a Esteban Plank tan acosado.

—Este trabajo fue divertido e interesante hasta hoy —dijo Esteban, mientras el personal de su hotel empezaba a prepararse para el corto viaje a la Antigua Ciudad de Jerusalén—. Si Carpatia tiene un pincho en su montura, yo soy el que tiene que soportar su mal genio.

—¿Qué pasa?

—Oh, nada especial. Sólo que debemos tener todo perfecto. Eso es todo.

—¿Y tú tratas de convencerme de que trabaje para él? No lo creo.

—Bueno, eso será un asunto para someter a discusión en un par de semanas ¿no?

—Seguro que sí —Camilo sonrió para sí mismo. Había decidido rechazar la oferta del *Tribune* sin apelación y quedarse con el *Semanario Mundial*.

—¿Vienes con nosotros a Bagdad, correcto?

—Estoy tratando de hallar una forma de llegar ahí pero con ustedes, no.

—Camilo, no habrá muchas maneras de llegar allá. Tenemos suficiente espacio, y para todo los propósitos prácticos, ya trabajas para Carpatia de cualquier manera. Sólo ven. Te encantará lo que él tiene pensado para Nueva Babilonia, y si los informes pueden creerse, todo está saliendo muy bien.

—¿Yo trabajo para Carpatia? Pensé que fuimos muy claros sobre eso.

—Es cuestión de tiempo, mi niño.

—Sigue soñando —dijo Camilo, pero se preocupó por la mirada perpleja de Plank. Camilo encontró a Jaime Borland que estaba ordenando sus notas. —Hola, Jaime —dijo. Borland apenas alzó los ojos. —¿Ya entrevistaste a Carpatia?

—Sí —dijo Borland—. No gran cosa. Justo ahora todo lo que le preocupa es trasladar la ceremonia de la firma.

—¿Trasladarla?

—El teme a esos chiflados del Muro de los Lamentos. Los soldados pueden mantener el lugar sin turistas pero esos tipos del Muro verán la audiencia de la multitud que viene a la firma del tratado.

—Multitud bien grande —dijo Camilo.

—Sin bromas. No sé por qué ellos no mantienen lejos a esos dos tipos sin casa.

—¿No?

—¿Qué, Camilo? Piensas que esos viejos locos van a soplar fuego sobre el ejército? Ponte serio. ¿Crees ese cuento del fuego?

—Vi al tipo, Jaime. Estaba quemado.

—Un millón a una que él mismo se prendió fuego.

—Esto no fue inmolación Jaime. Él cayó al suelo y uno de esos dos lo incineró.

—Con fuego salido de su boca.

—Eso es lo que yo vi.

—Es bueno que estés fuera de la historia de tapa Camilo. Estás perdiendo la mente. ¿Así que también conseguiste una entrevista exclusiva con ellos?

—No totalmente exclusiva y no exactamente una entrevista.

—En otras palabras, no lograste nada ¿correcto?

—No. Estuve con ellos anoche tarde. No me metí en el toma y dame, eso es todo lo que diré.

—Yo diría que si vas a escribir ficción, debieras conseguirte un contrato de novela y hacerlo. Seguirías publicando con Carpatia, pero puede que tengas un poco más de soltura.

—Yo no trabajaría para Carpatia —dijo Camilo.

—Entonces, no estarás en las comunicaciones.

—¿De qué estás hablando?

Borland le contó del anuncio.

Camilo palideció. —¿*Semanario Mundial* incluido?

—¿*Incluido?* Si me preguntas, es uno de los manjares.

Camilo movió la cabeza. Así que, después de todo, él estaba escribiendo sus historias para Carpatia.

—Por eso es que todos se ven estupefactos. Así, pues, si la firma no va a ser cerca del Muro, ¿dónde será?

—En el Knesset.[1]

—¿Adentro?

—No lo creo.

—¿El exterior del edificio es apropiado?

—No lo creo.

—Escucha Jaime, ¿vas a estar viendo al rabino Ben-Judá en televisión esta tarde?

—Lo veré si es que lo muestran en el avión rumbo a Bagdad.

—¿Conseguiste un vuelo?

—Voy en *Comunidad Global Uno*.

—¿Te vendiste?

—No te puedes vender a tu propio jefe, Camilo.

—Todavía no es tu jefe.

—Es sólo cuestión de tiempo, compañero.

Jaime Rosenzweig había pasado corriendo y se detuvo.

—¡Camilo! —dijo— ¡Ven, ven!

Camilo siguió al encorvado viejo a un rincón.

—¡Quédate conmigo por favor! Nicolás no está contento esta mañana. Nos trasladamos al Knesset, todo es un torbellino, él quiere que todos vayan a Babilonia y algunos se resisten. Para decirte la verdad, pienso que él mismo mataría a ese par del Muro de los Lamentos si tuviera la ocasión. Toda la mañana han estado gritando contra la injusticia de la firma, de cómo el pacto señala una alianza impía entre un pueblo que rechazó a su Mesías la primera vez y un líder que niega la existencia de Dios. Pero, Camilo, Nicolás no es un ateo. Un agnóstico en el mejor de los casos, pero ¡yo también!

—¡Usted no es agnóstico desde la invasión rusa!

—Bueno, quizá no, pero esas son palabras fuertes contra Nicolás.

---

1. El Parlamento israelita.

—Yo pensé que no se permitía a nadie en la zona frente al Muro esta mañana. ¿A quiénes les están diciendo esto?

—La prensa está ahí con sus micrófonos direccionales de largo alcance, y ¡esos hombres tienen buenos pulmones! Nicolás ha estado hablando por teléfono con la CNN toda la mañana, insistiendo que no informen más sobre esos dos durante el día de hoy, especialmente un día como hoy. Por supuesto, la CNN se ha resistido, Pero cuando él sea el dueño, harán lo que él diga. Eso será un alivio.

—¡Jaime! ¿Usted *quiere* esa clase de gobierno? ¿El control de los medios de comunicaciones?

—Estoy tan cansado de la mayoría de la prensa Camilo. Debes saber, que a ti te tengo en la más alta consideración. Eres uno de los pocos en quienes confío. El resto está tan parcializado, son tan críticos, tan negativos. Debemos unir al mundo de una vez por todas, y creo que una agencia de noticias confiable, y dirigida por el estado, enderezará todo.

—Eso asusta —dijo Camilo. Y calladamente se lamentó por su viejo amigo quien había visto tanto, y ahora estaba dispuesto a rendir tanto, a un hombre en quien no debía confiar.

Dieciséis

Raimundo pensaba que su día al igual que su futuro, estaban ya establecidos. Iría a los festejos de gala, luego en taxi al Aeropuerto Internacional Ben Gurión de Lod, a 14 kilómetros al sureste de Tel Aviv. Para cuando él llegara, la tripulación tendría el 757 en forma y él empezaría con las listas de prueba de seguridad previas al vuelo. El programa comprendía un vuelo a Bagdad en la tarde, y luego, uno sin escalas a Nueva York. Volando hacia el oeste a esa hora del día, él estaría yendo contra todos los programas y prudencia convencionales, pero por este viaje, y quizá por el resto de la carrera de Raimundo, el jefe era Carpatia.

Raimundo pasaría la noche en Nueva York antes de volver a casa para decidir si era realmente factible hacer este trabajo desde Chicago. Quizás él y Cloé tendrían que mudarse a Nueva York. Evidentemente el pilotaje del *Fuerza Aérea Uno* para el presidente era un ardid. Su trabajo era llevar y traer a Nicolás Carpatia donde quisiera ir, y por algún motivo, Raimundo se sentía obligado a sublimar sus anhelos, sus deseos, su voluntad y su lógica. Dios le había depositado esto en su regazo por alguna razón, y en la medida que no tuviera que vivir una mentira, por lo menos por el momento lo seguiría haciendo.

Lo que había estado aprendiendo de Bruno y su propio estudio de la profecía indicaba que llegaría el día en que el anticristo no sería más un engañador. Mostraría sus verdaderos colores y gobernaría el mundo con puño de hierro. Aplastaría a sus enemigos y mataría a cualquiera que fuera desleal a su régimen. Eso pondría a todo los seguidores de Cristo a correr el riesgo del martirio. Raimundo preveía el día en que él tendría que dejar el empleo de Carpatia y volverse un fugitivo, meramente para poder sobrevivir y ayudar a otros creyentes a hacer lo mismo.

Camilo vio a un agente del Servicio Secreto de los Estados Unidos de Norteamérica que venía hacia él.

—¿Camilo Williams?

—¿Quién pregunta?

—Servicio Secreto, y usted lo sabe. ¿Puedo ver alguna identificación, por favor?

—He sido fichado cientos de veces —Camilo sacó sus credenciales.

—Eso lo sé.

El agente miró la identificación de Camilo.

—Fitz quiere verlo y yo tengo que asegurarme de llevarlo al hombre debido.

—¿El Presidente quiere verme?

El agente cerró la billetera de Camilo y se la devolvió, asintiendo. —Sígame.

En una pequeña oficina en la parte trasera del edificio del Knesset, había más de dos docenas de miembros de la prensa que peleaban por el espacio al lado de la puerta, esperando abalanzarse sobre el presidente Gerald Fitzhugh, en el momento en que se dirigiera a las ceremonias. Dos agentes más, con los alfileres de solapa a la vista, audífonos en su lugar, y las manos cruzadas al frente, montaban guardia en la puerta.

—¿Cuándo podemos esperar que salga? —preguntaban.

Pero los agentes no contestaban. Los medios de comunicación no eran su responsabilidad, salvo para mantenerlos lejos cuando era necesario. Los agentes sabían, aun mejor que el Secretario de prensa, cuándo se trasladaría el presidente de un lugar a otro, pero eso no era ciertamente de la incumbencia de nadie.

Camilo esperaba volver a ver al presidente. Habían pasado unos pocos años desde que había hecho el artículo del "Hacedor de Noticias del Año" con Fitzhugh, el año que Fitz había sido elegido nuevamente, y también, la segunda vez en que el hombre había ganado el honor del *Semanario Mundial*. Parecía que Camilo había entablado afinidad con el presidente, que era una versión más joven de Lyndon Johnson (ex presidente de los Estados Unidos). Fitzhugh apenas tenía cincuenta y dos cuando fue elegido la primera vez y ahora se acercaba a los cincuenta y nueve. Era robusto y juvenil, hombre exuberante y de mundo. Usaba las obscenidades generosamente, y aunque Camilo nunca había estado en su presencia cuando se enojaba, sus estallidos eran legendarios entre el personal.

La falta de exposición al temperamento presidencial que tenía Camilo se acabó esa mañana de lunes.

A medida que el escolta de Camilo lo guiaba por entremedio de la muchedumbre agolpada a la puerta, los agentes reconocían a su colega y se hacían a un lado para que Camilo pudiera pasar. Los miembros estadounidenses del cuerpo de prensa expresaron su descontento por el acceso fácil que obtuvo Camilo.

—¿Cómo *logra hacer* eso?

—¡Nunca falla!

—¡No se trata de lo que sepas o cuánto tienes! ¡Todo es asunto de a quién conoces!

—¡El rico se enriquece más!

Camilo sólo deseaba que ellos tuvieran la razón. Deseaba que de alguna manera se hubiera conseguido este bocado, una exclusiva con el Presidente. Pero estaba tan a oscuras como ellos tocante a la razón de su presencia allí.

El escolta del Servicio Secreto de Camilo, lo llevó hasta donde estaba un ayudante presidencial, quien lo tomó por la manga y lo arrastró a un rincón de la sala donde estaba el presidente, sentado al borde de una enorme silla. El saco de su traje estaba abierto, la corbata suelta y estaba susurrando con un par de asesores.

—Señor Presidente, Camilo Williams del *Semanario Mundial* —anunció el ayudante.

—Denme un minuto —dijo Fitzhugh y el ayudante y los dos asesores empezaron a irse. El presidente agarró a uno de los asesores.

—¡Rob, tú no! ¿Cuánto tiempo tendrás que trabajar para mí antes de que empieces a darte cuenta? Te necesito aquí. Cuando yo digo que me den un minuto, no me refiero a ti.

—Lo siento, señor.

—Y deja de disculparte.

—Lo siento.

Tan pronto como dijo eso, Rob se dio cuenta de que no debía haberse disculpado por disculparse.

—Lo siento, bueno, lo siento. Está bien.

Fitzhugh giró sus ojos. —Que alguien le traiga una silla a Williams, ¿quieren? Muévanse rápido, por favor. Tenemos solamente pocos minutos.

—Once —dijo Rob, con tono de disculpa.

—Está bien. Once.

Camilo estiró su mano. —Señor Presidente —dijo.

Fitzhugh le estrechó la mano indiferente, sin mirarlo a los ojos.

—Siéntate aquí, Williams.

La cara de Fitzhugh estaba roja y el sudor empezaba a mojarle la frente.

—Primero, esta es una reunión totalmente extraoficial, ¿bien?

—Lo que usted diga, señor.

—¡No, no lo que yo diga! He oído eso antes y aun así me quemaron.

—Yo no, señor.

—No, tú no, pero recuerdo que una vez te comenté algo y luego mencioné que era asunto extraoficial, y tú me diste todo ese maldito discurso de cuándo es y cuándo no es legalmente oficial.

—Por lo que recuerdo, señor, yo fui bastante sincero con usted.

—Eso dijiste.

—Técnicamente, no se puede decir que algo es extraoficial después de haber hablado. Sólo se puede decir antes de la declaración.

—Sí, pienso que he aprendido eso unas cuantas veces. Así, pues, estamos claros que esto es todo extraoficial desde el principio, ¿bien?

—Bastante claro, señor.

—Williams quiero saber qué cosa está pasando con Carpatia. Tú has estado con él. Lo has entrevistado. Se dice que él está tratando de contratarte. ¿Conoces al hombre?

—No muy bien, señor.

—Yo me estoy enfureciendo bastante con él, para decirte la verdad, pero él es el tipo más popular del mundo desde que Jesús vino al mundo, así que ¿quién soy yo para chillar?

Camilo quedó atónito por lo acertado de esa declaración.

—Yo pensé que usted era uno de los grandes que lo apoyan, señor; usted sabe, los Estados Unidos de Norteamérica dirigiendo el camino y todo lo demás.

—¡Bueno, lo soy! Quiero decir, era. ¡Lo invité a la Casa Blanca! Habló a la sesión conjunta del Congreso. Me gustan sus ideas. Yo no era pacifista hasta que lo escuché hablar, y ¡por San Jorge!, creo que él puede llevar esto a cabo. ¡Pero las encuestas señalan que me superaría en votos en una carrera presidencial ahora mismo! Sólo que él no quiere eso. ¡Él quiere que yo siga en el cargo y tenerlo como mi jefe!

—¿Él le dijo eso?

—No seas ingenuo Williams. Yo no te hubiera traído aquí si pensara que ibas a tomarlo todo literalmente. Pero mira, él me saca de debajo de mis propias narices el *Fuerza Aérea Uno*, y ahora ¿lo has visto? Hizo pintar el nombre *Comunidad Mundial Uno* en el avión y está emitiendo una declaración esta tarde para agradecer a los ciudadanos de los Estados Unidos de Norteamérica por dárselo como obsequio. Tengo ganas de llamarlo mentiroso en su cara y tratar de desviar la buena prensa que le rodea.

—Eso nunca funcionaría, señor —intervino el servicial Rob—. Quiero decir, sé que usted no preguntó, pero la declaración va a hacerle parecer como que él trató de rehusar, usted insistió y él tuvo que aceptar el regalo, aunque un poco reacio.

El presidente se dio vuelta hacia Camilo. —¿Ves, Williams, ahí tienes? ¿Ves lo que hace? ¿Ahora, yo me estoy metiendo en agua hirviendo al compartir esto contigo? ¿Estás ya a sueldo de él y vas a delatarme?

Camilo quiso decirle lo que había visto, lo que realmente sabía de Carpatia, quién demostraba la Biblia que era.

—No puedo decir que yo sea un admirador de Carpatia —dijo Camilo.

—Bueno, ¿eres un admirador de Fitzhugh? No voy a preguntarte cómo votaste...

—No me importa decírselo. La primera vez que usted se presentó, yo voté a favor de su rival. La segunda vez, voté por usted.

—¿Te conquisté, cierto?

—Sí.

—Entonces, ¿cuál es *tu problema* con Carpatia? Él es tan suave, tan convincente, tan creíble. Pienso que tiene engañada a toda la gente la mayor parte del tiempo.

—Supongo que ese es uno de mis problemas —dijo Camilo—. No estoy seguro de qué es lo que usa para tener poder, pero parece funcionar. Él obtiene lo que quiere cuando lo quiere y parece un héroe reacio.

—¡Eso es! —dijo el presidente, golpeando la rodilla de Camilo con la fuerza suficiente para darle un golpe—. ¡Eso es lo que me molesta también!

Juró. Y entonces, volvió a jurar. Pronto estaba bordando cada frase con obscenidades. Camilo temió que se le rompiera un vaso sanguíneo al hombre.

—Tengo que ponerle punto final a esto —rugía—. Esto realmente me está fastidiando. Hoy va a salir sacrosanto, haciéndome quedar como un tarado crecidito. Quiero decir, una cosa es que los Estados Unidos de Norteamérica sea el modelo de liderazgo para el mundo, pero lo que ahora parecemos es una de sus marionetas. Yo soy un tipo fuerte, un líder firme, determinado. Y de alguna manera, él ha logrado hacerme parecer como su adulador. —Respiró hondo—. ¿Williams, sabes el problema que tenemos con las milicias?

—Sólo puedo imaginarlo.

—Te diré, ellos tienen razón en esto, y ¡no puedo discutir contra su posición! Nuestra oficina de inteligencia nos dice que están empezando a juntar y esconder armas mayores, porque están tan en contra de mi plan para unirnos a esto del destruye-el-90 y dame-el-10 a las Naciones Unidas o la Comunidad Mundial o como le llame esta semana. Me gustaría creer que sus motivos son puros y que esto es el último paso hacia la paz verdadera, pero las cosas pequeñas son las que me hacen pensar. Como esta cuestión del avión.

»Tenemos el avión nuevo, necesitamos un piloto nuevo. No me importa quién hace volar la cosa en la medida que esté calificado. Tenemos una lista de personas en quien confiamos, pero de repente, hay solamente un nombre en esa lista que es aceptable para el Gran Potentado del Mundo, y aquel va a obtener el trabajo. Ahora, yo debiera preocuparme menos aun, porque supongo que ¡yo le he regalado el avión y la tripulación a Carpatia! —Y maldijo otro poco más.

—Bueno, señor, yo no sé qué decirle pero es una lástima que usted no obtenga los servicios del nuevo piloto. Yo lo conozco y es el mejor.

—Bueno, grandioso. ¿No pensarías que yo tendría a mi disposición el mejor piloto en mi propio país? ¡No! Y no exageraba sobre ese nuevo título para Carpatia. Hay una resolución de las Naciones Unidas, disculpa, La Comunidad Mundial, y el Consejo de Seguridad se supone que lo someta a votación pronto. La resolución pide *un titulo más apropiado* para el Secretario General, dado que pronto llegará a ser el Comandante en Jefe del poderío militar remanente del mundo, y el principal oficial financiero del banco mundial. La peor parte es, que esa resolución procede de nuestro propio embajador, y yo no supe nada del asunto hasta que pasó a comité.

El único recurso que tengo a mi disposición es, insistir que él vote contra su propia propuesta, la retire o que renuncie. ¿Cómo me haría quedar eso, despedir a un tipo porque quiere darle un mejor título al jefe de la Comunidad Mundial, a quien todo el mundo ama?

El presidente no le daba a Camilo oportunidad de responder, lo cual estaba bien para él, porque no tenía ni la más mínima idea de qué decir.

Fitzhugh se inclinó hacia adelante y susurró: —¡Y este cuento de los medios! Acordamos con él que nuestras leyes sobre conflicto de intereses eran un poco restrictivas, junto con aquellas de la mayor parte del mundo. No queríamos impedir que las Naciones Unidas o lo que sea tuviera, el derecho de publicar más ampliamente cuando están tan cerca de la paz mundial. Así que hicimos una pequeña provisión legal para él, y ahora, mira lo que conseguimos. ¡Él ha comprado todos los periódicos y revistas y radios y redes de televisión antes que podamos cambiar de idea!

»¿De dónde está sacando el dinero Williams? ¿Puedes decirme eso?

Camilo tuvo una crisis de conciencia. Él había expresado tácitamente a Carpatia que no hablaría de la herencia de Stonagal, pero ¿las promesas hechas a los diablos debían ser cumplidas? ¿No sería eso del mismo orden que mentirle a un intruso cuando pregunta dónde están tus seres queridos?

—No podría decirle —dijo Camilo—. No sentía lealtad por Carpatia pero no podía darse el lujo de que se le soplara a Carpatia que él había roto una confidencia tan significativa como esta. Él tenía que aferrarse a su propia habilidad para funcionar: por el tiempo que pudiera.

—¿Tú sabes lo que nos dice nuestra gente de inteligencia? —continuó Fitzhugh—. Que el plan final es que los jefes de los países representados por los diez miembros del Consejo de Seguridad tengan que dar cuentas, como subordinados, a sus propios embajadores. Eso haría reyes del mundo gobernados por Carpatia a esos diez embajadores.

Camilo hizo una mueca. —En otras palabras, ¿usted, el presidente de México y el primer ministro de Canadá tendrían que rendir cuentas al embajador de América del Norte ante las Naciones Unidas?

—Eso es, Williams, pero tienes que olvidarte de las Naciones Unidas. Ahora es la Comunidad Mundial.

—Error mío.

—Bueno, es un error, correcto pero no es tuyo.

—Señor, ¿hay algo en que pueda ayudar?

El presidente Fitzhugh miró el cielo raso y secó el sudor de su cara con la mano. —No sé. Sólo quería descargarme, supongo, y pensé que quizá tú tendrías algo que aportar. Busco cualquier cosa que podamos conseguir contra este tipo para retardarlo un poquito. Tiene que haber una fractura en su armadura, en alguna parte.

—Deseo poder servir más —dijo Camilo, dándose cuenta de repente qué eufemismo era ese. Qué no daría él por denunciar a Nicolás Carpatia como asesino mentiroso, ¡el hipnótico anticristo! Y aunque Camilo se le opusiera a él, cualquier persona sin Cristo nunca entendería, ni estaría de acuerdo. Además, las Escrituras no parecían indicar que los seguidores de Cristo podrían hacer nada más que sencillamente, resistir contra él. El anticristo llevaba un rumbo predicho siglos antes y el drama se representaría hasta su final.

Nicolás Carpatia iba a tragarse al presidente de los Estados Unidos de Norteamérica y a todos los demás que estuvieran en su camino. Él obtendría el poder final, y entonces, empezaría la verdadera batalla, la guerra entre el cielo y el infierno. La guerra fría definitiva, sería una batalla a muerte. Camilo se consoló en la seguridad de que el fin había sido conocido desde el principio... aunque él lo había conocido sólo pocas semanas atrás.

El asistente que había anunciado a Camilo ante el presidente Fitzhugh interrumpió cortésmente.

—Perdóneme señor Presidente, pero el Secretario General está pidiendo cinco minutos antes de la ceremonia.

Fitzhugh juró de nuevo. —Supongo que terminamos Williams. Aprecio que me escucharas de todos modos, y agradezco tu confianza.

—Por cierto, señor. Ah, sería realmente bueno si Carpatia no me viera aquí. Preguntará de qué se trataba.

—Sí, bueno, escucha, Rob. Sale y dile a la gente de Carpatia que esta sala no es apropiada y nosotros nos reuniremos con él en donde diga en un minuto. Y trae al "Gordito".

"Gordito", era evidentemente el apodo del agente que había acompañado a Camilo en primer lugar. El apodo no le venía bien al esbelto joven.

—"Gordito", ocúpate de que Williams salga de aquí sin que la gente de Carpatia lo vea.

El presidente ató su corbata y abotonó su saco, luego fue escoltado a otra sala para su reunión con Carpatia. Camilo fue escudado por el "Gordito", el agente del Servicio Secreto, hasta que no hubo moros en la costa. Entonces fue hacia el área del escenario, donde sería presentado como parte de la delegación de los Estados Unidos de Norteamérica.

Las credenciales de Raimundo le dieron acceso a un asiento cerca del frente junto con los dignatarios estadounidenses. Él era una de las pocas personas que sabía que los testigos del Muro de los Lamentos tenían razón: que esta era la celebración de una alianza impía. Él sabía, pero se sentía impotente. Nadie podía detener la marea de la historia.

Bruno Barnes le había enseñado todo eso.

Raimundo ya echaba de menos a Bruno. Había empezado a disfrutar las reuniones nocturnas y todas las ideas que estaba adquiriendo. La intuición de Bruno era correcta. La Tierra Santa era el lugar donde había que estar por el momento. Si esta era de donde saldrían los primeros de los 144.000 conversos judíos, Bruno querría estar ahí.

Conforme a lo que Bruno le había enseñado de las Escrituras a Raimundo, Cloé y Camilo, los conversos vendrían de todas partes del planeta y recogerían una cosecha increíble... quizá mil millones de almas. Los 144.000 serían judíos, 12.000 de cada una de las doce tribus originales pero serían reunidos de todo el mundo; una restauración de la diáspora de los judíos a través de toda la historia. Imagina, pensó Raimundo, a los judíos ministrando en sus propios territorios y en sus idiomas, llevando millones a Jesús el Mesías.

A pesar de todo el desastre y el dolor por venir, habría muchas victorias potentes y Raimundo las esperaba. Pero no estaba entusiasmado con la ruptura y dispersión del Comando Tribulación. ¿Quién sabía dónde terminaría Camilo si Carpatia realmente compraba todos los medios de comunicación? Si la relación de Camilo y Cloé florecía, ellos podrían terminar unidos en algún sitio lejano.

Él se dio vuelta en su silla y evaluó la multitud. Cientos estaban acomodándose en sus asientos. La seguridad era densa y tensa. Al llegar la hora, vio encenderse las luces rojas de las cámaras de televisión. La música llenó todo, los reporteros de los noticieros susurraban en sus micrófonos y la multitud se acalló. Raimundo se quedó sentado erguido y derecho, con su gorra en las rodillas, preguntándose si Cloé podría verlo desde casa en los suburbios de Chicago. Era medianoche allá y ella no iba a estar buscándolo a él tanto como a Camilo, el cual sería fácil de detectar. Él tenía un puesto en la plataforma directamente detrás de la silla de uno de los participantes en la firma, el doctor Jaime Rosenzweig.

Los dignatarios fueron anunciados, siendo recibidos por corteses aplausos: miembros veteranos del Knesset, embajadores de todo el mundo, estadistas y ex presidentes de los Estados Unidos de Norteamérica, líderes israelitas.

Finalmente, llegó el turno de la segunda fila, aquellos que estarían de pie detrás de las sillas. Camilo fue presentado como: "Señor Camilo, alias el Macho, Williams, ex cronista jefe titular y actualmente cronista de la oficina del Medio Oeste del *Semanario Mundial*, de los Estados Unidos de Norteamérica". Raimundo sonrió tal como lo hizo Camilo ante la tibia reacción. Evidentemente todos se preguntaban quién era él, y por qué era considerado como dignatario.

El aplauso más fuerte estaba reservado para los últimos cinco hombres: el rabino principal de Israel, Jaime Rosenzweig, el botánico ganador del Premio Nobel, el Primer Ministro de Israel, el Presidente de los Estados Unidos de Norteamérica, y el Secretario General de la Comunidad Mundial.

Para cuando se anunció a Carpatia, que entró con su característica confianza cautelosa, el público estaba de pie. Raimundo se levantó reacio, y aplaudió sin hacer ruido, con su gorra metida debajo del brazo. Hallaba difícil reconciliar la apariencia de aplaudir al enemigo de Cristo.

Jaime Rosenzweig se dio vuelta para sonreír radiante a Camilo, quien a su vez le sonrió. Camilo deseaba poder rescatar a su amigo de esta catástrofe pero no era el momento oportuno. Todo lo que podía hacer era dejar que el hombre disfrutara el momento, pues no tendría muchos más para gozar.

—Este es un gran día, Camilo —susurró tomándole la mano con sus dos manos. Acarició la mano de Camilo como si éste fuera su hijo.

Por un instante pasajero, Camilo casi deseó que Dios estuviera viendo. Las luces de las cámaras estallaban por todas partes, grabando para la posteridad a los dignatarios que prestaban su respaldo a este pacto histórico. Y Camilo era el único en ese cuadro que sabía quién era Carpatia, que sabía que la firma del tratado introducía oficialmente a la Tribulación.

De pronto Camilo recordó la credencial del *Semanario Mundial* forrada con velcro que estaba en su bolsillo lateral. Al sacarla para pegarla al bolsillo del pecho, el velcro se pegó a la tapa del bolsillo lateral. Cuando Camilo tiró del mismo para despegarlo, todo su saco se subió por encima de su cinturón, y el borde quedó más arriba de la cintura, tomado de su camisa. Cuando por fin logró arreglar su chaqueta usando las dos manos para soltar la credencial, había sido fotografiado una docena de veces, apareciendo en las fotos como un contorsionista.

Cuando se acabó el aplauso y la multitud volvió a sus asientos, Carpatia se puso de pie, micrófono en mano.

—Este es un día histórico —empezó con una sonrisa—. Mientras que todo esto ha llegado a suceder en tiempo récord, sin embargo, ha sido un esfuerzo hercúleo para reunir todos los recursos necesarios para que aconteciera. Hoy honramos a muchas personas. ¡Primero, mi amado amigo y mentor, una figura paternal para mí, el brillante doctor Jaime Rosenzweig de Israel!

La multitud respondió con entusiasmo, y Jaime se paró inseguro, haciendo su señita y sonriendo como un niñito. Camilo quiso palmearle la espalda, felicitarlo por sus logros pero estaba apenado por su amigo. Rosenzweig estaba siendo usado. Era una pieza pequeña, parte de una trama diabólica, que convertiría al mundo en un lugar inseguro para él, y sus seres queridos.

Carpatia entonaba las alabanzas del rabino principal, del Primer Ministro de Israel, y finalmente, del "Honorable Gerald Fitzhugh, presidente de los Estados Unidos de Norteamérica, el amigo más grande que Israel haya jamás tenido".

Más aplausos atronadores. Fitzhugh se levantó unas pulgadas de su silla para agradecer la respuesta y justo cuando estaba por extinguirse, el mismo Carpatia siguió aplaudiendo, metiendo el micrófono debajo de su brazo y dando un paso atrás para aplaudir ruidosamente.

Fitzhugh parecía avergonzado, casi nervioso y miraba a Carpatia como preguntándose qué hacer. Carpatia estaba radiante, como emocionado por su amigo el Presidente. Se encogió de hombros y ofreció el micrófono a Fitzhugh. Al principio el Presidente no reaccionó, luego pareció desecharlo con un gesto. Finalmente, lo aceptó con el rugido de la audiencia.

Camilo estaba asombrado de la habilidad de Carpatia para controlar a la multitud. Esto era claramente algo que él había coreografiado. Pero, ¿qué haría ahora Fitzhugh? Seguramente que la única reacción apropiada era agradecer a la gente y echarle unos cuantos ramos de flores a sus buenos amigos, los israelitas. Y, a pesar de que el presidente Fitzhugh comenzaba a cobrar conciencia sobre la perversa agenda de Nicolás Carpatia, tendría que reconocer el papel de Nicolás en el proceso de paz.

La silla de Fitzhugh raspó ruidosamente cuando él se paró, empujándola para atrás torpemente, contra su propio Secretario de Estado. Tuvo que esperar que la multitud se callara, lo cual pareció durar una eternidad. Carpatia corrió hacia Fitzhugh y le levantó la mano como hacen los árbitros con el boxeador que gana, y la multitud israelita dio aún más vivas.

Finalmente, Carpatia se fue al fondo y el presidente Fitzhugh se paró en el centro del escenario, obligado a decir unas pocas palabras. Tan pronto como Fitzhugh empezó a hablar, Camilo supo que Carpatia estaba haciendo de las suyas. Y aunque no esperaba presenciar un asesinato, como en Nueva York, Camilo se convenció inmediatamente de que Carpatia había causado de alguna forma algo igualmente siniestro. Pues, el Gerald Fitzhugh que ahora hablaba a la entusiasta multitud, era cualquier otra cosa, menos el enojado presidente con quien Camilo había estado sólo minutos antes.

Camilo sintió que se le calentaba el cuello y sus rodillas flaqueaban mientras Fitzhugh hablaba. Se inclinó hacia adelante y se agarró del respaldo del asiento de Rosenzweig, tratando vanamente de evitar los temblores. Camilo sintió la clara presencia del mal y la náusea casi lo invadió.

—Lo último que quiero hacer en un momento como este —decía el presidente Fitzhugh—, es quitarle mérito de alguna manera a la ocasión presente. Sin embargo, con la amable indulgencia de ustedes y la de nuestro gran líder de la tan rebautizada Comunidad Mundial, quisiera hablar de un par de cosas breves.

»Primero, ha sido un privilegio ver lo que Nicolás Carpatia ha hecho en tan sólo una pocas semanas. Estoy seguro de que todos estamos de acuerdo en que el mundo es un lugar más amoroso y pacífico debido a él.

Carpatia hizo un esfuerzo por recuperar el micrófono pero el presidente Fitzhugh resistió.

—¡Señor, ahora yo tengo la palabra, si no le importa! —Eso suscitó un brote de carcajadas.

»Dije antes y lo diré otra vez, la idea del Secretario General de un desarme mundial es un golpe de genio. Yo lo apoyo sin reservas y me enorgullezco de dirigir el camino a la rápida destrucción de noventa por ciento de nuestro armamento y donar el otro diez por ciento a la Comunidad Global, bajo el mando del señor Carpatia.

La cabeza de Camilo oscilaba y él luchaba por mantener su equilibrio.

—Como expresión concreta de mi apoyo personal y del de toda nuestra nación, también hemos regalado a la Comunidad Mundial el nuevo *Fuerza Aérea Uno*. Financiamos su nueva pintura y nombres y puede verse en el Aeropuerto Internacional Ben Gurión.

»Ahora yo entrego el micrófono al hombre del destino, al líder cuyo título presente no hace justicia a la magnitud de su influencia, a mi amigo personal y compatriota ¡Nicolás Carpatia!

Nicolás pareció reacio a aceptar el micrófono y como avergonzado por toda la atención. Se veía perplejo, como impotente para saber qué hacer con ese presidente de los Estados Unidos de Norteamérica, tan recalcitrante que no sabía cuándo bastante era suficiente.

Cuando finalmente cesó el aplauso, Carpatia afectó su tono más humilde y dijo: —Me disculpo por mi amigo exageradamente exuberante, que ha sido demasiado bondadoso y generoso a quien la Comunidad Mundial debe una deuda tremenda.

Raimundo estuvo muy atento a Macho. El hombre no se veía muy bien. Por un momento pareció como si Camilo se fuera a desmayar, y Raimundo pensó si era por causa del calor, o eran los repugnantes discursos de admiración mutua los que hacían que Camilo se pusiera de color verde.

Los dignatarios israelitas, salvo Rosenzweig naturalmente, lucían vagamente incómodos con todo eso de destruir armas y el desarme. Unas fuerzas armadas fuertes habían sido su defensa óptima durante décadas, y sin el pacto con la Comunidad Mundial, hubieran detestado ponerse de acuerdo con el plan del desarme de Carpatia.

El resto de la ceremonia fue el anticlímax del caluroso discurso del Presidente, y en la opinión de Raimundo, el perturbador discurso del Presidente. Fitzhugh parecía enamorado de Carpatia cada vez que estaban juntos. Pero su punto de vista sólo reflejaba el de la mayoría de la población del mundo. A menos que uno fuera un estudiante de la profecía bíblica y leyera entre líneas, fácilmente creería que Nicolás Carpatia era un regalo de parte de Dios, en el momento más crucial de la historia mundial.

———

Camilo recuperó el control cuando los otros líderes pronunciaron discursos inofensivos, despachándose a gusto sobre la importancia histórica del documento que estaban por firmar. Se produjeron varias plumas decoradas cuando las cámaras de televisión, de películas y vídeo se centraron en los firmantes. Las plumas se pasaban de acá para allá, se asumían las poses debidas y se ponían las firmas. Con apretones de mano, abrazos y besos en ambas mejillas por todos lados, quedó inaugurado el pacto.

Y los firmantes de este tratado, todos salvo uno, ignoraban las consecuencias del mismo, inconscientes de que habían tomado parte en una alianza impía.

Se había ratificado un pacto. El pueblo elegido de Dios, que planeaba reconstruir el templo y volver a instituir el sistema de los sacrificios hasta la venida de su Mesías, había firmado un pacto con el diablo.

Solamente dos hombres en la plataforma sabían que este pacto señalaba el comienzo del final del tiempo. Uno estaba esperanzado de modo maniático; el otro, temblaba por lo que vendría.

———

En el célebre Muro, los dos testigos predicaban la verdad con lamentos. A todo pulmón el sonido de sus voces alcanzaba hasta los extremos lejanos del Monte del Templo y más allá, dando a conocer la noticia: —*¡Así comienza la terrible última semana del Señor!*

La *semana* de siete años había empezado.

La Tribulación.

Diecisiete

Raimundo Steele se encontraba en una caseta de teléfonos en el Aeropuerto Internacional Ben Gurión. Estaba adelantado por más de una hora a la delegación de Carpatia. Su tripulación estaba atareada en el *Comunidad Mundial Uno*, y tenía tiempo para esperar que una operadora internacional tratara de comunicarle con Cloé.

—¡Te vi, papá! —se rió ella—, trataron de poner los nombres a cada toma. Pusieron el tuyo casi correcto. Decía que eras Raimundo Steel, sin *e* al final y que eras el piloto del *Fuerza Aérea Uno*.

Raimundo sonrió, alentado por el sonido de la voz de su hija.

—Cerca. La prensa se maravilla por qué nadie les tiene confianza.

—Ellos no supieron qué hacer con Camilo —dijo Cloé—. Las primeras veces que lo enfocaron, no pusieron nada en pantalla. Entonces, alguien debe haber oído el anuncio cuando lo presentaron y aparecieron con *Duke Wilson, ex cronista del Newsweek*.

—Perfecto —dijo Raimundo.

—Camilo está muy excitado con este rabino que va a estar en la CNN[1] internacional en un par de horas. ¿Vas a tener oportunidad de verlo?

—Lo pondremos en el avión.

—¿Puedes verlo volando tan lejos y tan alto?

—Debieras ver la tecnología, Clo. La recepción será mejor que la que nosotros tenemos por cable en casa. De todos modos, al menos tan buena.

---

1. Telecadena de noticias internacionales.

Camilo sintió una abrumadora tristeza. Jaime Rosenzweig lo había abrazado por lo menos tres veces después de la ceremonia, exclamando que este era uno de los días más felices de su vida. Él argumentó con Camilo para que viniera con ellos en el vuelo a Bagdad.

—Estarás trabajando para Nicolás de todos modos, dentro de un mes —dijo Jaime—. Nadie verá esto como un conflicto de intereses.

—Yo sí, especialmente en un mes en que él será el dueño de cualquier periodicucho para el que yo trabaje.

—No seas negativo hoy —dijo Jaime—. Vamos. Maravíllate. Disfruta. He visto los planos. Nueva Babilonia será magnífica.

Camilo quería llorar por su amigo. ¿Cuándo se iba a desmoronar todo sobre Jaime? ¿Moriría antes de darse cuenta de que había sido engañado y usado? Quizá eso fuera lo mejor. Pero Camilo también temía por el alma de Jaime.

—¿Va a ver al doctor Ben-Judá en un programa de televisión en vivo hoy?

—¡Por supuesto! ¡No me lo perdería! Él ha sido mi amigo desde los días de la Universidad Hebrea. Entiendo que lo pondrán en el avión rumbo a Bagdad. Otra razón para que vengas con nosotros.

Camilo movió la cabeza. —Estaré mirando desde aquí. Pero una vez que su amigo presente sus hallazgos, usted y yo vamos a conversar sobre las ramificaciones.

—Ah, yo no soy un hombre religioso, Camilo. Tú sabes eso. Probablemente no me sorprenda con lo que Sión salga diciendo hoy. Él es un erudito capaz y cuidadoso investigador, brillante en realidad, y un orador que atrae. Me recuerda un poco a Nicolás.

Por favor, pensó Camilo, *¡Cualquier cosa menos eso!*

—¿Qué cree que dirá?

—Como la mayoría de los judíos ortodoxos, llegará a la conclusión de que el Mesías tiene que venir aún. Hay unos pocos grupos marginales, como sabes, que creen que el Mesías ya vino pero estos así llamados mesiánicos ya no están en Israel. Algunos están muertos. Otros se fueron a otros países. Ninguno trajo la justicia y la paz que la Torá predice. Así que, como el resto de nosotros, Sión esbozará las profecías y nos alentará a seguir esperando y vigilando. Será edificante e inspirador, cosa que creo era el punto del proyecto de investigación desde el principio.

»Puede que hable de apresurar la venida del Mesías. Algunos grupos se han mudado a las antiguas moradas judías creyendo que tenían el derecho sagrado a hacerlo así y que esto ayudaría a cumplir algunas profecías, abriendo camino para la venida del Mesías. Otros están tan fastidiados con la profanación del Monte del Templo por parte de los musulmanes, que han reabierto sinagogas en las cercanías, lo más cerca que pueden del sitio original del templo.

—Usted sabe que hay gentiles que también creen que el Mesías ya vino —dijo Camilo con cuidado.

Jaime estaba mirando por encima del hombro de Camilo, asegurándose de que no lo dejarán atrás cuando la delegación se dirigiera a los transportes de regreso a los hoteles, y oportunamente, al aeropuerto Ben Gurión para el vuelo a Bagdad.

—Sí, sí, lo sé, Camilo. Pero yo estaría más dispuesto a creer que el Mesías no es una persona sino más bien una ideología.

Empezó a alejarse y Camilo se sintió súbitamente desesperado. Tomó el brazo de Jaime: —¡Doctor, el Mesías es más que una ideología!

Rosenzweig se detuvo y miró a su amigo directo a la cara. —Camilo, podemos discutir esto, pero si vas a ser tan literal, déjame decirte algo. Si el Mesías es una persona, si va a venir a traer paz y justicia y esperanza al mundo, estoy de acuerdo con los que creen que él ya está aquí?

—¿Sí?

—Sí, ¿y tú no?

—¿Usted cree en el Mesías?

—Dije *si* Camilo. Ese es un si muy grande.

—Si el Mesías es real y va a venir, ¿qué? —argumentó Camilo mientras su amigo se alejaba.

—¿No ves, Camilo? El mismo Nicolás cumple la mayoría de las profecías. Quizá todas, pero esta no es mi área académica. Ahora tengo que irme. ¿Te veré en Babilonia?

—No, ya le dije...

Rosenzweig se detuvo y regresó. —Pensé que querías decir que estabas buscando tu propio modo de llegar para no aceptar favores de un sujeto de entrevista.

—Estuve, pero cambié de idea. No voy. Si termino trabajando para una publicación que sea propiedad de Carpatia, imagino que estaré viajando por Nueva Babilonia bastante pronto.

—¿Qué harás? ¿Vas a volver a los Estados Unidos de Norteamérica? ¿Te veré allá?

—No sé. Veremos.

—¡Camilo! ¡Sonríe en este día histórico!

Pero Camilo no pudo sonreír. Se fue caminando de vuelta al Hotel Rey David, donde el empleado le preguntó si aún quería información sobre vuelos comerciales a Bagdad.

—No, gracias —dijo.

—Muy bien señor. Un mensaje para usted.

El sobre tenía en el remitente la dirección del doctor Sión Ben-Judá. Camilo corrió a su cuarto antes de abrirlo. Decía: "Lamento haberlo abandonado anoche. No hubiera podido conversar. ¿Me haría el honor de almorzar conmigo y acompañarme al estudio de la CNN Internacional? Esperaré su llamada".

Camilo miró su reloj. Seguro que era demasiado tarde. Llamó, sólo para que le contestara una empleada doméstica que le dijo que el rabino se había ido hacía veinte minutos. Camilo golpeó su mano en el tocador. ¡Qué privilegio se perdería sólo porque había vuelto caminando al hotel en lugar de tomar un taxi! Quizá iría en taxi hasta el estudio de televisión y se encontraría ahí con Sión después del almuerzo, pero ¿sería que el rabino quería hablar antes de salir al aire, o no?

Camilo levantó el auricular del teléfono y contestó el conserje.

—¿Puede conseguirme un taxi, por favor?

—Con mucho gusto, señor, pero acaba de entrar una llamada para usted. ¿Desea recibirla ahora?

—Sí, y espere para el taxi hasta que yo vuelva a hablar con usted.

—Sí, señor. Cuelgue por favor, y le pasaré la llamada.

Era Sión. —¡Doctor Ben-Judá! ¡Me alegro tanto que haya llamado! Acabo de volver.

—Yo estuve presente en la firma, Camilo —dijo Sión con su fuerte acento hebreo—, pero no me dejé ver y ni me puse a disposición.

—¿Sigue estando vigente su invitación a almorzar?

—Sí.

—¿Cuándo nos juntamos y dónde?

—¿Qué tal ahora, afuera, al frente?

—Ya estoy ahí.

Gracias Señor, dijo Camilo en un respiro mientras corría escaleras abajo. *Dame la oportunidad de decirle a este hombre que tú eres el Mesías.*

Ya en el automóvil, el rabino estrechó la mano de Camilo con las dos suyas y lo acercó más.

—Camilo, hemos compartido una experiencia increíble. Siento un lazo contigo. Pero ahora estoy nervioso por informar al mundo sobre mis hallazgos, y necesito hablar mientras almorzamos, ¿podemos?

El rabino dirigió a su chofer a un pequeño café en una zona muy activa de Jerusalén. Sión, con una enorme carpeta de tres anillos bajo su brazo, habló quedamente en hebreo al mozo y los llevó a una mesa al lado de la ventana rodeada de plantas. Cuando trajeron los menús, Ben-Judá miró su reloj, descartó los menús y volvió a hablar en su lengua nativa al mozo. Camilo supuso que estaba pidiendo por ambos.

—¿Todavía necesitas la credencial que te identifica como reportero de la revista? —Camilo sacó rápidamente la credencial de su bolsillo.

—¿Salió con más facilidad que cuando la pegaste, no?

Camilo se rió.

Mientras Sión se reía con él, el mozo trajo un pan caliente entero, mantequilla, queso, una salsa como mayonesa, una fuente de manzanas verdes y pepinos frescos.

—¿Si me permites? —dijo Ben-Judá señalando el plato.

—Por favor

El rabino cortó el pan caliente en trozos grandes, los untó con mantequilla y la salsa, le puso lascas de pepino y queso, luego puso lascas de manzanas a un lado, y deslizó el plato al frente de Camilo.

Camilo esperó mientras el rabino preparaba su propio plato.

—Por favor, no me esperes. Come mientras el pan está caliente.

Camilo inclinó su cabeza brevemente, orando de nuevo por el alma de Sión Ben-Judá. Alzó los ojos y levantó el manjar.

—Eres hombre de oración —observó Sión mientras continuaba preparando su comida.

—Lo soy —Camilo siguió orando silenciosamente, preguntándose si ahora era el momento para salir con una palabra oportuna. ¿Podría este hombre ser influido a una hora de revelar su investigación académica al mundo? Camilo se sintió necio. El rabino estaba sonriendo.

—¿Qué pasa, Sión?

—Estaba precisamente recordando al último estadounidense con quien compartí una comida aquí. Estaba de excursión, de turista y se me pidió que lo atendiera. Era una especie de líder religioso y todos nos turnamos aquí, ya tú sabes, para que los turistas se sientan bienvenidos.

Camilo asintió.

—Cometí el error de preguntarle si quería probar uno de mis preferidos, un emparedado de verduras y queso. O mi acento le resultaba difícil de entender o me comprendió y no le atrajo la idea. Cortésmente rechazó la oferta y pidió algo más conocido, algo con pan pita y camarones, según recuerdo. Pero le pedí al mozo, en mi idioma, que trajera porciones adicionales de lo que yo iba a comer, debido a lo que llamo el factor de los celos. No pasó mucho tiempo antes que el hombre hiciera su plato a un lado y estuviera probando lo que yo había pedido.

Camilo se rió. —Y, ahora, sencillamente pide para sus invitados.

—Exactamente.

Y antes que el rabino comiera, también oró silenciosamente.

—No tomé el desayuno —dijo Camilo, elevando el pan como saludo.

Sión Ben-Judá irradió deleite. —¡Perfecto! —dijo—. Un adagio internacional dice que el hambre es el mejor condimento.

Camilo halló que eso era cierto. Tuvo que comer más despacio para no comer en exceso, cosa que raramente era problema para él.

—Sión —empezó por fin—, ¿quería tan sólo compañía antes de salir al aire o había algo específico que quería conversar?

—Algo específico —dijo el rabino, mirando su reloj—. A propósito, ¿cómo se ve mi pelo?

—Bien. Probablemente borren la marca del sombrero con maquillaje.

—¿Maquillaje? Me había olvidado de esa parte. No me asombra que quieran que esté tan temprano.

Ben-Judá comprobó la hora, luego echó sus platos a un lado y puso la carpeta sobre la mesa. Tenía un documento de cuatro pulgadas de espesor, de hojas escritas a mano.

—Tengo varios más de estas en mi oficina —dijo—, pero esta es la esencia, la conclusión, el resultado de mis tres años de trabajo exhaustivo y extenuante, con un equipo de jóvenes alumnos que fueron de incalculable ayuda para mí.

—¿No sueña con leer eso en voz alta en una hora, no?

—¡No, no! —dijo Ben-Judá, riéndose—. Esto es lo que tú llamarías mi frazada de seguridad. Si me quedo en blanco, tomo la frazada. No importa dónde lo abra, hay algo que debo decir. Puede que te interese saber que sé de memoria lo que diré en televisión.

—¿Una hora?

—Eso podría haberme parecido intimidante hace tres años. Ahora, sé que podría hablar por muchas horas más y sin apuntes. Pero debo adherirme a mi plan de redimir el tiempo. Si me voy por la tangente, nunca terminaré.

—Y sin embargo, lleva sus apuntes con usted.

—Tengo confianza, Camilo que no soy necio. Gran parte de mi vida ha consistido de hablar en público, pero la mitad de las veces ha sido en hebreo. Naturalmente, con su audiencia mundial, la CNN prefiere el inglés. Eso me lo dificulta más y no quiero complicar más eso perdiendo el hilo.

—Estoy seguro de que estará muy bien.

—¡Acabas de satisfacer los requisitos de tu lado de la conversación! —dijo el rabino sonriendo—. Invitarte a almorzar ya es una propuesta provechosa.

—Así que sólo necesitaba unos vítores.

El rabino pareció pensar un momento en la palabra. Aunque era una expresión estadounidense,[2] Camilo supuso que se explicaba a sí misma.

—Sí —dijo Ben-Judá—. Vítores. Y quiero preguntarte algo. Si es demasiado personal, puedes declinar responder.

Camilo separó sus manos, como abierto a cualquier pregunta.

—Anoche me preguntaste mis conclusiones sobre la cuestión del Mesías, y en esencia, te dije que tendrías que esperar hasta que lo oiga el resto del mundo, pero permite que te haga la misma pregunta a ti.

---

2.   El autor se refiere a la palabra en inglés *Cheerleading*.

Alabado sea el Señor, pensó Camilo. —¿Cuánto tiempo tenemos?

—Unos veinte minutos. Si es más largo, podemos continuar en el automóvil camino al estudio. Quizá hasta en maquillaje.

El rabino sonrió por su propio chiste pero Camilo ya estaba exponiendo su historia.

—Ya sabe que yo estaba en un kibutz[3] cuando los rusos atacaron a Israel.

Ben-Judá asintió. —El día que perdiste tu gnosticismo.

—Correcto. Bueno, el día de las desapariciones estaba en un avión, rumbo a Londres.

—No digas.

Y Camilo siguió contando la historia de su propia jornada espiritual. No terminó sino cuando el rabino salió de maquillaje y se sentó nervioso en la sala verde.

—¿Hablé mucho? —preguntó Camilo—. Me doy cuenta de que le pedí mucho con sólo pretender que me atendiera con su mente puesta en su propia presentación.

—No, Camilo —dijo el rabino, con profunda emoción en su voz—. Yo debiera poder hacer esto dormido. Si tratara de poner algo más en mi cabeza ahora, ya tan tarde, lo perdería todo.

Así que, ¿eso era? ¿Ninguna respuesta? ¿Ningún agradecimiento? ¿Ningún "eres un necio"?

Finalmente, después de un largo silencio, Sión habló otra vez.

—Camilo, aprecio profundamente que hayas compartido eso conmigo.

Una joven, con un paquete de pilas en la cadera, audífonos y micrófono en su lugar, entró. —Doctor Ben-Judá —dijo—, estamos listos para usted en el estudio para una prueba de sonido y en noventa segundos, al aire.

—Estoy listo —Ben-Judá no se movió.

La joven vaciló, luciendo dudosa. Evidentemente no estaba acostumbrada a invitados que no la seguían, sencillamente nerviosos, al escenario. Se fue.

Sión Ben-Judá se levantó, con su carpeta de apuntes bajo el brazo, y abrió la puerta, parándose allí con su mano libre en la

---

3. Granja colectiva en Israel.

perilla. —Ahora, Camilo Williams, si fueras tan amable de hacerme un favor mientras esperas aquí.

—Seguro.

—Como eres hombre de oración, ¿orarías pidiendo que yo diga lo que Dios quiere que yo diga?

Camilo levantó un puño de aliento a su nuevo amigo y asintió.

—¿Quiere encargarse? —preguntó Raimundo a su primer oficial—. Me interesa ver este informe especial de la CNN.

—Afirmativo. ¿Ese asunto del rabino?

—Correcto.

El primer oficial movió la cabeza. —Eso me pondría a dormir de inmediato.

Raimundo salió de la cabina de pilotaje pero se decepcionó, al ver que la televisión no estaba encendida en la cabina principal. Se fue hacia la cola del aparato donde estaban reunidos otros dignatarios y gente de prensa en torno a otro televisor. Pero antes que Raimundo saliera completamente de la sala de conferencias de Carpatia, Nicolás lo vio.

—¡Capitán Steele! ¡Por favor! ¡Quédese unos minutos con nosotros!

—Gracias, señor, pero tenía la esperanza de ver...

—La transmisión del Mesías, sí, ¡naturalmente! ¡Enciéndanlo!

Alguien encendió el televisor y sintonizó la CNN.

—Ustedes saben —dijo Carpatia a todos los que estaban al alcance de oír—, que nuestro capitán cree que Jesús era el Mesías.

Jaime Rosenzweig dijo: —Francamente, como judío irreligioso, pienso que Nicolás cumple más profecías que Jesús.

Raimundo sintió asco. *¡Qué blasfemia!* Sabía que Camilo estimaba y respetaba a Rosenzweig, pero ¡qué declaración!

—Sin ánimo de ofender señor, pero yo dudo que muchos judíos pudieran creen en un Mesías que no hubiera nacido en la Tierra Santa, aunque pensaran que aún tiene que venir.

—Ah, bien, ¿ven? —dijo Rosenzweig—. Yo no soy tan estudioso. Ahora, este hombre —agregó, señalando a la pantalla del televisor donde se estaba presentando a Sión Ben-Judá—, ahí está su erudito religioso. Después de tres años de investigación intensiva, pudo ser capaz de perfilar las calificaciones del Mesías.

Apuesto, pensó Raimundo. Se quedó en un rincón, apoyado contra la pared para mantenerse fuera del camino. Carpatia se sacó el saco de su traje y una aeromoza lo colgó de inmediato. Se soltó la corbata, se subió las mangas y se sentó frente al televisor con un vaso de fresca agua seltzer[4] con un toque de limón. Obviamente Carpatia consideraba que esta era una buena hora de diversión, pensó Raimundo.

Un locutor fuera de cámara aclaró que "los puntos de vista y las opiniones expresadas en esta transmisión no reflejan necesariamente los puntos de vista de la Red Internacional de Noticias por Cable (CNN) ni de sus estaciones suscritas".

Raimundo halló que Ben-Judá era un comunicador que atraía mucho la atención. Miraba directamente a la cámara, y aunque su acento era fuerte, hablaba lenta y claramente para ser entendido con toda facilidad. Más que nada, Raimundo captó un entusiasmo y una pasión por su tema. Esto no era en absoluto lo que Raimundo esperaba. Él se hubiera imaginado a un viejo rabino de barba blanca larga, inclinado con una lupa sobre unos mohosos manuscritos, comparando tildes y comas.

Sin embargo, Ben-Judá empezó con una promesa, luego de una breve introducción de sí mismo y del proceso por el cual hizo la investigación con su equipo.

He llegado a la conclusión de que podemos conocer sin sombra de duda la identidad de nuestro Mesías. Nuestra Biblia ha dado profecías, requisitos previos y predicciones claras de que solamente una persona de la raza humana podría cumplir alguna vez. Sigan conmigo y vean si llegan a la misma conclusión que yo, y veremos si el Mesías es una persona real, si ya vino o si aún está por venir.

El rabino Ben-Judá dijo que él y su equipo pasaron casi todo el primer año de su investigación, confirmando la exactitud del ya difunto Alfredo Edersheim, profesor de idiomas, y Conferencista Grinfield sobre la Septuaginta[5]. Edersheim había postulado que

---

4. Agua carbonatada.
5. La versión de la Biblia más antigua en el idioma griego. El título "setenta LXX" es como se le designa comúnmente. La tradición dice que setenta traductores fueron los que hicieron el trabajo.

Tim LaHaye & *Jerry Jenkins*

había 456 pasajes mesiánicos en la Escritura apoyados por más de 558 referencias de los más antiguos escritos rabínicos.

Ahora —dijo el rabino—, prometo no aburrirlos con estadísticas pero permitan que diga sólo que muchos de estos pasajes proféticos son repetitivos y algunos son oscuros. Pero basados en nuestro cuidadoso estudio, creemos que hay, por lo menos, 109 profecías separadas y distintas que el Mesías debe cumplir. Esas profecías requieren un hombre tan inédito y una vida tan única que eliminan a todos los que pretenden serlo.

No tengo tiempo en esta corta hora para cubrir todas las 109 profecías por supuesto, pero trataré algunas de las más claramente evidentes y específicas. Consultamos a un matemático pidiéndole que calcule la probabilidad de que siquiera 20 de las 109 profecías fueran cumplidas en un hombre. Calculó que es ¡uno en un cuatrillón!

El doctor Ben-Judá dio lo que Raimundo consideró un ejemplo brillante de cómo identificar a alguien con sólo unas pocas características.

A pesar de los miles de millones de gente que aún pueblan este planeta, usted puede echar una postal al correo con sólo unas pocas características distintivas en ella, y yo seré la única persona que la reciba. Uno elimina mucho del mundo cuando la despacha a Israel. La probabilidad se hace aun menos cuando se limita a Jerusalén. Usted disminuye a los receptores posibles a una fracción diminuta cuando va a cierta calle, cierto número, cierto departamento. Y entonces, con mi nombre y apellido en ella, usted me ha singularizado entre miles de millones. Eso, creo, es lo que hacen estas profecías del Mesías. Eliminan, eliminan, eliminan, hasta que una sola persona podría cumplirlas alguna vez.

El doctor Ben-Judá era tan atrayente que todos los del avión habían dejado de hablar, moverse y hasta de acomodarse en sus asientos. Hasta Nicolás Carpatia apenas se movía, a pesar del ocasional sorbo de su vaso con el tintineo del hielo. Le pareció a Raimundo que Carpatia estaba desconcertado por la atención que había demandado Ben-Judá.

Tratando de no distraer Raimundo se disculpó y se fue rápidamente de vuelta a la cabina de pilotaje. Puso una mano en el hombro del primer oficial y se inclinó para hablarle. El primer oficial levantó el audífono izquierdo.

—No quiero que este avión toque el suelo antes de cinco minutos después de la hora.

—Estamos programados para aterrizar en unos dos minutos más, capitán, y estamos haciendo buen tiempo.

—Haga los ajustes que tenga que hacer.

—Afirmativo —alcanzó la radio—. Torre Bagdad, este es el *Comunidad Mundial Uno*, cambio.

—Torre Bagdad, adelante *Uno*.

—Estamos reduciendo velocidad en unos pocos nudos y estableciendo un nuevo estimado de hora de llegada de cinco minutos después de la hora.

—Afirmativo, *Mundial*. ¿Problemas?

—Negativo. Sólo experimentando con el nuevo avión.

El primer oficial miró a Raimundo para ver si eso estaba bien. Raimundo le hizo la seña del pulgar para arriba y se apresuró en volver a la televisión.

————————

Camilo oraba mientras miraba. Otros miembros del personal de la telemisora se habían reunido alrededor de los monitores. No había nada de la acostumbrada charla chistosa tras bambalinas. La gente estaba pegada a la transmisión. Para evitar salirse de su piel, Camilo sacó su libreta de apuntes y una pluma y trató de tomar copiosos apuntes. Era casi imposible mantenerse a la par del rabino, que iba como desenrollando profecía tras profecía.

El Mesías no está limitado tan sólo a unas pocas señas de identificación —decía Ben-Judá—. Nosotros los judíos le hemos esperado, orado, anhelado por siglos, y no obstante, dejamos de estudiar las muchas señales que lo identifican en nuestras Escrituras. Hemos ignorado muchas y hemos favorecido otras, al punto que ahora estamos esperando un líder político que enderece los males, traiga justicia y prometa paz.

Jaime Rosenzweig se acercó a Carpatia y lo palmeó en la espalda, volviéndose para sonreír radiante a todos. Lo ignoraron totalmente, en especial Carpatia.

Algunos creen que el Mesías restaurará las cosas como eran en los gloriosos días de Salomón —continuó el rabino Ben-Judá—.

Otros creen que el Mesías hará todas las cosas de nuevo, introduciendo un reino como ninguno que hayamos visto. Examinemos sólo unas pocas en el tiempo restante.

Camilo estaba obteniendo un vistazo de lo que estaba por venir. O Jesús era el Mesías, el escogido, el cumplimiento de la Palabra de Dios, o no podría resistir el escrutinio de los datos registrados. Si solamente un hombre podía cumplir las profecías, tenía que ser Jesús. No parecía que el rabino fuera a usar el Nuevo Testamento para tratar de convencer a su primera y primordial teleaudiencia: los judíos. Así que las profecías de cientos de años antes del nacimiento de Cristo, tendrían que ser suficientemente claras para probar el argumento, si es que indudablemente, ahí era adonde se estaba dirigiendo Sión.

El doctor Ben-Judá estaba sentado en el borde de la mesa donde había desplegado los varios cientos de páginas de la conclusión de su investigación. La cámara tomaba primeros planos de sus rasgos expresivos.

La primera calificación del Mesías, aceptada por nuestros sabios desde el comienzo, es que debe nacer de la simiente de una mujer, no de la simiente de un varón como todos los demás seres humanos. Sabemos ahora que la mujer no posee *simiente*. El hombre proporciona la simiente para el óvulo de la mujer. Y de este modo, este debe ser un nacimiento sobrenatural como está predicho en Isaías 7:14, *Por tanto, el Señor mismo os dará una señal: He aquí, una virgen concebirá y dará a luz un hijo, y le pondrá por nombre Emanuel.*

Nuestro Mesías debe nacer de una mujer y no de un hombre porque debe ser justo. Todos los demás seres humanos nacen de la simiente de su padre, y así, la simiente pecadora de Adán ha sido pasada a ellos. No es así con el Mesías, nacido de una virgen.

Nuestro Mesías debe nacer de un linaje de consanguinidad extremadamente rara. Aunque debe nacer de una mujer, esa mujer debe ser de un linaje de consanguinidad que incluya a muchos de los padres [patriarcas] de Israel. El mismo Dios eliminó a miles de millones de personas de este selecto linaje para que la identidad del Mesías sea inequívoca.

Primero, Dios eliminó a dos tercios de la población del mundo eligiendo a Abraham, que era de la línea de Sem, uno de los tres hijos de Noé. De los dos hijos de Abraham, Dios escogió solamente a Isaac, eliminando a la mitad de la progenie de Abraham. Jacob, uno de los dos hijos de Isaac, recibió la bendición pero la pasó solamente a Judá, uno de sus doce hijos. Eso eliminó a millones de otros hijos de Israel. El profeta Isaías singulariza años después, al rey David como otro a través del cual vendría el Mesías, prediciendo que él sería *raíz de Isaí.* El padre de David, Isaí, era un hijo de Judá. El Mesías, conforme al profeta Miqueas, debe nacer en Belén. El rabino se dirigió al pasaje en sus apuntes y leyó: *Pero tú, Belén Efrata, aunque eres pequeña entre las familias de Judá, de ti saldrá el que ha de ser gobernante en Israel. Y sus orígenes son desde tiempos antiguos, desde los días de la eternidad.*

Jaime Rosenzweig se movía nerviosamente, el único del avión que no estaba quieto. Raimundo sentía que el viejo había sido puesto en ridículo y esperaba que no lo intensificara pero lo hizo.

—Nicolás —dijo—, ¿tú naciste en Belén y llevado a Cluj, correcto? ¡Ja, ja!

Otros lo hicieron callar pero Carpatia se echó para atrás por fin como si recién se hubiera dado cuenta de algo.

—¡Sé adónde va este hombre! —dijo—. ¿No pueden verlo? Es tan claro como la nariz de su cara.

Yo puedo, pensó Raimundo. *Debe ahora ser obvio para otros más que Carpatia.*

—¡Va a proclamar que él es el Mesías! —gritó Carpatia—. Probablemente nació en Belén, y quién sabe cuál sea su linaje de consanguinidad. La mayoría de la gente niega haber nacido fuera del matrimonio, pero quizás esta sea su historia. Puede decir que su madre nunca estuvo con un hombre antes que él naciera y ¡*voilá*[6] los judíos tienen su Mesías!

—¡Ajá! —dijo Rosenzweig—. Estás hablando de un querido amigo mío. Él nunca clamaría tal cosa.

—Continúe mirando y ya verá —dijo Carpatia.

Una aeromoza se inclinó y susurró: —Teléfono para usted, señor Secretario General.

---

6.   He aquí.

—¿Quién es?
—Su asistente que llama desde Nueva York.
—¿Cuál?
—La señorita Durán
—Tome el recado.

Carpatia volvió su atención a la pantalla cuando el rabino Ben-Judá continuaba.

Como niño, el Mesías irá a Egipto, porque el profeta Oseas dice que Dios lo sacará desde Egipto. Isaías 9:1-2 indica que el Mesías habría de ministrar primordialmente en Galilea.

Una de las profecías que a los judíos no nos gusta y que tendemos a pasar por alto es aquella que dice que el Mesías será rechazado por su propia gente. Isaías profetizó: *Fue despreciado y desechado de los hombres, varón de dolores y experimentado en aflicción, y como uno de quien los hombres esconden el rostro, fue despreciado, y no le estimamos.*

El rabino miró la hora.

Mi tiempo vuela —dijo—, así que quiero hablarles de prisa de unas cuantas profecías más claras y decirles qué conclusión he sacado. Isaías y Malaquías predicen que el Mesías será antecedido por un predecesor. El salmista dice que el Mesías será traicionado por un amigo. Zacarías dice que Él sería traicionado por treinta piezas de plata. Agrega que la gente mirará al que han traspasado.

El salmista profetizó que las gentes: *Me miran, me observan; reparten mis vestidos entre sí, y sobre mi ropa echan suertes.* Y más adelante se profetiza que: *Él guarda todos sus huesos; ni uno de ellos es quebrantado.*

Isaías dice: *Se dispuso con los impíos su sepultura, pero con el rico fue en su muerte, aunque no había hecho violencia, ni había engaño en su boca.* Los Salmos dicen que él iba a ser resucitado.

Si tuviera más tiempo, podría compartir con ustedes docenas de más profecías de las Escrituras hebreas que puntualizan las calificaciones del Mesías. Daré un número de teléfono al final de este programa para que puedan pedir todo el material impreso de nuestro estudio, el que les convencerá que podemos estar absolutamente seguros de que solamente una persona puede ser calificada para ser el especial Ungido de Jehová.

Permitan que cierre diciendo que los tres años que he invertido investigando las Escrituras sagradas de Moisés y los profetas han sido los más satisfactorios de mi vida. Amplié mis estudios a libros de historia y otros escritos sagrados, incluyendo el Nuevo Testamento de los gentiles, hilando fino cada registro que pudiera hallar para ver si alguien hubiera alguna vez vivido a la altura de las calificaciones mesiánicas. ¿Hubo alguna vez alguien que naciera en Belén de una virgen, descendiente del rey David, remontado a nuestro padre Abraham. Que fuera llevado a Egipto, llamado de regreso para ministrar en Galilea, antecedido por un predecesor, rechazado por el propio pueblo de Dios, traicionado por treinta piezas de plata, traspasado sin quebrarle un solo hueso, enterrado con el rico y resucitado?

De acuerdo a Daniel, quien es uno de los más grandes de todos los profetas hebreos, habría exactamente 483 años entre el decreto para reconstruir el muro y la ciudad de Jerusalén, *en tiempos difíciles* antes que el Mesías fuera muerto por los pecados del pueblo.

Ben-Judá miró directamente a la cámara.

Exactamente 483 años después de la reconstrucción de Jerusalén y de sus muros, Jesucristo de Nazaret se ofreció a la nación de Israel. Él entró en la ciudad cabalgando un pollino de asno para regocijo del pueblo, tal como lo había predicho el profeta Zacarías: *Regocíjate sobremanera, hija de Sion. Da voces de júbilo, hija de Jerusalén. He aquí, tu rey viene a ti, justo y dotado de salvación, humilde, montado en un asno, en un pollino, hijo de asna.*

Camilo saltó del sofá de la sala verde, puesto ahora de pie, mirando el monitor. Otros se habían reunido pero él no pudo callarse y gritó:

—¡Sí!, ¡Sigue, Sión! ¡Amén!

Camilo oyó que los teléfonos del pasillo sonaban y el rabino ni siquiera había dado el número aún.

¡Jesucristo es el Mesías! —concluyó el rabino—. No puede haber otra opción. He llegado a esta respuesta pero temía hacer algo basado en ella y casi me atrasé demasiado. Jesús vino a arrebatar su iglesia, a llevarlos consigo al cielo como dijo que haría. No estuve entre ellos porque dudé. Pero desde entonces lo he recibido como mi Salvador. ¡Él regresa dentro de siete años! ¡Estén listos!

Súbitamente el estudio de televisión estaba lleno de actividad. Los rabinos ortodoxos llamaban, los israelitas enojados golpeaban las puertas, los técnicos del estudio buscaban la manera para desenchufar todo.

¡Aquí está el número para llamar para obtener más información! —dijo el rabino—. Si no lo muestran en pantalla, se los digo.

Y lo hizo, mientras los directores hacían señas a los camarógrafos para que terminaran.

¡Yeshua ben Yosef, Jesús hijo de José es Yeshua Hamashiac, Jesús el Mesías! —gritó rápidamente el rabino—. ¡Jesús es el Mesías!

Y la pantalla quedó en blanco.

El rabino Ben-Judá juntó sus apuntes y buscó frenéticamente a Camilo.

—¡Aquí estoy, hermano! —dijo Camilo que entró corriendo al estudio. ¿Dónde está el automóvil?

—¡Escondido atrás y mi chofer aún no sabe por qué!

Los ejecutivos irrumpían en el estudio. —¡Espere! ¡Hay gente que quieren verlo!

El rabino vaciló, mirando a Camilo. —¿Qué si están buscando a Cristo?

—¡Pueden llamar! —dijo Camilo—. ¡Yo lo saco de aquí!

Salieron corriendo por la puerta trasera y entraron al estacionamiento de los empleados. Ni señales del auto Mercedes. Súbitamente, desde el otro lado de la ruta, el chofer saltó del automóvil, haciendo señas y gritando. Camilo y Sión corrieron más de prisa hacia él.

———

—Ahora, *eso* fue una decepción —concluyó Nicolás Carpatia—. Me hubiera gustado más que dijera que *él* era el Mesías. Esto es noticia vieja. Mucha gente cree este mito. Así que tienen un rabino hebreo de primera converso. Tremenda cosa.

Seguro que lo es, pensó Raimundo, regresando a la cabina de pilotaje para el aterrizaje.

———

Camilo se sentía raro en la casita de Sión Ben-Judá, cuya esposa lo abrazó llorosa, y luego se sentó con sus hijos en otra sala, sollozando fuertemente: —Yo te apoyo Sión —decía—, ¡pero nuestras vidas se arruinaron!

Sión respondía el teléfono e hizo gestos a Camilo para que tomara la extensión del teléfono en la otra sala. La señora Ben-Judá trató de calmarse mientras Camilo escuchaba.

—Sí, es el rabino Ben-Judá.

—Este es Elí. Hablé contigo anoche.

—¡Por supuesto! ¿Cómo consiguió el número?

—Llamé al que diste en el programa televisado y la estudiante que respondió me dio este. De alguna manera la convencí de quién era yo.

—Es bueno saber de usted.

—Me regocijo contigo Sión, hermano mío, en la comunión de Jesucristo. Muchos lo han recibido por nuestra prédica aquí en Jerusalén. Hemos programado una reunión de nuevos creyentes en el Estadio Teddy Kollek. ¿Vendrías y nos hablarías?

—Francamente, hermano Elí, temo por la seguridad de mi familia y por la mía.

—No temas. Moishé y yo haremos claro que cualquiera que amenace hacerles daño a ustedes, tendrá que darnos cuenta a nosotros. Y pienso que nuestro registro es muy claro tocante a esa cuenta.

Dieciocho

Dieciocho meses después

Hacía mucho frío en Chicago. Raimundo Steele sacó su abrigo grueso del ropero. Detestaba andar cargándolo por el aeropuerto pero lo necesitaba sólo para ir de la casa al automóvil, y del automóvil a la terminal del aeropuerto. Durante meses era todo lo que podía hacer para poder mirarse a sí mismo en el espejo mientras se vestía para ir a trabajar. A menudo empacaba su uniforme de capitán del *Comunidad Mundial Uno*, con sus trenzas y botones de llamativo color dorado. En verdad, hubiera sido un uniforme pomposo, poco formal y de aspecto elegante si no fuera porque era un recordatorio constante de que él estaba trabajando para el diablo.

La tensión de vivir en Chicago mientras salía a volar desde Nueva York, se notaba en la cara de Raimundo.

—Me preocupo por ti papá —había dicho Cloé más de una vez. Hasta había ofrecido trasladarse con él a Nueva York, especialmente desde que Camilo se había trasladado allá pocos meses antes. Raimundo sabía que Cloé y Camilo se añoraban uno a otro terriblemente pero él tenía sus propias razones para querer quedarse en Chicago por el mayor tiempo posible. La menor de las cuales no era Amanda Blanco.

—Me casaré antes que tú si Camilo no se pone serio. ¿Te ha tomado siquiera la mano?

Cloé se ruborizó. —¿No te gustaría saber? Esto es tan nuevo para él, papá. Nunca antes estuvo enamorado.

—¿Y tú sí?

—Pensé que sí hasta que llegó Camilo. Hemos hablado del futuro y todo. Sólo que él no ha hecho la pregunta.

Raimundo se puso su gorra y se quedó delante del espejo, con el largo abrigo colgando sobre su hombro.

—Cerramos la venta de esta casa dentro de dos semanas, a contar de mañana —dijo—, y entonces, o te vienes conmigo a Nueva Babilonia o te quedas a vivir por cuenta propia. Camilo podría ciertamente facilitarnos la vida a todos siendo un poco más decidido.

—Yo no voy a presionarlo, papá. Estar separados ha sido una prueba buena. Y detesto la idea de dejar solo a Bruno en la Nueva Esperanza.

—Bruno casi no está solo. La iglesia es más grande de lo que jamás fue, y el refugio subterráneo clandestino dejará de ser secreto dentro de poco. Debe ser más grande que el santuario.

Bruno Barnes también había viajado bastante. Él había instituido un programa de culto en casas, pequeños grupos que se reunían en todos los suburbios y por todo el Estado, anticipando el día en que la reunión de los santos fuera declarada ilegal, cosa que no tardaría mucho más. Bruno había andado por todo el mundo, multiplicando el ministerio del pequeño grupo, empezando en Israel y presenciando el ministerio de los dos testigos y el rabino Sión Ben-Judá aumentar hasta llenar los estadios más grandes del planeta.

Los 144.000 evangelistas judíos estaban representados en todos los países, infiltrando a menudo las instituciones de enseñanza superior y las universidades. Millones y millones de personas habían llegado a ser creyentes, pero a medida que crecía la fe, también aumentaba la delincuencia y el caos.

Ya había presión de parte de la agencia del gobierno de la Comunidad Mundial Norteamericana en Washington D. C., para convertir a todas las iglesias en ramas oficiales de lo que ahora se llamaba "Una Fe Mundial Enigma Babilonia". La única religión mundial estaba encabezada por el nuevo papa Pedro, antes conocido como Pedro Mathews de los Estados Unidos de Norteamérica. Él había introducido lo que denominaba "una nueva era de tolerancia y unidad" en las religiones principales. El mayor enemigo de Enigma Babilonia —que por cierto— había establecido sus oficinas centrales en el Vaticano, eran los millones de personas que creían que Jesús era el único camino a Dios.

Decir arbitrariamente, escribió el Supremo Pontífice Pedro en una declaración oficial de Enigma Babilonia, *que la Biblia judía y protestante, que contiene solamente el Antiguo y Nuevo Testamentos, es la autoridad definitiva en materia de fe y costumbre, representa la cúspide de la intolerancia y desunión. Ofende flagrantemente en consideración de todo lo que hemos logrado, y los seguidores de esa falsa doctrina son, por el presente documento, considerados herejes.*

El Supremo Pontífice Pedro había juntado a los judíos ortodoxos con los nuevos creyentes cristianos. Él tenía tanto problema con el templo recientemente reconstruido y su regreso al sistema de los sacrificios como con los millones y millones de convertidos a Cristo. Irónicamente, el pontífice supremo tenía raros compañeros que se oponían al nuevo templo. Elí y Moishé, los ahora mundialmente famosos testigos a quienes nadie se atrevía a oponerse, hablaban a menudo contra el templo aunque su lógica era un anatema para Enigma Babilonia.

"Israel ha reconstruido el templo con el propósito de apresurar el retorno de su Mesías", habían dicho Elí y Moishé, "sin darse cuenta de que edificaron sin considerar al verdadero Mesías que ¡ya vino! ¡Israel ha edificado un templo al rechazo! ¡No se asombren por qué tan pocos de los 144.000 evangelistas judíos son de Israel! Israel sigue siendo grandemente incrédulo y pronto sufrirá por ello".

Los testigos se llenaron de ira el día en que se dedicó el templo presentándolo al mundo. Cientos de miles de personas empezaron a confluir en Jerusalén para verlo; casi tantos como los que peregrinaron a Nueva Babilonia para ver las magníficas oficinas centrales de la Comunidad Mundial que Nicolás Carpatia había diseñado.

Elí y Moishé habían indignado a todos, incluso al visitante Carpatia, en el día en que se celebró la reapertura del templo. Por primera vez los testigos habían predicado fuera del Muro de los Lamentos o de un estadio grande. Ese día habían esperado hasta que el templo estuviera lleno y miles más llenaban el Templo del Monte, hombro con hombro. Moishé y Elías se abrieron camino al templo por el lado de la Puerta Dorada, para gran consternación de la multitud. Se mofaron de ellos, los silbaron y abuchearon pero nadie se atrevió acercarse, y mucho menos tratar de hacerles daño.

Nicolás Carpatia estaba aquel día en el cuadro de dignatarios. Él vociferó insultos contra los intrusos, pero Elí y Moishé lo hicieron callar hasta a él. Sin la ayuda de micrófonos los dos testigos hablaron con voz suficientemente alta para que todos oyeran, gritando en el atrio: —¡Nicolás, tú mismo profanarás y mancharás este templo un día!

—Tonterías —había respondido Carpatia—. ¿No hay un jefe militar en Israel con la fuerza para silenciar a estos dos?

El primer ministro israelita, que ahora daba cuentas al embajador de los Estados Unidos de Asia ante la Comunidad Global, fue grabado en los micrófonos y noticieros al decir: —Señor, nos hemos convertido en una sociedad desarmada gracias a usted.

—¡Estos dos están desarmados también! —había tronado Carpatia—. ¡Sométanlos!

Pero Elí y Moishé siguieron proclamando: —¡Dios no habita en templos hechos por manos humanas! ¡El cuerpo de los creyentes es el templo del Espíritu Santo!

Carpatia, que había meramente tratado de apoyar a sus amigos en Israel, rindiéndoles honores por el nuevo templo, preguntó a la muchedumbre: —¿Desean ustedes escucharlos a ellos o a mí?

La multitud había vociferado: —¡A ti, Soberano! ¡A ti!

—No hay potestad sino Dios mismo —respondió Elí—. Y Moishé agregó: —¡Tus sacrificios de sangre se volverán agua y el agua que saquen se volverá sangre!

Camilo había estado ahí ese día como el nuevo editor del rebautizado *Semanario de la Comunidad Mundial*. Se resistió a la insistencia de Carpatia para que él hiciera un editorial sobre lo que Nicolás había calificado como entremetimiento por parte de los dos testigos y persuadió a la potestad de la *Comunidad Mundial* de que el reportaje no podía pasar por alto los hechos. La sangre de una vaca sacrificada se había vuelto agua indudablemente. Y el agua sacada en otra ceremonia se volvió sangre en el balde. Los israelitas culparon a los dos testigos por degradar su celebración.

Camilo odiaba el dinero que ganaba. Ni siquiera un sueldo tan extravagante podía hacer su vida más fácil. Había sido obligado a regresar a Nueva York. Gran parte de la vieja guardia del *Semanario Mundial* había sido despedida, incluyendo a Serafín Bailey y Marga Potter, y hasta Jaime Borland. Esteban Plank era ahora el editor del *Daily Times de la Comunidad Mundial de la Costa Este* periódico nacido de la fusión del *New York Times*, el *Washington Post* y el

Boston Globe. Aunque Esteban no lo reconocía, Camilo creía que también se había empañado el lustre de la relación de Esteban con la potestad.

El único factor positivo del nuevo cargo de Camilo era que ahora tenía los medios para aislarse algo contra la terrible oleada de crímenes que había roto todos los récords en América del Norte. Carpatia lo había usado para desviar la opinión pública y hacer que la población respaldara la idea de que el embajador norteamericano ante la Comunidad Mundial debía suplantar al presidente actual. Gerald Fitzhugh y su vicepresidente se habían instalado con sus oficinas ejecutivas en el viejo Edificio de Oficinas del Ejecutivo, en Washington, a cargo de poner en vigencia en los Estados Unidos de Norteamérica el plan del desarme mundial concebido por el Soberano Carpatia.

El único acto de resistencia de Camilo contra Carpatia era no hacer caso de los rumores de que Fitzhugh conspiraba con las milicias para oponerse por la fuerza al régimen de la Comunidad Mundial. Camilo lo apoyaba totalmente y había estudiado en secreto, la posibilidad de producir una página informativa contra la Comunidad Mundial en la Internet; cosa que haría, tan pronto encontrara una manera de hacerlo sin ser detectado en su departamento de lujo en la Quinta Avenida.

Al menos, Camilo había convencido a el Soberano Carpatia de que trasladarlo a Nueva Babilonia sería un error. Nueva York seguía siendo la capital editorial del mundo, después de todo. Él ya estaba apenado porque al padre de Cloé se le exigiera trasladarse a vivir en Nueva Babilonia. La nueva ciudad era palaciega pero a menos que uno viviera puertas adentro durante las veinticuatro horas del día, el clima de Irak era intolerable. Y pese a la popularidad sin paralelo de Carpatia y de su énfasis en el nuevo gobierno mundial y la religión mundial únicos, aún quedaban suficientes rastros de las viejas costumbres en el Medio Oriente como para que una mujer occidental se sintiera totalmente fuera de lugar allí.

Camilo se había entusiasmado por la manera en que Raimundo y Amanda Blanco se habían interesado el uno en el otro. Eso le restaba presión a Camilo y Cloé, respecto de interrogarse sobre el futuro, preocupándose por dejar solo a su padre si ellos llegaban a casarse. Pero, ¿cómo podría Raimundo esperar que una mujer estadounidense viviera en Nueva Babilonia? Y, ¿por cuánto tiempo vivirían ahí antes que el Soberano empezara a intensificar sus ataques contra los creyentes cristianos? De acuerdo con Bruno Barnes no estaban muy lejos los días de la persecución.

Camilo extrañaba a Bruno más de lo que pensara fuera posible. Camilo trataba de verlo cada vez que iba a Chicago a ver a Cloé. Cada vez que Bruno pasaba por Nueva York o si se encontraban en alguna otra ciudad, Bruno trataba de separar tiempo para una sesión privada de estudios. Bruno estaba convirtiéndose rápidamente en uno de los principales eruditos en profecía entre los nuevos creyentes. El año o año y medio de paz, decía, estaba acercándose veloz a su fin. En cuanto aparecieron los próximos tres jinetes del Apocalipsis, vendrían diecisiete juicios más en rápida sucesión, conduciendo a la manifestación gloriosa de Cristo a los siete años de haberse firmado el pacto entre Israel y el anticristo.

Bruno se había vuelto famoso, hasta popular. Pero muchos creyentes estaban cansándose de sus espantosas advertencias.

Raimundo iba a estar fuera de la ciudad hasta el día previo en que él y Cloé y los nuevos propietarios estuvieran listos para el cierre de la compraventa de la casa. Sonreía al pensar que los compradores consiguieran una hipoteca a treinta años. Alguien iba a salir perdiendo en ese negocio.

Estando fuera Raimundo, a Cloé le quedaba gran parte del trabajo de vender cosas, guardar muebles en la bodega, y ultimar detalles con una empresa de mudanzas para enviar sus pertenencias a un departamento en el área, y las de él, hasta Irak.

Durante los últimos dos meses Amanda había estado llevando a Raimundo al aeropuerto de O'Hare para estos viajes largos, pero recientemente había aceptado un nuevo trabajo y no podía salir. Así que hoy, Cloé llevaría a Raimundo a la nueva oficina de Amanda donde ella era la compradora en jefe de una tienda de ropa al detalle. Cuando todos se hubieran despedido, Cloé lo llevaría al aeropuerto y traería de vuelta a casa el automóvil.

—¿Cómo les está yendo a ustedes dos? —preguntó Cloé en el automóvil.

—Estamos cerca.

—Sé que están cerca. Eso es obvio para todos. Cerca de qué, esa es la pregunta.

—Cerca —dijo él.

Mientras iban en el automóvil, la mente de Raimundo se divagó a Amanda. Ni él ni Cloé habían sabido qué hacer con ella al comienzo. Mujer alta y bonita, un par de años mayor que Raimundo, con pelo canoso e impecable gusto para vestirse. Una semana después de volver de su primer cometido de llevar al *Comunidad Mundial Uno* al Medio Oriente, Bruno la había presentado a los Steele después de un servicio matutino dominical. Raimundo estaba cansado y no muy feliz con su renuente decisión de dejar Pan-Con para ser empleado de Nicolás Carpatia, y no se hallaba realmente en ánimo de socializar.

Sin embargo, la señora Blanco parecía no pensar respecto a Raimundo y Cloé como personas. Para ella sólo habían sido nombres asociados con una anterior conocida, Irene Steele, que había dejado una marca imborrable en ella. Amanda había insistido en llevarlos a comer ese mediodía de domingo y fue firme para pagar la cuenta. Raimundo no se sentía en ánimos de conversar pero eso no pareció importarle a Amanda. Ella tenía mucho de qué hablar.

—Quise conocerlo capitán Steele, porque...

—Raimundo, por favor.

—Bueno, entonces le diré señor Steele por ahora, si *capitán* resulta demasiado formal. Raimundo es demasiado familiar para mí, aunque así es como le decía Irene. De todos modos, ella era la mujer más dulce, más tierna al hablar, tan enamorada y consagrada a usted. Ella fue la única razón por la que me acerqué tanto hasta casi llegar a ser cristiana antes del Arrebatamiento, y la segunda razón después de las mismas desapariciones, por la que finalmente fui al Señor. Entonces, no podía recordar su nombre y ninguna de las otras señoras de ese estudio bíblico estaban todavía por aquí. Eso me hizo sentir sola, como puede imaginárselo. También perdí a mi familia, como estoy segura de que Bruno le dijo. Así que ha sido difícil.

—Bruno ha sido ciertamente un enviado del cielo. ¿Ha aprendido tanto de él como yo? Bueno, por supuesto que sí. Usted ha estado con él por varias semanas.

Llegó el momento en que Amanda se fue frenando y compartió la pérdida de su familia.

—Habíamos estado toda nuestra vida en una iglesia muerta. Entonces, mi marido fue invitado a una salida con la iglesia de un amigo, y cuando volvó a casa, insistió en que, por lo menos, fuéramos a ver los servicios dominicales allá. No me importa decírselo, no me sentía cómoda. Ellos daban tanta importancia siempre a eso de ser salvo.

»Bueno, antes que yo pudiera decidir tocante a esta idea, fui la única de mi familia que *no fue* salva. Para decirle la verdad, toda la cosa me sonaba como un tanto ridícula. No sabía que tenía tanto orgullo. La gente perdida nunca sabe eso, ¿no? Bueno, fingía que estaba igual que mi familia pero ellos lo sabían. Ellos seguían alentándome a que fuera a este estudio bíblico de mujeres así que, por fin, fui. Estaba tan segura de que iba a ser más de lo mismo: mujeres de edad mediana chapadas a la antigua hablando de ser pecadoras salvadas por gracia.

De alguna manera Amanda Blanco se las arregló para terminar su comida mientras hablaba pero cuando llegó a esta parte de su historia, se entristeció y tuvo que disculparse unos pocos minutos.

Cloé alzó los ojos: —¡Papá! —dijo—, ¡de qué planeta supones que es ella?

Raimundo se había reído entre dientes. —Quiero escuchar sus impresiones sobre tu madre —dijo—. Y por cierto, que suena *salva* ahora, ¿no?

—Sí, pero ella está muy lejos de ser una ridícula chapada a la antigua.

Cuando Amanda volvió, se disculpó y dijo que estaba "decidida a decir lo que se había propuesto". Raimundo le sonrió alentadoramente mientras Cloé le hacía muecas detrás de la espalda de ella, tratando de lograr que él se riera.

—No voy a molestarlos más —dijo ella—. Yo soy una ejecutiva y no del tipo de meterme en las vidas de la gente. Sólo quería reunirme con ustedes una vez para decirles todo lo que significó su esposa y su madre en mi vida. Ustedes saben, yo sólo conversé un poco con ella una sola vez. Eso fue después de una reunión y me alegré de haber tenido la oportunidad de decirle a ella cómo me había impresionado.

—Si les interesa, se los contaré. Pero si ya he hablado por mucho tiempo, díganme eso también y los dejaré ir sólo sabiendo que la señora Steele era una dama maravillosa.

Raimundo pensó realmente en decir que ellos habían tenido una semana agotadora y tenían que irse a casa, pero él nunca sería tan descortés. Hasta Cloé lo castigaría probablemente por hacer algo así, así que dijo: —Oh, de todos modos, nos encantaría escucharlo. La verdad es —agregó él—, que me gusta mucho hablar de Irene.

—Bueno, no sé por qué me olvidé su nombre por tanto tiempo, porque me impresioné tanto al comienzo. Además de sonar un poco como *hierro* y *acero*, recuerdo que pensé que Irene sonaba más como un nombre de alguien de mucho más edad que su esposa. Ella tenía como cuarenta, ¿no?

Raimundo asintió.

—De todos modos, me tomé libre la mañana y llegué a esta casa donde las mujeres se reunían esa semana. Todas se veían tan normales y fueron maravillosas conmigo. Noté de inmediato a su esposa. Precisamente, ella era radiante, amistosa, sonriente y hablaba con todos. Me dio la bienvenida y me preguntó de mí. Y luego, durante el estudio bíblico, la oración y la discusión, quedé igualmente bien impresionada con ella. ¿Qué más puedo decir?

Mucho, esperaba Raimundo. Pero no quería entrevistar a la mujer. ¿Qué era lo que la había impresionado tanto? Se alegró cuando Cloé intervino.

—Me alegro de oír eso, señora Blanco, porque yo nunca me impresioné más con mi madre que después que me fui de casa. Yo siempre había pensado que ella era demasiado religiosa, demasiado estricta, demasiado rígida. Sólo cuando estuvimos separadas, me di cuenta de cuánto la quería por lo mucho que ella se interesaba por mí.

—Bueno —dijo Amanda—, lo que me conmovió fue su propia historia, pero más que eso, fue su modo de ser, su aspecto. No sé si ustedes sabían esto pero ella tampoco llevaba mucho tiempo siendo cristiana. Su historia era la misma que la mía. Dijo que su familia había estado yendo a la iglesia en forma superficial por años. Pero cuando halló a la iglesia del Centro de la Nueva Esperanza, encontró a Cristo.

»Había una paz, una bondad, una amabilidad, una serenidad en ella que nunca había visto en nadie más. Tenía confianza pero era humilde. Era expresiva pero no presionaba ni se hacía propaganda a sí misma. La quise de inmediato. Ella se emocionaba cuando hablaba de su familia, y decía que su marido y su hija estaban en el primer puesto de su lista de oraciones. Ella los amaba a ustedes dos tan profundamente. Decía que su temor mayor era llegar demasiado tarde a ustedes y que no se fueran al cielo con ella y su hijo. No recuerdo el nombre del niño.

—Raimundo hijo —dijo Cloé—. Ella le decía Raimundito.

—Después de la reunión la busqué y le dije que el caso de mi familia era al revés. Todos ellos se preocupaban de que ellos se irían al cielo sin mí. Me dijo cómo recibir a Cristo. Le dije que no estaba lista y me advirtió que no lo postergara y dijo que oraría por mí. Esa noche mi familia desapareció de sus camas. Se fueron casi todos los de la nueva iglesia incluyendo a todas las damas del estudio bíblico. Llegó el momento en que encontré a Bruno y le pregunté si conocía a Irene Steele.

Raimundo y Cloé habían vuelto a casa, entristecidos y un poco avergonzados de sí mismos.

—Eso fue bello —dijo Raimundo—. Me alegra que separáramos tiempo para esto.

—Yo sólo quisiera no haber sido tan desagradable —dijo Cloé—. Esa mujer conoció mucho a mamá para tan sólo apenas haberla visto.

Durante casi un año después de eso, Raimundo veía a Amanda Blanco sólo los domingos y en alguna reunión ocasional a mediados de semana del grupo grande de estudios. Ella siempre era cordial y amistosa pero lo que más le impresionaba era su actitud de servicio. Continuamente oraba por la gente y estaba ocupada todo el tiempo en la iglesia. Estudiaba, crecía, aprendía, hablaba a la gente de la condición de ellos ante Dios.

Como Raimundo la observaba desde lejos, ella se le fue volviendo más y más atractiva. Un domingo le dijo a Cloé: —¿Sabes que nunca le devolvimos la invitación a comer a Amanda Blanco?

—¿Quieres invitarla? —preguntó Cloé.

—Quiero invitarla a salir.

—¿Perdón?

—Me oíste.

—¡Papá! ¿Quieres decir como en una cita?

—Una cita doble. Contigo y Camilo.

Cloé se había reído, luego disculpado. —No es nada cómico; sólo que estoy sorprendida.

—No hagas un asunto grande de esto —dijo él—, solamente que podría invitarla.

—No hagas *tú* un asunto grande de esto —dijo Cloé.

Camilo no se sorprendió cuando Cloé le dijo que su papá quería que ellos fueran a una cita doble con Amanda Blanco. —Me preguntaba cuándo se decidiría él.

—¿A salir?

—A salir con Amanda Blanco.

—¿Notaste algo? Nunca dijiste nada.

—No quería arriesgarme a que tú lo mencionaras y plantaras una idea en su cabeza que no fuera propia de él.

—Eso pasa raramente.

—De todos modos, pienso que serán buenos el uno para el otro —dijo Camilo—. Él necesita compañía de su propia edad, y si algo resulta de eso, tanto mejor.

—¿Por qué?

—Porque él no va a querer estar solo si nosotros decidimos ponernos más serios.

—Me parece que ya hemos decidido —Cloé deslizó su mano en la de Camilo.

—Sólo que no sé qué hacer tocante al tiempo y la geografía, con todo lo que acontece y en la forma que ha pasado.

Camilo esperaba alguna señal de Cloé de que ella estaría dispuesta a seguirlo donde fuera, de que estaba lista para el matrimonio o de que necesitaba más tiempo. El tiempo se les estaba acabando pero todavía Camilo dudaba.

———

—Yo estoy lista cuando él lo esté —dijo Cloé a Raimundo—, pero no voy a decir una palabra.

—¿Por qué no? —dijo Raimundo—. Los hombres necesitan unas pocas señales.

—Él está recibiendo todas las señales que necesita.

—¿Así que le tomaste la mano hoy?

—¡Papá!

—Apuesto que hasta lo besaste.

—Sin comentarios.

—Eso es un *sí* si es que alguna vez oí uno.

—Como dije, él está recibiendo todas las señales que necesita.

———

Efectivamente Camilo nunca olvidaría la primera vez que besó a Cloé. Había sido la noche que él se fue a Nueva York manejando el automóvil, como un año atrás. Carpatia había comprado el *Semanario* así como toda la competencia que valiera la pena para trabajar, y a Camilo le pareció que tenía menos opciones que antes tocante a su propia carrera. Podría tratar de contrabandear copias por la Internet pero aún tenía que ganarse la vida. Y Bruno, que estaba en la iglesia cada vez menos tiempo debido a su ministerio por todo el mundo, le había animado a que se quedara en el *Semanario Mundial* aun después de que le habían cambiado el nombre a *Semanario de la Comunidad Mundial*.

—Desearía que pudiéramos cambiar la última palabra una vez más —decía Camilo—, a *enfermizo*.[1]

Camilo se había resignado a hacer lo mejor que podía por el reino de Dios, tal como había hecho el padre de Cloé. Pero aún ocultaba su identidad de creyente. Cualquier libertad y percepción objetiva que tuviera, pronto desaparecería si Carpatia supiera esa verdad.

Aquella última noche en Chicago, él y Cloé fueron a la casa de él a empacar todas sus cosas personales. Su plan era irse a las nueve de la noche y manejar hasta la ciudad de Nueva York en un tramo maratónico. Mientras trabajaban, conversaban de cuánto aborrecían estar separados, cuánto se echarían de menos mutuamente, con cuánta frecuencia se hablarían por teléfono y correo electrónico.

—Quisiera que vinieras conmigo —dijo Camilo en un momento.

—Sí, eso sería apropiado —dijo ella.

—Algún día —dijo él.

—¿Algún día, qué?

Pero no mordía el anzuelo. Él llevó una caja al automóvil y volvió, pasando por el lado de ella que estaba cerrando otra caja. Las lágrimas corrían por la cara de ella.

—¿Qué es esto? —dijo él, deteniéndose a enjugar la cara de ella con sus dedos—. No *me* empieces ahora.

—Tú nunca me extrañarás tanto como yo te extrañaré —dijo ella tratando de seguir con el trabajo, mientras él estaba inclinado sobre ella, con una mano en su cara.

—Silencio —susurró él—. Ven aquí.

---

1.   Juego de palabras en inglés: Semanario se traduce como *Weekly* y Enfermizo, *Weakly*.

Ella dejó la cinta adhesiva y se paró para encararlo. Él la abrazó y la acercó. Sus manos colgaban a sus costados y su mejilla estaba sobre su pecho. Ellos se habían abrazado antes y habían caminado tomados de la mano, a veces tomados del brazo. Se habían expresado sus profundos sentimientos mutuos sin mencionar el amor y se habían puesto de acuerdo para no llorar ni decir nada apresurado al momento de separarse.

—Nos veremos a menudo —dijo él—. Tú te encontrarás con tu papá cuando él pase por Nueva York. Y yo tendré razones para venir aquí.

—¿Qué razón? ¿La oficina de Chicago se cierra.

—Esta razón —dijo él, abrazándola más fuerte. Y ella empezó a sollozar.

—Lo lamento —dijo ella—. Esto va a ser tan difícil.

—Lo sé.

—No, no lo sabes. Camilo no puedes decir que te interesas por mí tanto como yo por ti.

Camilo ya había planeado su primer beso. Había esperado tener una razón para simplemente rozar sus labios con los suyos al final de una velada, al decirse buenas noches y partir. No quería tener que vérselas con la reacción de ella ni tratar de besarla de nuevo justamente entonces. Tenía que ser significativo y especial pero rápido y simple, algo sobre lo cual pudieran edificar después.

Pero ahora él quería que ella supiera cómo sentía él. Estaba enojado consigo mismo por ser tan bueno para escribir pero tan incompetente para decirle en su cara cuánto significaba ella para él.

Dio un paso para atrás y tomó la cara de ella en sus manos. Ella se resistió primero y trató de esconder su rostro en el pecho de él otra vez pero él insistió en mirarla.

—Ni siquiera deseo oír que digas eso otra vez —dijo él.

—Pero, Camilo, es la verdad...

Él bajó su cabeza hasta que sus ojos estuvieron a pulgadas de los de ella.

—¿Me oíste? —dijo—. No vuelvas a decirlo. No lo des por hecho, ni siquiera lo pienses. No hay manera posible en que tú pudieras interesarte por mí más que yo por ti. Eres toda mi vida. *Te amo*, Cloé ¿No sabes eso?

Él sintió que ella casi retrocedía ante esa primera declaración de su amor. Sus lágrimas rodaron por las manos de él y ella empezó a decir: —¿Cómo podría yo...?

Pero él bajó su boca a la de ella, cortando sus palabras. Y no fue un leve roce de labios. Ella levantó sus manos de entre los brazos de él, las enroscó alrededor de su cuello, y lo sostuvo firme mientras se besaban.

Después se apartó brevemente y susurró: —¿Sólo dijiste eso porque te vas y...

Pero él volvió a taparle la boca con la suya.

Un momento después el tocó la nariz con la punta de la suya y dijo: —Nunca dudes de mi amor por ti otra vez. Promételo.

—Pero Camilo...

—Promételo.

—Lo prometo y también te amo, Camilo.

———————

Raimundo no estaba seguro de cuándo fue que su respeto y admiración por Amanda Blanco se convirtió en amor. Él se había ido acostumbrando a ella, le gustaba, le encantaba estar con ella. Ellos se habían ido sintiendo cómodos el uno con el otro para tocarse cuando hablaban, para tomarse de la mano, para abrazarse. Pero cuando él se halló echándola de menos después de sólo un día de estar lejos, y con necesidad de llamarla cuando habían pasado unos pocos días de haberse ido, supo que algo se estaba desarrollando.

En realidad, ella empezó a besar a Raimundo antes que él a ella. Dos veces al regresar a Chicago después de estar fuera por varios días, Amanda lo saludó con un abrazo y un beso en la mejilla. Le había gustado pero también se había sentido incómodo. Pero la tercera vez que volvió de un viaje así, ella solamente lo abrazó y no intentó besarlo.

Su oportunidad había sido perfecta. Había decidido que si ella trataba de besarlo en la mejilla esta vez, él se daría vuelta y lo recibiría en los labios. Le había traído un regalo de París, un collar caro. Cuando ella no trató de besarlo, él sólo la abrazó por más tiempo y dijo: —Ven acá un minuto.

Como los pasajeros y los tripulantes los pasaban por el corredor, Raimundo hizo que Amanda se sentara a su lado en la sala de espera. Era incómodo con un apoyabrazos entremedio. Ambos estaban muy abrigados. Amanda con un sobretodo de piel y Raimundo con el de su uniforme colgado del brazo. Él sacó la caja de la joya que estaba en su bolso de vuelo.

—Esto es para ti.

Amanda, conociendo muy bien dónde él había estado, hizo gran elogio por la bolsa, el nombre de la tienda y la caja. Finalmente, la abrió y pareció quedarse sin respiración. Era una joya magnífica, oro con brillantes.

—¡Raimundo! —dijo—, no sé qué decir.

—No digas nada —dijo él. Y la tomó en sus brazos, el paquete en las manos de ella casi aplastado entre ellos, y la besó.

—Todavía no sé qué decir —dijo ella con un guiño de ojos, y él la volvió a besar.

———————

Ahora, dos semanas antes de mudarse a Nueva Babilonia, Raimundo había estado hablando por teléfono con Camilo con más frecuencia que Cloé. Mientras ella calentaba el automóvil, él la llamó una vez más.

—¿Todo listo? —le preguntó a Camilo.

—Todo. Estaré ahí.

—Bueno.

En el automóvil le preguntó a Cloé. —¿Cuál es la situación con tu departamento?

—Prometieron que estará listo —dijo ella—, pero me estoy inquietando un poco porque siguen demorándome con el papeleo.

—¿Vas a estar bien aquí conmigo en Nueva Babilonia y Camilo en Nueva York?

—No es mi primera opción pero no me interesa vivir en ninguna parte cerca de Carpatia, y por cierto no en Irak.

—¿Qué dice Camilo?

—No he podido hablar con él hoy. Debe estar en algún reportaje en alguna parte. Sé que quería ver pronto a Fitzhugh en Washington D.C.

—Sí, quizás esté allá.

Cloé se detuvo en la tienda de ropa de Amanda en Des Plaines y esperó en el automóvil mientras Raimundo se apresuraba a entrar para despedirse.

—¿Está él aquí? —preguntó a la secretaria de ella.

—Él está, y ella también —dijo la secretaria—. Ella está en su oficina y él está en esa.

Señaló a una oficina más pequeña al lado de la de Amanda.

—En cuanto yo entre ahí, ¿querría ir al automóvil y decirle a mi hija que tiene una llamada que puede recibir aquí?

—Seguro.

Raimundo golpeó y entró a la oficina de Amanda.

—Espero, Ray, que no tengas la expectativa de que yo esté alegre —dijo—. He estado tratando de armar una sonrisa todo el día y no funciona.

—Déjame ver qué puedo hacer para que sonrías —dijo él levantándola de la silla y besándola.

—Sabes que Camilo está ahí dentro —dijo ella.

—Sí. Será una linda sorpresa para Cloé.

—¿Vas a venir y sorprenderme así alguna vez?

—Quizá te sorprenda ahora mismo —dijo él—, ¿cuánto te gusta tu nuevo trabajo?

—Lo detesto. Me iría ahora mismo a Nueva York si apareciera el hombre perfecto.

—El hombre perfecto acaba de entrar —dijo Raimundo, sacando una cajita de su bolsillo y apretándola contra la espalda de Amanda.

Ella se apartó. —¿Qué *es* eso?

—¿Qué? No sé ¿Por qué no me lo dices tú?

Camilo había escuchado a Raimundo al otro lado de la puerta y supo que Cloé no estaría muy lejos. Apagó la luz y tanteó su camino de regreso a la silla tras del escritorio. En pocos minutos oyó a Cloé.

—¿Ahí dentro?

—Sí, señorita —dijo la secretaria—. Línea uno.

La puerta se abrió despacio y Cloé encendió la luz. Saltó cuando vio a Camilo detrás del escritorio, entonces chilló y corrió a él. En cuanto él se paró, ella saltó a sus brazos y él la sostuvo, haciéndola girar.

—Shh —dijo él—. ¡Este es un negocio!

—¿Papá sabía esto? ¡Por supuesto que sí! Tenía que saberlo.

—Él sabía —dijo Camilo—. ¿Sorprendida?

—¡Por supuesto! ¿Qué haces aquí? ¿Cuánto te puedes quedar? ¿Qué hacemos?

—Vine aquí sólo para verte. Me voy a Washington en un vuelo después de la medianoche. Y vamos a ir a comer después que dejemos a tu papá en el aeropuerto.

—Sí, viniste solamente por verme.

—Te dije hace tiempo que nunca dudes de mi amor por ti.

—Lo sé.

Él se dio vuelta y la sentó en la silla donde él había estado, luego, se arrodillo ante ella y sacó una caja de anillo de su bolsillo.

—¡Oh Ray! —dijo Amanda, mirando el anillo de su dedo—. Te amo. Y por los pocos años que nos quedan, me deleitaré siendo tuya.

—Hay una cosa más —dijo él.

—¿Qué?

—Camilo y yo hemos estado conversando. Él está proponiendo matrimonio en la oficina de al lado y nos preguntábamos si ustedes dos aceptarían una ceremonia doble donde oficie Bruno.

Raimundo se preguntó cómo reaccionaría ella. Amanda y Cloé eran amigas pero no íntimas.

—¡Eso sería maravilloso! Pero puede que Cloé no esté de acuerdo, así que se lo dejamos a ella, sin malos sentimientos en ningún caso. Si ella quiere tener su propio día, estupendo. Pero me encanta la idea. ¿Cuándo?

—El día antes a que hagamos el cierre de la compraventa de la casa. Tú das dos semanas de aviso aquí y te mudas conmigo a Nueva Babilonia.

—¡Raimundo Steele! —dijo ella—. Toma un tiempo hacer que te suba la temperatura, pero casi nada para ponerte a hervir. Escribiré mi renuncia antes que tu avión despegue.

—¿Te has preguntado por qué nunca tuviste listo el papeleo del departamento? —preguntó Camilo. Cloé asintió.

»Porque ese trato no se realizará. Si me aceptas, quiero que te vengas conmigo a Nueva York.

—Raimundo —dijo Amanda—, no pensé que volvería a ser verdaderamente feliz pero lo soy.

—¿Una ceremonia doble? —Cloé se enjugó sus lágrimas—. Me encanta la idea pero, ¿piensas que Amanda la acepte?

Diecinueve

Algo grande se estaba encubando. En una reunión clandestina Camilo fue a ver a Gerald Fitzhugh, el presidente de los Estados Unidos de Norteamérica. El presidente se había convertido en una figura trágica, reducida a un mero símbolo. Luego de servir a su patria por más de dos períodos en el cargo, ahora estaba relegado a una habitación del Edificio de Oficinas del Ejecutivo, y había perdido la mayor parte del poder que acompañaba su papel anterior. Ahora, la protección que recibía de su Servicio Secreto, consistía en tres hombres que se rotaban cada veinticuatro horas y era financiada por la Comunidad Mundial.

Camilo se reunió con Fitzhugh poco después de haber propuesto matrimonio a Cloé, y dos semanas antes de la boda. El presidente se quejó de que sus guardias estaban allí realmente para informarle a Carpatia de cada movimiento suyo. Pero lo más terrible para Fitzhugh era, que el público estadounidense hubiera aceptado tan fácilmente la degradación de su presidente. Todos estaban enamorados de Nicolás Carpatia y nadie más importaba.

Fitzhugh llevó a Camilo a un cuarto seguro donde los agentes del Servicio Secreto no pudieran escuchar. El gusano estaba por darse vuelta dijo Fitzhugh a Camilo. Por lo menos había otros dos jefes de Estado que creían que era hora de sacudirse las cadenas de la Comunidad Mundial.

—Estoy arriesgando mi vida al decirle esto a un empleado de Carpatia —dijo Fitzhugh.

—Oiga, *todos* somos empleados de Carpatia —dijo Camilo.

Fitzhugh le confió a Camilo que Egipto, Inglaterra y las fuerzas de las milicias patrióticas de los Estados Unidos de Norteamérica, estaban decididos a actuar "antes de que fuera demasiado tarde".

—¿Qué significa eso? —preguntó Camilo

—Significa muy pronto —dijo Fitzhugh—. Significa, manténgase alejados de las principales ciudades de la Costa Este.

—¿Nueva York? —dijo Camilo y Fitzhugh asintió.

—¿Washington?

—Especialmente Washington.

—Eso no será fácil —dijo Camilo—. Mi esposa y yo vamos a vivir en Nueva York cuando nos casemos.

—No por mucho tiempo, no.

—¿Puede darme una idea de cuándo será?

—No puedo —dijo Fitzhugh—. Digamos solamente que yo debiera estar de vuelta en la Oficina Oval dentro de un par de meses.[1]

Camilo quiso desesperadamente decirle a Fitzhugh que estaba meramente jugando el juego de Carpatia. Todo esto era parte del futuro predicho. El levantamiento contra el anticristo sería aplastado e iniciaría la Tercera Guerra Mundial, de la cual resultarían hambruna y plagas mundiales con la muerte de una cuarta parte de la población de la tierra.

La ceremonia doble en la oficina de Bruno, dos semanas más tarde, fue la boda más privada que alguien pudiera imaginar. Sólo los cinco estaban en la sala. Bruno Barnes concluyó agradeciendo a Dios por todas las sonrisas, los abrazos, los besos y la oración.

Camilo preguntó si podía ver el refugio subterráneo que Bruno había construido.

—Estaba por comenzar la construcción cuando me fui a Nueva York —dijo.

—Es el secreto mejor guardado de la iglesia —dijo Bruno mientras iban caminando más allá del cuarto de calderas y pasando por una puerta secreta.

—¿No quieres que lo usen los miembros de la iglesia? —preguntó Camilo.

---

1.   La Oficina Oval es la oficina del presidente de los Estados Unidos de Norteamérica en la Casa Blanca.

—Verás lo pequeño que es —dijo Bruno—, estoy exhortando a las familias a que construyan el propio. Sería un caos si el cuerpo de la iglesia apareciera aquí en un momento de peligro.

Camilo se asombró de ver cuán pequeño era el refugio, pero parecía tener todo lo necesario para sobrevivir unas pocas semanas. El Comando Tribulación no estaba compuesto de personas que se ocultaran por mucho tiempo.

Los cinco se amontonaron para comparar programas y discutir cuándo podían verse de nuevo. Carpatia había organizado un programa minuto a minuto para las próximas seis semanas que tendría ocupado a Raimundo llevándolo en el avión por todo el mundo, y finalmente a Washington. Entonces Raimundo tendría unos pocos días libres antes de volar de vuelta a Nueva Babilonia. —Amanda y yo podemos venir para acá desde Washington durante ese descanso —dijo él.

Camilo dijo que él y Cloé también vendrían entonces a Chicago. Bruno estaría de vuelta de un viaje por Australia e Indonesia. Fijaron la fecha, a las cuatro de la tarde, seis semanas después. Tendrían un estudio bíblico intensivo de dos horas en la oficina de Bruno, y luego, disfrutarían una rica comida en alguna parte.

Antes de separarse, se dieron la mano formando un círculo y oraron una vez más.

"Padre —susurró Bruno—, estamos agradecidos por este breve destello de gozo en un mundo al borde del desastre, y rogamos tu bendición y protección para nosotros hasta que nos volvamos a encontrar aquí. Enlaza nuestros corazones como hermanos y hermanas en Cristo durante el tiempo que estemos separados".

Nicolás Carpatia parecía excitado por el matrimonio de Raimundo e insistió en conocer a su nueva esposa. Le tomó las dos manos para saludarla y darle la bienvenida a ella y Raimundo a sus opulentas oficinas, que cubrían todo el piso superior de la sede central de la Comunidad Mundial en Nueva Babilonia. La inmensa habitación también incluía salas de conferencia, habitaciones privadas y un ascensor al helipuerto. Desde allí, uno de los tripulantes de Raimundo podía llevar y traer al Soberano al nuevo aeropuerto.

Raimundo se dio cuenta de que Amanda tenía el corazón en la boca. Su voz estaba oprimida y su sonrisa era mecánica. Conocer al hombre más malo de la faz de la tierra era algo que estaba claramente fuera de su esfera vivencial aunque le había dicho a Raimundo que conocía a unos cuantos mayoristas de prendas de vestir que podrían haberse clasificado en esa categoría.

Después de unas cuantas zalamerías sociales, Nicolás aprobó de inmediato el pedido de Raimundo para que Amanda los acompañara en el próximo viaje a los Estados Unidos de Norteamérica a ver a su hija y su nuevo yerno. Raimundo no dijo quién era ese yerno, ni siquiera mencionó que los recién casados vivían en la ciudad de Nueva York. Dijo, verazmente, que él y Amanda visitarían al matrimonio en Chicago.

—Estaré en Washington por lo menos cuatro días —dijo Carpatia—. Disfrute lo que pueda de ese tiempo. Ahora yo tengo una noticia para usted y su esposa. Carpatia sacó un diminuto control remoto de su bolsillo y lo dirigió al intercomunicador sobre su escritorio, al otro lado de la sala.

—Querida, ¿querrías venir un momento a estar con nosotros, por favor?

¿Querida?, pensó Raimundo. *No más disimulo.*

Patty Durán golpeó y entró. —¿Sí, mi amor? —dijo ella. Raimundo pensó que iba a vomitar.

Carpatia se puso de pie de un salto y la abrazó suavemente como si ella fuera una muñeca de porcelana. Patty se dio vuelta hacia Raimundo.

—Estoy tan feliz por ti y por Amelia —dijo ella.

—Amanda —corrigió Raimundo, notando que su esposa se ponía tensa. Le había contado todo de Patty Durán y evidentemente las dos no iban a ser amigas del alma.

—Nosotros también tenemos un anuncio —dijo Carpatia—. Patty dejará el trabajo de la Comunidad Mundial para prepararse para nuestro recién llegado.

Carpatia estaba radiante como esperando una reacción de júbilo. Raimundo hizo lo que pudo para no demostrar su disgusto y asco. —¿Un recién llegado? —dijo—. ¿Cuándo es el gran día?

—Acabamos de enterarnos —Nicolás le brindó una amplia guiñada.

—Bueno, ¿no es algo esto? —dijo Raimundo.

—No me di cuenta de que ustedes estaban casados —dijo Amanda con dulzura, y Raimundo luchó por mantener su compostura. Ella sabía muy bien que no.

—Oh, lo estaremos —dijo Patty radiante—. Todavía él tiene que hacer de mí una mujer decente.

————

Cloé se quebrantó cuando leyó el correo electrónico de su padre sobre Patty.

—Camilo, le fallamos a esa mujer. Todos le fallamos.

—No lo sé —dijo Camilo—. Yo se la presenté a él.

—Pero yo también la conozco y sé que ella sabe la verdad. Yo estaba ahí cuando papá lo estaba compartiendo contigo y ella estaba en la misma mesa. Él trató pero tenemos que hacer más. Tenemos que llegar a ella de alguna manera, hablarle.

—¿Y dejar que ella sepa que yo soy un creyente, tal como lo es tu padre? No parece importar que el piloto de Nicolás sea un cristiano, pero, ¿puedes imaginarte cuánto tiempo duraría como editor de su revista si él supiera que lo soy?

—Uno de estos días tenemos que llegar a Patty, aunque eso signifique ir a Nueva Babilonia.

—¿Qué vas a hacer Cloé? ¿Decirle que ella lleva al hijo del anticristo y que debiera abandonarlo?

—Puede que llegue a eso.

Camilo se puso detrás de Cloé mientras ella escribía un mensaje electrónico para Raimundo y Amanda. Ambas parejas habían empezado a escribir en forma poco clara, sin usar nombres.

—¿Hay alguna posibilidad —escribía Cloé—, de que ella venga con él en el próximo viaje a la capital?

Fue siete horas después, hora de Nueva Babilonia, cuando se envió el mensaje y al día siguiente recibieron una respuesta. —Ninguna.

—Algún día, de alguna manera —dijo Cloé a Camilo—. Y antes de que nazca ese bebé.

————

Le costó a Raimundo aceptar el cambio increíble de Nueva Babilonia desde la primera vez que la había visitado luego de la firma del tratado con Israel. Él tenía que atribuirlo a Carpatia y su océano de dinero. Una capital mundial de lujo había surgido de las ruinas y ahora zumbaba con el comercio, la industria, y el transporte. El centro de la actividad mundial se estaba desplazando hacia el Oriente y la patria de Raimundo parecía destinada al olvido.

EL COMANDO TRIBULACIÓN

La semana anterior al vuelo de él y Amanda a Washington con Nicolás y su séquito, Raimundo le mandó una carta electrónica a Bruno en la Nueva Esperanza, dándole la bienvenida por el regreso de su viaje y planteando algunas preguntas.

Hay unas cuantas cosas sobre el futuro que aún me dejan estupefacto: un montón, en realidad. ¿Podrías explicarnos el quinto y el séptimo?

No puso *sellos* no queriendo dar indicios a nadie que interfiriera. Bruno sabría qué quería decir él.

Quiero decir, el segundo, tercero, cuarto y sexto se explican a sí mismos pero aún no entiendo nada del quinto y séptimo. Se nos hace largo el tiempo para verte. "A" te manda cariño.

Camilo y Cloé se habían instalado en el bello departamento de lujo en la Quinta Avenida que tenía él, pero cualquier gozo que pudieran haber tenido los recién casados normales por un lugar como aquel, era algo que ellos no sentían. Cloé siguió su investigación y estudio por la Internet y ella y Camilo se mantenían en contacto diario con Bruno por medio del correo electrónico. Bruno estaba solo y echaba de menos a su familia más que nunca, según escribía, pero estaba emocionado de que sus cuatro amigos hubieran hallado amor y compañía. Todos ellos expresaban grandes expectativas por el placer que tendrían con la compañía de cada uno en su próxima reunión.

Camilo había estado orando si contarle a Cloé de la advertencia del presidente Fitzhugh sobre la ciudad de Nueva York y Washington. Fitzhugh estaba bien relacionado, e indudablemente certero, pero Camilo no podía pasarse la vida huyendo del peligro. La vida era peligrosa en esos días y la guerra y la destrucción podían estallar en cualquier parte. Su trabajo lo había llevado a los puntos más peligrosos del mundo. No quería ser negligente ni poner neciamente en peligro a su esposa, pero cada miembro del Comando Tribulación conocía los riesgos.

Raimundo estaba agradecido de que Cloé hubiera empezado a conocer mejor a Amanda por medio del correo electrónico. Cuando Raimundo y Amanda estaban saliendo, él había monopolizado la mayor parte del tiempo de Amanda, y aunque parecía que las mujeres se agradaban mutuamente, no se habían unido sino como creyentes. Ahora, comunicándose diariamente, Amanda parecía estar creciendo en su conocimiento de la Escritura. Cloé estaba transmitiéndole todo lo que ella estaba estudiando.

Entre Bruno y Cloé, Raimundo encontró sus respuestas sobre el quinto y séptimo sellos. No eran noticias agradables pero él no había esperado nada diferente. El quinto sello se refería al martirio de los santos de la Tribulación. En un despacho por correo certificado, Bruno le mandó a Cloé, y esta se lo envió a Raimundo, su estudio y explicación muy cuidadosos del pasaje del Apocalipsis que se refería a ese quinto sello.

Juan ve debajo del altar a las almas de aquellos que fueron asesinados debido a que sostuvieron la Palabra de Dios y su testimonio. Le preguntan a Dios cuánto tiempo más será hasta que Él vengue sus muertes. Él les da túnicas blancas y les dice que primero serán también martirizados algunos de sus colegas siervos y hermanos. Así que el juicio del quinto sello le cuesta su vida a la gente que haya llegado a ser creyentes desde el Arrebatamiento. Eso podría incluir a cualquiera de nosotros o a todos. Ante Dios digo que yo consideraría un privilegio dar mi vida por mi Salvador y mi Dios.

La explicación de Bruno tocante al séptimo sello aclaraba que aún ese era un misterio hasta para él.

El séptimo sello es tan espantoso que cuando es revelado en el cielo, se hace allí un silencio de media hora. Parece haber un progreso desde el sexto sello, el mayor terremoto de la historia, y sirve para iniciar los siete Juicios de las Trompetas, que naturalmente son progresivamente peores que los Juicios de los Sellos.

Amanda trató de resumirlo todo para Raimundo: —Estamos contemplando una guerra mundial, hambruna, plagas, muerte, el martirio de los santos, un terremoto, y luego, silencio en el cielo mientras se alista al mundo para los siguientes siete juicios.

Raimundo sacudió su cabeza luego bajó los ojos. —Bruno ha estado advirtiéndonos de esto todo el tiempo. Hay veces en que pienso que estoy listo para lo que venga, y otras en que deseo que sencillamente el fin llegue rápidamente.

—Este es el precio que pagamos —dijo ella—, por no hacer caso de las advertencias cuando tuvimos la oportunidad. Y tú y yo fuimos advertidos por la misma mujer.

Raimundo asintió.

—Mira aquí —dijo Amanda—, la última línea de Bruno dice: "revisa tu correo electrónico el lunes a medianoche. Para que no hallen todo esto tan deprimente como yo, estoy poniendo un versículo favorito para consolar sus corazones".

Bruno lo había mandado para que estuviera disponible para los dos matrimonios justo antes que partieran en sus viajes a Chicago para reunirse con él. Sencillamente decía: *El que habita al abrigo del Altísimo morará a la sombra del Omnipotente.*

————

Raimundo se movió en el asiento del piloto, anhelando conversar con Amanda y saber cómo estaba con el agotador vuelo sin escalas desde Nueva Babilonia al Aeropuerto Internacional Dulles de Washington D.C. Ella pasaba tanto tiempo como podía en el compartimiento privado de Raimundo, detrás de la cabina de pilotaje, pero tenía que ser lo suficientemente sociable con el resto del grupo para no parecer descortés. Eso, Raimundo sabía, significaba horas de hablar sandeces.

Ya le habían preguntado sobre el nuevo negocio de importación y exportación que estaba comenzando, pero luego pareció que el estado de ánimo en el *Comunidad Mundial Uno* cambiaba. Durante uno de los pocos descansos que Raimundo pasó a solas con ella, le dijo: —Algo está pasando. Alguien sigue trayéndole hojas impresas a Carpatia. Él las estudia, hace muecas y sostiene reuniones privadas acaloradas.

—Mmm —dijo Raimundo—. Podría ser algo. Cualquier cosa podría ser. Puede ser nada.

Amanda sonrió. —No dudes de mi intuición.

—He aprendido a no hacerlo —dijo él.

————

Camilo y Cloé llegaron a Chicago la noche anterior al encuentro programado con el Comando Tribulación. Ellos se alojaron en el Hotel Drake y llamaron a la Nueva Esperanza para dejar un mensaje a Bruno, diciéndole que habían llegado y que lo verían a la tarde siguiente a las cuatro. Sabían, por los correos electrónicos que

Bruno enviaba, que él estaba en los Estados Unidos de regreso de su viaje por Australia e Indonesia, pero desde entonces no habían sabido nada de él.

También le comunicaron que Raimundo y Amanda iban a llegar al Drake para almorzar al día siguiente y que los cuatro irían juntos a Mount Prospect esa tarde.

—Estaremos encantados si quieres almorzar con nosotros en el *Salón del Cape Cod*, había escrito Camilo.

Un par de horas después, cuando aún no habían recibido respuesta ni al correo electrónico ni al mensaje telefónico, Cloé dijo: —¿Qué piensas que eso signifique?

—Significa que va a sorprendernos mañana a la hora del almuerzo.

—Espero que tengas razón.

—Cuenta con ello —dijo Camilo.

—Entonces no será realmente una sorpresa, ¿no?

El teléfono sonó. —Hablando de sorpresas —dijo Camilo—. Tiene que ser él.

Pero no era.

———

Raimundo había encendido las señales de "Amarrarse bien los cinturones" y estaba a cinco minutos de tocar tierra en el aeropuerto Dulles cuando lo llamó por sus auriculares uno de los ingenieros de comunicación de Carpatia.

—El soberano quisiera hablar con usted.

—¿Tiene que ser en este preciso momento? Estamos por iniciar la aproximación final.

—Preguntaré.

Pocos segundos después volvió. —Se reunirá en la cabina, con usted solo, después que apague los motores.

—Tenemos una lista de verificación posterior al vuelo con el primer oficial y el navegante.

—¡Espera un momento! El ingeniero sonaba furioso. Cuando volvió a hablar, dijo: —Eche a esos otros dos de ahí después de apagar, y haga la cuestión posterior al vuelo después de su reunión con el soberano.

—Afirmativo —refunfuñó Raimundo.

———

—Si reconoce mi voz y quiere hablar conmigo, llámeme a este número de teléfono público y asegúrese de llamar desde un teléfono público.

—Afirmativo —dijo Camilo. Colgó y se volvió a Cloé. —Voy a salir un minuto.

—¿Por qué? ¿Quién era?

—Gerald Fitzhugh.

—Gracias, señores, y perdónenme por la intromisión —dijo Carpatia al pasar por el lado del primer oficial y del navegante cuando entraba a la cabina. Raimundo sabía que ellos estaban tan fastidiados como él por la ruptura del protocolo de procedimientos, pero nuevamente, Carpatia era el jefe. Él siempre lo era.

Carpatia se deslizó diestramente en el asiento del copiloto. Raimundo se imaginó que junto con sus otros talentos, era muy probable que en una tarde, el tipo pudiera aprender a volar un avión como ese.

—Capitán, siento la necesidad de hacerle partícipe de mi confianza. Nuestra inteligencia ha descubierto una conspiración de insurrección y nos vemos obligados a hacer circular falsos itinerarios para mí en los Estados Unidos de Norteamérica.

Raimundo asintió, y Carpatia continuó:

—Sospechamos participación de las milicias y hasta confabulación de las facciones de estadounidenses descontentos, y por lo menos, otros dos países más. Para estar seguros, estamos distorsionando nuestras comunicaciones de radio e informando a la prensa historias contradictorias sobre mis destinos.

—Suena como un plan —dijo Raimundo.

—La mayoría de la gente piensa que estaré en Washington por lo menos cuatro días, pero ahora estamos anunciando que estaré también en Chicago, Nueva York, Boston y quizá hasta en Los Ángeles en los próximo tres días.

—¿Me parece escuchar que mis pequeñas vacaciones se esfuman? —dijo Raimundo.

—Por el contrario, pero quiero que esté a disposición con aviso instantáneo.

—Dejaré dicho dónde puede hallarme.

—Me gustaría que usted se llevara el avión a Chicago y que alguien de su confianza lo regrese a Nueva York el mismo día.

—Precisamente conozco a la persona que puede hacerlo —dijo Raimundo.

—Yo llegaré de alguna manera a Nueva York y podremos salir del país desde allí conforme a lo programado. Estamos tratando solamente de mantener desequilibrados a los rebeldes.

—Hola —dijo Camilo cuando el presidente Fitzhugh contestó al primer timbrazo—. Soy yo.

—Me alegro que no estés en casa —dijo Fitzhugh.

—¿Puede decirme algo más?

—Sólo que es bueno que no estés en casa.

—Entendido. ¿Cuándo puedo volver a casa?

—Eso será problemático pero lo sabrás antes de emprender el regreso. ¿Por cuánto tiempo estarás fuera de casa?

—Cuatro días.

—Perfecto.

Click.

—¿Hola? ¿Señora Halliday?

—Sí. ¿Quién...?

—Raimundo Steele, llamando a Eulalio, pero por favor, no le diga que soy yo. Tengo una sorpresa para él.

En la mañana Camilo recibió una llamada de unas de las mujeres que colaboraban en la oficina de la Nueva Esperanza.

—Estamos un poco preocupadas por el pastor Barnes —dijo ella.

—¿Señora?

—Él iba a sorprenderlos a todos ustedes yendo para allá a almorzar.

—Pensamos que podría venir.

—Pero se pescó una especie de microbio en Indonesia y tuvimos que llevarlo de urgencia al hospital. No quiso que se lo dijéramos a nadie porque estaba seguro de que era algo que ellos podían tratar bien y que aún podría llegar hasta allá. Pero ahora ha caído en coma.

—¿En coma?

—Como dije, estamos un poco preocupadas por él.

—En cuanto los Steele lleguen aquí, nos iremos para allá. ¿Dónde está?

—Hospital de la Comunidad del Noroeste, en Los Altos de Arlington.

—Lo encontraremos —dijo Camilo.

Raimundo y Amanda se encontraron con Eulalio Halliday en O'-Hare, el aeropuerto internacional de Chicago a las diez de esa mañana.

—Nunca olvidaré esto, Ray —dijo Eulalio—. Quiero decir, no es como andar llevando al soberano mismo o ni siquiera al presidente, pero puedo fingir.

—Te están esperando en Kennedy —dijo Raimundo—. Te llamaré más tarde para saber cuánto te gustó hacerlo volar.

Raimundo alquiló un automóvil y Amanda respondió una llamada de Cloé.

—Tenemos que recogerlos e ir directo a Los Altos de Arlington.

—¿Por qué? ¿Qué pasa?

Camilo y Cloé estaban esperando en la vereda frente al Hotel Drake cuando Raimundo y Amanda llegaron. Luego de abrazos rápidos, se amontonaron en el automóvil.

—¿Cloé, el Hospital de la Comunidad del Noroeste está en la calle Central, correcto? —Dijo Raimundo.

—Correcto. Apurémonos.

A pesar de su preocupación por Bruno, Raimundo se sentía un poco más completo. Tenía de nuevo una familia de cuatro personas, aunque una nueva esposa y un nuevo hijo. Discutieron la situación de Bruno y se pusieron al día unos a otros, y aunque todos estaban conscientes de que estaban viviendo una época sumamente peligrosa, por el momento sencillamente disfrutaban por estar juntos otra vez.

Camilo iba sentado en el asiento trasero con Cloé, escuchando. Cuán refrescante era estar con gente que se entendían y amaban unos a otros, que se interesaban unos por otros y se respetaban. Ni siquiera quería pensar en la familia de criterio tan estrecho de la cual procedía. De alguna forma, alguna vez, los convencería de que no eran cristianos como pensaban que eran. Si lo hubieran sido, no hubieran sido dejados atrás, como él lo fue.

Cloé se apoyó en Camilo y puso su mano en la suya. Él estaba agradecido de que ella fuera tan informal, tan práctica tocante a su devoción por él. Ella era el mayor regalo que Dios le podía haber dado después de su salvación.

—¿Qué es esto? —oyó que decía Raimundo—. Y hemos estado haciendo buen tiempo.

Raimundo estaba tratando de salir hacia el Camino a Los Altos de Arlington, desde la autopista con peaje del Noroeste. Cloé le había dicho eso los acercaría al Hospital de la Comunidad del Noroeste. Pero ahora, había policías municipales y del estado y los guardianes de la paz de la Comunidad Mundial que dirigían un enredo de tráfico pasado las salidas. Todo se había estancado.

Luego de unos minutos pudieron moverse un poco hacia adelante. Raimundo bajó el vidrio de su ventanilla y le preguntó a un policía qué estaba pasando.

—¿Dónde ha estado compadre? Siga adelante.

—¿Qué significa eso? —Amanda encendió la radio—. ¿Cloé, cuáles son las nuevas estaciones que transmiten noticias y que funcionan?

Cloé se separó de Camilo y se inclinó adelante. —Aprieta AM, luego prueba 1, 2, y 3 —dijo—. Una de ellas debiera ser WGN o MAQ.

Se detuvieron de nuevo, esta vez con un guardián de la paz de la Comunidad Mundial justo a la derecha de la ventanilla de Camilo. Él bajó el vidrio y le mostró su pase de prensa del *Semanario de la Comunidad Mundial*.

—¿Cuál es el problema allá?

—Las milicias tomaron una vieja base de Nike para almacenar armas de contrabando. Después del ataque a Washington, nuestros muchachos los borraron del mapa.

—¿El ataque a Washington? —dijo Raimundo, estirando su cuello para hablar con el funcionario—. ¿Washington D.C.?

—Siga adelante —dijo el funcionario—. Si necesita volver por este camino puede salir a la Ruta 53 y probar por las calles laterales pero no espere acercarse a esa vieja base Nike.

Raimundo tuvo que seguir manejando pero él y Camilo hacían preguntas a cada oficial que pasaban mientras que Amanda seguía buscando una radioemisora local. Todas las que probaba tenían el tono del Sistema de Radiotransmisión de Emergencia.

—Aprieta *scan* —sugirió Cloé—. Por fin, la radio encontró una estación SRE y Amanda la sintonizó.

Un corresponsal de radio de la Red de la Comunidad Global y Red de Noticias por Cable estaba transmitiendo en vivo desde afuera de Washington D.C.

El destino de Nicolás Carpatia, Soberano de la Comunidad Mundial sigue siendo una interrogante mientras Washington yace en ruinas —decía—. El ataque masivo fue lanzado por milicias de la costa este, con ayuda de los Estados Unidos de Bretaña y el anterior estado soberano de Egipto, hoy parte del Reino Unido del Oriente Medio.

El Soberano Carpatia llegó aquí anoche y se pensó que estaba alojándose en la habitación presidencial del Capital Noir, pero hay testigos presenciales que dicen que ese hotel de lujo fue destruido esta mañana.

Las fuerzas guardianes de la paz de la Comunidad Mundial tomaron represalias de inmediato destruyendo un antiguo centro Nike en los suburbios de Chicago. Los informes desde allá indican que se ha reportado que hubo miles de bajas civiles en los suburbios de los alrededores, y que hay un estancamiento colosal del tráfico que estorba los intentos de rescate.

—¡Oh Dios querido! —oró Amanda.

Otros ataques de los que sabemos en este momento —proseguía el reportero—, comprenden una incursión por parte de las fuerzas de tierra de Egipto hacia Irak, destinadas evidentemente a poner sitio a Nueva Babilonia. Ese intento fue rápidamente extinguido por las fuerzas aéreas de la Comunidad Mundial que ahora están avanzando sobre Inglaterra. Esto puede ser un golpe retributivo por parte de Gran Bretaña en la acción de las milicias estadounidenses contra Washington. Por favor, siga en sintonía. Aah, por favor, manténgase en sintonía... ¡El Soberano Carpatia está a salvo! Se dirigirá a la nación por radio. Seguiremos a la espera aquí y le llevaremos eso a usted a medida que vayamos recibiéndolo.

—Tenemos que llegar a Bruno —dijo Cloé, mientras Raimundo avanzaba por pulgadas—. Todos van a estar tomando la 53 norte, papá. Vamos al sur y demos la vuelta.

Pasarán otros pocos instantes antes que el Soberano Carpatia salga al aire —dijo el locutor—. Evidentemente la Red de la Comunidad Mundial se asegura de que no pueda detectarse la fuente de su transmisión. Mientras tanto, esta noticia procede de Chicago, respecto del golpe contra la ex base Nike: parece haber sido como retributivo. La inteligencia de la Comunidad Mundial descubrió hoy una conspiración para destruir el avión del Soberano Carpatia, que puede o no haber tenido a bordo a Carpatia cuando fue llevado esta mañana al aeropuerto internacional O'Hare de Chicago. Ese avión se encuentra volando ahora, con destino desconocido, aunque las fuerzas de la Comunidad Mundial están poniendo orden en la ciudad de Nueva York.

Amanda tomó el brazo de Raimundo: —¡Nos podrían haber matado!

Cuando Raimundo habló, Camilo pensó que podía quebrantarse. —Esperemos solamente que no se haya cumplido el sueño de Eulalio haciendo que *lo* mataran —dijo.

—¿Quieres que yo maneje, Raimundo? —preguntó Camilo.

—No, estaré bien.

El locutor de la radio siguió:

Estamos a la espera para recibir una mentira, perdón, una noticia *en vivo* directamente desde Nicolás Carpatia, Soberano de la Comunidad Mundial.

—Él lo había dicho correctamente la primera vez —dijo Cloé.

...Mientras tanto, esta noticia desde Chicago. Voceros de las fuerzas guardianes de la paz de la Comunidad Mundial dicen que la destrucción de la vieja base Nike fue realizada sin usar armas nucleares, y aunque lamentan las elevadas bajas civiles de los suburbios cercanos, han emitido la siguiente declaración: "Las bajas deben atribuirse a las milicias clandestinas. Las fuerzas militares sin autorización son ilegales, para empezar pero la necesidad de almacenar armas en una zona civil les ha explotado, literalmente, en sus propias caras; repetimos que no hay peligro de lluvia radioactiva en la zona de Chicago aunque las fuerzas de mantenimiento de la paz no permitan tráfico de automóviles cerca del sitio de la destrucción. Por favor, sigan en sintonía ahora para este discurso en vivo de el Soberano Nicolás Carpatia".

Raimundo había podido salir por fin, hacia el sur por la Ruta 53, serpenteando su camino por la vereda designada: "Sólo para vehículos autorizados" y se dirigía al norte hacia las Praderas Onduladas.

Ciudadanos leales de la Comunidad Mundial —llegó la voz de Carpatia—, hoy vengo a ustedes con el corazón roto, incapaz de decirles siquiera desde dónde les hablo. Durante más de un año hemos trabajado para unir esta Comunidad Mundial bajo la bandera de la paz y armonía. Desafortunadamente, hoy se nos ha vuelto a recordar que aún hay entre nosotros quienes quieren separarnos.

No es secreto que soy, siempre he sido y siempre seré un pacifista. No creo en la guerra. No creo en los armamentos. No creo en el derramamiento de sangre. Por otro lado, me siento responsable por usted, hermano mío o hermana mía de esta comunidad mundial.

Las fuerzas de los guardianes de la paz de la Comunidad Mundial ya han aplastado la resistencia. La muerte de civiles inocentes pesa mucho sobre mí, pero prometo el juicio inmediato de todos los enemigos de la paz. La bella capital de los Estados Unidos de Norteamérica ha quedado destruida y oirán historias de más destrucción y muerte. Nuestra meta siguen siendo la paz y la reconstrucción. Regresaré a los seguros cuarteles centrales de Nueva Babilonia en su debido momento y me comunicaré frecuentemente con ustedes.

Por sobre todo, no teman. Vivan confiados en que no se tolerará ninguna amenaza de la tranquilidad mundial y que no sobrevivirá ningún enemigo de la paz.

Mientras Raimundo buscaba una ruta que lo acercara al Hospital de la Comunidad del Noroeste, el corresponsal de la CNN/RCN volvió.

Esta noticia de última hora: Las fuerzas de las milicias contra la Comunidad Mundial han amenazado con una guerra nuclear sobre la ciudad de Nueva York, primordialmente el Aeropuerto Internacional John F. Kennedy. Los civiles están huyendo de la zona causando uno de los peores embotellamientos del tráfico automovilístico y de transeúntes de la historia de esa ciudad. Las fuerzas de mantenimiento de la paz dicen que tienen la capacidad y la tecnología para interceptar misiles, pero se preocupan por el daño residual a las zonas circundantes.

Y ahora, esto desde Londres: una bomba de cien megatones ha destruido el aeropuerto de Heathrow y la lluvia radioactiva amenaza a la población en muchos kilómetros a la redonda. Aparentemente la bomba fue lanzada por las fuerzas de mantenimiento de la paz después de haber descubierto bombarderos egipcios y británicos de combate clandestino despegando juntos desde una pista militar cerrada, cercana a Heathrow. Todas esas aeronaves de guerra fueron eliminadas del cielo, tenían equipo nuclear e iban rumbo a Bagdad y Nueva Babilonia.

—Es el fin del mundo —susurró Cloé—, Dios nos ayude.

—Quizá debiéramos tratar de llegar a la Nueva Esperanza —sugirió Amanda.

—No hasta comprobar qué le pasó a Bruno —dijo Raimundo. Preguntó a unos atónitos transeúntes, si era posible llegar caminando al Hospital de la Comunidad del Noroeste.

—Es posible —dijo una mujer—. Es justo después de ese campo y sobre la elevación. Pero no sé cuán cerca le dejarán llegar a lo que queda del mismo.

—¿Fue alcanzado?

—¿Fue alcanzado? Señor, está justo sobre el camino y al frente de la calle donde estaba la vieja base Nike. La mayoría de la gente cree que fue el primero en ser alcanzado.

—Yo voy —dijo Raimundo.

—Yo también —dijo Camilo.

—Vamos todos —insistió Cloé, pero Raimundo levantó una mano—. No iremos todos. Va a ser bastante difícil que uno de nosotros consiga que seguridad lo deje pasar. Camilo o yo tenemos mejor posibilidad porque tenemos identificación de la Comunidad Global. Pienso que debe ir uno de nosotros con una credencial, y el otro quedarse con las señoras. Todos tenemos que estar con alguien que pueda pasar la burocracia si es necesario.

—Yo quiero ir —dijo Camilo—, pero tú puedes hacer la llamada.

—Quédate y asegúrate de que el automóvil esté puesto de modo que podamos salir de aquí e ir a Mount Prospect. Si no regreso en media hora, corre el riesgo y ven a buscarme.

—Papito, si Bruno está algo mejor, trata de traerlo contigo.

—No te preocupes Cloé —dijo Raimundo—. Me anticipo a ti.

Tan pronto como Raimundo se fue corriendo a través de la maleza llena de barro y quedó fuera de la vista, Camilo lamentó haber acordado quedarse atrás. Siempre había sido persona de acción y mientras miraba a los ciudadanos totalmente confundidos que pasaban y se lamentaban, apenas podía quedarse quieto.

El corazón de Raimundo desfalleció al llegar sobre la elevación y ver el hospital. Parte de toda la altura de la estructura estaba aún intacta pero mucho era escombros. Los vehículos de emergencia rodeaban aquel caos, habiendo obreros del rescate que se escurrían por todos lados. Una larga cinta de barrera policial se estiraba alrededor del terreno del hospital. Al levantarla Raimundo para pasar por debajo, un guardia de seguridad, con el arma lista, corrió hacia él.

—¡Alto! —gritó—. ¡Esta es zona restringida!

—¡Tengo pase libre! —gritó Raimundo, meciendo su credencial.

—¡Quédese donde está! —vociferó el guardián. Cuando se acercó a Raimundo tomó la credencial y la miró, comparando la fotografía con la cara de Raimundo.

—¡Vaya! Pase libre nivel 2-A ¡¿Usted trabaja para el mismo Carpatia? —Raimundo asintió.

—¿Cuál es su trabajo?

—Clasificado.

—¿Está él por aquí?

—No, y no se lo diría si estuviera

—Usted queda aprobado —dijo el guardián y Raimundo se dirigió hacia lo que había sido el frente del edificio. Fue ignorado completamente por gente demasiado ocupada, para preocuparse por quién tenía o no pase libre para estar ahí. Cadáver tras cadáver era puesto en una fila derecha y cubierto con sábanas.

—¿Algunos sobrevivientes? —preguntó Raimundo a un técnico médico de urgencias.

—Tres hasta el momento —dijo el hombre—. Todos son mujeres. Dos enfermeras y una doctora. Estaban fumando afuera.

—¿Nadie de adentro?

—Escuchamos voces —dijo el hombre—, pero no hemos llegado a tiempo para salvar a ninguno todavía.

Orando mientras respiraba, Raimundo dobló su credencial de modo que se viera. Se la puso en el bolsillo del pecho. Se dirigió a la puerta del improvisado depósito de cadáveres, donde había varios técnicos médicos de urgencias moviéndose entre los restos, levantando sábanas y tomando notas, tratando de reconciliar listas de pacientes y empleados con partes de cuerpos y brazaletes de identificación.

—Ayude o quítese del camino —dijo una mujer fornida al pasar por el lado de Raimundo.

—Estoy buscando a un tal Bruno Barnes —dijo Raimundo.

La mujer, cuya placa de identificación decía *Patricia Devlin*, se detuvo y echó una mirada de reojo, ladeo su cabeza, y verificó su lista. Hojeó las tres páginas de encima, moviendo la cabeza.

—¿Obrero del hospital o paciente? —preguntó ella.

—Paciente. Lo trajeron a la unidad de emergencia. Lo último que supe fue que estaba en coma.

—Probablemente UCI,[2] entonces —dijo ella—. Fíjese allá.

Patricia señaló seis cadáveres que estaban al final de la fila.

—Un minuto— agregó, hojeando una página más—. Barnes, UCI. Sí, ahí era donde estaba. Hay más adentro, usted sabe, pero la UCI fue prácticamente evaporada.

—Así que él podría estar aquí y aún podría estar adentro.

—Si está allá, querido, está muerto confirmado. Si aún está adentro, puede que nunca lo encuentren.

—¿No hay posibilidades para nadie de la UCI?

—No hasta ahora. ¿Pariente?

—Más cercano que un hermano.

—¿Quiere usted que yo verifique?

La cara de Raimundo se contrajo y apenas pudo hablar: —Se lo agradeceré.

Patricia Devlin se movió rápidamente, con sorprendente agilidad para su tamaño. Sus zapatos blancos de gruesa suela estaban embarrados. Se arrodillaba al lado de los cadáveres, de a uno por uno, verificando, mientras Raimundo estaba a diez pies de distancia, tapándose la boca con la mano, un sollozo subiendo por su garganta.

---

2. Unidad de Cuidado Intensivo.

En el cuarto cadáver, la señorita Devlin empezó a levantar la sábana cuando dudó y comprobó el brazalete de identificación aún intacto. Miró de nuevo a Raimundo y él supo. Las lágrimas empezaron a rodar. Ella se levantó y se acercó.

—Su amigo está presentable —dijo—. No me atrevería a mostrarle algunos de estos, pero sí puede mirarlo a él.

Raimundo se obligó a poner un pie delante del otro. La mujer se agachó y lentamente retiró la sábana, revelando a Bruno, con los ojos abiertos, sin vida y rígido. Raimundo luchó por no perder la compostura, con su pecho pesándole. Se acercó para cerrar los ojos de Bruno pero la enfermera lo detuvo.

—No puedo dejar que haga eso —y ella estiró una mano cubierta con un guante—. Yo lo haré.

—¿Podría verificar el pulso? —pudo decir Raimundo.

—Oh, señor —dijo ella, con profunda lástima en su voz—, ellos no los traen aquí a menos que hayan sido declarados muertos.

—Por favor —susurró él, ahora llorando abiertamente—. Hágalo por mí.

Y mientras Raimundo estaba de pie en el estruendo del comienzo de la tarde en el Chicago suburbano, con las manos en la cara, una mujer que nunca había conocido antes y que nunca vería de nuevo, puso el pulgar y el índice en los puntos de presión bajo la mandíbula de su pastor.

Sin mirar a Raimundo, retiró su mano, tapó de nuevo la cabeza de Bruno Barnes y volvió a su trabajo. Las piernas de Raimundo se doblaron y se arrodilló en el pavimento lleno de barro. Las sirenas aullaban en la distancia, las luces de urgencia relampagueaban alrededor de él, y su familia esperaba a menos de un kilómetro de distancia. Ahora eran solamente él y ellos. Sin maestro. Sin mentor. Sólo los cuatro.

Al levantarse y bajar con dificultad la elevación con su espantosa noticia, Raimundo escuchó a la emisora del Sistema de Radiotransmisión de Emergencia resonando fuerte de cada vehículo que pasaba. Washington había sido eliminado. Heathrow no existía. Había habido muertes en el desierto egipcio y en los cielos sobre Londres. Nueva York estaba en alerta.

Camilo estaba casi listo para salir tras Raimundo cuando vio una figura alta aparecer en el horizonte. Por su manera de caminar y el encorvamiento de sus hombros, Camilo supo.

—Oh, no —susurró, y Cloé y Amanda empezaron a llorar. Los tres corrieron a encontrar a Raimundo y caminar con él de regreso al automóvil.

El caballo bermejo del Apocalipsis iba destrozándolo todo a su paso.